Nika Michaelis
Verschlossen

Das Buch

Eine Frauenleiche im Eis? Hauptkommissarin Carmen Kollinger und ihr Kollege Matthias Zastrow sind erleichtert, dass es sich bei der vermeintlichen Toten nur um eine täuschend echte Puppe handelt. Aber als man bei ihr Ausweispapiere einer gewissen Nala Averhoff findet, stellen sie fest, dass die junge Studentin verschwunden ist.

Das Ermittlerteam, privat wie professionell bestens eingespielt, macht sich auf die Suche. Sie führt es an die Hamburger Uni, wo unter den Studenten gerade ein interaktives Spiel gehypt wird, um das sich zahlreiche Gerüchte ranken: CLAVIS ist angelegt wie ein Escape-Room. Nur wenige haben bis jetzt den letzten, geheimnisvollen Level erreicht. Nala war eine von ihnen …

Die Autorin

Nika Michaelis, geboren 1963 in Hamburg, verbrachte ihre Kindheit und Jugend im hohen Norden, zunächst in Schleswig-Holstein, später in Hamburg. Meist traf man sie mit einem Buch vor der Nase. Früh begann sie, ihre überbordende Fantasie damit zu kanalisieren, sich Geschichten auszudenken und aufzuschreiben. Folgerichtig war ihr Traum, »irgendetwas mit Literatur« zu machen. Doch nach einer mäßig erfolgreichen Schulkarriere, die zwar trotz aller Faul- und Verträumtheit zu einer Fachhochschulreife führte, rückte ein Studium der Germanistik in weite Ferne. Zudem bestanden ihre Eltern auf einer soliden Ausbildung. Als Kauffrau im Außenhandel fand sie tatsächlich Freude daran, fremde Länder und Kulturen kennenzulernen.

Aber die Lust aufs Schreiben ließ sie nie los und so wurde das Weihnachtsgeschenk ihrer besten Freundin schließlich zur Initialzündung: Sie vertiefte sich in das Handwerk des Schreibens und kann seither nicht mehr aufhören, in ihrer gemütlichen Wohnung in Hamburg oder in einem Strandkorb an Nord- oder Ostsee ihre fiktiven Opfer abzumurksen.

NIKA MICHAELIS

VER-SCHLOSSEN

EIN CARMEN-KOLLINGER-KRIMI

Deutsche Erstveröffentlichung bei
Edition M, Amazon Media EU S.à r.l.
38, avenue John F. Kennedy, L-1855 Luxembourg
Mai 2023
Copyright © der deutschsprachigen Ausgabe 2023
By Nika Michaelis

Umschlaggestaltung: bürosüd⁰ München, www.buerosued.de
Umschlagmotiv: © noxphotos.com / Shutterstock;
© Margie Hurwich / ArcAngel
1. Lektorat: Kanut Kirches
2. Lektorat: Rainer Schöttle
Korrektorat: Manuela Tiller/DRSVS
Gedruckt durch:
Amazon Distribution GmbH, Amazonstraße 1, 04347 Leipzig /
Canon Deutschland Business Services GmbH, Ferdinand-Jühlke-Straße 7,
99095 Erfurt /
CPI books GmbH, Birkstraße 10, 25917 Leck

ISBN 978-2-49671-164-6
e-ISBN 978-2-49671-163-9

www.edition-m-verlag.de

Für Michi

TEIL I

DAMALS

Ein Escape-Room ist ein realitätsgetreu nachgebauter thematischer Raum, in den die Spieler eingeschlossen werden. Sie haben in einer limitierten Zeitspanne verschiedene Rätsel zu lösen, um den Schlüssel zu finden, mithilfe dessen sie den Raum wieder verlassen können.

»Und wenn ich das nicht schaffe – wenn ich den Schlüssel nicht finde, muss ich dann sterben?«

Das Kind hüpfte neben seinem Vater her. Der gelbe Smiley-Rucksack auf seinem Rücken hopste im selben Rhythmus auf und ab.

Das Kind hatte gerötete Wangen, ein eisiger Nordostwind blies ihm das Haar aus dem Gesicht. Es legte den Kopf in den Nacken in Erwartung einer Antwort.

»Wenn du den Schlüssel nicht findest?«, wiederholte der Vater die Frage und strich über seinen Stoppelbart. Er blieb stehen, dachte eine Weile nach. »Gewissermaßen. Ja. Ich denke, das ist so. Dann wirst du sterben.«

1

Freitag, 8. März

Das Gefühl nahenden Unheils überkam sie nicht wie sonst in einer Welle, es pirschte sich eher subtil an. Carmen Kollinger drehte sich vor dem Spiegel in der Diele. Das Licht gedimmt, den Bauch eingezogen. Das neue Kleid brachte ihre Vorzüge einwandfrei zur Geltung, selten hatte sie mehr nach Carmen ausgesehen als heute. Na gut, eine ältere und recht üppige Ausführung der Figur aus der Oper von Bizet.

Sicher war der sündteure Fummel aus schwarz-rot changierender Seide nicht für das heutige Wetter geeignet, aber für ein Date mit dem eigenen Mann, der schon fast der Ex-Mann gewesen wäre, fror sie sich gern den Hintern ab. Schließlich verbrauchte das Frieren haufenweise Kalorien.

Eine extreme Kaltfront hatte Hamburg im März überfallen und hielt die Stadt seit Tagen im Zangengriff. Zeitweilige Tauwetterphasen wurden von wiederkehrendem Frost abgelöst. Der Wetterbericht warnte vor Minusgraden, heute gar vor Blitzeis auf dem noch immer gefrorenen Boden.

Carmens Telefon auf dem Küchentisch vibrierte, mit wenigen Schritten war sie dort. Kurz überlegte sie, griff dann danach.

Hoffentlich sagt Gregor jetzt nicht ab!

Die gelungenen Smokey Eyes würde sie nie wieder so hinkriegen. Sie tippte auf den grünen Hörer, um das Gespräch anzunehmen. Dabei fiel ihr Blick auf ein Blatt Papier, das auf dem Boden lag. Ein dunkler Tintenklecks in der Mitte ließ es wie einen Rorschachtest wirken.

Eine zermatschte Gottesanbeterin oder ein breit gefahrenes Alien.

Sie hob die Seite auf, drehte sie hin und her. Gottesanbeterinnen fraßen den Gemahl nach dem Geschlechtsakt, oder?

»Oh, Matthias.«

Gott sei Dank nicht Gregor, um abzusagen.

Die Erleichterung währte kurz. »Das siehst du richtig, ich habe heute frei. Nein, passt nicht, so was von überhaupt gar nicht ...«

Sie lauschte eine Weile der Stimme des Kollegen, wendete das Blatt in der Hand.

Vielleicht eher ein Käseigel oder ein Virus?

»Shit. Verstehe, okay, ich komme runter. Bis gleich.«

Sie legte das Telefon auf den Tisch, während ihre Augen den Raum nach einer unsichtbaren Präsenz abscannten. Denn da war es: das komische Gefühl, als ob ihr jemand mit kaltem Atem in den Nacken blies. Ruckartig drehte sie sich um, aber – natürlich – da war niemand.

Nichts mit romantischem Rendezvous mit Gregor beim Italiener um die Ecke, mit zerkrümeltem Brot auf der Tischdecke und einem Krug dunklen Weins – stattdessen Leichenfund auf dem zugefrorenen Kupferteich an der Berner Au. Bergung schwierig, weil das Eis das Bergungsteam nicht trug. Zu allem Übel war der Schädel der Leiche zur Hälfte in das Eis eingefroren und musste mühsam von dem Leichtesten im Team herausgefräst werden.

Verfluchter Mist.

2

Obwohl sie zu dem Etuikleid Winterstiefel mit rustikaler Profilsohle trug, wäre Carmen beinahe auf dem Bürgersteig ausgerutscht, als sie zur Kreuzung Lehmweg, Ecke Hegestraße hastete. Dort, wo ihr Kollege halbwegs legal den Dienstwagen geparkt hatte. Im letzten Moment hielt sie sich an einem Fahrradständer fest, der bedenklich wackelte. Es war wirklich spiegelglatt!

Matthias Zastrow wartete mit laufendem Motor in einer Lücke vor der Praxis einer Hebamme und einem Getränkemarkt. Carmen hangelte sich zwischen leeren Bierkisten und einem mannshohen Holzstorch mit einer eisgefrorenen Windel im Schnabel zu dem Einsatzwagen. Mit einem Stöhnen ließ sie sich auf den Beifahrersitz plumpsen.

»Eine weibliche Leiche, der Kopf zur Hälfte im Kupferteich eingefroren. Das ist ein wunderschönes Alternativprogramm zu einem langweiligen Abend auf der Couch mit dem Ehemann.«

»Moin erst mal«, begrüßte Matthias sie, legte den Rückwärtsgang ein und schlitterte aus der Lücke auf die Fahrbahn, die zum Glück soeben gestreut worden war. In der Ferne konnten die beiden Hauptkommissare das orange flackernde Licht des Streuwagens erkennen.

»Fein, dass die Straßen freigehalten werden. Als Fußgänger darfst du dir ruhig das Genick und die Beine brechen«, motzte Carmen, während sie das Handschuhfach öffnete und geräuschvoll zwischen Parkscheiben und Eiskratzern nach Essbarem suchte.

»Stimmt«, sagte Matthias. »Also, was wir bisher wissen: Ein anonymer Hinweisgeber hat den Leichenfund per Messenger-Dienst mit Foto gemeldet. Eigentlich mit zwei Fotos.« Er unterbrach seine Zusammenfassung. »Carmen, den Rest aus der Lakritztüte hast du vorgestern Abend vertilgt. Du erinnerst dich? Als wir aus dem Untersuchungsgefängnis kamen. Zett, zett, zett. Zurück zu Zastrow.«

Er nahm die Hände vom Lenkrad, um mit beiden Daumen auf seine Brust zu zeigen, dabei sah er sie an.

»Mein Gott, was ist mit deinen Augen los? Hast du Migräne?«

Carmen klappte das Handschuhfach mit einem Knall zu. »Ich erkläre dir jetzt nicht, wie man respektvoll mit einer Frau Mitte vierzig umgeht, die sich für ein Rendezvous schick gemacht hat.«

Sie zog die Sonnenblende mit dem Spiegel herunter, griff mit der anderen Hand nach einem Taschentuch, befeuchtete es mit Spucke und begann, den Lidschattenpuder von den Lidern zu putzen. Matthias überging die Bemerkung, setzte den Blinker und sprach, die Augen auf die spiegelglatte Nebenstraße mit Kopfsteinpflasterung gerichtet, weiter.

»Eben hast du gesagt, du und Gregor hättet einen Sofaabend geplant. Okay. Die Kollegen ermitteln bereits, aus welcher Funkzelle die Nachricht kam, analysieren das Foto der Toten, bla, bla, bla. Wir gucken uns jetzt die Leiche an, hören uns an, was Dr. Lott auf den ersten Blick zur Todesursache feststellt, legen die nächsten Ermittlungsschritte fest und fahren gemütlich nach Hause. Vielleicht klappt es noch mit dem Date.«

15

Er schaltete einen Gang runter. »Dein Haardutt sieht großartig aus.«

DUTT nannte der Banause ihre kunstvolle Hochsteckfrisur im lässigen Undone-Look! Carmen beschloss, Milde walten zu lassen, wahrscheinlich hatte Matthias die Bemerkung als Wiedergutmachung für den Kopfschmerzverdacht gemeint. Üblicherweise ging er sparsam mit Komplimenten um.

»Matthias, ohne Lakritz ist es mir unmöglich zu denken. Kannst du an der nächsten Ecke kurz auf die Tanke fahren? Und was meinst du mit Ermittlungsschritten festlegen? Selbst wenn wir die Leiche und die Fundumgebung in Augenschein nehmen – zuerst kommen die Spurensicherung und die Gerichtsmedizin mit ihren Einschätzungen. Bevor Todeszeitpunkt und Todesursache nicht feststehen, sind wir Statisten. Frierende Statisten«, fügte sie bei einem Blick aus dem Seitenfenster hinzu.

Ihr Kollege nickte. »Vielleicht. Schau in meine Jacke auf dem Rücksitz, linke Außentasche.«

Carmen angelte nach der dunkelblauen Daunenjacke, durchwühlte die bezeichnete Tasche. Es knisterte, sie zog eine lila Tüte mit schwarzer Schrift hervor und stöhnte.

»Die Jumbotüte! Matthias, ich will ein Kind von dir.«

»Nicht du auch noch. Was macht überhaupt Linus? Lernt er immer noch Tag und Nacht fürs Medizinstudium? Ich hab ihn lange nicht gesehen.«

Carmen betrachtete im Dämmerlicht des Wagens sein markantes Profil mit dunklem Bartschatten. Ihr entging nicht, wie sich seine Kiefermuskulatur spannte. Der erste Satz war ihm eindeutig herausgerutscht. Die nachgeschobene Frage nach Carmens Sohn Linus: reines Ablenkungsmanöver.

Wieso du auch noch?

Matthias hatte weder Frau noch Kind, er war erst seit Kurzem über die unerwiderte Liebe zu einer Annalena hinweg.

16

Allerdings wusste Carmen, dass die langjährige Beziehung mit seiner Ex-Freundin Feodora genau daran gescheitert war: Feo wollte Kinder und Matthias nicht. Sie beschloss, auf weitere Zwischentöne zu achten.

Matthias betätigte wiederum den Blinker, trat die Kupplung, und sanft rutschte der Wagen in die Kurve auf eine gestreute Hauptstraße.

»Hast du dich nicht gewundert, wieso ich dich angerufen habe, obwohl du weder Dienst noch Bereitschaft hast und wir nicht zuständig sind für den Bezirk?«, fragte Matthias, der das Auto vor einer roten Ampel knapp vor einem Zebrastreifen zum Stehen brachte. Ein alter Mann mit einem übergewichtigen, mottenzerfressenen Rauhaardackel schlurfte über die Straße.

»Nun ja, du benötigst meine fachliche Expertise. Und vielleicht magst du mich auch irgendwie? Eine Jumbotüte weiche Batzen! Aber nein, stimmt. Wenn wir nicht zuständig sind, wieso hast du mich angerufen?«

Sie stopfte sich eine Handvoll Lakritzbatzen in den Mund.

»Es scheint so, als ob wir es mit einem besonders psychopathischen Arschloch zu tun haben. Ich vermute, das Herzchen will spielen. Er oder sie will sich intellektuell duellieren. Und zwar mit dir.«

Carmen hörte auf zu kauen, hob die Augenbrauen und warf ihrem Kollegen im bläulichen Zwielicht des Wagens einen Seitenblick zu.

»Intellektuell duellieren? Okay, das mögen die Psychos richtig gern. Aber ausgerechnet mit mir? Was für ein Witzbold! Wie kommst du darauf?«

Carmen griff in die Tüte und hielt eine Sekunde später in der Bewegung inne. »Ach so, es dämmert mir: Der anonyme Hinweisgeber mit den Fotos nannte meinen Namen?«

Matthias überholte zügig einen Fischverkaufswagen, der aufgrund seiner Länge als eine Attraktion auf dem Wochenmarkt unter dem U-Bahn-Aquädukt in der Isestraße überregionale Berühmtheit genoss.

»Eher indirekt. Das zweite Foto zeigte eine Visitenkarte von dir am Ufer des Sees, versehen mit einer kryptischen Aufschrift.«

»Tja, na und? Wer weiß, vielleicht lag das Ding schon ewig dort. Irgendjemand hat damit Hundekacke aus seiner Schuhsohle gekratzt oder jemand hat sie verloren, vorher den nächsten Fußpflegetermin für Hühneraugenentfernung und die Abholtermine der Biotonne notiert. Es gibt tausend Möglichkeiten, warum die bekritzelte Karte an dem Ort gelegen haben mag.«

Matthias warf der Kollegin einen kurzen Blick zu. »Gewiss. Hundekacke, Hühneraugen und Biotonne. Dennoch, ein komisches Zusammentreffen, nicht wahr? In der Nähe einer Leiche wird die Visitenkarte einer bekannten Hauptkommissarin fotografiert und mit dem Bild der Toten an die Polizeileitstelle geschickt.«

3

Nicht weit entfernt erwachte Sarah Röckendorf aus unruhigem Dämmerschlaf. Das Sofa knarrte, als sie versuchte, in eine bequemere Position zu finden. Es musste schon recht spät sein, überlegte sie, die Zeitschaltuhr hatte das Licht im Aquarium vor den Gartenfenstern bereits ausgeschaltet. Ihr Arm kribbelte und ihr Kopf fühlte sich an, als wäre ihr eine Portion Zuckerwatte zwischen die Gehirnsynapsen geklebt worden. Dazu das taube Gefühl auf der Zunge. Kein gutes Zeichen, das wusste sie. Zudem hatte sie vorhin versäumt, die Vorhänge vor den bodentiefen Fenstern rechtzeitig zuzuziehen.

Ebenfalls nicht gut. Nein, gar nicht gut!

Inzwischen hatte sich Dunkelheit über den riesigen, verwahrlosten Garten gelegt, nur ein Licht im Obergeschoss der baufälligen Nachbarvilla schimmerte durch die schneebedeckten Äste der uralten Platanen.

Sie hatte geträumt, bestimmt wieder nur geträumt. Jenen häufigen Traum, in dem ein Taucher mit riesengroßen Puppen unter Wasser in einem Algenhain tanzte. Sie stand auf, trat ans Fenster. Die Lampe nebenan verströmte ein diffuses Licht. Da drüben, wo der Taucher wohnte. Nun ging die Leuchte aus. Gut.

Behutsam schloss sie die schweren Vorhänge.

Wenn nur Mutter endlich wiederkäme! Sie fürchtete sich in diesem alten Kasten, wo es Tag und Nacht knarrte, wo aus jeder Ecke plötzlich Fratzen auftauchen konnten. An der Decke, in der Teetasse – überall! Am übelsten setzten ihr die Clownsfratzen zu. In den letzten Tagen hatte sie sogar einen echten Clown gesehen. Drüben bei dem Taucher im Garten.

Wahrscheinlich.

Der hatte mit breitem Grinsen auf der uralten Hollywoodschaukel auf einem schimmeligen Polster gesessen. Direkt hinter ihm hatte der Taucher gestanden und ihm mit einer im Sonnenlicht blitzenden Schere die Haare geschnitten. Trotz des geschlossenen Fensters hatte sie sowohl das Klappern der Schere als auch das Quietschen der rostigen Stahlfedern gehört. Immer dann, wenn der Taucher mit einem Bein die Schaukel in Bewegung setzte. Das Geräusch hatte ihr die Härchen auf den Armen aufgestellt.

Was hatte Mutter gesagt, als sie fortfuhr?

»Wenn es dir schlecht geht, wenn du meinst, fremde Gestalten, Fratzen oder einen Taucher zu sehen, geh in die Küche, setz dich auf den Stuhl, schlage die rote Mappe auf. Nimm dir Zeit und lies sie in Ruhe durch. Okay?«

Genau das würde sie jetzt tun.

Mit steifen Beinen ging sie in die Küche, setzte sich an den Tisch. Schlug den Hefter auf.

Schon die erste Seite beruhigte sie.

Du bist Sarah Röckendorf, stand als Überschrift in Großbuchstaben auf dem Blatt.

Darunter hatte Mama ein Foto geklebt. Heute erkannte sie sich sofort, das straßenköterfarbene Haar, die dürre Silhouette vor einer Düne mit Strandhafer. Das Bild hatte Mutter gemacht, als sie ein paar Tage auf Norderney verbracht hatten. Während sie es betrachtete, hörte sie das Anbranden der Wellen, das

Kreischen der Möwen. Sie lauschte dem eine Weile, stellte sich vor, wie genau diese Schallwellen, die sie dort gehört hatte, ihren unendlichen Weg im Universum fortsetzten. Inzwischen weit, weit entfernt von ihr.

Ihr Blick fiel wieder auf das Foto.

Gut.

Nicht immer konnte ihr Verstand etwas mit dem Bild auf der ersten Seite anfangen.

Sie las den Text darunter, geschrieben in Mamas schwungvoller Handschrift:

Du bist neunundzwanzig Jahre, neun Monate und achtzehn Tage alt. Man hat bei dir als Kind eine posttraumatische Störung mit wiederkehrenden psychotischen Schüben diagnostiziert. Das ist nichts Schlimmes, man kann damit LEBEN. Bitte ruf die Telefonnummer auf der nächsten Seite an, wenn du nicht weiterweißt. Es ist die Nummer deiner großen Schwester. Sofern du es nicht sofort schaffst, nimm die Notfallration (liegt am Waschbecken im kleinen Bad, die WEISSEN, NICHT die ROTEN Pillen!!!) und ruf dann Jasmins Nummer an.

Ich bin morgen zurück. Mama.

Sarah atmete tief durch.

Gut, sehr gut.

Das mit der Mappe funktionierte. Das hatte Mutter prima organisiert. Sarah hatte ein Blatt eingefügt und den Text auf die erste Person Singular geändert:

Ich bin Sarah Röckendorf. Ich bin neunundzwanzig Jahre, neun Monate und achtzehn Tage alt …

Wenn sie durcheinander war, dann las sie den Absatz wieder und wieder, wie ein Mantra.

Ihr Herz schlug jetzt ruhig und gleichmäßig. Es schien unnötig, weitere Seiten zu betrachten. Sie würde weder die Pillen brauchen noch die Telefonnummer anrufen. Sarah stand auf, schob den Stuhl an den Tisch, kurz hielt sie in der

Bewegung inne. Sie warf einen Blick auf den Wandkalender, auf dem sie sorgfältig jeden Morgen den gestrigen Tag abstrich. Sie hatte erkannt, wie essenziell es war, dass die gleichförmige Zeit durch dieses Ritual eine Struktur bekam. Doch etwas irritierte sie. Es dauerte einen Moment, bis sie den Grund erfasste.

Das Datum auf der ersten Seite ihrer Mappe wich ab vom Kalenderdatum. Nicht um den einen Tag, für den Mama ihre Rückkehr versprochen hatte.

Nein, es lag fast auf den Tag genau zwei Jahre zurück.

4

Bei diesem Wetter herrschte auf den Nebenstraßen kaum Verkehr. Gespenstisch leer gefegt die Bürgersteige, ein einsames Liebespaar lehnte eng umschlungen am eisernen Geländer einer der vielen kleinen Brücken, die über die verzweigten Kanäle der Stadt führten. Der Atem der beiden kondensierte als zusammenwachsende Wolke über ihren Köpfen. Versunken in Gedanken an das, was sie gleich an Schrecken zu sehen bekämen, betrachtete Carmen die vorbeigleitende ruhiger werdende Stadt.

Beinahe hätten die Ermittler die Abzweigung zum Kupferteich verpasst. Sie hielten am Kupferdamm. Von hier aus zweigte ein Rad- und Wanderweg ab in die Berner Au, dessen Einmündung mit gestreiftem polizeilichem Flatterband bereits abgesperrt worden war. Circa zweihundert Meter von ihrem Standort entfernt konnten sie Lichter erkennen. Die Spusi mit ihren Hochleistungsscheinwerfern. Schneegrieseln hatte eingesetzt, der Weg führte über Schlaglöcher und Baumwurzeln. Einige Beamte in weißen Ganzkörperanzügen begannen am Seeufer ein Zelt aufzubauen, um die Leiche vor neugierigen Blicken zu schützen.

»Ist das doppelte Lottchen schon da?« Carmen krallte sich an der Daunenjacke ihres Kollegen fest, während sie auf die Lichtquelle zustolperten.

»Bestimmt! Astrid wollte sie anrufen. Außerdem hoffe ich, dass die beiden noch lange nicht in Rente gehen. Ich habe heute Morgen zufälligerweise den potenziellen Nachfolger von Dr. Joachim Lott in der Gerichtsmedizin kennengelernt. Laut, blöd und unwitzig.«

»Bei laut kann man zur Not weghören, blöd ist in dem Beruf unvorteilhaft. Aber unwitzig scheint mir der gravierendste Charakterfehler zu sein.«

Carmen stapfte durch den verharschten Schnee und dachte an die Brüder Lott. Dr. Joachim Lott, der Gerichtsmediziner, und Dr. Sebastian Lott, der Polizeipsychologe, traten meistens im Doppel auf. Die liebenswürdige Schnörkellosigkeit des einen, der sein Leben dem Leicheninterpretieren verschrieben hatte, wurde durch den trockenen Humor des Psychologen, dessen Steckenpferd die Analyse von Leichenfundorten war, ergänzt. Unvorstellbar, bei der Arbeit auf die beiden Impulsgeber zu verzichten. Carmen glitt auf einer Eispfütze aus und hielt sich im letzten Moment an Matthias fest, womit sie gerade noch einen Sturz verhinderte. Mithilfe einer Taschenlampe beleuchtete sie den Weg und stakste Richtung Seeufer. Gefrorene Grashalme knirschten unter ihren Sohlen, der Schnee glitzerte im Licht. Über dem Wald am anderen Ufer hing ein fast runder Mond. *Es fehlt nur ein Fischreiher, der uns mit kahlem Kopf und krummem Hals auf einem Bein stehend empfängt, dann sind alle Gruselklischees bedient*, dachte Carmen. Doch trotz der pragmatischen Sicht auf die Szenerie fühlte sie eine Gänsehaut über den Rücken rieseln.

Ein Kollege in einer dicken Teddyfelljacke bemerkte die beiden Neuankömmlinge und trat auf sie zu. Sören Lambeck, der Chef der Spurensicherung, den alle den *Mufflon* nannten.

Er gehörte derartig lange zum Team, dass sich niemand erinnerte, ob die wellenförmige Frisur, die beidseitig neben der Stirn zwei Locken aufspringen ließ, oder seine sprichwörtliche Muffigkeit ihm den Spitznamen eingetragen hatte.

»Hallo Sören«, begrüßte Carmen ihn. »Was soll das denn? Die Leiche liegt ja immer noch auf dem See!«

Er grunzte, drehte eine filterlose Zigarette zwischen den Fingern. Zwar hatte er sich vor Kurzem das Rauchen abgewöhnt, doch auf das Hantieren mit dem einstigen Suchtmittel schien er nicht verzichten zu wollen.

»Jo. Kannst ja du raufgehen und absaufen.«

»Okay, sind die Kollegen mit dem Bergungskran unterwegs?«

»Yep.«

* * *

Eine halbe Stunde später erstarb das nervenzerfetzende Geräusch, das die Bergungsarbeit begleitete, als ein Mitarbeiter den Hinterkopf der Leiche schließlich aus dem Eis geschnitten hatte. Immer wieder hörte man das Knacken und Bersten des durch diese Aktion weiter aufreißenden Eises. Ein mobiler Kran hievte mit einer Schlaufe die Tote vorsichtig auf den inzwischen von Standscheinwerfern voll ausgeleuchteten Uferbereich zwischen zwei mächtige Eichen.

Endlich, dachte Carmen. Sie fror erbärmlich in dem kurzen Kleid unter der Jacke. Das Date mit Gregor hatte sie innerlich endgültig abgehakt. Die ganze Vorfreude und Choreografie, alles für die Katz!

Der Gerichtsmediziner Dr. Joachim Lott trat als Erster an die Leiche heran, die von zwei Helfern in Schutzanzügen in das provisorische Zelt auf eine Plane gelegt worden war. Carmen spähte über seine Schulter. Das Licht beleuchtete bläulich schimmernde Haut. Die Augen, auch der Mund waren weit geöffnet und die asymmetrisch geschnittenen dunklen Haare standen steif gefroren von dem knochigen Kopf ab. Ein Arm ragte unnatürlich abgewinkelt in die Luft. Soweit Carmen erkennen konnte, war die Tote vollständig bekleidet und ihr anderer, dicht am Körper anliegender Arm gebrochen. Sie trug einen Gipsverband, an dem eine Handtasche hing. Carmens Blick wanderte zurück zum Gesicht. Es schien den Moment allergrößter Pein eingefroren zu haben. Carmen hatte im Laufe ihrer Polizeikarriere viele Leichen in den unterschiedlichsten Verwesungsstadien betrachten müssen. Selten hatte ein totes Gesicht sie gleichermaßen berührt und entsetzt. Sie wandte sich ab, denn das Allerschlimmste war die klaffende blau-lilafarbene Wunde am Hals der jungen Frau, die zugleich die Erklärung bot für den blanken Horror im Gesichtsausdruck des Opfers.

Grauenhaft. So jung. Brutal, wie Tod und Witterung ihr zugesetzt hatten, war das Alter schwer zu schätzen, Carmen taxierte sie auf Mitte zwanzig.

Welches Grauen mochte sie hinter sich haben?

Keine Minute später erhob sich Dr. Lott vor ihr und presste eine Hand auf seinen schmerzenden Rücken. Mit der anderen schob er die Lesebrille auf die Stirn.

»Na, das is ja een dolles Ding. So was habe ich in meiner gesamten Laufbahn noch nicht erlebt. Großartig! Ne, Kinners, watt scheun! Ich habe gute Nachrichten, die besten, die es unter diesen Umständen geben kann!«

O mein Gott! Jetzt wird der arme Mann senil, dachte Carmen. Was sollten in dieser Situation hervorragende Botschaften sein?

Vielleicht eine Visitenkarte vom Mörder oder ein Geständnis mit Adresse und Telefonnummer?

Doch dann fiel ihr etwas noch Besseres ein, und bevor sie sich bremsen konnte, sprudelte es aus ihr heraus.

»Okay, Sie werden uns gleich sagen: April, April! Ihr seid umsonst aus euren Löchern gekrochen, die Leiche ist gar nicht tot! Wir wickeln sie jetzt in eine Decke, legen ihr eine Wärmflasche auf den aufgedunsenen Bauch und in zehn Minuten, sobald ihre Lippen nicht mehr dunkellila sind, und spätestens in fünfzehn Minuten, wenn die klaffende Wunde an ihrem Hals verheilt ist, können wir sie aufsetzen und ihr könnt sie fragen, wer sie ermordet hat!«

»Leichen sind übrigens immer tot«, flüsterte Matthias hinter ihr. »So ist der Begriff ›Leiche‹ nun einmal definiert.«

Carmen ignorierte den berechtigten Einwand, denn Dr. Lott begann mit den Füßen gegen die Tote zu treten.

Heilige Scheiße, nicht senil! Schlimmer: Der gute Mann ist komplett verrückt geworden!

Unfähig, sich aus der Erstarrung zu lösen, blickte Carmen auf die absurde Szenerie.

Dr. Lott versetzte der Toten einen Tritt gegen den eingegipsten Arm, drehte sich lächelnd zu der entsetzten Carmen um.

»Jo, mien Deern, das würd mich auch bannich freuen, aber es ist noch viel besser! Nu passt mal alle auf: Das hier ist keine Leiche. Sondern eins der Dinger, die meine hochdeutsch sprechenden Kollegen in Film und Fernsehen auf ihren Seziertischen mit ernsten Gesichtern aufschnippeln. Die Püppchen kann man bei eBay kaufen.«

Carmen durchsuchte ihre Jackentaschen nach einer Zigarette, fand ein zerknittertes Exemplar, ließ sich, ohne den Blick von Dr. Lott zu wenden, von Sören Feuer geben. Mit Mühe räusperte sie sich. Sie hatte auf einmal einen ganz trockenen Hals.

»'tschuldigung, Herr Dr. Lott, ich habe gerade verstanden: Die könnt ihr bei eBay kaufen.«

Matthias fingerte ihr die Zigarette aus der Hand und nahm einen Zug, dann gab er sie ihr zurück.

»Das könnte daran liegen, dass Dr. Lott genau das gesagt hat.«

»Was? Ich glaub, es hackt! Man kann neuerdings Leichen im Versandhandel bestellen?«

»Leichendummys«, sagten die Lotts unisono. Inzwischen war der Gerichtspsychologe Sebastian Lott neben seinen Bruder getreten. »Mit echten Leichen sind die wohl noch nicht so weit.«

So bizarr die Situation sich entwickelte, ein Gedanke bahnte sich endlich den Weg in Carmens Bewusstsein: Gott sei Dank, es befand sich keine brutal ermordete Frau vor ihnen im Zelt! Es war lediglich eine Leichenattrappe von einem zugefrorenen See geborgen worden. Mehr nicht. Was das bedeuten mochte, darüber würde sie später nachdenken.

Eine Bewegung am Waldsaum und das Geräusch von Spikes im verharschten Schnee lenkten sie ab. Matthias hatte die Silhouette ebenfalls bemerkt. Carmen war schneller, sie riss einen Mitarbeiter der Spusi am Arm herum. »Fangt mir mal den Jogger dahinten in dem Kakadu-Anzug mit der Stirnleuchte ein. Vielleicht hat der etwas beobachtet. In der letzten halben Stunde ist er trotz Absperrung zweimal vorbeigerannt!« Der Angesprochene blickte zum Waldrand und Matthias zeigte auf einen Läufer in einem kunterbunten Jogginganzug. Sofort sprinteten zwei Spusi-Mitarbeiter los.

Aus dem Zelt schälte sich Sören, der sich nach Dr. Lott einen ersten Eindruck über das Opfer, das keines war, verschafft hatte. In den Händen hielt er eine geöffnete Handtasche, die er von dem Gipsarm geborgen hatte. Carmen erkannte ein Handy in den Tiefen der Tasche und ein Portemonnaie, das er auffächerte und in dem Bankkarten, Führerschein sowie ein Studentenausweis steckten.

»Nala Averhoff«, las Carmen. Sie blickte in ein offenes Gesicht umrahmt von dunklen Haaren. Asymmetrisch geschnittene Seitenscheitelfrisur.

Verdammt, die sieht exakt aus wie der Dummy hinter mir im Zelt.

Eigentlich ein Glücksfall für das Team, auf ein Handy zu stoßen. Inzwischen waren die technischen Möglichkeiten so ausgereift, dass die Spurensicherung es trotz dessen Aufenthalts im Teichwasser hundertprozentig wieder zum Leben erwecken würde. Zudem Ausweispapiere. Viele Hinweise, alles Dinge, die Licht in das Dunkel dieser absurden Lage bringen konnten. Doch das unheimliche Gefühl, das Carmen beim Anruf von Matthias angehaucht hatte, verstärkte sich mit jeder Information, die ihr durch den Studentenausweis gereicht wurde: Studentin der Chemie, vierundzwanzig Jahre alt. Wohnhaft im Stadtteil Winterhude. Das war eine echte Person! Und dass dieser Leichendummy der Kriminalpolizei ihre Papiere überreichte, konnte nur bedeuten, dass die reale Nala Averhoff in sehr realer Gefahr schwebte.

5

Jasmin Mehlfort beschloss, für heute aufzuhören. Ihre Augen brannten, als ob jemand Pfeffer hineingerieben hätte. Sie sah auf die Armbanduhr. Kurz nach drei Uhr früh. Wolfsstunde. Eine Zeit, in der die meisten Unfälle passierten. Eine grausame Grübelstunde, die selten zu Lösungen führte, weil der Körper im nächtlichen Sparmodus die Produktion Glück spendender Hormone zugunsten der Aufrechterhaltung grundlegender Zellerneuerungsprozesse drosselte. Sie wusste das alles. Deshalb erhob sie sich von dem Schreibtischstuhl, in dem sie sechs oder mehr Stunden verbracht hatte, ohne außer ihren Händen auf der Tastatur einen Muskel zu bewegen. Ihr Rücken schmerzte. Über das knarrende Parkett ihrer Altbauwohnung tappte sie ins Schlafzimmer, um einen Pashmina-Schal zu holen.

Hauptberuflich arbeitete Jasmin an der Universität für Naturwissenschaften und dem angeschlossenen Forschungsinstitut, jedenfalls bis vor einem Monat. Seit jedoch ihre Beziehung zu Pierre gescheitert war, außerdem Unregelmäßigkeiten in der wissenschaftlichen Methodik ihrer Abteilung entdeckt worden waren, hatte sie ein Sabbatical eingereicht, das von der Universitätsleitung mit beleidigender Schnelligkeit akzeptiert wurde. Um die lähmenden Stunden der Untätigkeit zu bannen, widmete sie sich seither ihrem Steckenpferd, der Kriminalistik.

Der Schal wärmte kaum ihr erstarrtes Inneres und ihr Blick fiel auf das umgedrehte Bild auf dem Schreibtisch. Die Wunde in ihr begann gerade erst zu heilen. In der Nacht, besonders in dieser Zeitphase, war sie oft unfähig, die Fotografie verdeckt liegen zu lassen. So auch jetzt. Sie gönnte sich den Moment klebrigen Selbstmitleids. Zärtlich strichen ihre Fingerkuppen über die zwei eingefrorenen Gesichter hinter Glas. Das Bild hatte Pierre mithilfe eines Selfie-Sticks geschossen, sie beide standen vor dem mystischen »Golden Rock« in Myanmar. Jasmin wehten die rotgrauen Afrolocken in die Stirn und niemals hatte sie breiter gelacht als auf diesem Foto. Pierre sah deutlich ernster aus, weil er sich mit dem Selfie-Stick nicht auskannte. Etwas verpeilt schaute er in die Linse. Pierre, der sie für eine zugegebenermaßen begabte Studentin der Chemie verlassen hatte.

Am Abend des Tages, als sie ihren Schreibtisch am Institut geräumt hatte, gründete Jasmin einen Krimiblog. Mittlerweile hatte sie Tausende von Followern, die sie jeden Tag mit neuen Einfällen füttern musste. Ihr Konzept war so einfach wie durchdacht: Aus echten Nachrichtenfetzen der Boulevardpresse spann sie Geschichten. Sie hatte schnell erkannt, dass es einen riesigen Markt dafür gab. Die Leute lasen eine Schlagzeile wie »Frau vergiftet Ehemann über Jahre mit hochdosiertem Vitamin A«. Meist folgte der Headline ein kurzer Artikel, in diesem Fall einer, der den Tod des Gatten zum Inhalt hatte. Doch niemals leuchtete der Reporter in die Abgründe dieser Ehe, auf das eigentlich Spannende, das zu der Apokalypse geführt haben mochte. Längst nicht immer war das wirkliche Opfer der oder die Tote. In dem Vitamin-A-Fall hatte der Mann seine Frau jahrzehntelang drangsaliert, bis jene zum Befreiungsschlag ausholte. Typisch und gleichermaßen paradox erschien in solchen

Konstellationen, dass die »Täter« keine Schuldgefühle entwickelten. Erleichtert und befreit gingen sie ins Gefängnis. Alles schien besser als der private Knast, dem sie durch die Tat entronnen waren. Natürlich gab es haufenweise True-Crime-Magazine, dort wurden spektakuläre Mordfälle investigativ recherchiert. Diese Option hatte Jasmin selbstverständlich nicht, aber sie hatte eine lukrative Marktlücke entdeckt.

Ihre Blog-Teilnehmer interessierten sich weniger für die großen Schlagzeilen-Fälle. Sie folgten Jasmin bei der Beleuchtung des ganz alltäglichen Wahnsinns in den Randnotizen der Presse. Fakten berührten sie deutlich spärlicher als die Möglichkeiten, die sich hinter einem Dreizeiler in einer Zeitungsmeldung auftaten. Kurz gesagt: Ihre Follower dürsteten danach, von Jasmin eine eventuelle Hintergrundgeschichte zu erfahren. Durch Jasmins Fantasie in eine Hölle zu schauen. Sie schuf ihnen sozusagen eine Halbrealität.

Und darin war sie gut! Abgründe entdecken, sie grell auszuleuchten! Seit ein paar Tagen hatte sie den Blog interaktiv gestellt, sodass Vorschläge zur nächsten Story gemacht werden konnten.

Ihr war bewusst, dass sie sich moralisch auf glattem Parkett bewegte, da sie als Basis ihrer Geschichten echte Menschenschicksale benutzte. Sie beruhigte sich damit, dass Krimiautoren nichts anderes taten: Irgendein klitzekleines Wahrheitsschnipselchen inspirierte sie zu einem mörderischen Psychothriller. Doch seit Kurzem überkam sie ein gewisses Unbehagen. Zudem begann ihr das Ganze über den Kopf zu wachsen. Es kamen oft bizarre Vorschläge aus der Gruppe der Fans. Nicht auf jede Wendung wäre sie selbst gekommen, nur genau das wurde zunehmend zum Problem. Es meldeten sich wirklich Gestörte auf der Seite. Vielleicht sollte sie den Blog wieder aufgeben?

Auf die Werbeeinnahmen konnte sie wahrhaftig verzichten. Sie hatte stets gut verdient und die kurze Ehe mit dem renommierten Neurowissenschaftler Christian Mehlfort war kinderlos geblieben. Der einzige Sohn aus Christians erster Ehe war an einer Überdosis verstorben, sodass sie keinerlei Verpflichtungen wem auch immer gegenüber fühlte. Sie mochte junge Leute und hatte jahrelang an der Universität begabte Studentinnen gefördert.

Nein, der Blog war weder finanziell noch emotional essenziell für sie.

Sie gähnte, sie war hundemüde und begann trotz des Schals zu frieren. Gerade als sie den Laptop aus dem Schlafmodus weckte, um ihn herunterzufahren, poppte eine Nachricht auf ihrer Blog-Seite auf.

> Polizei blamiert sich am Kupferteich – statt einer Leiche wird mit aufwendigem Geschirr eine Schaufensterpuppe mit Handtasche und durchgeschnittener Kehle vom Eis gerettet.

Mehrere Tränen lachende Smileys zierten die Mitteilung. Dann ein PS:

> Der Presse gebe ich erst morgen einen Tipp! Denn wer weiß? Vielleicht war die Puppe mit der Handtasche nur ein Vorgeschmack auf einen geplanten Mord? Machen Sie etwas daraus!

Jasmin warf einen Blick auf Profilbild und Namen des Absenders. Der nannte sich K Punkt Kowalla. Niemals eine echte Identität, notierte sie im Geiste. Das Bild zeigte den Kopfausschnitt aus Munchs Bildnis »Der Schrei«.

Entsetzlich unoriginell, dachte sie. Warum griffen Menschen in der Absicht, originell zu sein, auf die immer gleichen Klischees zurück? Gleichwohl spürte sie, dass der Absender genau diesen Gedanken in ihr erzeugen wollte. Fake-Name, Klischee-Bild. Sie fühlte einen Nerv unter dem Auge vibrieren. Da ging etwas. Ideen formten sich in ihrem Hirn, Handlungsfäden für eine fiktive Geschichte. Gegen ihren Willen hatte K Punkt Kowalla sie gepackt.

Sie tappte im Dunkeln in die Küche. Beinahe wäre sie über Schrödinger, den Kater mit Zornesfalte auf der Stirn und ewig beleidigtem Gesicht, gestolpert. Pierre hatte ihn mit ins Haus gebracht. Bei seinem Auszug hatte sie ihn gebeten, das Tier mitzunehmen.

»Jaja, später, wenn du ihn partout nicht magst«, hatte der erwidert und genauso griesgrämig geguckt wie der Kater.

Sie scheuchte Schrödinger weg, öffnete die Kühlschranktür und schenkte einen Rest Weißwein in ein Wasserglas ein. Nun würde sie nicht vor dem Morgengrauen ins Bett finden. Schließlich klang das höchst interessant! Wer, in Teufelsnamen, legte eine Puppe, die eine Leiche darstellte, auf einen zugefrorenen See? Und viel wichtiger: Warum? Was befand sich in der Handtasche? Wenn es wirklich der Auftakt zu einem echten Mord wäre?

6

Sonnabend, 9. März

Der nächste Morgen lockte mit Sonnenschein, als wollte er das Surreale der vergangenen Nacht vergessen machen. Das Thermometer vor Carmens Küchenfenster zeigte vier Grad über null. Tauwetter, es tropfte von den Dachrinnen und den Bäumen. Wenn doch der Frühling endlich käme! Aber für die kommende Nacht prognostizierte der Wetterbericht weiterhin Frost.

Carmens innere Quecksilbersäule befand sich ebenfalls unter der Nullgradgrenze. Sie knallte zwei Becher Kaffee auf den Küchentisch, sodass sie überschwappten. Mit einem Geschirrtuch, das zerknüllt auf einem Stapel Zeitschriften lag, wischte sie die Pfütze weg. Sie ließ sich auf einen Stuhl fallen, stand nach einem Blick auf den Tisch wieder auf, um den Zuckerstreuer für Matthias aus dem Regal über der Spüle zu hangeln.

»Wir haben nichts! Absolut nada! Keine Leiche, folglich keine Obduktion, deshalb keine Erkenntnisse zu Todesart und Todeszeit. Wie auch, wenn niemand tot ist? So weit, so logisch. Sören meldet: keine fremde DNS, nowhere! Weder an der Attrappe von Nala Averhoff noch an ihrer Handtasche oder deren Inhalt. Die anonyme Mitteilung mit den Fotos an die Polizei wurde, loogissschhhh, von einem Prepaidhandy abgesandt. Meine Visitenkarte mit den unentzifferbaren Kritzeleien wurde loogissschhhh nicht am Seeufer gefunden. Die Funkzellenüberprüfung von Nalas Handy: null, denn, loogissschhhh, es ist seit Tagen abgeschaltet. An ihrer Adresse in Winterhude haben die Kollegen gestern Abend niemanden angetroffen. Erkenntnisgewinn aus der Befragung von dem joggenden Utz im Kakadu-Anzug: Nulllinie. Partiell hirntot, der Typ. Kein normaler Mensch rennt jeden Tag achtzehn Kilometer. Ich wiederhole: jeden Tag achtzehn Kilometer in der Berner Au. Immer die gleichen Kilometer auf und ab, auf und ab. Und nochmals auf und ab, auf und ab. Sieht dabei nichts, den Fokus auf die Puls- und EKG-Werte auf dem Fitnesstracker gerichtet! Das Schönste kommt erst noch: Der Typ ist als Oberstudienrat wegen Burn-out frühpensioniert!«

Sie knallte die Mappe, die Matthias mitgebracht hatte, auf den Tisch.

Matthias streckte seine Beine unter den Küchentisch, dehnte gleichzeitig die Halswirbelmuskulatur, indem er den Kopf nach links und anschließend nach rechts überstreckte.

Seit er sich die Haare wachsen ließ, sah er richtig … nun ja, geil aus, dachte Carmen mit Blick auf den jüngeren Kollegen. Sie sah schnell wieder weg.

»Der Kakadu heißt Harald Tier. Ja, gut erkannt: ein sehr fitter Oberstudienrat bei der Laufleistung. Siebenmal achtzehn Kilometer pro Woche, das sind ungefähr fünfhundert Kilometer im Monat. Das fahre ich privat nicht mit dem Auto. Was an dem Typen triggert dich dermaßen, dass du ihm sogleich einen Hirntod attestierst?«

Er zog die Beine an, ließ mit kreisender Kopfdrehung nach rechts und links die Halswirbel knacken.

Es ist die Kombination, dachte Carmen, die Harald Tiers Befragung nur quergelesen hatte. Schon aus den ersten Sätzen troff die Selbstgerechtigkeit eines Misanthropen. Mit Wonne ließ sie ihre Vorurteile zügellos weiterschießen: »Es ist die Kombi aus zwanghafter Selbstoptimierung, belehrendem Dozieren und Frühpensionierung wegen Burn-out. Garniert mit der durch jede Bemerkung durchschimmernden Überzeugung, sich die Weisheit nicht mit Löffeln, sondern mit Suppenkellen einverleibt zu haben.«

Matthias nippte an dem Kaffeebecher, streute Zucker nach und rührte das Gebräu in Ermangelung eines Löffels mit seinem Kugelschreiber um.

»Okay. Alles Scheiße. Nur, wir müssen uns damit abfinden, so grausam es ist. Keine Leiche bedeutet: kein Mandat für Ermittlungen. Sollte Nala Averhoff tatsächlich verschwunden sein, ist sie ein Fall für die Vermisstenstelle, also nicht für uns, die Mordkommission.«

Da Carmen immer noch schwieg, fügte er hinzu: »Streng genommen haben wir gestern Abend lediglich eine Handtasche gefunden. Das ist wiederum nicht unsere Sache, sondern eher die des zentralen Fundbüros in der Luruper Chaussee.«

Carmen erwachte aus ihrer Erstarrung.

»Ja, wir haben gestern Abend eine Handtasche gefunden. An der originellerweise eine Leichenattrappe mit durchgeschnittener Kehle hing. Die könnten wir eigentlich nachher ins Fundbüro tragen, vielleicht vermisst die inzwischen irgendjemand. Der braucht dann wenigstens keine neue Leiche bei eBay zu bestellen.«

Irgendwo im Haus begann jemand *Que será* in Überlautstärke auf einem Klavier zu spielen. Matthias beendete seine Dehnübungen, setzte sich aufrecht hin.

»Juristisch gesehen ist der Leichendummy illegal entsorgter Sperrmüll in der Natur. Nicht mehr und nicht weniger.«

Carmen seufzte. Natürlich hatte er recht.

Nur, das üble Gefühl in ihr ließ sich nicht besänftigen. Im Gegenteil. Mit einem Ruck wischte sie die Ermittlungsmappe vom Tisch.

»Weißt du was? Das ist mir alles piepegal. Kein Mandat. Sperrmüll. Fundbüro. Ich fahre jetzt persönlich zu Nala Averhoffs Adresse in Winterhude. Wenn ich Nala gesund und munter antreffe, gebe ich Ruhe. Aber, und das garantiere ich dir: Das wird nicht der Fall sein!«

7

Hinter dem Fenster des kleinen gemütlichen »Café Zeitlos« an der Ecke Lehmweg sprang ein blonder Spargel auf und winkte wild. Carmen ging zwei Schritte zurück und erkannte Linus. Im Café war es mollig warm, es duftete nach Mohnkuchen. Sie trat die Stiefel auf der Fußmatte ab und steuerte auf den Tisch zu, an dem ihr Sohn und sein Kommilitone Lukas sofort einen Stuhl von einem Stapel Unterlagen befreiten, damit sie sich niederlassen konnte. Beide strahlten sie an. Linus, der Schlaks mit seinem Koboldgrinsen, und Lukas, doppelt so breit, mit wenigen hellen Haarfusseln, dessen freundliches Gesicht sie an ein lachendes Ei erinnerte. Wie auf Kommando klappten sie ihre Notebooks zu. Carmen konnte im Augenwinkel auf dem Bildschirm von Linus den Titel der Website erkennen. *CLAVIS*.

»Ich gehe gleich schlafen«, gähnte Linus, »wir haben die halbe Nacht gelernt. Endokrinologie, Krankheiten von Galle und Leber. Du glaubst nicht, wie übel eine aufgeschnittene Fettleber oder eine Leberzirrhose im Endstadium aussieht. Und die Krampfadern, die wegen des Pfortaderstaus in der Speiseröhre entstehen! Wenn du die aufschneidest, das knallt richtig. Weißt du, dass man bei zunehmender Umwandlung des Lebergewebes in Bindegewebe immer müder wird, weil das

Bindegewebe eben Bindegewebe ist und Bindegewebe weder dafür gedacht noch in der Lage ist, die Entgiftung des gesamten Organismus zu bewerkstelligen?«

Mhm, dachte Carmen, Linus ist wirklich bettreif, normalerweise wäre er bei einem komplexen Thema wie der Leber in die molekularen zellbiologischen Details gegangen. Die Bindegewebeinformation kannte sie bereits. Die Lektüre der *Apotheken-Umschau* hielt sie bei der Problematik Fettspeicherung und sonstigen gesundheitlichen Malaisen ausreichend in abstrakter wie bunter Darstellung recht plastisch auf dem Laufenden.

»Die *Heiße Oma* ist sehr zu empfehlen«, unterbrach Lukas Linus' Vortrag, der bemerkt hatte, dass Carmen auf die Karte schielte. Carmen dachte an ihr schlaffes Bindegewebe im Oberbauchbereich und in Anbetracht dessen, was sie soeben gehört und was sie gleich noch vorhatte, verwarf sie die charmante Idee, sich schon am frühen Vormittag mit Eierlikör, Sahne und Mohnkuchen zu sedieren.

»Tut mir leid, Jungs, ich muss geradewegs weiter.«

»Oh, ein neuer Mordfall?«, fragte Linus, der tatsächlich kaum noch die Augen offenhalten konnte und begann, Unterlagen und Laptop in seiner Tasche zu verstauen.

Carmen stand auf.

»Noch nicht, aber ich bin der Überzeugung, ein Mord steht unmittelbar bevor.«

* * *

Der Baumkamp im Stadtteil Winterhude lag in direkter Nähe zum Stadtpark. Carmen stoppte vor einem Haus, das in seiner kalten Pracht wie ein Statement wirkte und nur eine Architektenvilla sein konnte. Futuristisch mit schiffsbugähnlichem Giebel thronte es in einem Steingarten, in dem sich als einziger Schmuck ein mit grüner Folie abgedeckter Zierfischteich befand. Das Ganze musste ein Vermögen wert sein, doch die schießschartenschmalen, schwarz gerahmten Fenster im Obergeschoss sowie der kalkweiße Anstrich der Vorderfront strömten eine Sterilität aus, die jeden Besucher zögern ließ, auf die Klingel neben dem Gartentor zu drücken.

Alan Averhoff, Architekt

Nora Averhoff, freischaffende Künstlerin, las Carmen auf der DIN-A4-Blatt-großen Chromtafel neben der Klingel. Carmen ahnte, dass sie es gleich mit Menschen mit viel Sendungsbewusstsein zu tun bekäme.

Das Tor öffnete sich mit einem dezenten Surren, gleichzeitig richteten sich am Beginn der kieselgestreuten Auffahrt zwei auf Masten montierte Kameras auf Carmen aus. Auf dem dunklen Granittreppenabsatz fünfzig Meter dahinter stand eine Frau, die eine ältere Schwester von Nala Averhoff hätte sein können. Eingehüllt in ein kariertes sackartiges Kleidungsstück, aus dem in Brusthöhe nackte dürre Ärmchen ragten.

»Na, das ging aber schnell! Mein Mann ist erst vor einer halben Stunde los, um sie vermisst zu melden, und schon kümmert sich die Kripo höchstpersönlich darum. Ich wollte ja gleich einen privaten Suchdienst engagieren«, sagte die Hausherrin, die nur einen kurzen Blick auf Carmens Ausweis warf. »Kommen Sie rein, haben Sie sie gefunden? Ich hoffe, nicht bei einer Drogenrazzia oder ähnlichen den guten Ruf zerstörenden Aktivitäten!«

Carmen betrat das Haus. Etwas irritiert blickte sie sich um. Es gab kaum Wände. Keinen Flur, keine Diele, nichts. Sie stand in einer Halle, oder wie es wohl ein Immobilienmakler marktgerecht formuliert hätte: »Sie betreten ein unkonventionelles, lichtdurchflutetes Loft!« Dessen drei der vier Außenwände nackter, unverputzter Beton bildete. Im Hintergrund sah sie eine Dreißig-Quadratmeter-Küche, die in ihrer Sterilität dem Laborbereich in der Gerichtsmedizin glich. Weißer Hochglanzlack, eine chromglänzende Kochstelle, daneben Arbeitsflächen aus grauem Marmor mit Abflussrillen, die an einen Seziertisch erinnerten. Sogar der Abspülschlauch über der Spüle hing in einer ähnlichen Schlaufe von der Decke wie bei Dr. Lott in seinem Obduktionssaal. An der linken Wand kurz vor der beeindruckenden Glasfront zum Garten zog sich eine geländerlose Treppe in ein oberes Stockwerk. Scheinbar gläserne, frei schwebende Stufen, die von unten beleuchtet wurden.

»Jeder, der hier zum ersten Mal hereinkommt, ist zunächst überwältigt von der Freiheit und Grenzenlosigkeit unseres Hauses. Mein Mann ist Architekt. Bestimmt haben Sie von ihm gehört, er ist weit über Deutschland hinaus bekannt. Alan Averhoff: Architektur frei von Schranken! Ich bin freischaffende Künstlerin. Ich denke ebenfalls gern in die Weite.«

Sie deutete auf grauschwarze Leinwände ohne Rahmung mit Linien und Punkten, die durch ihre Konturlosigkeit in ihrer Wirkung eher nach einem Materialfehler im Rohbeton aussahen und die Tristesse der Wände in keinster Weise auflockerten.

Nora Averhoff breitete die dürren Arme aus, als wolle sie die unendliche Leere um sich herum einfangen.

Menschen, die ihre Grenzenlosigkeit im Geiste explizit betonten, waren nach Carmens Erfahrung meist besonders beschränkt.

»Haben Sie Nala gefunden?«, wiederholte die Frau ihre eingangs gestellte Frage. Auf ihrer Stirn bildeten sich Schweißperlen, die sie verletzlicher wirken ließen.

»Nein, wir wussten bis eben überhaupt nicht, dass sie vermisst wird. Aber wir sind gestern Abend auf ihre Handtasche gestoßen. Deshalb bin ich hier.«

»O Gott! Dann ist ihr etwas passiert? Wenn die Kriminalpolizei kommt! Sie sind Hauptkommissarin, nicht wahr? Sie kommen doch nicht wegen einer Fundsache! Wo haben Sie Nalas Tasche gefunden? Nein, das ist alles entsetzlich und ein grauenhaftes Missverständnis! Das mit der Handtasche muss nichts bedeuten, vielleicht hat sie sie nur verloren, oder sie wurde ihr gestohlen …«

Mit Daumen und Zeigefinger der linken Hand zog sie über der Nasenwurzel ihre Augenbrauen auseinander. Carmen hatte nicht den Hauch einer Idee, was Frau Averhoff mit Missverständnis meinte, beschloss zunächst abzuwarten. Gerade in der Aufgewühltheit des ersten Schocks überlegten Menschen keine druckreifen Aussagen, weswegen dort die wertvollsten Informationen versteckt lagen.

Nora Averhoff trat vor die Fensterfront, zog die Arme durch die Löcher in Brusthöhe in den karierten Sack zurück, verschränkte sie unsichtbar vor ihrer Brust. Carmen folgte ihr. Tatsächlich bestand die vierte Außenwand des Hauses von links nach rechts und von oben nach unten aus Glaselementen, die man im Sommer vermutlich komplett öffnen konnte, um die Grenzenlosigkeit des Hauses mit der Grenzenlosigkeit der Natur zu paaren. Ein Eichhörnchen nagte an einer Nuss auf einem Baum am Rande der Terrasse.

»Nala hat sich das ganze Wochenende nicht bei uns gemeldet und das ist ungewöhnlich. Insbesondere deshalb, da sie sich vor einer Woche den rechten Arm gebrochen hat und wegen des Gipsverbands ziemlich eingeschränkt war. Aber wir dachten, sie wäre bei ihrem neuen Freund. Und wie sich vorhin herausstellte, meinte der wiederum, sie wäre hier. Heute, gleich nach dem Frühstück, habe ich schließlich auf seinem Handy angerufen, weil Nalas ausgeschaltet war. Gestern auch schon. Pierre war vollkommen fassungslos. Er sagte wörtlich: »Nala ist nicht bei mir, sie wollte sich in Ruhe bei euch auf ihre nächste Prüfung vorbereiten. Ihr wolltet ihr doch die Arbeit in den Laptop tippen!«

Das Eichhörnchen warf eine Nussschale vom Baum und huschte flink die Baumkrone in höhere Gefilde hinauf.

Scheiße. Rechter Arm gebrochen. Das ist niemals Zufall.

Den Gedanken behielt sie für sich, behutsam berührte sie ihre Gastgeberin am Arm, beziehungsweise dort, wo sie ihn unter dem Sackkleid vermutete.

»Frau Averhoff, in weit über neunzig Prozent aller Fälle tauchen Vermisste im Laufe von zwei, drei Tagen wieder auf. Ich will jedoch ehrlich zu Ihnen sein. Es gibt Hinweise, dass Nala in Gefahr sein könnte, daher brauchen wir unbedingt Ihre Unterstützung. Wie heißt Nalas neuer Freund, dieser Pierre, mit Nachnamen?«

Nora Averhoff ließ ein Ärmchen aus dem Sack schießen und bedeckte mit der Hand ihren Mund, als ob ihr übel sei.

»Es ist mir wahnsinnig peinlich. Es hört sich unmöglich an aus dem Mund einer Mutter, aber ich weiß es nicht. Irgendwas Ausländisches, van Haven oder so ähnlich. Sie hat immer nur von Pierre gesprochen. Die beiden waren noch nicht lange zusammen. Irgendwie passt er auch überhaupt nicht zu ihr. Ich meine, er ist nett und alles, doch er beschäftigt sich mit einer speziellen Insektengattung, gegen die Nala seit frühester Kindheit Aversionen hegt. Seit sie in einen Ameisenhaufen gefallen ist. Aber na ja, wo die Liebe hinfällt ...«

Als wollte sie die Scharte der Unwissenheit auswetzen, setzte sie sofort zu einem neuen Gedanken an.

»Da fällt mir etwas anderes ein. Seit einiger Zeit gibt es eine Professorin an ihrer Universität, die sich intensiv um Nala gekümmert hat. Um Nala und noch eine Studentin. Dazu müssen Sie wissen, Nala studiert Chemie, sie hat schon mit siebzehn Jahren ihr Abitur gemacht. Sie war nie ganz einfach, also als Kind, sie war ein typisches Schreikind. Zunächst, in der Grundschule, ach, alles war entsetzlich schwierig mit ihr.«

Das Eichhörnchen raste in einem Affentempo von dem Baum vor dem Fenster, es hinterließ bei seiner Flucht über den Steingarten klitzekleine Fußspürchen auf dem Schnee.

Carmen sah Nalas Mutter an und wartete. Königsdisziplin. Jemand, dem etwas unangenehm war, der gerade anfing, seine Gedanken zu sortieren, um einen schlechten Eindruck zu korrigieren, der würde weitersprechen. Sie strich sich das Haar aus dem Gesicht und schlang im Nacken einen losen Knoten. Manchmal halfen harmlose Gesten, die dem Gegenüber einen unbewussten Anstoß gaben, die Gedanken weiter fließen zu lassen.

»Alan und ich, wir sind mittlerweile so stolz auf Nala, sie wurde ein Jahr vor dem Abitur in ein Begabtenförderungsprogramm der Stadt Hamburg aufgenommen. Nun steht sie mit vierundzwanzig Jahren kurz davor, zur Promotion zugelassen zu werden.«

… *mittlerweile so stolz auf Nala* … Für Carmen schmeckte dieser Halbsatz vergiftet.

»Nala ist also hochbegabt?«

»Ja. Nur, wie es oft bei diesen Menschen so ist, sie sind im sozialen Leben nicht unbedingt lebenstauglich. Die Mentorin an der Uni tat in den letzten Monaten viel für unsere Tochter. Nala wurde irgendwie lockerer, es wurde hier alles leichter.«

Erneut machte sie eine Bewegung, als wolle sie die grenzenlose Leere um sich herum fassen.

»Nala und die Professorin verbrachten eine Menge Zeit miteinander, zuletzt mehr und mehr privat. Im Sommer fuhren sie ein paar Mal nach Heikendorf an die Ostsee, dort besitzt Frau Professor eine Zweitwohnung. Die beiden verstanden sich auch außerhalb der Universität gut. Ich wurde fast ein wenig eifersüchtig.«

Mit dem Zipfel ihres Kleidersaums wischte Nora Averhoff ein unsichtbares Staubkorn von einem gläsernen

Blumentischchen, auf dem ein einsamer Kaktus mit schlapper Blüte stand. Dann wandte sie sich zu Carmen um.

»In letzter Zeit allerdings verbrachte Nala ihre Freizeit hauptsächlich mit diesem Pierre und kaum noch mit ihrer Mentorin. Das war eine Dummheit, fanden Alan und ich, die Förderung einer bekannten Universitätsprofessorin gegen eine Liebelei einzutauschen! Sie wollen natürlich den Namen von ihr wissen, nicht wahr? Moment, der liegt mir auf der Zunge. Moment, Moment, gleich hab ich's ...«

Sie schlenkerte die Hände, als ob sie Tropfen von den Fingern abschütteln wollte. Plötzlich hellte sich ihr Gesicht auf. Glücklich, wenigstens diesen für ihre Tochter wichtigen Menschen benennen zu können, sagte sie: »Mehlfort, genau. Frau Professor Jasmin Mehlfort ist ihr Name.«

8

Sonntag, 10. März

Es schien ein guter Tag zu werden. Einer der besseren zumindest. So bezeichnete sie die Tage, die sie im Nachhinein auf ihrem Kalender nicht ganz durchstrich. Nur halb. Von links unten nach rechts oben. Das sah dann aus wie ein Weg, der nach oben führte. Manchmal gab es zwei oder drei Wege hintereinander.

Sarah fühlte sich nach traumlosem Schlaf ausgeruht. Eine Nacht ohne Albträume, ohne Fratzen, ohne den Taucher. Drüben auf dem Nachbargrundstück war alles dunkel. So, wie es gehörte, da war wirklich kein Mensch nebenan. Das Haus wirkte verlassen und verfallen wie seit eh und je.

Vom Badezimmerfenster aus hatte sie gesehen, dass die Hollywoodschaukel hinter den Platanen einsam im Gestrüpp stand. Die Sitzfläche komplett mit einer Schneeschicht bedeckt. Niemand hatte auf ihr Platz genommen, ewig nicht. Niemand stieß sie mit einem Bein an, sodass sie das Kreischen der Stahlfedern der Aufhängung hier oben im Bad hören musste. Kein Clown saß auf dem verschimmelten Sitzkissen, kein Scherengeklapper von einem Haarschneider, der Haarbüschel in den Schnee warf.

Alles Hirnspuk.

Sarah hatte geduscht, die Haare gewaschen, neue Sachen angezogen. Die schönsten, die sie besaß, ein blaues Kleid mit Volant und passenden Nylonstrümpfen. Vor dem beschlagenen Badezimmerspiegel hatte sie vorhin sogar die feuchten Ponyfransen gekürzt. Es schien wirklich einer ihrer besseren Tage zu werden. Vor dem Spiegel wagte sie ein Lächeln. Doch, die Mühe hatte sich gelohnt.

Sarah, schick siehst du aus!

Sie ging die knarrende Treppe hinab ins Wohnzimmer, zog die Vorhänge auf und streute Fischfutter in das Aquarium, das fast ein Viertel der Fensterfläche verstellte. Das erschien unpraktisch, aber so konnte sie die Tiere gegen das Sonnenlicht betrachten, oder gegen das Mondlicht, je nachdem. Manchmal, wenn sie auf dem Sofa lag, konnte sie die Reflexion der grünlich schillernden Wellen an der Zimmerdecke sehen. Sie klopfte vorsichtig an die Scheibe. Die Skalare waren ihr ganzer Stolz. Sie brachte ihr Gesicht nah an das Glas. Zwei blau-schwarz gestreifte Exemplare schwammen so dicht an ihrer Nase vorbei, dass für einen Augenblick die Illusion von vier Fischen entstand.

In der Küche führte sie der erste Weg wie jeden Tag zu ihrem Kalender an der Wand. Ihre Hand mit dem Filzstift, mit dem sie den gestrigen Tag, den 9. März durchstreichen wollte, blieb in der Luft hängen. Heute war ein »Null-Tag«. Zehn, zwanzig, dreißig. Alles Null-Tage, allesamt rot mit einem Oval markiert. Alles Daten, an denen ihre Schwester kam, um nach ihr zu sehen, wie die es formulierte. Doch in Wirklichkeit ging es darum zu schauen, ob »man die verrückte Sarah ruhigen Gewissens überhaupt noch allein lassen konnte«.

Diesen Satz hatte Sarah bei einem Telefonat belauscht. Ein Null-Tag bedeutete, dass sie sich extrem konzentrieren musste. Ein klitzekleiner Fehler ihrerseits konnte bedeuten, dass sie den Rest des Lebens in einer Irrenanstalt verbringen würde. Ein

Eisklumpen formte sich in ihrem Magen. Denn gerade in den Momenten, wenn sie sich besondere Mühe gab, sich um extreme Konzentration bemühte, lief alles komplett schief. Unter Anspannung, hatte ihr einmal einer ihrer Ärzte erzählt, begann ihr Bewusstsein zu flüchten. Leider wurde sie dann nicht bewusstlos in dem Sinne, dass es dunkel um sie wurde. Das Gegenteil traf zu: Die Welt wurde bunter und sie sah Dinge, die sie sonst nicht sah, wie diese Fratzen, die Clowns oder den Taucher. Neuerdings auch ein Kind, das am Aquarium lehnte und seine Fingerspitzen ins Wasser tauchte. Sarah blickte auf die Uhr neben dem Kalender. Der schwarze Zeiger rückte klackend vor, sie fühlte die Nervosität in sich wachsen. Es war jetzt elf Uhr, das bedeutete, in einer Stunde würde sie kommen. Die große Schwester.

* * *

Jasmin Mehlfort öffnete die Gartenpforte. Augenblicklich schwand jedes Gefühl von guter Laune, das sie seit vergangener Nacht erfüllte. Sie hatte aus der skurrilen K-Punkt-Kowalla-Information eine Wahnsinnsgeschichte für den Blog erdacht. Kowallas Andeutung, dass die Leichenattrappe einen Vorboten für einen Mord darstellen könnte, hatte sie aufgegriffen und eine Geschichte ersonnen, in der ein Täter mittels Leichendummys eine Spur seiner geplanten Verbrechen in die Zukunft legte. Wie von selbst waren ihre Finger über die Tastatur geflogen. Erst im Morgengrauen hatte sie sich für drei Stunden ins Bett begeben und war in einen komatösen Schlaf gefallen. Ein Blick in die Zeitung heute Morgen hatte ihr bestätigt, dass sie über die Info zu dem Leichendummy-Fund vorerst tatsächlich exklusiv verfügte! Der Vorsprung war großartig, keine Minute, nachdem die Presse das Ereignis vermelden würde, könnte sie ihre Story basierend auf der offiziellen Zeitungsmeldung online stellen. Das würde die Fans elektrisieren und neue Follower bringen!

Doch nun war sie hier. Die verrostete Gartenpforte quietschte, als ob sie auf eine junge Katze getreten wäre. Niederschmetternd. Das alles hier. Sie drehte sich auf dem Absatz einmal um die eigene Achse. Vollkommen verwahrlost, das komplette Grundstück. Wofür zahlte sie dem Facility Manager so viel Kohle? Klar, es war Winter, aber das alte Gehölz der Schlehen- und Rotdornbüsche an der Grundstücksbegrenzung hätte bereits im Herbst geschnitten und abtransportiert gehört. Überhaupt, die rostzerfressenen Gartenmöbel da hinten im Gestrüpp bei den Platanen, das hatte sie ihm schon im Spätsommer vergangenen Jahres mindestens dreimal gesagt: dass er den gesamten Mist auf den Sperrmüll transportieren sollte.

Seit sie zuletzt vor zehn Tagen da gewesen war, hatten sich zudem Schindeln vom Dach gelöst. Sie schritt über vier zerbrochene Dachpfannen auf dem vereisten Weg zur Eingangstür.

Furchtbar, das Ganze hier.

Abermals blieb sie stehen. Ihr graute davor, das Haus zu betreten. Das würde äußerst plastisch die innere Unordnung der Bewohnerin offenbaren. Hoffentlich heute nicht so fürchterlich wie bei Jasmins letztem Besuch, als sie ihre Schwester halluzinierend vorgefunden hatte und einen Arzt hatte rufen müssen. Jasmin zog den Haustürschlüssel aus der Jackentasche. Kurz presste sie den Finger auf die Klingel neben der Tür, sie lauschte dem Nachhall des Tons in dem alten Kasten, aber nichts passierte. Sie schloss die Haustür auf. Ein modriger Geruch schoss ihr in die Nase.

Es macht mich wahnsinnig! Ich habe es so satt! Sarah, ich habe dich so satt!

Das alles musste ein Ende finden, es wurde immer schlimmer mit ihr. Entweder, ihre Schwester würde endlich zustimmen, in eine betreute Einrichtung zu ziehen, oder …

Ja. Oder was? Jasmin trat in den dunklen Hausflur und drückte die Tür hinter sich zu. Offiziell war Sarah nicht

50

entmündigt, und das zunehmend verwahrlosende Anwesen von nicht unbeträchtlichem Wert hatte Mutter allein ihr, der lebensuntüchtigen Schwester, hinterlassen.

Es galt also, sie zu überzeugen.

»Sarah«, rief sie in den muffigen Flur. »Hallo, ich bin's!«

Ihre Schwester saß in der Küche. Sie hatte Tee gekocht und Jasmin erkannte augenblicklich den passiv-aggressiven Affront. Der Raum roch intensiv nach Rooibos-Vanille, und das war die einzige Teesorte, die Jasmin seit Jahrzehnten von Herzen verabscheute. Sarah hatte offensichtlich nach der anstrengenden Prozedur des Wasserkochens nicht mehr die Kraft besessen, die Herdplatte auszuschalten und die Teebeutel in den Abfall zu werfen. Schlaff lagen Letztere auf dem Tisch wie zwei tote Vogelküken und sifften in die bestickte Tischdecke. Jasmin ging zum Herd und stellte die Kochplatte ab. Den Topf bugsierte sie in die Spüle. Dann goss sie ihren Teebecher aus und füllte ihn mit Leitungswasser.

Sarah saß auf dem Küchenstuhl, gepresst in ein deutlich zu enges blaues Kleid, der Reißverschluss an der Seite stand halb offen, dort, wo eine Speckrolle weiteres Hochziehen komplett blockierte. Und sie hatte ihre Haare geschnitten, viel zu kurz und vollkommen schief hingen ihr einige Ponyfransen in die bleiche Stirn.

Eine Woge des Mitleids durchflutete Jasmin. Sie schämte sich der bösen Gedanken von soeben und des Gefühls, kaum etwas mit der Schwester anfangen zu können. Das lag nicht allein an Sarahs labilem Geisteszustand, sondern vor allem daran, dass sie den Großteil der Kindheit getrennt voneinander verbracht hatten. Die acht Jahre ältere Jasmin war nach der Trennung der Eltern zum Vater in das quirlige Ottensen gezogen, hatte später ein Studium der Naturwissenschaft begonnen, während Sarah in diesem maroden Kasten der melancholischen Mutter und damit hauptsächlich sich selbst überlassen blieb.

»Sarah, was meinst du, soll ich dir die Haare waschen und schneiden? Ich könnte dir einen schicken Blunt Bob schneiden.«

Vielleicht ließ sich noch irgendetwas an dem Kopf retten.

Sarah blickte exakt drei Zentimeter an Jasmins Gesicht vorbei an die stockfleckige Wand, an der ihr heißgeliebter Kalender hing. Lediglich das Geräusch des klackenden Sekundenzeigers der Küchenuhr erfüllte den Raum.

Jasmins wandte sich um, folgte Sarahs Blick. Die bisherigen Tage im März waren alle mit einem dicken schwarzen Filzstiftkreuz abgestrichen. Das bedeutete: schlechte Tage.

Ihre Schwester fixierte weiter die Tapete, sie verschränkte die Arme vor der Brust und begann eine Melodie zu summen. Ihr Oberkörper schwang vor und zurück. Jasmin hätte sich am liebsten die Ohren zugehalten. Es war sinnlos. Ihren Plan, mit Sarah jetzt über einen Verkauf dieser baufälligen Bude und eine Unterbringung in einer komfortablen Therapieeinrichtung zu sprechen, konnte sie vergessen. Eines stand fest: Im Augenblick gab es keine Chance, zu Sarahs in Teilen gesunden Persönlichkeitsbestandteilen durchzudringen.

Heute wieder nicht, okay.

Jasmin atmete tief durch. Die Suche nach einem halbwegs höflichen Abgang aus diesem Haus war ebenso egal wie alles andere, was man an diesem Ort anfasste.

Im gleichen Moment vibrierte ihr Handy. Ihr Daumen wischte flugs durch die Einträge.

Yes! Die Presse meldete den Fund einer Leichenpuppe in der Berner Au auf dem Kupferteich!

Jasmin erhob sich. Weg hier. Nun zählte Schnelligkeit. Jetzt musste sie sofort ihren vorbereiteten Krimiblog-Beitrag online stellen.

9

Der Anruf kam kurz nach zwanzig Uhr. Carmens Laune hätte in diesem Augenblick kaum miserabler sein können. Sie war den ganzen Tag nicht zum Nachrichtenlesen gekommen, doch soeben hatte sie einen hohntriefenden Artikel über die Hamburger Polizei, namentlich »Carmen Kollinger, die leider nicht für ein Statement zur Verfügung stand«, in einer Online-Zeitung gelesen. Der Verfasser mokierte sich in beißender Ironie über die Bergung einer Plastikleiche. Sie wischte den Beitrag weg. Eine noch üblere Ahnung überkam sie in dem Moment, als sie auf ihrem Handy in dem Anrufer Matthias erkannte. Es war das unheimliche Gefühl, in einer Zeitschleife mit geringfügigen Abweichungen zu stecken. Heute ohne Date mit Gregor, ohne Smokey Eyes und Dutt, sondern in Jogginghose auf dem Sofa. Matthias rief aus dem Auto an. Im Hintergrund schrillte ein Martinshorn.

»Verflucht«, begrüßte er seine Chefin, »nun bekommen wir unsere Obduktion mit Informationen über Todeszeitpunkt, Todesursache und allem Pipapo. Es wurde eben ein Leichenfund in der Berner Au gemeldet.«

»Auf oder am Kupferteich«, ergänzte Carmen, die an das Fenster getreten war. Matthias fluchte und Carmen hörte Bremsen quietschen.

»Eine junge Frau mit Gipsverband am rechten Arm«, fügte sie hinzu, obgleich das Gespräch längst beendet war.

Déjà-vu. Der Kupferteich angestrahlt von fahlem Mondlicht, die düsteren Bäume an den Ufern, das Flatterband, die Hochleistungsscheinwerfer. Auch das Zelt, der Mufflon mit filterloser Zigarette in der Hand, das Bergungsteam, das enervierende Geräusch brechenden Eises. Ein perverses Déjà-vu.

Die Brüder Lott, die mit ihren Spinnenfingern an den grellen Krawatten zupften und auf die Bergung der Leiche warteten. Der Mond verschwand hinter einer Wolke, als der Kran das Todesopfer ans Ufer hievte.

»Wer hat den Fund gemeldet?«, wandte sich Carmen an den hinter ihr stehenden Sören Lambeck, der mit knapper Kopfbewegung nach rechts deutete. »Der Kakadu.«

Carmen erkannte Harald Tier unter dem Geäst einer Eiche in Ufernähe, der dort vor sich hin motzend auf der Stelle lief und dessen Hauptsorge seine Fitnessstatistik oder die durch die Unterbrechung seiner öden Laufstrecke veränderten EKG-Werte zu sein schienen.

Gut so, übe dich in Geduld, Hirnsimulant! Dich nehme ich mir heute garantiert als Allerletztes vor.

Matthias tippte ihr auf den Arm. Zwei Mitarbeiter des Bergungsteams legten die Leiche auf eine Plane in das Zelt. Dr. Lott kniete sich neben sie und drehte behutsam den Kopf in das Licht. Wie vor achtundvierzig Stunden spähte Carmen ihm über die Schulter. Die asymmetrische Frisur, die Pein, die sich in der letzten Sekunde des Lebens in die offenen Augen eingebrannt hatte. Der Gipsarm und – Shit, Shit, Shit: ein brutaler Schnitt quer über den Hals. Zwar hatte sie den Dummy vorgestern zunächst für eine wirkliche Leiche gehalten, aber in diesem Moment spürte sie den Unterschied. Es gab keinerlei Zweifel: Vor ihr lag Nala Averhoff, die echte Person, die vierundzwanzigjährige, hochbegabte Chemiestudentin beziehungsweise deren Leichnam.

Dr. Lott stand auf, presste eine Hand auf den gebeugten Rücken, schob mit der anderen die Lesebrille auf die Stirn. »Tja, Kinners, das einzig Gute, was ich heute verkünden kann, ist, dass sie vermutlich nicht an dem Halsschnitt gestorben ist. Der wurde ihr mit an Sicherheit grenzender Wahrscheinlichkeit post mortem zugefügt. Tja, ihr kennt das: alles Weitere morgen, sobald ich die arme Deern obduziert habe.«

Er wandte sich zum Gehen, schüttelte den Kopf. Das schüttere weiße Haar wehte im Licht der Scheinwerfer wie ein Heiligenschein über seinem Kopf, als er sich noch einmal zu den Ermittlern umdrehte. »Ach so, noch etwas. Wenn mich meine lebenslange Erfahrung nicht trügt … Ich muss es selbstverständlich validieren, aber unter uns sage ich es schon einmal: Sie ist noch nicht lange tot. Höchstens ein paar Stunden.«

Auf sein Zeichen wurde der schmucklose Transportsarg gebracht, Carmen hörte das *Raattsscchh*, als der Reißverschluss des Plastiksacks im Inneren der Zinkwanne aufgezogen wurde. Kaum verwunderlich, fand Carmen, dass sie heute keine Handtasche gefunden hatten. Natürlich nicht, die lag in einer Plastiktüte, bezeichnet mit der Asservatennummer IV/511/PN75, in einem Schließfach des Kommissariats und war aus irgendeinem Grund vorgestern Teil der ersten Inszenierung gewesen. Im Augenwinkel nahm sie wahr, dass Matthias auf Harald Tier zuging, welcher ihren Kollegen sofort mit einem Schwall von Worten überzog.

»Wissen Sie, wir können das abkürzen, ich habe nämlich Wichtigeres zu tun. Ich erläutere Ihnen das kurz und dann lassen Sie mich endlich gehen, andernfalls reiche ich eine Beschwerde bei Ihrem Vorgesetzten ein. Glauben Sie mir, ich verfüge über gute Verbindungen in die höchsten Gremien der Stadt. Ich bin ein Mensch, der …«, schnappte sie im Abdrehen noch auf und beschleunigte ihre Schritte.

Ach du Scheiße, ich hab's gewusst: einer dieser Zeitgenossen von der Betreutes-Denken-Fraktion, die dir ungefragt das Leben erklären!

Immer einleitend über Erläuterungen ihrer eigenen mordslangweiligen Lebensläufe. Erfahrungsgemäß gingen Satzanfänge, die Selbsterklärungen wie »Ich bin ein Mensch, der« einleiteten, wahlweise mit »hochsensibel«, »teamfähig« oder »humorvoll« weiter, wovon in der Realität mit übergroßer Verlässlichkeit das absolute Gegenteil zutraf.

Carmen trat an das Seeufer. Dort, wo Nala vor einer Stunde noch gelegen hatte, klaffte nun ein dunkles Loch im Eis. Erst der Leichendummy, nun die wirkliche Tote, in gleicher Auffindesituation auf dem Kupferteich. Nur, dass dieses Mal die Leiche dichter am Ufer positioniert worden war. Weil das Eis nach den kurzen Tauwetterphasen nicht mehr trug.

Was sollte das alles? Warum setzte sich der Mörder von Nala Averhoff dem doppelten Risiko aus, beobachtet zu werden? Einmal bei der Ablage der Attrappe und anschließend beim Ablegen von Nalas Leiche? Er, oder sie, musste sich unfehlbar fühlen.

Im Übrigen hatte der Täter mit Überlassung der Handtasche und Nalas Papieren die Chance gewährt, die vermutlich zum vorgestrigen Zeitpunkt noch lebende Nala zu suchen und zu finden.

So viele Hinweise.

Matthias hatte recht, als er die Ahnung äußerte: »Es scheint so, als ob wir es mit einem besonders psychopathischen Arschloch zu tun haben. Ich vermute, das Herzchen will spielen. Er oder sie will sich intellektuell duellieren. Und zwar mit dir.«

Naaa guuut, Herzchen – den hingeworfenen Handschuh nehme ich auf!

10

Eine Stunde später saßen die Ermittler im Präsidium an dem runden Tisch, der in Wirklichkeit rechteckig war.

Sie waren zu sechst. Zu Matthias, Carmen und Sören hatten sich die Kommissare Claudius Rother und Astrid Bern gesellt. Außerdem hatte sich die gute Seele und Perle des Präsidiums, Mailin, zu dieser späten Stunde eingefunden, die einen Stapel vollgeschriebener Post-its vor sich auf die Tischplatte geklebt hatte. Lächelnd druckte sie die Chatauswertungen von Nalas Handy aus, um sie für das Ermittlungsteam zusammenzustellen. Mailin stammte aus Shanghai, ihr Name bedeutete *schöne Jade*. Jedem im Team grauste vor dem Zeitpunkt, wenn sie, wie vor Kurzem angekündigt, in ihre Heimat zurückkehren würde. Mailin verteilte die Unterlagen, zauberte eine Packung Vanillekipferl aus ihrem Rucksack und schüttete diese in eine Schale auf dem Tisch.

Claudius stoppte das Kippeln mit seinem Stuhl. Er meldete sich als Erster zu Wort. Trotz winterlicher Temperaturen trug er ein kurzärmliges T-Shirt mit einer speckigen Lederweste darüber. Er schlang seinen langen grauen Zopf um das Handgelenk. »Das Handy des Opfers haben wir mithilfe der Spurensicherung ausgewertet.« Er sandte einen anerkennenden

Blick zu Sören Lambeck. »Die letzten Tage war es abgeschaltet. Es gibt keine Chance, den Aufenthaltsort während dieses Zeitraumes zu bestimmen. Ansonsten fanden wir viel banales Zeug, Liebesgesäusel mit einem Pierre, sie folgte einer Mode- und Kosmetik-Influencerin et cetera, et cetera. Einen Chat mit einer Jasmin Mehlfort hat sie oder derjenige, der zuletzt Zugriff aufs Telefon hatte, komplett gelöscht. Das Einzige, das vielleicht noch interessant ist: Sie hat intensiv ein Online-Spiel gespielt. *CLAVIS*.«

»Ja und? Viele Jugendliche tun das«, sagte Astrid, die gemeinsam mit Claudius das Ermittler-Backoffice hinter Carmen und Matthias bildete. Astrid und Claudius wirkten wie siamesische Zwillinge. Oft begannen sie einen Satz im gleichen Moment mit demselben Wort. Optisch hätten sie nicht unterschiedlicher ausfallen können: Zwar trug auch Astrid heute Zopf. Allerdings gepflegt bis in die Fingerspitzen hätte sie den Vergleich mit gephotoshoppten Influencerinnen der Modebranche nicht fürchten müssen. Darüber hinaus verfügte sie über eine in ihrem Beruf besonders nützliche Gabe: Sie besaß ein fotografisches Gedächtnis. Ohne die geringste Mühe merkte sie sich endlose Zahlenkolonnen oder scheinbar nebensächliche Details, sie konnte aus dem Stegreif aus jahrzehntealten Zeitungsartikeln oder Fallakten zitieren.

»Wenn ihr wisst, dass der Chat mit dieser Mehlfort existiert hat, dann könnt ihr ihn bestimmt irgendwie rekonstruieren?«, fragte Matthias, der in seinen Kaffeebecher pustete und den Tisch nach Zucker absuchte. Wortlos zog Carmen zwei Zuckertütchen aus ihrer Tasche und reichte sie ihm.

»Wir sind dran, doch es sieht so aus, als ob das Handy von einem Profi manipuliert wurde.«

»Na schön, kümmert euch auch um Nalas Laptop. Hoffentlich hat ihn nicht der Täter. Prüft, ob das Gerät bei ihren Eltern oder ihrem Freund Pierre ist. Von dem ist leider der

Nachname unbekannt. Gibt es zu diesem Punkt Erhellendes auf dem Telefon?«

Claudius schüttelte den Kopf. »Ne, aber wir haben ja die Nummer, da kümmern wir uns drum.«

»Gut«, sagte Carmen, »weiter im Programm. Was ist *CLAVIS*?«

»Es ist ein neues Online-Spiel, noch nicht allzu bekannt. Es kombiniert ein Lernspiel mit einer Escape-Room-Situation. Du beziehungsweise dein Avatar bist virtuell in einem Themenraum eingeschlossen. Für weiteren Thrill sorgt eine tickende Uhr. Ziel ist, dir in begrenzter Zeit ein Wissensgebiet draufzuschaffen, um den Schlüssel aus dem Raum zu finden und zu entkommen.«

»Du kannst zwischen verschiedenen Themengebieten wählen«, ergänzte Astrid. »Zum Beispiel eine mathematische oder literarische Aufgabe lösen. Je mehr Rätsel du löst, mit desto mehr Intelligenzquotient wird dein Avatar aufgeladen, damit er in den nächsten Level aufsteigt und für höhere Anforderungen gerüstet ist. Das ist schlau konzipiert, Spieltrieb kombiniert mit Wissenserwerb.«

»Wenn ich das richtig verstehe, ist das vom Prinzip eine Art ›Super Mario‹-Spiel? Das, was wir in den Neunzigerjahren auf unseren Gameboys gespielt haben? Nur moderner und intellektuell anspruchsvoller?«

»So ungefähr«, nickten die Älteren in der Runde, die Super Mario noch kannten.

Carmen nahm das letzte Vanillekipferl aus der Schale.

»Außerdem kann der Avatar mit anderen Avataren in dem Wettbewerb interagieren, mit ihnen chatten, sie im selben Themenfeld austricksen. Je mehr Rätsel er löst, desto dümmer werden die anderen, denen wird IQ abgezogen und umso sicherer wird der eigene Sieg.«

Mit dem Zeigefinger tippte Carmen abgebrochene Keksbröckchen auf. »Trickserei wird belohnt? Wenn einer

Intelligenz auftankt, die anderen IQ abgeben müssen, bleibt die Welt unterm Strich gleich blöd und wird obendrein schlimmstenfalls von Betrügern dominiert.«

Mailin holte die Kekstüte aus ihrem Rucksack und schüttete allerletzte Krümel in die Schale. Carmen quittierte es mit einem dankbaren Nicken.

Irgendwo war ihr das Wort *CLAVIS* doch schon begegnet? Laut fragte sie: »Wissen wir, wie weit Nala in dem Spiel gekommen ist?«

Claudius übernahm. »Sie war auf dem höchsten Level angekommen, und nun wird es wirklich seltsam. Im vorangegangenen Level hat sie in einem interaktiven Chatraum verschlüsselte Nachrichten erhalten. Bisher ist es uns nicht gelungen, die zu dechiffrieren. Ebenso wenig herauszufinden, ob die Nachrichten von einem tricksenden Mitspieler oder vom Spiel selbst generiert wurden. Die letzte dokumentierte Spielbewegung hat sie in einen speziellen Escape-Room geführt. Dort ist sie plötzlich verschwunden. Ihr Avatar wird blass, zerfällt bildlich in seine molekularen Urbestandteile CO_2 und H_2O und verblasst.«

»Wie verschwindet? Der Avatar ist weg? Macht doch nichts. Vielleicht hat sie einfach aufgehört zu spielen?«, fragte Carmen, der natürlich die Analogie nicht entging. Nala im realen Leben vermisst und ebenso im Tode auf dem Wege, sich in ihre molekularen Urbestandteile zu zersetzen. Sie spürte, dass sie nah an das subtile Muster herankam, das diesem Mordfall zugrunde lag.

Ein Avatar ist ein grafischer Stellvertreter in der digitalen Welt. Ihr Avatar verschwindet. Eine Leichenattrappe ist ein dinglicher Vertreter in der Realität, die wird uns auf dem Kupferteich präsentiert. Anschließend die Leiche der echten Nala. Die, um die es die ganze Zeit geht …

Claudius unterbrach den Gedanken. »Keine Ahnung, ob sie das Spiel abgebrochen hat. Möglich. Wir kriegen das Ding bislang nicht geknackt. Auf legalem Wege hat es keiner unserer Techniker bisher in die höheren Sphären oder tieferen Räume des Spiels geschafft, dafür bräuchten wir mehr Zeit.«

Carmen hielt sich die Ohren zu. Offiziell durften sie ohne Gerichtsbeschluss nicht einmal daran denken, *CLAVIS* zu knacken. Vielleicht ist das aber gar nicht nötig, überlegte sie, wir werden den Spielbetreiber aufsuchen und ihn fragen, was das mit der verblassenden Spielfigur zu bedeuten hatte.

Als Claudius lächelte, nahm sie die Hände von den Ohren. Schnell schrieb sie eine Notiz für Mailin – sie solle herausfinden, wer das Spiel betrieb – und schob ihr den Zettel über den Tisch. Claudius ergänzte seine vorherigen Ausführungen: »Auf jeden Fall, und das ist sicher, ist das Verschwinden ihres Avatars die allerletzte Aktion, die auf Nala Averhoffs Handy ausgeführt wurde, bevor es ausgeschaltet wurde.«

Eine Weile schwiegen alle im Raum. Dann fügte Claudius hinzu: »Noch etwas ist äußerst seltsam. Nur Stunden bevor ihr Avatar in *CLAVIS* verschwand, wurde Nalas Profilbild auf sämtlichen Social-Media-Kanälen geändert. Von einer Walfluke vor einem Eisberg zu einem eingefrorenen Fisch, mit einer klaffenden Wunde unterhalb seines Kopfes.«

11

Montag, 11. März

Der erste Gedanke an diesem Morgen galt ihrem Blog. Nicht ihrem Ex-Freund oder dem deprimierenden Besuch bei Sarah. Sie hatte es sich zur Gewohnheit gemacht, auf den ersten Einfall eines Tages zu achten. Oft gab das Unterbewusstsein damit eine Richtung für die nächsten Stunden vor. Ein Blick auf den Wecker verriet, dass es kurz vor halb sieben war. Jasmin schlug die Bettdecke zurück, schüttelte ihr Kopfkissen auf, öffnete das Fenster und atmete die klare Winterluft. Barfuß tappte sie über knarrende Dielen in die Küche, ließ einen Cappuccino aus dem Kaffee-Vollautomaten heraus und legte ein übrig gebliebenes Schokoladencroissant von gestern auf einen Teller.

Auf dem Sofa in eine Decke gekuschelt, nippte sie an dem Cappuccino, der dank ihres Einkaufs letzte Woche im *Eden of Coffee* großartig schmeckte. Auf dem Tablet rief sie ihren Blog auf. Hunderte neue Follower und die Likes der bisherigen Follower rieselten im Minuten-Rhythmus herein. *Fantastisch!*

Ihr war bewusst, dass sie den Erfolg K Punkt Kowalla zu verdanken hatte. Ein Informationsvorsprung konnte denjenigen, der ihn besaß, an die Spitze katapultieren. Das schien nicht nur an Finanzbörsen zu funktionieren.

Sie hatte nach dem Besuch bei Sarah noch im Auto ihre Story gepostet. Praktisch zeitgleich mit der Presse, die durch die Meldung des Dummyfunds netterweise Jasmins Geschichte mit realen Fakten adelte. Einige der schlaueren Leser hatten die Synchronität bemerkt und kommentiert mit Worten wie »mystisch!« oder »Ich wette, nächstes Mal schreibst du deine Story, ehe der erste Journalist aufwacht, oder gar, bevor ein Verbrechen geschieht?!?«

Fantastisch!

Das Ganze entwickelte ohne ihr Zutun eine Eigendynamik. Durch die Kommentare wussten alle folgenden Leser, dass ihr Blog zu etwas Besonderem geworden war.

Der letzte Beitrag allerdings irritierte sie:

Genial!!! Wie konntest du nur ahnen, dass der Puppenfund die Einleitung zu einer mörderischen Schnitzeljagd wird?!

Der Kaffeebecher war leer. Sie überlegte, eine weitere Tasse zuzubereiten, doch zunächst wollte sie die Schlagzeilen der Online-Zeitungen aus der vergangenen Nacht studieren. Vielleicht ergab sich eine neue Inspiration. Sie scrollte durch mehrere Meldungen. Ein grauenvoller Unfall auf der A1 zwischen Ahrensburg und der Anschlussstelle Stapelfeld mit drei Schwerverletzten. Lkw bei Glatteis mit überhöhter Geschwindigkeit auf Stauende gerutscht. Schlimme Sache, aber nichts für sie. Sie griff nach dem Croissant, biss hinein, scrollte dabei weiter.

Hoppla, was war das?

Ihr Blick raste über einen Beitrag von Bernd Morgenstern, der erst vor einer halben Stunde online gestellt worden war.

Morgenstern war ein berüchtigter Reporter des *Hamburger Kurier.*

Eine Minute später bemerkte Jasmin, dass sie den Bissen vom Croissant noch immer im Mund hin- und herbewegte, was nicht daran lag, dass es trocken und von gestern war. Ihre Kehle war wie zugeschnürt. Es schien unmöglich, die klebrige Masse hinunterzuschlucken. Denn das, was sie soeben gelesen hatte, konnte nicht stimmen. Allerdings, wenn es stimmte …

Ganz ruhig. Noch einmal von vorn.

Sie scrollte zurück.

Perverse Schnitzeljagd fordert Hamburger Mordkommission

Nachdem in den Abendstunden des 8. März die Leichenattrappe einer jungen Frau auf dem zugefrorenen Kupferteich in der Berner Au geborgen wurde, wurde für die Hauptkommissarin Carmen Kollinger, die für die Bergung des Dummys viel Hohn einstecken musste, letzte Nacht ein Albtraum wahr. Ein Jogger (Harald T., 62, Oberstudienrat a. D.) entdeckte fast exakt achtundvierzig Stunden später eine wirkliche Leiche an gleicher Stelle. Es handelt sich bei der Ermordeten um die vierundzwanzigjährige Chemiestudentin Nala A. Nicht nur die Fundstelle, sondern weitere Indizien sprechen für einen Zusammenhang zwischen beiden Ereignissen. So wiesen sowohl die Leichenattrappe als auch Nala A. einen Kehlschnitt auf und beide trugen einen Gipsverband am rechten Arm.

Jasmin ließ das Tablet sinken, endlich spuckte sie den Bissen Croissant auf den Teller.

Fast exakt, wer schrieb denn so einen Mist! Entweder fast oder exakt. Doch lange vermochte dieser Gedanke sie nicht vom Wesentlichen abzuhalten:

Nala A., vierundzwanzig, Chemiestudentin, gebrochener Arm. Nala Averhoff, ihr Mentee. Nala Averhoff, die ihr die umfangreiche fachliche Unterstützung damit gedankt hatte, ihr Pierre auszuspannen. Hier zu Hause, in ihrer Wohnung, auf diesem Sofa hatte sie die beiden erwischt. Der Klassiker. Nicht einmal der saudämliche Satz: »Schatz, es ist nicht so, wie es aussieht, und hat nichts mit dir zu tun«, hatte gefehlt, als Pierre mit rotem Kopf seine Kleidung ordnete. Doch Jasmin hatte ihm kaum Beachtung geschenkt, sie hatte Nala betrachtet, die lächelnd und mit aufreizender Langsamkeit ihre Bluse zuknöpfte.

Dieses Aas. Kalt wie ein Fisch.

Nun war Nala tot.

Nicht nur einfach tot, sondern ermordet.

Nicht nur einfach ermordet, sondern mit ganz großer Zeremonie getötet, mit symbolträchtigen Schnitten durch die Kehle. Zweifach, erst die Attrappe, dann die Person.

Und ausgerechnet sie, Jasmin, die durch Pierre mehr als nur die Verbindung über die Universität zu der Toten hatte, wurde aktuell im Netz für ihre hellsichtige Geschichte über das Opfer gefeiert!

Scheiße!!

Jasmin fühlte kalten Schweiß am ganzen Körper ausbrechen, ihre weißen Finger zitterten. Sie schleuderte das Tablet auf den Boden. Kreiselnd schlitterte es einige Meter über das Parkett. Schrödinger sprang erschreckt zur Seite und sandte ihr einen zornigen Blick. Mit einer Handbewegung scheuchte sie ihn weg. Sie starrte ihm hinterher, verschiedene Gedankengänge überschnitten sich in wenigen Sekunden. Diese Hauptkommissarin Kollinger würde auf sie aufmerksam werden und nervige Ermittlungen einleiten. Die demütigende Betrugsgeschichte mit Pierre und Nala käme unweigerlich ans Licht. Jasmin stand ächzend auf.

Schrecklich, das Ganze!

Plötzlich hielt sie in der Bewegung inne, eine heiße Welle überzog ihr Gesicht, denn deutlich bedrohlicher schien ihr der *unbekannte* Gegner.

Dieser Kowalla. Wer zum Teufel verbarg sich hinter K Punkt Kowalla? Es war kaum Zufall, dass dieser Mensch ihre Aufmerksamkeit auf den Attrappenfund gelenkt hatte.

Der kennt nicht nur meinen Blog, der kennt mich! Der kennt nicht nur mich, der kennt die Zusammenhänge zwischen mir und Nala!

Es war offensichtlich, dass Kowalla sie in eine Falle gelockt hatte, in die sie obendrein höchst bereitwillig hineingetappt war. Vierzehn Semester Studium, Promotion und Habilitation hatten sie nicht vor dieser Dämlichkeit bewahrt.

Eine Affenfalle nannte man das. Wenn jemand aus Gier oder eitler Profilierungssucht die Krallen in ein Loch steckte, um eine Beute zu fangen. Mit der geschlossenen Faust um die Beute dann allerdings die Hand nicht mehr aus der Öffnung herausziehen konnte.

Ihr Handy auf dem Tisch vibrierte, im gleichen Moment leuchtete das Display auf. Sie erkannte das Porträt von Pierre.

Jetzt nicht!

Immerhin hatte er sein Profilbild geändert. Bis gestern hatte er mit Nala Averhoff vor einer bekannten Hamburger Bar auf dem Kiez posiert. Das Gerät verstummte. Kurz darauf ploppte eine Nachricht auf: »Jasmin, bitte geh an dein Telefon, wir müssen dringend reden!«

Sie hob das Tablet auf, es hatte keinerlei Schaden genommen, auch das Parkett schien keine Schramme durch ihren Wutanfall davongetragen zu haben.

Erneut las sie den Zeitungsartikel Wort für Wort. Das Ganze erschien gruselig, aber irgendwie auf prickelnde Weise interessant.

Okay, was immer jetzt kommt – am Ende des Tages werde ich siegen!

Ihr Rücken straffte sich.

Das wollen wir erst einmal sehen, ob ich meine Faust nicht doch wieder aus dem Loch bekomme.

Inklusive Beute.

12

Die Situation hätte kaum surrealer anmuten können. Fröstelnd standen Carmen und Matthias in dem Sektionssaal der Pathologie des Universitätskrankenhauses Eppendorf. Ebenso wie Dr. Joachim Lott trugen sie hellgrüne OP-Kittel, Haube und Mundschutz. Carmen hatte in diesem Saal schon etliche Stunden ihres Lebens verbracht. Es gab die Verordnung, dass je ein Vertreter der Polizei und der Staatsanwaltschaft bei einer Obduktion zugegen waren. In stiller Übereinkunft legten die beteiligten Parteien das Reglement großzügig aus. Heute fehlte ein Staatsanwalt der Anklagebehörde. »Wäre am heutigen Tag Oberst Garner gewesen«, murmelte Dr. Lott, »aber seit dessen Operation an der Bauchspeicheldrüse ist der froh, wenn ich ihm die Unterlagen nur noch zum Abstempeln hinlege. Tschä, können alle nichts mehr ab, die Jungs.«

Oberstaatsanwalt Garner war dafür berüchtigt, Vorschriften akribisch einzuhalten. Einige Stunden Autopsie in dem kühlen Saal, gemeinsam genossen mit seinen zynischen Theorien zur Tat, konnten den tiefenentspanntesten Pazifisten an die Schwelle zur Gewaltausübung treiben.

Carmen gönnte niemandem eine schlimme Krankheit, doch dass Garner heute nicht anwesend sein würde, machte die ganze Sache etwas leichter. Sooft sie das Prozedere einer Sektion bereits erlebt hatte, so verstörend wirkte das Ambiente an diesem Vormittag auf sie.

In zwei Reihen standen jeweils sechs Sektionstische hintereinander. Durch das schneebedeckte Glasdach über dem Saal entstand ein mystisches Zwielicht, das Regisseure in Gruselfilmen mit keinem künstlichen Lichteffekt annähernd so bedrückend hätten schaffen können. Daneben die drei lebenden Vertreter in diesem Raum in ihren ausgeblichenen, hundertfach bei neunzig Grad gewaschenen hellgrünen Kitteln.

Wir wirken wie die Abgesandten eines fernen Planeten und irgendwie sind wir das ja auch im Reich der Toten, dachte Carmen, die den Blick weiterschweifen ließ.

Matthias wischte über das Display seines Handys und tippte mit den Daumen in rasender Geschwindigkeit eine Nachricht.

Das ist es, woran man heutzutage Jung und Alt zuverlässig auseinanderhalten konnte. Botox und Hyaluronsäure mochten einige Jährchen aus faltigen Gesichtern zaubern, aber es erhöhte nicht die Fähigkeit, Texte in Lichtgeschwindigkeit mit den Daumen zu schreiben.

Carmen seufzte, denn sie tippte sämtliche Textnachrichten mit dem Zeigefinger, genau wie ihre über achtzigjährige Mutter.

Die Kühle im Saal, doch vor allem die Anwesenheit des Todes ließen sie frösteln. Auf einem der mittleren Tische lag Nala Averhoff und direkt gegenüber ihre Attrappe. Dr. Lott hatte die Gipsverbände an den Armen der beiden entfernt, und auf den ersten Blick offenbarte nur der große Y-Schnitt im Brustbereich des Körpers auf dem Tisch rechts vor ihnen, dass hier die Leiche eines wirklichen Menschen obduziert wurde.

»Tja, seid ihr bereit?«, fragte Dr. Lott, während er einen Lungenflügel aus der Organwaage hob und einige unverständliche Sätze in sein Headset diktierte. »Oh, das ist mal ein guter neumodischer Kram! Ich habe die Hände frei und kann gleichzeitig reden. Früher, mit den Diktiergeräten, watt wär dat fürn Obstand west!«

Carmen beobachtete den Faltenkranz an den Augen über der Maske, der die echte Freude ihres Lieblingsgerichtsmediziners über die technische Neuerung ausdrückte.

»Jo, wie ich schon vermutet habe, der Schnitt durch die Kehle ist nach dem Exitus ausgeführt worden. Ganz eindeutig, da gibt es keine zwei Meinungen. Bei einem Halsschnitt zu Lebzeiten in dieser Tiefe in eine der Hauptschlagadern des Körpers hätte das pumpende Herz dafür gesorgt, dass wir kaum noch Blut in ihr hätten nachweisen können. Das können wir aber, sogar literweise.«

Er krümelte ein paar braune Klümpchen geronnenen Blutes auf den Tisch und legte ein ähnlich aussehendes Organ wie das, das er soeben in den Leib zurückgelegt hatte, in die Waage. Dann sprach er weiter. »Es gibt keinerlei Anzeichen von sexuellem Missbrauch. Woran sie wirklich gestorben ist, dazu kann ich leider bislang nichts sagen, alles deutet auf eine Sepsis hin.«

»Blutvergiftung!«, übersetzte Carmen für Matthias demonstrativ, der daraufhin von seinem Handy aufsah.

»Eine Sepsis«, begann Dr. Lott in Richtung Matthias zu sprechen, der nun brav sein Telefon sinken ließ, »der Begriff stammt aus dem Altgriechischen und heißt verdolmetscht Gärung oder Fäulnis. Das Phänomen entsteht, wenn eine Infektion, ausgelöst durch Viren, Bakterien, Pilze oder Parasiten, nicht lokal begrenzt bleibt. Die lebensbedrohliche Situation erwächst dabei nicht durch den Infektionsherd selbst, sondern durch die überschießende körpereigene Abwehrreaktion, die eigenes Gewebe und Organe schädigt. Wird eine Sepsis nicht frühzeitig erkannt und behandelt, führt sie schlimmstenfalls zu Multiorganversagen und/oder septischem Kreislaufschock.

Schließlich zum Tod.« Alle drei schauten auf das bleiche Antlitz der Toten.

»Wenn sich anhand Ihrer Untersuchungen eine Blutvergiftung als todesursächlich erweist, klingt das im Falle Nalas keinesfalls nach Fremdeinwirkung«, sagte Carmen. »Nur einmal theoretisch, Herr Dr. Lott, könnte man eine Sepsis künstlich herbeiführen? Wäre es möglich, dass ein Täter sein Opfer auf diese Weise umbringt?«

»Ein merkwürdiger Gedanke zwar, aber denkbar. Ja, selbstverständlich kann man eine Infektion artifiziell auslösen. Es gab den berühmten Mörder, Anfang des letzten Jahrhunderts, Karl Hopf aus Frankfurt. Ein Serienmörder, der sich neben verschiedenen Giftsubstanzen auch lebender Bakterienkulturen bediente. Wenn der das damals schon konnte … Ich denke, das kommt immer wieder vor. Hat bestimmt eine hohe Dunkelziffer, weil es wie ein natürlicher Tod wirkt. Eventuell kombiniert mit Gift … und wir wissen nicht einmal, nach welchen Toxinen wir suchen sollen. Tja, Kinners, die Laboruntersuchen sind im Gange, aber das dauert, in der Toxikologie geht nichts fix. Ich halte euch auf dem Laufenden.«

Behutsam legte er den anderen Lungenflügel in den Körper zurück.

»Das ist kurios«, überlegte Carmen. »Eine Sepsis klingt im ersten Moment nach einer normalen Todesursache. Jeder Mensch kann sich infizieren und die Infektion läuft aus dem Ruder. Nur, dass es in unserem Fall höchst unwahrscheinlich ist, dass Nala abends im Dunkeln auf dem zugefrorenen Kupferteich spazieren geht und von einer plötzlichen Blutvergiftung überrascht wird. Sich dort niederlegt, stirbt, und dass dann ein Spaziergänger mit Teppichmesser vorbeikommt und ihr post mortem die Kehle durchschneidet. Abgesehen davon, dass wir kurz vorher diese Leichenpuppe mit ihren Papieren an exakt dem gleichen Ort fanden. Wir sollten überprüfen, ob wir es mit einem Bakterienmord zu tun haben.«

Dr. Lott nickte, während seine dürren Finger die am Hals herauslugende knallgrüne Krawatte unter dem Kittel glatt strichen.

»Die Umstände, die zu der Blutvergiftung geführt haben, werde ich genau untersuchen. Doch kommen wir zu dem Halsschnitt. Mein Bruder und ich haben das gestern Abend bei ein paar Gläschen Merlot diskutiert.« Die Erinnerung ließ ihn schmunzeln. »Der Lütte hatte eine interessante Idee.«

Sowohl Joachim als auch Sebastian Lott hatten die sechzig seit einigen Jahren überschritten, aber Sebastian war für den ein Jahr älteren Joachim immer noch *der Lütte*.

Er bemerkte Carmens Blick, als er ein Objekt in der Organwaage platzierte. »Das ist eine Milz, ein Prachtexemplar. Sieht sehr gesund aus, spielt eine wichtige Rolle für das Immunsystem, liegt im Oberbauch unterhalb des Zwerchfells hinter dem Magen. Die hier wiegt einhundertfünfzig Gramm. Vollkommen normal.«

Auch die Milz legte er liebevoll in den starren Körper zurück.

Carmen ließ den Gedanken freien Lauf. Ein Täter, der einer Toten einen Kehlschnitt post mortem verpasst. Das hatte eine enorme Symbolkraft.

»Jo, der Wein war gut und wir sprachen über dies und jenes. Schon Medea, die Tochter Hekates, hat ihren Schwiegervater Aison mit einem Schnitt quer über die Kehle ausbluten lassen. Das ist aus ...«

»Den Metamorphosen, Ovid«, freute sich Carmen brillieren zu können. Wobei sie nur geraten hatte. Dr. Lotts Faible für den vorchristlichen römischen Dichter, der sein Lebenswerk den Verwandlungen gewidmet hatte, war allseits bekannt.

Dr. Lott nickte erfreut. »Ein Kehlschnitt an einem lebendigen Menschen durchgeführt bedeutet eine enorme Überwindung für den Täter. Es setzt starke Emotionen wie Wut oder unermesslichen Hass voraus. Auch ein wenig Kraft benötigt man dafür und eine ziemliche Sauerei ist es obendrein.«

»Vielleicht war unser Killer dazu physisch oder psychisch nicht in der Lage, wollte aber nicht auf die Symbolkraft dieses martialischen Aktes verzichten und hat ihn deshalb erst post mortem ausgeführt?« Matthias, der die ganze Zeit abwesend gewirkt hatte, ließ endlich sein Handy irgendwo unter seinem OP-Kittel verschwinden.

Irgendwas stimmt mit ihm nicht, er ist die letzten Tage mit irgendetwas beschäftigt, schoss Carmen ein Gedanke durch den Kopf, der Sekundenbruchteile später jedoch von einer wichtigeren Idee überlagert wurde.

»Vielleicht geht es weniger um den archaischen Aspekt als um das, was anschließend dem Opfer passiv widerfährt: Es blutet aus.«

Dr. Lott, der mittlerweile begonnen hatte, die Y-Wunde am Oberkörper der Toten mit einem stabilen schwarzen Faden im Kreuzstich zu vernähen, hob anerkennend den Daumen und lächelte unter seiner Maske.

»Genau darauf wollte der Lütte hinaus. Auf das Ausbluten. Überlegt einmal, was das im metaphysischen Sinne bedeutet.«

Eine Welle von Assoziationen flutete Carmens Hirn. Sie nahm sich vor, den Brüdern Lott zu ihrer baldigen Pensionierung eine Kiste erstklassigen Merlot zu schicken.

»Ausbluten lassen, das Leben strömt buchstäblich aus dem Körper heraus. Der Täter oder die Täterin kann dabei zusehen, wie das Opfer immer blasser wird …«

Sie dachte an Nalas durchsichtiger werdenden Avatar in jenem letzten digitalen Escape-Room. Symbolträchtiger ging es kaum.

Im Laufe ihrer Karriere hatte sie allerdings einen Haufen Mörder zur Strecke gebracht, denen null Feingeistigkeit für tiefe Symbolik à la Ovid zur Verfügung stand, sondern die aus Motiven jenseits normaler Vorstellungskräfte gemordet hatten. Zum Beispiel, weil sie das Opfer absolut nicht abkonnten. Weshalb alles auch einfacher und banaler sein konnte. Bevor sie sich auf die Zunge beißen konnte, denn bereits als sie sprach, bemerkte sie, wie absurd die Idee klang, sprudelte es aus ihr heraus: »Mal blöd gefragt, oft sagt die Dramaturgie eines Leichenfundorts viel über den Erfinder aus. Nehmen wir an, wir haben es mit einem Perfektionisten zu tun. Was ist, wenn unser Held just keinen anderen Leichendummy zur Hand hatte, also ich meine, einen ohne Kehlschnitt? Sofern er demzufolge nicht einen Dummy nach Vorbild eines Toten, sondern andersherum, eine Leiche anhand der vorhandenen künstlichen Vorlage geschaffen hätte?«

Der Gerichtsmediziner trat zu dem gegenüberliegenden Sektionstisch, auf dem die Attrappe lag. Er winkte Carmen und Matthias, ihm zu folgen. Aus der Nähe betrachtet ähnelte die Puppe der echten Nala kaum noch. Lediglich Größe, Figur und Haarfarbe stimmten überein. »Auf den ersten Blick sprechen zwei Dinge dagegen«, begann Dr. Lott. »Zum einen ist der Gipsverband an dem Kunstkörper aktuellen Datums, viel frischer als der Silikonkörper selbst. Zweitens wurden die künstlichen Haare nachträglich an der einen Seite abgeschnitten. Das sieht man an den stumpfen Schnittkanten. Vermutlich, damit die Frisur mit Nala Averhoffs asymmetrischem Haarschnitt übereinstimmte. Aber trotzdem könnte etwas an der Andersherum-Theorie dran sein. Beides folgt einer gewissen Logik. Guckt mal hier.«

Mit dem Zeigefinger wies er auf die bläulich bleiche Silikonhaut. Er schaltete einen zusätzlichen Halogenstrahler direkt neben dem Tisch an. »Das Material ist porös. Es liegt nicht am Wasser oder am Eis, dem es kürzlich ausgesetzt worden ist. Das Zeugs ist alt. Meines Wissens wird es in der Form heutzutage kaum noch verwendet. Diese Puppe hat nach grober Schätzung an die zwanzig Jahre auf dem Buckel.«

»Was bedeutet«, fiel Carmen ihm ins Wort, »der an der Attrappe dargestellte Kehlschnitt war auf jeden Fall zuerst da, nämlich als diese erschaffen wurde. Damit will ich sagen: vor dem Schnitt an der echten Nala Averhoff.«

13

Der Skalar schwamm seitlich kieloben. Es handelte sich um eines der mächtigsten der besonders markant gestreiften Exemplare. Schon der zweite in dieser Woche. Vorsichtig fischte Sarah ihn mit der hohlen Hand aus dem Aquarium. Er war fast so groß wie ihre Handinnenfläche. Vor langer Zeit hatte ihr jemand einmal einen Geheimtipp gegeben. So hatte sie den ersten toten Fisch der letzten Tage im Backofen getrocknet, dann in einem Mörser zerrieben und unter das übliche Fischfutter gerührt. Das sollte die Abwehrkräfte seiner Kameraden im Aquarium stärken. Abwechselnd betrachtete sie den Skalar auf ihrer Hand und die Dose Futter auf dem Fensterbrett. Dahinter das Nachbarhaus, im Schatten der Platanen.

Da! Es gab Fußspuren im tauenden Schnee! Vor der Hollywoodschaukel. Auch an der Garage und am Hauseingang, die gesamte Auffahrt entlang. Es gab doch Leben auf dem Nachbargrundstück. Eindeutig, die Spuren waren so wirklich wie der tote Fisch in ihrer Faust. Das war der Nachweis für ihre Beobachtungen! Wenn Jasmin am kommenden Null-Tag wiederkäme, würde sie davon berichten. Sie könnte die Fußstapfen fotografieren und ihrer Schwester als Beleg zeigen. Eine exzellente Idee!

Klar, Jasmin hielt sie für verrückt. Jedoch solange Sarah sich mithilfe der Anweisungen in der roten Mappe normal verhielt, wäre es denkbar, dass Jasmin ihr Glauben schenken würde. Insbesondere sofern sie die Ergebnisse ihrer Observationen beweisen könnte. Gab es einen Fotoapparat in diesem Haus? Ihre Gedanken sprangen durcheinander. Als Nächstes überlegte sie, was sie mit dem zweiten toten Skalar anstellen sollte. Behutsam öffnete sie die Faust, streichelte die schlaffen Flossen.

Es klingelte an der Tür. Sarah zuckte zusammen. Der Hall der Klingel tönte in den Tiefen der Villa nach. Das Hochgefühl schwand. Kein Mensch läutete hier, das Grundstück lag abgelegen. Niemand, außer ihrer großen Schwester, kurz bevor die mit dem Schlüssel die Tür aufschloss. Wer konnte das also sein?

Einen Moment später zog sie die Haustür auf, den Skalar fest in der linken Hand umklammert. »Sie wünschen?«, fragte sie. Ihre eigene Stimme klang in ihren Ohren wie die einer uralten Frau, deren Familie und Freunde längst das Zeitliche gesegnet hatten und die bei den seltenen Gelegenheiten zu reden über ihr Sprechen erschrak.

»Sind Sie Frau Sarah Röckendorf?« Ein Mann stand vor der Tür, der Uniform nach ein Paketbote. Er lächelte, zeigte strahlend weiße Zähne, als sie die Tür weiter aufschob. Mit dem Daumen deutete er auf das Namensschild neben der Klingel. Sie nickte, dabei überlegte sie, was er wahrnahm, wenn er sie ansah: eine dickliche Person in einem zu engen unmodernen Kleid, mit kurzen Ponyfransen über der Stirn und einem toten Fisch in der Kralle. Wie nur hatte sie sich gestern Morgen noch schick fühlen können? Sie hätte Jasmins Angebot mit dem Blunt Bob akzeptieren sollen. Schnell schloss sie die Faust um den Skalar, vielleicht hatte der Bote wenigstens den nicht registriert. Wohl doch, denn er fragte: »Ist alles in Ordnung mit Ihnen?« Sie bejahte und bemerkte, wie die Gräten des Zierfisches in ihrer verkrampften Hand zerknackten.

»Würden Sie das Paket annehmen für Ihren Nachbarn? Letzten Monat habe ich zweimal Paketlieferungen für ihn in seiner Garage abgelegt, aber heute klemmt das Tor.«

Mit dem Daumen wies er in Richtung der Platanen, zur Villa des Tauchers beziehungsweise zur Garage, die unter dem wuchernden Dornengestrüpp an der Grundstücksgrenze kaum zu erkennen war.

»Da wohnt seit Jahren niemand mehr«, brachte Sarah schließlich heraus. »Der Besitzer ist verstorben und seitdem verfällt das Haus.«

Sie konnte sich nicht erinnern, wann zuletzt sie so viele Worte zu einem Fremden gesprochen hatte.

»Oh, das wusste ich nicht, ich bin neu hier. Kann man nichts machen. Zurückschicken können wir das Paket leider nicht, der Absender fehlt. Sorry für die Störung.«

Der Bote verbeugte sich galant und wandte sich zum Gehen. Irgendwie hätte Sarah sich gern weiter mit ihm unterhalten, er wirkte so echt, so normal. Womöglich war es dieser Wunsch, noch eine Weile die Gegenwart eines freundlichen Menschen zu genießen, der sie weitersprechen ließ, die Worte kamen wie von selbst.

»Warten Sie einen Moment. Mir fällt gerade etwas ein. Natürlich nehme ich die Sendung an. Geben Sie sie mir. Die erwachsenen Kinder des Besitzers kommen manchmal vorbei. Vielleicht können die damit was anfangen und einer von denen hat das Tor aus Versehen verklemmt. Sehen Sie nur die Fußspuren im Schnee.«

Sie machte eine vage Handbewegung in Richtung der Spuren. Der Bote sah zur Auffahrt am Nachbarhaus. Offensichtlich überzeugt, übergab er ihr den Karton.

»Wir würden es noch eine Weile aufbewahren, aber dann vernichten. Da ist es bei Ihnen besser aufgehoben.«

Dessen war Sarah nicht unbedingt gewiss. Außer dem Taucher und dem Clown auf der Hollywoodschaukel hatte sie seit Jahren niemanden auf dem Grundstück nebenan bemerkt. Ihre Schwester Jasmin hielt beide für Sarahs Hirngespinste. Ebenso wie das Kind, das manchmal am Aquarium vor Sarahs Fenster lehnte und seine Finger ins Wasser hineintauchte. Womöglich hatte das Kind die Skalare getötet?!

Der Bote hatte sich verabschiedet, Sarahs Gedanken zerfaserten in der kalten Luft. Sie schloss die Tür hinter ihm und rutschte mit dem Karton im Arm an der Innenseite der Tür herunter. Vielleicht sah sie Personen, die andere nicht wahrnahmen, doch die Spuren, die waren eindeutig echt! Der Paketbote hatte sie im Schnee auf dem Nachbargrundstück ebenfalls gesehen, andernfalls hätte er ihr niemals die Paketsendung anvertraut. Die Fußspuren waren kein Hirnspuk!

Das Paket war nicht besonders schwer, und tatsächlich hatte sie nicht den geringsten Plan, warum sie es angenommen hatte. Vor allem, was sollte sie mit dem verdammten Ding anstellen?

14

»Es muss doch herauszukriegen sein, wer diesen Leichendummy ursprünglich einmal hergestellt hat …« Die Ermittler standen vor einer Bäckerei mit einer Tüte Franzbrötchen in der Hand. Carmen griff bereits nach dem zweiten. Drei Möwen ließen sich auf dem Dach eines Strandkorbs vor der Bäckerei nieder. Eine starrte mit schwarzen, kalten Augen auf die Krümelbröckchen vor Carmens Füßen, während die anderen beiden einander in geduckter Haltung mit lang gestrecktem Hals aus vollster Kehle anmotzten. Die mit dem kalten Blick und dem Fokus aufs Wesentliche wird das Rennen um die Krümel machen, dachte Carmen.

»Was hilft uns das?« Matthias blies ein paar Fusseln von seinem Revers. »Wenn das Ding wirklich uralt ist, kann es mittlerweile durch Hunderte von Händen gegangen sein.«

»Na ja, also bitte. Das glaube ich kaum. Wer außer Film und Fernsehen hat Verwendung für so etwas?«

»Oh, da gibt es eine Menge schräger Gestalten, die auf so was abfahren und heiß auf diese Art Püppchen sind. Zeitgenossen mit nekrophiler Neigung zum Beispiel, die sich nicht trauen, zur Befriedigung ihrer sexuellen Gelüste erst einmal jemanden abzumurksen. Oder den Aufwand und Ärger scheuen, auf dem Friedhof eine frische Leiche auszubuddeln.«

Carmen hörte auf zu kauen. »Nicht dein Ernst! Darum bestellen die sich so einen Vogel, um dann damit … nein, nein, nein. Blümchenwiese, Blümchenwiese.«

»Oh doch. Ich weiß nicht, ob das stimmt, dass man die bei eBay ordern kann. Aber spätestens im Darknet kriegst du alles, was dein Herz an Abgründigem begehrt. Was glaubst du, was es für ausgefallene Freizeitaktivitäten gibt. Die harmloseren davon: *Pupplay* – Hund und Herrchenspiele, Tragen eines Halsbandes, an der Leine gehen. Ich habe das am Bahnhof Hamburg-Harburg sogar einmal gesehen. Oder, genauso drollig: Es soll Menschen geben, die mit Sex-Bots chatten.«

»Hör auf, so blöd kann niemand sein. Das sind Maschinen! Nicht mal das. Es ist Software, das sind Algorithmen. Bits und Bytes oder wie die Viecher heißen.«

Matthias zuckte mit den Schultern. »Letztlich scheint es den Zweck ebenso gut zu erfüllen. Und wo wir bei sonderbaren Hobbys sind: Wir hätten da noch die *Furrys*. Die stecken sich in Fursuits. Lebensechte Kostüme von Tieren. Die latschen als Krokodil oder Ameisenkönigin durch die Gegend …«

Carmens Handy vibrierte, sie drückte Matthias ihr angebissenes Franzbrötchen in die Hand und begann die Jackentaschen zu durchsuchen. »Was immer die tun, meinetwegen. Aber Typen, die sich Leichendummys bestellen, um mit ihnen duweißt-schon zu machen, igitt. Immerhin können wir diese Art der Lustgewinnung in unserem Fall ausschließen, weder an Nala noch an der Attrappe wurden Spuren fremder DNS nachgewiesen. Es gibt null Komma null Hinweise, die auf einen sexuell motivierten Hintergrund hindeuten.«

In einer der Innentaschen ihrer Jacke wurde sie schließlich fündig und nahm das Gespräch an. Eine Weile lauschte sie. »Prima, Mailin, wir machen uns sofort auf die Socken.«

Das Franzbrötchen packte sie zurück in die Tüte, das Handy in die rechte Außentasche der Jacke.

»Claudius und Astrid haben Namen und Adresse von Nalas Freund herausgefunden. Er heißt Pierre ten Have, Naturwissenschaftler mit einigen Veröffentlichungen in Fachblättern. Derzeit mit seiner Habilitation im Zuge seiner Forschungen am angeschlossenen wissenschaftlichen Institut beschäftigt. Klangvoller Titel seiner Habilitationsschrift …« Sie hob die Stimme und deklamierte: »›Gynomorphe, Mikrogyne und Ergatomorphe‹. Untertitel: ›Betrachtung der Funktionen im Kastensystem der Formicidae‹.«

Das Gesicht ihres Kollegen wäre ein Foto wert gewesen.

»Na los, komm, ich bin stolz genug, dass ich die Wörter ohne Zungenbruch wiederholen konnte, und ich habe auch keine Ahnung, was das bedeutet. Fragen wir doch den Herrn Pierre ten Have selbst.«

* * *

Die Roonallee befand sich im Hamburger Stadtteil Eimsbüttel. Parkplätze gab es hier so gut wie keine und wer einen in *walking distance* zur Heimatadresse ergattert hatte, überlegte genau, ob die Einladung zu einer Party es wirklich lohnte, den Platz aufzugeben. Vor einem Altbau, dessen frisch gestrichene weiße Fassade sich majestätisch vom hellblauen Himmel dahinter abhob, scherte der Transporter eines Klempnerbetriebs aus.

»Hä, das Glück ist mit die Doofen, da sind wir«, freute sich Matthias. Tatsächlich standen sie direkt vor dem Haus, in welchem Pierre ten Have wohnte. Carmen sah in den Rückspiegel. Ein eng umschlungenes Paar näherte sich auf dem Bürgersteig. Der Mann trug einen Karton unter dem Arm, den er abstellte, um die Haustür aufzuschließen, ohne dabei seine Begleiterin loslassen zu müssen.

»Diese Formicidi-Dingsbums sind garantiert Insekten. Nalas Mutter Nora hatte im Zusammenhang mit dem neuen Freund die Aversion ihrer Tochter gegen Ameisen erwähnt.« Carmen zog ihr Handy hervor, tippte den Begriff in das Display. »Sag ich doch. Ameisen, logisch. Ein Ameisenforscher.«

Sie steckte das Telefon wieder ein, denn Matthias öffnete bereits die Fahrertür.

Die Haustür stand halb offen, der Rückholmechanismus am Türrahmen war blockiert. So konnten sie, ohne bei Pierre ten Have zu klingeln, das Treppenhaus betreten und sich in Ruhe umsehen. Im Stil der alten Hamburger Kaufmannshäuser erbaut, zierten Fliesen aus der Gründerzeit den Aufgang. Über einem Eingangsportal, nach den ersten sechs Stufen, schwebte ein mächtiger Kronleuchter, dessen angestrahlte Kristalltropfen von wandbreiten Spiegeln an den Seiten reflektiert wurden und den Eingangsbereich herrschaftlich wirken ließ. Im Hochparterre befanden sich nur zwei Wohnungstüren, keine mit dem Namen ten Have. Sie arbeiteten sich Stockwerk für Stockwerk empor und im dritten endlich verharrte Matthias an der Tür in der Mitte. Eine Klingel gab es nicht, dafür einen goldenen Türklopfer in Form eines grinsenden Katzenkopfes, den Matthias betätigte. Die Tür wurde beinahe im selben Moment aufgerissen und ein Mann stand vor den Ermittlern.

»Herr ten Have?« Matthias zeigte den Polizeiausweis vor und umriss kurz den Grund ihres Besuches.

Das gibt's nicht! Das ist doch der Typ mit dem Karton von eben an der Haustür. Der hat sich aber schnell über den Verlust von Nala hinweggetröstet!

Sie wurden in den Flur gebeten. Carmen hielt unauffällig Ausschau nach der Begleitung von ten Have, die sie im Rückspiegel des Autos beobachtet hatte. Es war jedoch niemand zu sehen und kein Geräusch aus der Wohnung zu hören. Lediglich der Karton stand ein paar Meter entfernt auf dem Boden. *Lucida.* Dem aufgedruckten Bild zufolge eine Bogenstehleuchte für knapp dreihundert Euro. Nicht unbedingt ein Schnäppchen.

Ten Have führte sie einen schmalen Flur entlang. Er roch intensiv nach einem Aftershave mit holziger Note. Zur Linken öffnete er eine Flügeltür und bat sie in ein gemütliches Wohnzimmer mit ausladendem Esstisch. Es war genau so, wie sich Carmen die Wohnung eines Akademikers vorstellte. Schließlich hatte sie selbst Jahre lang mit einem gelebt. Gregor. Wie damals bei ihnen zu Hause lagerten bei ten Have stapelweise Bücher und Fachzeitschriften auf jeder verfügbaren Abstellfläche.

Oje, ich muss ihn dringend anrufen, damit wir das ausgefallene Date nachholen können.

Bisher hatte sie lediglich per SMS eine Entschuldigung geschickt. Als sie an seine prompte, freundlich-frivole Antwort dachte, durchlief sie eine warme Welle. Nach einer schwierigen Zeit ließ es sich zwischen ihnen beiden endlich wieder gut an.

Sie glitt aus dem behaglichen Gedanken und sah sich weiter um. An den Wänden hingen großformatige Fotos von Ameisen, die, in Schwarz-Weiß aufgenommen, tatsächlich eine gewisse Ästhetik ausstrahlten. Pierre ten Have sah nicht im Mindesten verstört aus, als er auf einem vor dem Fenster positionierten Stressless-Sessel Platz nahm.

»Nalas Eltern haben mich über ihren Tod informiert.« Die Bemerkung kam leidenschaftslos. Zu leidenschaftslos.

Er sah aus dem Fenster und strich sich über die Stirn.

»Es gab ein schreckliches Missverständnis. Ich glaubte, Nala wäre am Wochenende bei ihren Alten. Die wiederum dachten, sie wäre bei mir. So fiel ihr Verschwinden viel zu spät auf. Wir waren erst seit Kurzem zusammen, wir hatten noch keine Rituale, wie jeden Tag Nachrichten schicken oder telefonieren.

Wir ließen uns gegenseitig den nötigen Freiraum, die Beziehung zu entwickeln.«

Ja, das mit dem angeblichen Missverständnis wissen wir schon. Und wie Pierre seinen persönlichen Freiraum interpretierte, hatte Carmen soeben vor der Tür beobachten können.

Da Matthias die Befragung im Wesentlichen führte, nahm sie sich Zeit, ihren Gastgeber zu betrachten. Sein Vorname passte zu ihm. Er vermittelte den Charme und das Laissez-faire eines typischen Franzosen, jedenfalls, wenn man den Truffaut-Filmen der Siebzigerjahre vertraute. Selbstsicher und eloquent beantwortete er die Fragen ihres Kollegen.

»Nala wurde am 10. März in den Abendstunden gefunden. Gemäß den bisherigen Erkenntnissen der Gerichtsmedizin war sie da erst wenige Stunden tot. Wie haben Sie den 10. März verbracht?«

»Sie fragen nach meinem Alibi? Brauche ich eins?« Ten Have ließ sich noch tiefer in den Stressless-Sessel sinken, verschränkte die Hände hinter dem Kopf. Alles an ihm atmete perfekte Gelassenheit. Die Ermittler sahen ihn an. Carmen sann darüber nach, ob er die Abgeklärtheit spielte oder ob er vollkommen gefühlskalt war. Niemand sagte etwas. Schließlich brach ten Have das Schweigen. »Nun, ich befürchte, ich kann Ihnen keines bieten. Ich habe den ganzen Tag hier verbracht und mich meinen Studien gewidmet.« Er fing Carmens bohrenden Blick auf und fügte hinzu: »Allein.«

Matthias setzte die fruchtlose Befragung fort. Ob er von dem Spiel *CLAVIS* gewusst habe, das Nala gespielt hatte. Ja, doch eigentlich nein, er interessiere sich nicht für Online-Spiele, wüsste nur, dass es einen ziemlichen Hype und irgendwelche Gerüchte um jenes Spiel gäbe. Er selbst wäre altmodisch analog unterwegs. Dabei deutete er auf seine Zeitschriftenstapel auf der Fensterbank und dem Tisch. »Gerüchte?«, hakte Matthias nach.

Ten Have zuckte mit den Schultern. »Fragen Sie jemanden, der es spielt.«

Die Befragung zog wie klebriger Sirup an Carmens Ohren vorbei. Matthias fragte, ob er Nalas Förderin Jasmin Mehlfort kannte. Es war nur ein kurzer Moment, aber die bewusste Sekunde zu lange, die Carmen aus der Betrachtung der gemütlichen Umgebung riss.

»Ja, selbstverständlich kenne ich Professor Mehlfort, eine imposante Frau. Wir haben an der Universität und am Institut eine Weile zusammengearbeitet. In den letzten Monaten segelte sie recht hart am Wind.«

Er überkreuzte die Arme vor seiner Brust. Sieh an, dachte Carmen, vorbei ist's mit der demonstrativen Ruhe. Wir haben ihn, er kennt sie besser, als er zugibt.

»Wie meinen Sie das?« Carmen sah ten Have intensiv in die Augen, der sich schnell fasste.

»Nun, wie man das so sagt, sie verfolgte sehr konsequent ihren Weg an der Uni. Erfolg gewohnt, hofiert von der wissenschaftlichen Elite, sie liebte diese Aufmerksamkeit. Dafür würde sie über Leichen gehen.«

»Wortwörtlich?« Das Gespräch begann endlich eine interessante Wendung zu nehmen, fand Carmen. In der Absicht, Schaden zu begrenzen, gab er immer mehr preis.

»O nein, so meine ich das nicht. Keinesfalls buchstäblich, aber Frau Professor Mehlfort ist extrem ehrgeizig. Neuerdings laufen ihr jüngere Kollegen und Kolleginnen allmählich den Rang ab. Im Moment ist sie sogar beurlaubt. Ich verrate damit kein Staatsgeheimnis, Sie werden es sowieso herausfinden: Es gab Unregelmäßigkeiten bezüglich der wissenschaftlichen Standards ihrer Arbeitsmethodik.«

15

Zu Hause angekommen, warf Carmen den Schal und die Schlüssel auf die Kommode im Flur. Es duftete herrlich nach Oregano. Sie folgte der Duftspur und traf in der Wohnküche auf Linus, der konzentriert auf das Display seines Laptops starrte. »Ich habe Lasagne zubereitet, sie ist sogar noch heiß.« Er sprang auf, suchte nach einem Teller, füllte großzügig auf. Carmen sah auf ihren Sohn und hätte ihn fressen können vor Zuneigung. Eine Weile aß sie schweigend. Inzwischen wusste sie wieder, in welchem Zusammenhang sie das Wort CLAVIS zuallererst gelesen hatte.

»Sag mal«, begann sie, »du kennst doch CLAVIS, das Online-Escape-Room-Spiel?«

Linus fing an, mit dem Zeigefinger an seinen Haaren an der Stirn einen Propeller zu drehen. Ein untrügliches Zeichen entweder für Konzentration oder Unbehagen.

»Klar kenne ich CLAVIS. Viele der höheren Semester an der Uni nehmen daran teil. Komisch. Irgendwie wusste ich, dass du mich darauf ansprechen würdest. Hat es mit deinem neuen Fall zu tun? Hat das Opfer CLAVIS gespielt?«

Carmen nickte. Kurz skizzierte sie die bisherigen Erkenntnisse um Nala Averhoff. Eigentlich durfte sie nicht über die Ermittlungen sprechen, aber der scharfe Verstand ihres Sohnes hatte ihr manches Mal bei der Lösung eines Mordfalls geholfen. Nach einer Weile schob sie den Teller von sich. Sie hatte kein Fitzelchen zurückgelassen und tunkte den Rest Soße mit etwas Brot auf.

»Ja, Nala hat *CLAVIS* gespielt. Heute haben wir ihren Freund befragt und der deutete an, dass es irgendwelche Gerüchte um das Spiel gäbe?«

»Es ist eigentlich ein Lernspiel«, begann Linus.

»Ich weiß«, unterbrach Carmen, »die groben Züge kenne ich. Die Spieler müssen unter Zeitdruck aus einem Raum entkommen. Auch, dass die Avatare ihren Intelligenzquotienten erhöhen können, je mehr Aufgaben sie lösen. Was muss ich noch wissen?«

»Okay, es gibt die verschiedensten Themengebiete. Mathematik, Biologie, Chemie, alles Mögliche, so arbeitest du dich zunächst nach deinen Neigungen auf die höheren Levels vor. Aber ab einer bestimmten Stufe teilt dir ein Zufallsgenerator einen virtuellen Escape-Room zu. Der mir zugeteilte Raum auf Level sechs glich in der visuellen Ausgestaltung einer der letzten Szenen aus dem Roman von Edgar Alan Poe, *Der Untergang des Hauses Usher*. Der Raum war genau der Atmosphare der Erzählung nachempfunden: die dunkle Stimmung im Wohnraum, die Geräusche aus der Grabkammer darunter. Das Gewitter draußen, der Riss, der sich durch die Wand des Hauses zieht. Mein virtueller Gastgeber, Roderick Usher, der mich von seinem Sessel aus beobachtete und dessen Geist sich zunehmend verdunkelte. Mein Avatar konnte mit ihm interagieren. Die Aufgabe in jenem Raum bestand darin, den Verlauf von Poes Geschichte zu verändern: die lebendig begrabene Zwillingsschwester Ushers zu retten. Aufgrund verschiedener Anhaltspunkte wurde mir klar: Ich sollte herausbekommen, von wem Poe zu dieser Erzählung inspiriert worden ist.«

»Kein Problem«, sagte Carmen, »das gebe ich im Internet ein und habe es in wenigen Sekunden heraus.«

»Richtig, man kann Hinweise finden. Ich vermutete, es ginge um E. T. A. Hoffmann, *Das Majorat*. Ich musste ein Codewort herauskriegen, bevor das Haus Usher im Getöse des Sturmes im See versinkt. Ein Wort mit sieben Buchstaben, das Poes Geschichte mit der Story von Hoffmann verbindet.«

»Ich verstehe. Dazu muss man sich intensiv mit der Materie beschäftigen. Das klingt spannend und lehrreich. Auf jeden Fall inspirierender, als mit Sex-Bots zu chatten. Unglaublich, was es alles gibt, oder?«, meinte Carmen, die noch immer auf eigenwillige Weise von Matthias' Vortrag vorhin fasziniert war.

»Nun ja, wenn Sex-Bots dem Anrufer in gleichem Maße Lustbefriedigung verschaffen wie die berühmten Hausfrauen, die unter den RUF-MICH-AN-Nummern Obszönitäten hauchen, während sie Geschirrtücher bügeln, ist das doch eine ressourcenschonende Vereinfachung.« Linus hob die Hände, schob das Haar aus der Stirn. Ähnlich hatte sich Matthias geäußert. Verwundert über den männlichen Pragmatismus kam sie aufs Thema zurück. »Gut, du hast dich mit den Erzählungen befasst und Madeline Usher befreit. Verrätst du mir das Lösungswort?«

Linus nickte. »Klaro, ich suchte ein Wort mit sieben Buchstaben. Es war der Vorname zweier Protagonisten. *Roderick* bei Poe und *Roderich* bei Hoffmann. Englisch bei Edgar Allan Poe, deutsch bei Hoffmann. Das beide Geschichten verbindende Codewort mit sieben Zeichen lautete: Roderic.«

»Genial! So bringt man die Leute ans Bücherlesen, ist doch ein super Spiel! Wie ging es dann weiter?«

»In meinem nächsten Raum sollte ich eine Gleichung umstellen. Vereinfacht gesagt, vom Ergebnis ausgehend wird der Weg zur Aufgabenstellung zurückverfolgt. Rückwärts! Das ist ein ungewohntes Denkmuster. Du weißt natürlich, dass sich neue Synapsen bilden, je mehr komplizierte oder fremde

Denkpfade man geht. Die Beschäftigung mit *CLAVIS* legt auf subtile Weise nagelneue Strukturen im Gehirn des Teilnehmers an. Das Spiel steigert sich, Ziel ist es, zur *Pforte* zu gelangen. Auf die oberen Niveaus kommen nur äußerst kreative Typen.«

»Also Typen wie du!«

Ein Strahlen überzog Linus' Gesicht. »Typen wie Lukas und ich. Wir kämpfen gegeneinander und sind beide recht weit. Auf den unteren Spielstufen tummeln sich noch zahlreiche Gamer, aber nach oben wird die Luft immer dünner. Momentan befinden sich auf unserem Level nur noch vier Spielfiguren. Meiner, Lukas', ein Vangelis und eine Delia mit einem hübschen Avatar.« Er grinste. »Ich habe schon zweimal mit ihr gechattet.«

»Sag mal, Lukas, Vangelis, Delia – das sind eure Klarnamen, oder?«

»Ja. Bei *CLAVIS* ist es ein ungeschriebener Ehrenkodex, den echten Vornamen zu verwenden. Jeder von uns will die Pforte zuerst erreichen. Wenn es einer meistert, kann er anklopfen. Eintreten darf man nur nach Einladung, und nicht alle, die es bis hierhin gepackt haben, werden auch eingeladen.«

»Verstehe. Durch die Konkurrenzsituation wird der Ehrgeiz der Teilnehmer befeuert. Ihr bildet euch im Turbomodus weiter.«

»Es hat bei *CLAVIS* noch niemand geschafft, hinter die Pforte zu kommen. Exakt das steigert den Thrill.«

Zunehmend fasziniert lauschte sie Linus' Ausführungen.

»Derjenige, der das Spiel erfunden hat, muss über ein brillantes Gehirn verfügen. Das Spiel greift im Verlauf immer tiefer in das analoge Leben des Spielers ein. Ich weiß, wie verrückt es sich anhört, aber angefangen mit den neuen Synapsenpfaden, dringt es Mal für Mal massiver in dein Leben ein. Bei den Aufgaben, die präsentiert werden, hat man das Gefühl, dass *CLAVIS* einen genau kennt. Es ist im Bilde, dass ich Linus bin, Student der Medizin, es weiß, wofür ich mich interessiere.«

»Stimmt, du hast, kaum dass du lesen konntest, die Geschichten von Edgar Alan Poe verschlungen, ganz besonders den *Untergang des Hauses Usher*.«

»Eben. Und ein Thema von einer Synthese zur Anfangsidee zurückzudenken, liegt ebenso voll auf meiner Linie. Ich finde *CLAVIS* ein wenig spooky. Manchmal fürchte ich, das Spiel weiß sogar, was ich *denke*.«

Linus zerbröselte ein Stück Brot auf dem Tisch. Carmen stippte mit dem Zeigefinger zwei Krümel auf.

»Vielleicht ist es nicht so mysteriös, wie es auf den ersten Blick scheint. Mein Laptop kennt mich ebenfalls. Der dröselt meine Kaufentscheidungen ebenso auf. Wer das bestellt, kauft auch das. Das Prinzip habe selbst ich ohne die geringste Affinität zur Technik verstanden. Er weiß manchmal schon vor mir, was mich interessiert: Schickt mir passgenaue Werbeangebote und Schlagzeilen über europäische Königshäuser.«

Carmen gähnte. »Ich lösche allabendlich den Browserverlauf. Damit, falls ich morgen tot umfalle, du nicht anhand meiner Feeds siehst, dass ich mich hin und wieder für Fettabsaugung an Problemstellen und für Scheidungen in der Aristokratie interessiert habe.«

»So einfach ist *CLAVIS* nicht konzipiert. Außerdem: Nach der Pforte, so heißt es, wechselt *CLAVIS* die Ebenen, von virtuell zu analog. Hinter der Pforte warten die echten Herausforderungen. Dunkle Räume, aus denen das Entkommen am Ende des Spiels nicht garantiert ist.«

Der Zeigefinger, von dem Carmen gerade einen dritten Krümel ablecken wollte, blieb in der Luft hängen.

»Verfluchter Mist! Das bedeutet nichts anderes, als dass es ab der Pforte im Darknet weitergeht. Ohne jede Kontrolle.«

Was, wenn Nala die Erste gewesen sein sollte, die es dorthin geschafft hatte?

Carmen dachte an deren Avatar, der aus dem Spiel verschwunden war.

Sie mussten unbedingt herausfinden, wer dieses Spiel betrieb. Schnell tippte sie eine Nachricht an Mailin in ihr Telefon, während Linus bereits weitersprach.

»Im Darknet und in einem echten Escape-House, von dem niemand eine Ahnung hat, wo es ist und was für Aufgaben dort warten. Exakt so lautet das Gerücht.«

16

Ihr Schädel dröhnte. Delia Hoffmann wünschte sich den betäubenden Schlaf zurück, der sie bis eben umhüllt hatte. Gedanken rauschten durch ihr Gehirn, eine wilde Karawane, die alles niederwalzte, was normalerweise für Ordnung und Struktur in ihrem Kopf sorgte. Kurze Sequenzen blitzten auf: eine Mottoparty in einer Kunstgalerie. Dort hatte sie mannshohe Gemälde betrachtet. Doch plötzlich hatten sich die Menschen auf den Werken aus den jeweiligen Hintergründen gelöst, sie waren aus ihren Bildern gestiegen und hatten sonderbare Dinge getan. Ein Mann, der sein Gesicht am Hinterkopf trug, ging und sprach rückwärts. Nicht wort-, sondern buchstabenweise. Merkwürdigerweise hatte sie keinerlei Probleme gehabt, ihn zu verstehen. Äußerst amüsant! Sie bedauerte es, als er sich einer älteren Gesprächspartnerin mit einer turmhohen Perücke zuwandte. Doch andere Figuren stiegen aus ihren Bilderrahmen, um mit ihr zu tanzen und zu singen. Es waren immer mehr geworden, ein gewaltiger Chor, in den die Gäste der Vernissage einstimmten, eine wilde Party. Irgendjemand hatte ihr ein weiteres Glas mit einer silbrig glitzernden Flüssigkeit gereicht, sie

93

fühlte sich ausgelassen und befreit. Sie hoffte, dass das Fest nie enden möge. Plötzlich löste sich der rückwärtssprechende Mann vom Rand eines graffitiähnlichen Bildes direkt vor ihr. Nun trug er das Gesicht vorn und bedrohte sie mit einem Messer: »Du kommst jetzt mit mir mit, ich kenne eine noch viel geilere Party, es wird dir gefallen.«

Sie war ihm gefolgt, in ein Auto gestiegen, daran konnte sie sich erinnern. Das Hochgefühl, das sie in der Galerie empfunden hatte, war starker Beklemmung gewichen. Er trug einen engen schwarzen Anzug mit Kapuze, hatte sich zu ihr gebeugt. Sie hatte Angst, dass er sie küssen wollte. Aber das tat er nicht. Etwas stach in ihren linken Oberarm, was entsetzlich schmerzte. Und dann wurde sie von einer lautlosen Kraft in einen finsteren Strudel gesogen.

So ähnlich musste sich ein LSD-Rausch anfühlen, beziehungsweise der Moment, wenn man daraus erwacht, dachte sie nun. An der Universität hatte sie sich im Chemie-Seminar mit psychoaktiven Substanzen beschäftigt, sogar mit einer Freundin ein Selbstexperiment gewagt. Einmal und nie wieder, sie hatte stundenlang über der Kloschüssel gehangen und gekotzt.

Doch das hier war etwas ganz anderes, irgendetwas viel Gewaltigeres, das erfasste sie trotz aller Nebel in ihrem Bewusstsein sofort.

Mund und Hals waren vollkommen ausgetrocknet, gleichzeitig war ihr speiübel. Sie schlug endlich die Augen auf, nur das änderte nichts, denn Dunkelheit umhüllte sie. Sosehr ihr Kopf schmerzte, sämtliche ihrer Sinne meldeten Alarm.

Der Geruch nach Moder. Wie sie ihn hasste! Sobald er ihr in die Nase stieg, dachte sie an Beerdigungen. Der Untergrund, auf dem sie lag, war hart und schmal. Es fühlte sich an wie ein Notbett, wie es das Personal in Krankenhäusern benutzte, wenn sie während einer Bereitschaftsschicht stundenweise versuchten, etwas Schlaf zu finden. Die Decke, die sie umgab, war kuschelig und roch nach Sandelholz.

Wo war sie und was war geschehen?

Vorsichtig richtete sie sich auf. Schwindel erfasste sie, aber sie zwang sich, sitzen zu bleiben. Einen Moment später hörte sie einen schwachen Ton, sie konnte unmöglich sagen, aus welcher Richtung er kam. Hochfrequent und unangenehm bohrte er sich ihr in die Ohren, doch vielleicht kam der Ton in Wirklichkeit aus ihrem eigenen Kopf. Nichts schien mehr gewiss. Hatte sie irgendeine Droge konsumiert? Eine Vernissage besucht? Oder beides? Wann und wo war das gewesen? Gestern?

Und wo, verdammte Scheiße, befand sie sich hier?

Der hochfrequente Ton verschwand, dafür blitzte mit einem Schlag gleißendes Licht auf. Delia riss eine Hand vor die Augen, die plötzliche Helligkeit sandte einen irren Schmerz in ihren Schädel. Nach einer oder zwei Minuten ließ sie die Finger sinken und wünschte sich im gleichen Moment, es nicht getan zu haben.

O mein Gott!

Sie blickte sich um in dem wahr gewordenen Albtraum. In einem Raum, der sich fensterlos über mindestens dreißig Quadratmeter erstreckte. An der Decke, direkt über ihr, befand sich ein Fenster aus Milchglas. Von den Wänden starrten sie Menschen vor unterschiedlichen Hintergründen an. Mannshohe Leinwände, die an den kalkweißen Mauern lehnten. In manchen Gesichtern waren Augen, Lippen und Nase verrutscht. An einem Bild an der rechten Seitenwand blieb ihr Blick hängen. Das Gemälde eines bekannten Malers, der ein Geschöpf mit einem zum Schrei geöffneten Mund auf seine Bildwand gebannt hatte.

Die Klarheit kam schlagartig und ohne jede Gnade. Es stimmte mit der Vernissage, die wilde Party hatte wirklich stattgefunden. Sie war dort gewesen! Sie sah sich selbst, als ob sie einen Film betrachtete. Wie sie im schwarzen Kostüm mit einer venezianischen Federmaske vor den Augen und einem dunklen Fächer in der Hand die Schwelle der Galerie betreten hatte. Sie sah die Einladungskarte mit dem goldenen Schlüssel, die sie lässig und stolz dem Pförtner überreicht hatte. Jetzt ahnte sie, wo sie sich aufhielt: Sie hatte die digitale Ebene von *CLAVIS* verlassen, sie befand sich in dem echten Escape-House, von dem niemand gewusst hatte, ob es existierte. Immer noch trug sie das schwarze Kostüm, die Federmaske lag wie ein toter Vogel auf dem Boden vor der Liege, daneben der zerknitterte Fächer.

Sie atmete tief ein. Sie gehörte zur Elite, sie hatte es geschafft. Sogar vor Linus, Lukas und Vangelis.

Hinter die Pforte.

17

Jasmin hatte sämtliche Anrufe und Nachrichten von Pierre ignoriert. Die letzte Botschaft hatte beinahe flehentlich geklungen: »Bitte, wir müssen reden – die Kriminalpolizei war bei mir!« Auch diese Message wischte sie weg. Dass Pierre mulmig wurde in Anbetracht dessen, dass die Polizei im Zuge des Todes seiner Gespielin Nala Averhoff ermittelte, gönnte sie ihm. Allerdings schien es lediglich eine Frage der Zeit, wann die Ordnungshüter bei ihr selbst auftauchten. Allerspätestens dann, wenn sie über Jasmins hellsichtigen Krimiblog-Eintrag stolpern würden. Falls sie das taten.

Sie ließ sich auf das Sofa sinken und überlegte, wie sie den Abend verbringen könnte. Ihr Rücken schmerzte und sie fühlte bleierne Müdigkeit in den Körper sickern. Lustlos scrollte sie durch einige E-Mails. Sie wechselte in ihren Blog. Sofort war sie elektrisiert, denn dort gab es eine neue Nachricht von K Punkt Kowalla. Zuerst fasziniert, dann mit Gänsehaut auf den Armen, las sie den Text.

Bleib wach heute Nacht! Es wird weitere Leichenpuppen geben. Meine Prognose lautet: Der nächste Mordvorbote wird noch vor Mitternacht gefunden werden. An einer Bushaltestelle. Nein, ich korrigiere: keine Prognose. Garantiert!

Wieder zierten die Nachricht einige Tränen lachende Smileys.

Jetzt duzt mich der oder diese Kowalla schon!

Der große Unterschied zu der ersten Mitteilung von Kowalla war offensichtlich: Hatte er/sie in dem ersten Hinweis an Jasmin geschrieben: *Polizei blamiert sich am Kupferteich – statt einer Leiche wird mit aufwendigem Geschirr eine Schaufensterpuppe mit Handtasche und durchgeschnittener Kehle von dem Eis gerettet,* so kündigte die heutige Nachricht ein Geschehen in der Zukunft an.

Spannend!

Ohne ihr Zutun begann ihr Hirn sofort eine Geschichte um den zweiten Dummy zu spinnen, der heute Nacht möglicherweise gefunden werden würde. Dem eventuell, aber das war natürlich ganz und gar nicht sicher, eine echte Leiche folgen würde wie im Falle von Nala.

Sie legte die Finger auf die Tastatur. Dass alles miteinander in Zusammenhang stand, schien sonnenklar. Nur wie? Und warum wurden gerade ihr diese Vorabinformationen angeboten? War sie auserkoren, eine Rolle in einem mörderischen Spiel zu übernehmen?

Sie brühte eine Tasse Kaffee in der Küche auf, füllte Trockenfutter in Schrödingers Napf und kehrte ins Wohnzimmer zurück. Draußen begann es zu schneien. Der Kater hatte es sich inzwischen in der warmen Sofamulde gemütlich gemacht. Jasmin hob Schrödinger hoch und setzte ihn unsanft auf das Parkett.

Nichts da, das ist mein Platz, und ich hoffe, dass Pierre dich endlich abholt!

Noch einmal las sie die Nachricht. Einen Moment dachte sie darüber nach, ob sie die Kriminalpolizei verständigen sollte. Immerhin schien Kowalla über Insiderwissen zu verfügen. Andererseits, was bedeutete schon eine Puppe, sofern die heute Nacht gefunden werden würde? Wenn Kowalla einen Leichenfund angekündigt hätte, wäre es etwas anderes, in dem Falle müsste sie selbstverständlich die Polizei informieren. Aber so? Außerdem formte sich eine Idee für den Blogbeitrag in ihrem Kopf. Es wäre schade, sie zu verschenken.

Vielleicht war dies die nächste Affenfalle, in die sie ihr eitler Ehrgeiz führte, jedoch wenn dem so war, dann war sie bereit mitzumachen, um das herauszufinden. Sie begann zu schreiben. Trotz Müdigkeit fiel es ihr nicht schwer, wach zu bleiben, das Thema hatte sie gepackt. Wieder konnte sie nicht so schnell tippen, wie die Gedanken davongaloppierten, sich Handlungskorridore für die Story öffneten. Kurz vor Mitternacht lud sie den Beitrag hoch. Das Prickeln, als sie auf die Taste drückte, mit der sie die Geschichte unwiderruflich in die Tiefen des World Wide Web schickte, durchrieselte ihren ganzen Körper.

In dem Moment, als sie den Laptop zuklappte, klopfte es an der Wohnungstür.

Wirklich?

Sie sah auf die Armbanduhr. Kurz nach zwölf. Alle Aufmerksamkeit legte sie in ihr Gehör. Nichts. Sie hörte lediglich ihr Blut in den Ohren rauschen. Quatsch, wer sollte um diese Zeit an ihrer Tür klopfen? Und wie wäre derjenige überhaupt ins Haus gelangt? Ihr Hörnerv war bis zum Zerreißen gespannt. Ein Rascheln.

Doch! Da stand jemand vor der Wohnungstür!

Das konnte nur Pierre sein. Sie löschte die Leselampe hinter dem Sofa. Geräuschlos schälte sie sich aus der Decke, stellte den Laptop auf den Tisch und erhob sich. Das Parkett knarrte in der Stille überlaut unter ihren Füßen, sofort verharrte sie in der Bewegung. Im Dunkel der Wohnung schlich sie im Zeitlupentempo zur doppelflügeligen Wohnungstür. Die Beleuchtung im Treppenhaus ging in dem Augenblick aus, als sie sich auf die Zehenspitzen reckte, um durch den Türspion zu sehen. Dennoch hatte sie eine Mikrosekunde lang auf jenen geheimnisvollen Besucher blicken können.

Das war nicht Pierre, es sei denn, er hätte eine äußerst originelle Verkleidung gewählt. Vor der Tür stand ein Mann in einem schwarzen Neoprenanzug.

18

Die Bushaltestelle befand sich abgelegen an einem Waldrand. Um diese Zeit verkehrte der Linienbus im Vierzig-Minuten-Rhythmus, es war kaum noch jemand auf den Straßen unterwegs. Zudem hatte dichtes Schneetreiben eingesetzt. Zwei Rentner aus der Nachbarschaft, die trotz der Wetterlage eine Runde mit ihren Hunden zogen, hatten eine Betrunkene oder einen Junkie gemeldet. Auf jeden Fall eine vollkommen hilflose Person, die nicht auf Ansprache reagierte.

Carmen las den Bericht, den die Kollegen von der Streife abgegeben hatten:

> *Bei der dort aufgefundenen Person verhielt es sich keineswegs um eine Person. Wir fanden eine lebensechte, weiblich anmutende Menschenattrappe vor, die mit dem Gesicht abgewandt an der Glaswand der Haltestelle lehnte. Wir verständigten das Kommissariat, nahmen die Personalien der Rentner auf. Anschließend warteten wir auf das Eintreffen der Spurensicherung, die weiterhin eine Tüte sicherstellte, die zu Füßen der Puppe stand. Dieses*

aufwendige Verfahren wäre beim Auffinden
von Sperrmüll normalerweise nicht vonnöten
gewesen, doch durch den anzunehmenden
Zusammenhang mit den uns bekannten
Ereignissen um den Leichenfund der Nala
Averhoff …

Carmen warf die Akte mit dem Bericht auf den *runden Tisch*
im Präsidium. Dabei segelten einige Fotoausdrucke über die
Tischplatte. Das komplette Team war erschienen, obwohl die
Uhr mittlerweile kurz vor Mitternacht anzeigte. Dennoch hatte
die Meldung über den Fund dafür gesorgt, dass die Kollegen
sich einfanden. Kaffeebecher dampften vor grauen und müden
Gesichtern.

Astrid griff nach einem der Bildausdrucke, wandte sich
Sekunden später angewidert ab. Carmen erhob sich von ihrem
Stuhl und ging vor dem Whiteboard auf und ab.

»Ich komme mir vor wie in einem absurden
Improvisationstheater. Da zieht ein Komiker eine richtig witzige Nummer mit uns ab! Verteilt seine Gruselpüppchen in
der Gegend, ergötzt sich an den bestimmt wieder wahnsinnig
pointiert formulierten Zeitungsberichten über unsere Hilf- und
Ratlosigkeit, die wir morgen werden lesen können. Leute, ich
könnte im Strahl kotzen!«

Niemand sagte etwas, aber alle nickten, inklusive der
Brüder Lott. Joachim Lott ergriff das Wort. »Tja, Kinners, wie
das aussieht, haben wir dieses Mal die lebensechte Nachbildung
einer Wasserleiche gefunden. Wieder eine junge Dame. Nach
Material und Stil zu urteilen aus der gleichen Epoche und
Werkstatt wie die erste Leichenattrappe. Wiederum detailreich
ausgearbeitet, helles dünnes Haar, auch vor Kurzem geschnitten, das sieht man wie beim ersten Dummy an den frischeren
Schnittkanten. Insgesamt ist die Deern von der Gestaltung

ebenfalls sehr wirklichkeitsnah getroffen. Nicht einmal der für das Ertrinken typische Schaumpilz vor dem Mund fehlt.«

Er klaubte die letzten Krümel der Vanillekipferl vom Tisch und schob sie zu einem ordentlichen Häufchen zusammen.

»Eine Wasserleiche. Was für eine reizende Abwechslung in unserem faden Alltag! Wir finden eine Wasserleiche mit einer Plastiktüte voll minderwertiger Lebensmittel, deren Ablaufdatum zudem überschritten ist, nächtens an einer Bushaltestelle. Halleluja!«, ätzte Carmen, der sogleich der nächste Gedanke kam.

»Oh, und wir haben jetzt offenbar einen höheren Level in diesem grotesken Puppenspiel erreicht: diesmal keine Handtasche, null Ausweispapiere, geschweige denn ein Handy. Die Anforderungen an uns werden gesteigert. Im heutigen Fall müssen wir selbst herausfinden, für welche echte junge Dame das Ding der Platzhalter ist!«

Das Schweigen im Raum wurde drückend, jeder betrachtete die Papiere vor sich auf dem Tisch oder seine Fingernägel. Schließlich stand Sören auf und ging nach vorn zum Whiteboard. »Eines haben wir noch. In der Kleidung, in einer Jackentasche, fanden wir eine Karte, stark aufgeweicht, kaum lesbar. Es scheint sich um eine Einladung wofür auch immer am 11. März zu handeln. Die Labortechniker sind dran.«

Er heftete ein Foto an das Board.

»Was mir auffällt«, begann Astrid, die sich mittlerweile sämtliche Fotos auf dem Tisch in Ruhe angesehen hatte, »die überschrittenen Ablaufdaten auf den Lebensmitteln. Es handelt sich bei allen acht Artikeln entweder um den 3. oder den 11. März. Ich frage mich, wie wahrscheinlich ist es, dass ich in einem Supermarkt meine Einkaufsliste abarbeite, in Regale und Tiefkühltruhen greife, dann acht Artikel kaufe, wovon drei am 3. und fünf Produkte am 11. März ablaufen.«

»Das schafft niemand rein zufällig, das ist gewollt.« Carmen ärgerte sich, dass ihr das nicht selbst aufgefallen war. »Und wieder ist der 11. März dabei, wie auf der Einladung. Nebenbei, das war gestern.« In ihrem Kopf begann eine vage Idee zu reifen. »Astrid, Claudius, findet unbedingt heraus, was für eine Einladung das war, das scheint der einzige Hinweis momentan zu sein!«

Matthias übernahm den Gedanken, ging einen Schritt weiter und sagte in Richtung der beiden: »Womöglich ist das Datum 11. März mit dem Verschwinden einer jungen Frau identisch, die seit einer Party oder sonstigen Veranstaltung vermisst wird. Checkt, was es gestern für Events in der Stadt gab. Vielleicht ist das der Fingerzeig, der uns auf ihre Identität gegeben wird. Prüft vor allem die Vermisstenmeldungen. O nein, wie zynisch und pervers ist das!«

Jeder hing diesem Gedanken nach, wieder mochte niemand etwas sagen.

»Heute haben wir den Dummy gefunden. Wenn es wie bei Nala Averhoff weitergeht, dann hat mein Bruder in achtundvierzig Stunden die nächste Leiche auf dem Tisch«, brach Dr. Sebastian Lott, der Psychologe, endlich das Schweigen. »Erst ausbluten, nun ertrinken, da krieg ich auf die Schnelle kaum einen schlüssigen Sinn rein. Auf jeden Fall haben wir es keinesfalls mit einem Charakter zu tun, der seine Impulse nicht steuern kann, der aus starker Wut handelt. Unkontrollierbare Emotionen stehen in keiner Weise im Vordergrund. Er agiert ruhig und überlegt, es geht nicht um Affekte, sondern um Effekte.«

Das war alles andere als eine gute Botschaft. Affekttaten waren in der Mehrzahl Beziehungstaten, die Täter meist im näheren Umfeld des Opfers zu finden. Dagegen lagen bei einer Person, die aus kaltem Herzen mordete, die den Aufwand und das Risiko für ein Katz-und-Maus-Spiel mit der Polizei nicht nur einging, sondern suchte, die Motive oft in einer kruden individuellen Vergangenheitsbewältigung. Derartige Straftaten waren ungleich schwieriger aufzuklären.

»Es gibt vielleicht noch etwas.« Claudius zerquetschte seinen Kaffeepappbecher in der Faust. »Es gibt da doch diesen Jogging-Utz. Ich habe mir seine Laufroute einmal genau angesehen. Viereinhalb Kilometer auf und ab, erst in die eine, dann in die andere Richtung. Ihr wisst schon. Wenn er fertig ist, nach den achtzehn Kilometern, geht er gemäß eigenen Angaben nach Hause unter die Dusche.« Claudius lehnte sich gemütlich zurück und zog das Zopfgummi am Hinterkopf strammer.

Ja und? Das taten hoffentlich alle, die ordentlich geschwitzt haben, überlegte Carmen. Doch in derselben Sekunde wusste sie, worauf der Kollege hinauswollte.

»Und wenn er, der Herr Oberstudienrat a. D., reinlich und zwanghaft, wie er ist, nach Hause geht, kommt er an besagter Bushaltestelle vorbei! Richtig? Vielleicht hat er dieses Mal mehr als seinen Fitnesstracker im Blick gehabt. Oder aber, der hat selbst irgendetwas mit der ganzen Sache zu tun. Kann doch kein Zufall sein, dass er ständig an unseren Einsatzorten hin- und herwetzt. Den kaufen wir uns!«

Wie auf Kommando sahen alle auf und blickten Carmen an.

»O nein, ich nicht! Jedenfalls nicht, wenn ihr wollt, dass der Zeuge am Leben bleibt.«

»Danke, dass du den Kakadu übernimmst.« Carmen und Matthias gingen zum Wagen. Die Stadt war still, nur der Schnee knirschte unter ihren Füßen. Carmen hätte ad hoc im Stehen an einen Baum gelehnt einschlafen können.

»Ich denke den ganzen Tag darüber nach, ob du selbst draufkommst, aber ein Kakadu ist …«, begann Matthias.

»Ein Kakadu ist weiß, ich weiß. Mit gelbem Schopf. Nicht papageienbunt wie der Jogging-Utz. Genau das liebe ich an dir: Egal, wie ich mich ausdrücke, du weißt trotzdem immer, was ich meine.« Ein warmes Gefühl durchströmte sie.

»Was das mit den Verfallsdaten wohl soll? 3. und 11. März. Einladung wieder 11. März.«

»Keine Ahnung. Wir werden es herausfinden.« Sie hatten den Wagen erreicht, Matthias betätigte mit der Fernbedienung den Öffnungsmechanismus. Wie ein altes Ehepaar kratzten sie in stillem Einvernehmen die Frontscheibe mit einer durchgebrochenen Plastikparkscheibe frei.

»Es ist auf jeden Fall in irgendeiner Weise eine Botschaft an uns. Komm, ich fahre dich nach Hause.«

Sie stiegen ein, Carmen legte eine Hand an die Stirn. »Genau. Es ist eine perverse Grußbotschaft an uns. Bestimmt ist es das. Oder das eine Datum ist der Namenstag dieses mordenden Witzbolds und das andere der Geburtstag seiner Bartagame. Oder es ist Rübezahls Rübenzähltag. Ich habe mich schon als Kind gefragt, an welchem Tag der eigentlich immer seine Rüben gezählt hat.«

19

Zu Hause angekommen, schlich sie die knarrenden Holzstufen in den zweiten Stock des Altbaus im Lehmweg hinauf, in dem sie und Linus wohnten. Das Schloss hakte. Wie jeden Tag trat Carmen routiniert unten gegen das Türblatt, an dem diese Brachialprozedur bereits die Farbe abblättern ließ. Die Tür schwang quietschend auf. Sie warf die Jacke über den Clownskopf, der, von Linus aus einer Billardkugel gestaltet, als Garderobenhaken diente.

Carmen freute sich auf eine heiße Dusche und auf ihr Bett. Es war mittlerweile Nacht, die Kälte war ihr in jeden einzelnen Knochen gedrungen. Mit Mühe zog sie die Finger aus den klammen Handschuhen und schmiss sie zusammen mit den Wohnungsschlüsseln auf die Flurkommode. Sie schob die Handschuhe wieder beiseite, denn gut sichtbar lag dort ein Zettel mit einer Nachricht von Linus.

Ich habe vorhin noch einmal über deinen Kriminalfall nachgedacht und aus Spaß die Begriffe Leichendummy, Leichenattrappe, Kehlschnitt etc. in allen Varianten gegoogelt.

Dabei bin ich auf einen interessanten Krimiblog gestoßen.

Habt ihr heute Nacht eventuell einen weiteren Dummy an einer Bushaltestelle gefunden?!

Wenn ja, haben wir die Täterin! Oder, sofern die nicht so blöd wäre, ihre Tat zeitgleich in einem Blog zu verbreiten, zumindest jemanden, der über Kontakt zum Täter verfügt. Oder, haha, in die Zukunft sehen kann und deinen Mordfall belletristisch ausschlachtet. Den Link der Autorin schick ich dir aufs Handy. Schlaf gut und träum süss. Kusss, Linusss.

Daneben ein schielender Smiley mit drei Haaren auf dem Kopf.

An Schlaf war nun nicht mehr zu denken. Sofort durchsuchte sie die Jackentaschen nach ihrem Telefon und scrollte durch die Nachrichten, die sie in den letzten Stunden erhalten hatte. Da war sie, die Meldung von Linus. Während sie mit einer Hand den Wasserkocher anstellte und einen Teebeutel in eine unabgewaschene Tasse von heute Morgen hangte, klickte sie den Link an. Eine Viertelstunde später war das Wasser bereits wieder abgekühlt, der Tee vergessen, Carmens Müdigkeit komplett verflogen.

Das war nun das dritte Mal, dass sie auf Jasmin Mehlfort stieß. Zunächst als Mentorin von Nala Averhoff, wie deren Mutter Nora sich mühsam erinnert hatte. Dann hatte Pierre ten Have Unregelmäßigkeiten an der Universität erwähnt, deren Urheberin Professor Mehlfort sein sollte. Und jetzt prangte der Name dick und fett über einem Krimiblog, der vor wenigen Stunden einen Dummyfund an einer Bushaltestelle thematisierte.

Carmen fühlte ein dunkles Unbehagen. Als ob sie in einen Fahrstuhlschacht hineinblickte: Finster, zugig und kalt wehte ihr ein fauler Geruch entgegen. Er blies jeden Gedanken aus ihrem Kopf, hinterließ lediglich ein diffuses Gefühl: Dieser Blog war Teil eines unheimlichen Spiels, das viel monströser zu sein schien, als sie alle es im Moment ahnten.

20

Mittwoch, 13. März

Sie hatte eine abscheuliche Nacht verbracht. So grässlich wie
lange nicht mehr. Sarah erinnerte sich daran, dass sie auf dem
Sofa gelegen und die reflektierenden Wellen des Aquariums an
der Decke betrachtet hatte.

Irgendwann war sie kurz weggedriftet in eine andere
Zeit. Sie trug gestreifte Leggings, ihr Haar war zu einem Zopf
geflochten, auf dessen Ende sie herumgekaut hatte. Sie war wieder Kind und ihr war eiskalt. Mutter hatte ihr verboten, auf
dem Nachbargrundstück zu spielen – »da wohnen Menschen,
die komische Dinge tun« –, aber sie schlich dennoch hinüber.
Natürlich, die Villa zog sie magisch an. Sie hatte das Gitter
eines der Kellerlichtschächte zur Seite geschoben und war in
den Hohlraum darunter vor das Fenster geklettert. *Kasematte*
nannte ihre Mutter das geheime Versteck. Sarah mochte das
Wort. Dort kauerte sie nun, es war Winter, sie hatte extra keinen Mantel und keine Winterstiefel angezogen, damit Mama
ihr Fehlen im Haus nicht bemerken würde. Eigentlich war die
Vorsichtsmaßnahme überflüssig bei Menschen, die nur mit sich
selbst beschäftigt waren, so wie ihre Mutter es ständig war. Das

hatte sie früh in ihrem Leben bemerkt. Aber sicher ist sicher, dachte Sarah, als sie sich in den dünnen Leggings und auf Hausschuhen davonstahl.

Gemütlich fand sie es nicht in dieser Kellerkasematte. Angefrorenes Laub knisterte unter den Füßen. Mit einem Zweig schob sie die Reste einer verendeten Kröte zur Seite, die ledrige Haut schabte über die frostglitzernden Blätter. Nachdem sie dicke graue Spinnennetze beiseitegefegt hatte, hauchte sie das vereiste Glas eines dreckigen Kellerfensters an. Mit den Fingernägeln kratzte sie einen kleinen Kreis Eis vom Fensterglas. Dann spähte sie hindurch. In diesem mickrigen Ausschnitt sah sie einen Mann und ein Kind. Das Kind etwa in ihrem Alter. Der Mann und das Kind stritten. Das Kind weinte. Der Mann zog mit großer Geste einen Vorhangstoff an der rechten Wand des Raumes zur Seite. Aus ihrer Position konnte Sarah nicht erkennen, was sich hinter dem Vorhang befand. Doch das Kind heulte nun umso heftiger, es flehte, es klammerte sich an die Hosenbeine des Mannes. Der lachte, streifte das Kind ab wie ein lästiges Insekt. Schließlich ging er gemessenen Schrittes zu einer Treppe, an deren Ende sich eine Tür befand, er stolzierte hinaus und schloss die Tür hinter sich ab. Das Kind rannte hinterher, trommelte mit seinen Fäusten verzweifelt gegen die Tür. Dann stieg es die Treppenstufen wieder hinab, suchte mit tränenblinden Augen nach einem anderen Ausweg. Kurz fiel sein Blick zu dem Fenster, hinter dem Sarah kauerte, aber das Kellerfenster war von innen mit einem Eisengitter gesichert. Es schien keinen Ausgang aus jenem Raum zu geben, außer der verschlossenen Tür.

Sarah fühlte, wie die verzweifelte Ausweglosigkeit des fremden Kindes sie erfasste, sie ebenso frösteln ließ wie die Kälte, die in dem Hohlraum der Kasematte durch ihre Biene-Maja-Hausschuhe drang. Sie wollte gerade gegen die Scheibe klopfen …

Das Schrillen des Telefons riss sie in die Gegenwart und in ihr behaglich geheiztes Wohnzimmer zurück. Als sie es nach langem Suchen endlich auf dem Tisch neben dem Sofa gefunden hatte, war es bereits verstummt. Die Nummer auf dem Display sagte ihr nichts. Niemand außer Jasmin rief sie an. Kein Mensch kannte sie noch, Sarah existierte nur hier in diesem abgelegenen Haus. Von der Couch, mit steifem Rücken an die Wand gelehnt und mit bis zum Kinn angezogenen Knien, eingewickelt in ihre Decke, hatte sie das Telefon eine Weile beobachtet, aber es blieb ruhig. Zum Glück. Langsam entspannten sich Muskeln und Nerven in ihrem Inneren wieder.

Nach diesem Schrecken sank sie in einen unruhigen Schlaf, aus dem sie in den Morgenstunden verschwitzt erwachte. Eine fahle Morgensonne sickerte durch die Lamellen der staubstarrenden Jalousie.

Mühsam rappelte sie sich hoch. Auf Socken tappte sie zur Fensterfront, zog die Jalousette empor. Der Schnee hatte über Nacht sämtliche Fußspuren zugedeckt. Sarah starrte mutlos aus dem Fenster zu dem Grundstück des Tauchers hinüber.

Die Skalare in dem Aquarium vor ihr schwammen hektisch hin und her. Wenigstens hatte die Nacht keine neuen Opfer unter ihnen gefordert. Da trieb nichts kieloben, dachte sie erleichtert, als sie die Plastikabdeckung über dem Becken hob.

Ohne den Blick vom Haus nebenan zu wenden, nahm sie die Dose vom Fensterbrett und streute Futter auf die Wasseroberfläche. Sie summte die Melodie von Alfred Jodocus Kwak. »Warum bin ich so fröhlich, so fröhlich, so fröhlich? Bin ausgesprochen fröhlich, so fröhlich war ich nie!«

Als hätten die Fische seit Wochen nichts zu fressen bekommen, bündelte sich eine Traube der Skalare unter den Futterflocken, die sich zu drei Inseln an der Oberfläche zusammengeballt hatten. Wenn Sarah gewollt hätte, hätte sie die dicken Lippen der Tiere berühren können, die gierig nach dem Futter schnappten. Eine Weile betrachtete sie den Kampf, den sie untereinander austrugen, doch ihr Blick wurde sogleich wieder magisch vom Nachbargrundstück angezogen. Besonders von der Kellerkasematte, in der sie als Kind bei ähnlichen Temperaturen wie heute gehockt hatte. Sie erinnerte sich nun deutlich. Sie hatte sich nach diesem ersten Abend häufiger dorthin geschlichen, um das fremde Kind von nebenan in dem verschlossenen Kellerraum zu beobachten. Warum hatte sie das getan? Immer aufs Neue?

Sie wandte sich endlich vom Fenster ab. Die Skalare zogen sich gesättigt in die Tiefen des riesigen, dunklen Beckens zurück. Sarah klopfte mit dem Zeigefingerknöchel gegen das Glas, nichts tat sich, sie konnte keinen einzigen Fisch entdecken. Erneut begann es zu schneien. Das Nachbarhaus versank mehr und mehr hinter einem dichten weißen Vorhang. Die nächste Strophe kam ihr in den Sinn, leise sang sie.

»Ich bin auch manchmal traurig, so traurig, so traurig. Dann bin ich schaurig traurig, so traurig war ich nie!«

Sie hätte sofort, nachdem der Paketbote gegangen war, die Fotos zum Nachweis ihrer Beobachtung für Jasmin machen sollen. Wie sollte sie nun beweisen, dass die Spuren im Schnee dagewesen waren?

Natürlich hatte sie noch einen Joker. Das Paket, das im Flur stand. Leider konnte sie es als Beweismittel vergessen, wie ihr nach einem Moment des Nachdenkens klar wurde. Sie hörte bereits die Stimme von Jasmin aus dem Off: »Mein Gott, es ist grotesk, wie besessen du von der Villa nebenan bist!« (Ein Ausrufezeichen)

»Sarah, das ist absolut unnormal!!« (Zwei Ausrufezeichen)

»Da drüben lebt niemand mehr.« (Kurze Pause zum Luftholen) »Seit Jahren nicht mehr!!!« (Drei Ausrufezeichen)

»Die alten Zeiten sind vorbei, du weißt das, schließ endlich damit ab!« (Zurück zu einem Ausrufezeichen, gedämpfte Stimme, dafür Fettdruck)

Dann würde Jasmin einen Moment innehalten, um ihr Gesicht nah an Sarahs zu bringen und mit bedeutungsschwangerem Unterton zu zischen: »Schickst du etwa wieder Pakete dorthin? Um mich in deinen Irrsinn hineinzuziehen?«

Nein, es wäre grundfalsch, Jasmin gegenüber mit der Paketsendung zu argumentieren. Besser, sie stellte es in den Flurschrank, damit Jasmin nicht bei ihrem nächsten Besuch darüber stolperte. Denn es stimmte. Sie hatte vor Jahren einmal ein Paket dorthin geschickt, einfach um zu sehen, was passieren würde.

Nichts war passiert.

Und leider kam die Retoure mit dem Vermerk, dass der Empfänger weder angetroffen worden war noch innerhalb der Frist das Paket am Sammelplatz abgeholt hätte, ausgerechnet an einem Null-Tag zu ihr zurück. Selbstverständlich um die Mittagszeit, sodass Jasmin es mitbekommen hatte. Natürlich!

Sarah fühlte ein würgendes Lachen die Kehle hochsteigen. Es war wie immer in ihrem Leben und wie verhext: All die Dinge, die sie erdachte, um zu beweisen, dass sie nicht geistesgestört war, wirkten am Ende stets besonders bekloppt.

21

Carmen hätte selbst unter Folter nicht angeben können, warum Jasmin Mehlfort ihr Unbehagen einflößte. Die Frau, die ihnen gegenüberstand, betrachtete die Ermittler mit wachen Augen. Sie trug lässige Garderobe, der man dennoch ansah, dass sie am Neuen Wall in Schaufenstern der Top-Label hing und nicht etwa in der Spitaler- oder Mönckebergstraße. Wobei man auch dort viel Geld für simple Bekleidung ausgeben konnte. Allein für die Schuhe, die Professor Mehlfort an den Füßen trug, hätte Carmen ein Pedelec von Stevens aus dem oberen Regal erwerben können.

Die Frau strahlte eine Selbstsicherheit aus, die niemand lernen kann, sondern die aus ihrer DNS gespeist wurde. Ihre ehemals roten Haare wirkten eher kraus als lockig und waren bereits von grauen Strähnen durchzogen. Vielleicht etwas jünger als ich, überlegte Carmen, etwa Anfang vierzig.

»Ich bin neununddreißig«, sagte in diesem Moment Jasmin Mehlfort, als ob sie die Gedanken der Ermittlerin gelesen hätte. Sie lächelte und bat Carmen und Matthias mit einer einladenden Geste durch eine doppelflügelige Tür in ihre Wohnung. Lässig stoppte sie mit einem Fuß einen dicken roten Kater, der ins Treppenhaus entwischen wollte. »Schrödinger, va te faire foutre!«

Logisch, in so einem edlen Ambiente parlierte man naturellement mit der Katze français. Das ist gelebte Noblesse!

Es war wirklich beeindruckend, das Ambiente. Hohe Flügelfenster mit Sprossen öffneten sich zum hinteren Teil des Wohnzimmers zum Leinpfad, auf dessen Kanal man im Sommer Ruderer, Tretbootfahrer und Stand-up-Paddler beobachten konnte. Jetzt, im beginnenden Frühjahr, das sich allerdings mit einem Jahrhundertkälteeinbruch präsentierte, sah man hin und wieder Schlittschuhläufer auf dem Eis entlanggleiten. Carmen schaute auf die gegenüberliegenden Kaufmannsvillen in strahlendem Weiß oder auf Fassaden aus Backstein, die durch den Schnee und die dezente Beleuchtung hinter den Fenstern gemütliche Behaglichkeit ausströmten.

»Tja, wir haben diverse Gründe, Sie heute aufzusuchen«, begann Carmen. Jasmin neigte den Kopf und zeigte mit einer unbestimmten Geste in den Raum hinein.

Carmen nahm auf einem sandfarbenen Sofa mit mokkabraunen Zierkissen Platz und überlegte, die Schuhe auszuziehen, um die kalten Füße in den hochflorigen, schneeweißen Teppich vor dem Tischchen zu versenken. So unbehaglich sie die Ausstrahlung der Gastgeberin empfand, über Geschmack und Stilbewusstsein verfügte diese jedenfalls.

»Erstens haben wir erfahren, dass Sie Nala Averhoff an der Universität gefördert haben.«

Jasmin Mehlfort blieb stehen. »Ja, das stimmt, Nala war außerordentlich begabt. Ich war von ihrem Geist von der ersten Minute an fasziniert. Von der Fähigkeit, in Nanosekundenbruchteilen komplexe vernetzte Strukturen der Chemie zu begreifen. Ich wusste sofort, das Mädchen würde es weit bringen, sie verfügte über ein Jahrhundertgenie.«

»Leider lebt sie nun nicht mehr«, warf Matthias ein, der sich umwandte, nachdem er gründlich die Titel im Bücherregal studiert hatte.

Jasmin Mehlfort neigte den Kopf, was vermutlich Bedauern ausdrücken sollte, sagte aber nichts.

»Nalas Mutter erwähnte, dass Sie eine weitere Studentin unterstützt haben …«

Ihr Gegenüber verzog das Gesicht zu einem breiten Lächeln. »Eine? Nein, wie nett bescheiden formuliert! Da ist die gute Frau nicht im Bilde. Ich fördere grundsätzlich die Besten eines Jahrgangs, und nicht nur die der Chemie. Es dürften in den letzten fünf Jahren mindestens zehn junge Frauen zusammengekommen sein.«

»Oh, nur Damen?«

»Ja.« Ihre Miene verschloss sich augenblicklich.

»Sie betreiben einen recht interessanten Krimiblog«, warf Carmen den nächsten Brocken in den Raum.

»Ja, nicht wahr?« Ihr Gegenüber schnappte nicht nach dem Köder. Ein Nerv unter ihrem Auge vibrierte, aber sie schien auf der Hut. Kein Wort würde Jasmin Mehlfort freiwillig preisgeben, so viel war klar. Carmen nahm sich vor, sich nicht aus der Ruhe bringen zu lassen. Spätestens wenn genug Anfangsverdacht gegen Frau Professor bestünde, würde sie pronto von der Staatsanwaltschaft vorgeladen werden. Von Oberstaatsanwalt Garner höchstpersönlich; der stand auf maximale Medienpräsenz, derer er in diesem Fall gewiss sein konnte.

»Ihr Blog ist für uns vor allem deswegen hochinteressant, weil Sie entweder über Täterwissen verfügen oder hellsehen können. Zumindest Letzteres erleben wir nicht häufig und sind gespannt, wie Sie uns Ihr Detailwissen erklären werden.« Carmen schickte ein Lächeln an Professor Mehlfort, aus dem pures Zyankali tropfte.

»Sofern Sie bereits in meinem Blog herumgeschnüffelt haben, wissen Sie zweifellos, dass er interaktiv ist. Natürlich erhalte ich aus verschiedensten Quellen Hinweise auf interessante Begebenheiten in der Stadt.«

Sie durchschritt den Raum und stellte sich ans Fenster, sodass die Konturen ihres Gesichts im Gegenlicht verschwammen. »Vorausgesetzt, dass ich etwas mit Nalas Tod zu tun hätte, wie ich den kaum verbrämten Subtext Ihrer Befragung interpretiere, wäre ich schwerlich so dämlich, das freimütig öffentlich auszubreiten. Entschuldigen Sie, das ist absurd! Falls Sie keine weiteren Fragen haben, wäre ich dankbar, wenn Sie gehen würden. Ich bin viel beschäftigt.«

Mit der Wahrheit lügen, ging es Carmen durch den Kopf. Das konnte eine gute Strategie sein. Man näherte sich der Wahrheit an, die so absonderlich klang, dass niemand sie glaubte. Das hatte bei der siebzehnjährigen Carmen einst hervorragend funktioniert. Sie hörte die strenge Stimme ihrer Mutter: »Wo warst du das ganze Wochenende?«

»Mama, am Wochenende schlafe ich zur Entspannung immer mit meinem Mathelehrer!« Ihre Mutter hatte sich ausgeschüttet vor Lachen.

Ja, da hatte sie natürlich recht gehabt. In Wirklichkeit war es der deutlich attraktivere Deutschlehrer gewesen.

»Sie haben viel zu tun, selbstverständlich. Soweit wir wissen, wurden Sie allerdings von der Universität beurlaubt. Wegen Unregelmäßigkeiten bezüglich der wissenschaftlichen Standards in der Arbeitsmethodik?«

Endlich gab es eine Reaktion. Kaum merklich, aber Professor Mehlfort trat aus dem Gegenlicht, ihr Lächeln gefror zu einer steifen Maske. »Das können Sie nur von Pierre ten Have haben. Dem verdanke ich das Theater nämlich. Kümmern Sie sich lieber um den! Der mochte Nala übrigens recht gern. Nicht auf intellektueller Ebene, so wie ich, wenn Sie verstehen, was ich meine. Auf intellektueller Basis hätte er ihr niemals das Wasser reichen können.« Sie überkreuzte die Arme vor der Brust, schloss sämtliche Schotten.

»Zurück zu Ihrem Krimiblog«, sagte Carmen. »Wären Sie so freundlich, uns zu verraten, wer Sie auf die Leichendummys aufmerksam gemacht hat?«

»Nein. Sie kennen das aus dem Zeitungswesen. Quellenschutz. Da müssen Sie mir schon einen richterlichen Beschluss präsentieren.«

Carmen verspürte große Lust, einen harten Gegenstand an die Wand zu werfen, stattdessen stand sie auf. »Das werden wir, verlassen Sie sich darauf. Zunächst hatten wir auf Ihre Kooperation gehofft.«

Jasmin machte eine unbestimmte Geste, verzog den Mund zu einem Lächeln, schwieg jedoch.

»Kennen Sie *CLAVIS*? Ein Computerspiel, viele Studenten an der Universität spielen es. Auch Nala hat es gespielt.«

»Bedaure, ich habe davon gehört, mich aber nie damit befasst.«

Natürlich nicht. Ich könnte wetten, dass sie genau im Bilde ist, dachte Carmen. An der Wohnungstür drehte sie sich noch einmal um.

»Letzte Frage: Was haben Sie am 10. März gemacht? Uns interessiert jede Minute dieses denkwürdigen Tages. Besonders der Nachmittag und der Abend.«

Jasmin lächelte träge. »Nichts. Ich war hier. Allein mit Schrödinger.« Wieder stoppte sie das Tier, das hinter Carmen und Matthias durch die Wohnungstür das Treppenhaus entern wollte, mit einer lässigen Bewegung des Fußes.

Auf der Straße stapfte Carmen neben ihrem Kollegen her. »So eine Kackstelze! Die Arroganz strahlt ihr aus jedem Knopfloch. Die hat etwas damit zu tun! Wir besorgen den richterlichen

Beschluss und überprüfen ihr Alibi. Vielleicht ist sie an dem Tag irgendwo gesehen worden. Die nehmen wir komplett auseinander ...«

»Stoppikowski. Sie hat über die zwei Dummys geschrieben und dazu eine fiktive Geschichte ausgesponnen. Nichts über unser reales Opfer Nala Averhoff.«

»Ich besorge den Beschluss. Punkt.«

Ein Kind kam ihnen entgegen, es zog einen Holzschlitten hinter sich her, auf dem ein schwarzer Pudel saß. Eine rote Schleife auf dem Kopf hielt ihm das lockige Fell aus den Augen.

»Übrigens, auf ihrem Schreibtisch stand ein Bild, eine Fotografie. Von Frau Professor Doktor Mehlfort vor dem *Golden Rock* in Myanmar.« Matthias sah dem Kind mit dem Hund hinterher. Der Pudel blickte wiederum ihm hinterher.

»Toll! Nein, direkt großartig! Man fliegt nicht ordinär auf eine Mittelmeerinsel, wie du und ich, sondern nach Myanmar. Das hieß einst Birma, oder? Französische Kolonie?«

»Britisch. Die Franzosen tummelten sich nebenan in Indochina. Auf dem Foto jedenfalls, da stand jemand neben ihr.«

Das Kind überquerte mit dem Schlitten eine Kreuzung und verschwand um die nächste Ecke. Die Ermittler hatten das Auto erreicht, Matthias betätigte die Fernbedienung, Carmen wischte mit dem Jackenärmel Schneegriesel sowie einen Strafzettel von der Frontscheibe. Sie knüllte ihn zusammen, warf ihn in einen Papierkorb an einer Straßenlaterne. Dabei bemerkte sie im Augenwinkel, dass Jasmin Mehlfort am Fenster verharrte und ihnen nachsah.

»Ich ahne, was du gleich sagen wirst. Es wird ein Mann sein, der neben ihr auf dem Foto verewigt ist. Und ich weiß auch, wie er heißt. Ich kann nämlich ebenfalls hellsehen, sogar ohne Professur. Auf dem Bild neben Madame Mehlfort steht wahrscheinlich niemand anderes als Pierre ten Have, richtig?

Außerdem – wenn ich recht habe, dann ist es höchst bemerkenswert, dass ten Have die Mehlfort anschwärzt von wegen der wissenschaftlichen Standards. Sie dagegen behauptet nicht nur, die Schwierigkeiten an der Uni ihm zu verdanken, sondern deutet obendrein an, dass er etwas mit Nala Averhoff gehabt hat. Und vorher hatte er offenkundig was mit Jasmin Mehlfort, wie das Foto in Myandingsda beweist!«

Im Auto klappte Carmen das Handschuhfach auf, fand die Tüte mit drei letzten weichen Batzen, von denen sie sorgfältig undefinierbare graue Partikel abpulte. Einen Lakritz bot sie dem Kollegen großzügig an.

»Danke, nein, du kannst gern alle drei essen. Ich gratuliere dir zu deiner Hellsichtigkeit: Pierre ten Have Arm in Arm mit Jasmin Mehlfort vor dem *Golden Rock* in Myanmar. Ja, beide haben dieses interessante Detail ihrer Beziehung unter den Tisch fallen lassen. Stattdessen sich gegenseitig angeschwärzt. Komm schon, guck nicht so grimmig! Hast du gehört, was sie zu der Katze gesagt hat?«

»Zu dem fetten, beleidigten Kater? Nö, ich kann kein Französisch.«

»Verpiss dich!«

»Pardon?« Carmen hielt auf halbem Wege zum Mund in der Bewegung inne. Einer der Batzen rollte von ihrer Hand und verschwand zwischen mehreren Kaffeepappbechern im Fußraum.

»Du doch nicht! Hat Madame zu dem Kater gesagt.«

22

Das Hochgefühl, es hinter die berüchtigte Pforte geschafft zu haben, hatte nur kurz angehalten. Delia hatte in Ruhe die ganze Räumlichkeit inspiziert. Mitten im Raum hinter ihrer Liege standen ein rot lackierter Klapptisch und ein wenig einladender Klappstuhl, wie Camper sie verwendeten. Auf dem Tischchen befand sich, und das war wirklich kurios, eine alte Reiseschreibmaschine, ebenfalls rot. Kein Mensch benutzte heutzutage noch eine mechanische Schreibmaschine. Außer vielleicht Journalisten in Krisengebieten, wo sie nicht ständig über Strom verfügten. Dieses Modell erschien besonders antiquarisch, ohne Kugelkopf oder Typenrad. Stattdessen mit Einzelbuchstabenanschlag und einem Schreibmaschinenwagen, der mit der Hand zurückgeschoben werden musste, wollte man eine neue Zeile beginnen. Jemand hatte einen blütenweißen DIN-A4-Bogen eingespannt. Der Stuhl stand schräg vom Tisch abgerückt. Einladend. Um Platz zu nehmen und eine Geschichte zu erzählen. Falls die eine Seite nicht reichen sollte, lag ein Stapel weiterer Papierbögen neben der Maschine.

Sie hatte einige Buchstaben angeschlagen: D-e-l-i-a Leertaste H-o-f-f-m-a-n-n. Das Geräusch der Schreibmaschine zerhackte die gespenstische Stille in dem Raum. Welche Anekdote könnte sie zum Besten geben? Worum ging es hier überhaupt?

Später, sie würde nachher darüber nachdenken, was die Aufgabe in diesem Escape-Room sein mochte. Erst einmal benötigte sie etwas zu trinken und noch viel dringender eine Toilette.

Hinter einer der Leinwände – der, die einen Mann vor einem Wasserfall zeigte – hatte sie schließlich eine schmale Schiebetür entdeckt, die sie in ein geräumiges Badezimmer führte. Linker Hand befanden sich ein WC und eine Dusche mit hellblauem Vorhang, die Stirnwand des Raumes war nackt und kahl. Rechts von ihr ein Handwaschbecken, daneben ein Regal. Bis auf die Toilette bestand alles aus Hartplastik, das Waschbecken, das Regal, selbst der Spiegel.

Sie sah ziemlich abgerockt aus, stellte sie mit einem Blick in den Spiegel fest. Ihr Haar war sowieso zu dünn, aber nun klebten die hellen Strähnen zusammen, sodass man dazwischen die weiße Kopfhaut durchschimmern sah. Die Wangen bleich, die Partie um die Augen herum zerknittert, als ob sie drei Tage durchgefeiert hätte. Immerhin waren die Haare auf der rechten Seite ihres Kopfes inzwischen nachgewachsen, sie konnte sie wieder hinter das Ohr stecken. Wenn man nicht genau hinsah, fiel die stumpfe Treppenstufe in der Frisur kaum noch auf.

Der Wasserhahn war entsetzlich unpraktisch montiert, direkt über ihm befand sich ein weiteres Bord. Es dauerte eine Weile, bis sie heraushatte, dass der Hebel nicht wie normalerweise üblich nach oben zu drücken war, sondern nach schräg unten. Aber glücklicherweise funktionierte er und sie ließ einen Strahl kühlen Wassers in einen hellblauen Zahnputzbecher fließen, den sie gierig austrank. In dem offenen Regal fand sie einen Kamm, eine Gesichtscreme, eine Zahnbürste, drei ordentlich zusammengelegte Waschlappen und drei Handtücher. Jeweils in Hellblau. Hinter dem Duschvorhang sah sie in einer

Wandmulde Haarshampoo und Flüssigseife. Auch hellblau. Die Badezimmerausstattung deutete darauf hin, dass ihr Verbleiben an diesem Ort auf eine längere Zeit ausgerichtet worden war, was sie einigermaßen irritierend fand. Das Kennzeichnende an einem Escape-Room war doch, dass unter Zeitdruck eine Lösung gefunden werden musste, um den Raum verlassen zu können.

Sie verließ das Bad, sah sich um. Nirgends gab es einen Hinweis auf einen Countdown. Ihr war immer noch nicht klar, wie die Aufgabenstellung lautete. Bisher konnte sie nur die simple Idee vermuten, einen Ausgang finden zu müssen. Normalerweise gab es verschiedene Indizien, aber sie hatte nur das Bad, den großen Raum mit der Milchglasscheibe an der Decke, die Gemälde an den Wänden. Und die Schreibmaschine. Ganz offensichtlich sollte sie etwas schreiben, wozu sonst die Maschine und das Papier? Die Bildnisse waren womöglich zur Inspiration gedacht, oder könnten sie den Schlüssel zum Exit enthalten? Sie drehte sich einmal um die eigene Achse. Elf mannshohe Darstellungen von Menschen. Drei Frauen und acht Männer in verschiedensten Momenten ihres Erschreckens auf Leinwand gebannt. Langsam schritt sie die Gemälde ab. Der Typ vor dem Wasserfall beispielsweise hatte den Kopf ins Genick gelegt und betrachtete mit schreckgeweiteten Augen die Massen von Wasser hinter ihm. Delia verfügte über nicht einmal rudimentäre Kenntnisse in Kunstgeschichte, aber dass die Künstler es bei all den Werken vermocht hatten, das Gefühl existenzieller Bedrohung im Betrachter zu wecken, war selbst ihr klar. Ein Bild mit einem strauchelnden Mann auf einer Treppe schickte ihr einen Schauer über den Rücken. Es stellte das einzige Bildnis dar, das neben Menschen eine Tür zeigte. Die geschlossene Tür befand sich am oberen Bildrand oberhalb der gemalten Treppenstufen. Also könnte dieses Gemälde eine wichtige Information enthalten, überlegte Delia.

Sie ging ins Bad, klatschte sich eine Handvoll kaltes Wasser ins Gesicht, putzte die Zähne und kämmte ihr Haar. Sie sah immer noch beschissen aus und fühlte sich auch so.

Zurück in dem Galerieraum, untersuchte sie die Wände. Der Raum war nicht quadratisch oder rechteckig, es gab gerade Mauern, aber er war an den Ecken abgerundet. Wie ein ovales Bassin. Langsam tastete sie die Wände ab. Es handelte sich um YTONG-Steine, die grob verputzt und nachlässig mit weißer Farbe bepinselt waren und beim Gegenklopfen hohl klangen. Alles wirkte improvisiert. Alles außer der Decke. Die schien massiv und das Fenster aus Milchglas war leider viel zu hoch platziert, als dass sie es genauer hätte untersuchen können. Es glänzte matt, unerreichbare Meter oberhalb ihres Kopfes. *Ich bin unter einem Mikroskop*, dachte sie schaudernd, *da oben ist jemand, der beobachtet mich. Ich sitze wie die Steinlaus bei Loriot auf einem Objektträger*. Kein Geräusch drang zu ihr, das Orientierung über ihren Aufenthaltsort hätte geben können.

Ihr Magen knurrte. Sie hatte keine Ahnung, wie lange sie sich bereits hier befand, welche Zeitspanne sie auf der Notliege geschlafen hatte. Es gab nichts, was den Stunden Struktur gab. War es Tag oder Nacht? Sie durchsuchte die Kostümjackentaschen nach etwas Essbarem, fand ein Stück Traubenzucker, ein Pfefferminzkaugummi und einen Müsliriegel. Die Notfallreserve gegen Unterzuckerung, die sie stets bei sich trug. Aus Erfahrung wusste sie, dass sie lange Zeit ohne Nahrung auskam, denn als Jugendliche hatte sie einige Jahre unter Magersucht gelitten. Ein dunkles Kapitel ihres Lebens. Den gewollten Verzicht auf Essen hatte sie nie komplett ablegen können. Dennoch, wenn sie nicht bald herausfand, wie sie aus diesem Kerker käme, würde sie verhungern. Auf jeden Fall würde sie immer schwächer werden. Die Chance, eine Lösung zu finden, würde stündlich abnehmen. Mit gerunzelter

Stirn kauerte sie sich vor das Gemälde mit dem strauchelnden Mann und der Tür. Sämtliche Details nahm sie auf.

Sprich mit mir, was ist deine Geschichte?

Wohin führt die Tür?

Wird der stolpernde Kerl die Treppen herabstürzen?

Verrate mir dein Geheimnis!

Möglichst bevor ich verhungert bin!

Nun, vielleicht war dies der Countdown, den zu bezwingen *CLAVIS* ihr zugedacht hatte. Verhungern. Ausgerechnet! Welch ein perverser Witz.

Immerhin müsste sie nicht verdursten, sie hatte Wasser!

23

Die beiden Kommissare hatte sie wunderbar abgefertigt. Außerdem war sie nun etwas mehr über den Ermittlungsstand der Polizei im Bilde. Die Beamten wussten so gut wie nichts. Insbesondere die Frau Hauptkommissarin hatte wütend gewirkt, und tatsächlich schien die Kripo kaum einen Ermittlungsansatz zu haben. All die Fragen – Stochern im Nebel. Interessant war einzig die Erkundigung nach *CLAVIS* gewesen. Natürlich kannte Jasmin das Spiel, Nala hatte ihr stolz von der Bewältigung einzelner Level erzählt. Von dem Thrill, es hinter die Pforte schaffen zu wollen, als eine der ersten Spielteilnehmer. Was wäre, wenn sie es wirklich geschafft hatte und ihr das zum Verhängnis geworden war? Es gab gewisse Gerüchte um das Spiel.

Interessant! Außerdem inspirierend!

Welche Story könnte sie daraus machen? Jasmin verspürte spontan Lust, sich an den Laptop zu setzen und die Hintergrundgeschichte zu Nalas Tod zu erfinden. Aber besser, sie zügelte sich in nächster Zeit etwas. Die Polizei würde ihr die Wahrheit niemals glauben, nämlich dass sie aus Informationsschnipseln sowie reiner Fantasie Geschichten erfand.

Die Ermittler stapften zu ihrem Dienstwagen. Aus einem Fenster beobachtete sie die Körpersprache der Kommissarin, die vor Wut kochte. Sich schließlich zu dem Haus umwandte. Ihre Blicke trafen sich kurz.

Jasmin lächelte. Sollte die ruhig sehen, dass sie ihnen hinterhersah.

Niemand konnte ihr was anhaben. Sollten die doch mit richterlichem Beschluss kommen. Zur Not würde sie Kowalla hinhängen, kein Problem. So what!

Etwas ganz anderes beunruhigte sie viel mehr. Das Erlebnis mit dem Typen im Neoprenanzug vor der Wohnungstür saß ihr noch in den Knochen. Jetzt sah sie auch schon Taucher!

Natürlich hatte sie die Tür nicht sofort geöffnet. Sie hatte gebannt hinter der Tür gestanden. Dabei gehofft, ein Geräusch zu hören oder dass das Licht wieder anginge, um zu schauen, ob ihr womöglich ihre übermüdeten Nerven einen Streich spielten und da überhaupt niemand stand. Sie hatte sogar flach geatmet, damit ihre Anwesenheit hinter der Tür in der eigenen Wohnung nicht offensichtlich würde.

Vollkommen gaga! Vielleicht war sie genauso verrückt wie Sarah, die überall *den Taucher* sah.

Erst in den Morgenstunden nach unruhigem Schlaf hatte sie einen Blick durch den Spion geworfen und die Tür geöffnet. Selbstverständlich stand niemand auf der Fußmatte, das nicht. Dort lag eine hellrote Rose. Eine Rose, der jemand sorgfältig sämtliche Blätter abgerissen hatte.

* * *

Zwar war der nächste Null-Tag noch in komfortabler Ferne und Jasmin konnte sich weiß Gott inspirierendere Begegnungen als eine Stunde bei ihrer Schwester vorstellen. Aber der Taucher ließ ihr keine Ruhe und so saß sie wenig später Sarah gegenüber.

Der Kalender an der Küchenwand zeigte, dass Sarah die letzten zwei Daten nur einfach gestrichen und nicht durchgeixt hatte. Das bedeutete eine gute Voraussetzung für ein Gespräch, außerdem hatte sie keinen Rooibos-Vanilletee gekocht. Heute trug sie eine saubere Jeans sowie ein Kapuzenshirt. Zumindest äußerlich wirkte sie normaler als in dem Wurstkleid vor ein paar Tagen.

»Sarah, ich war damals schon ausgezogen, als du anfingst, von dieser Tauchergeschichte nebenan zu reden, aber ich weiß, dass du dich oft hinübergeschlichen und heimlich durch die Fenster gespäht hast. Erzähl mir doch einmal davon. Was hast du dort beobachtet?«

In ihren eigenen Ohren klang die Aufforderung zu erzählen zynisch. Schließlich war es in allererster Linie sie selbst gewesen, die Sarahs merkwürdige Gewohnheiten und Geschichten von jeher als verrückt abgetan hatte.

»Ich habe damals einen Mann gesehen, der ein Kind im Keller einsperrte. Immer wieder. Irgendetwas ist dann passiert, doch daran kann ich mich nicht erinnern.« Sie steckte beide Hände in die Tasche ihres Kapuzenshirts. »Seit einer Weile kommt der Taucher nachts in die Villa. Wenn ich wach bin, sehe ich ihn manchmal an der Hollywoodschaukel, aber neuerdings hinter einem der Fenster. Er schneidet Haare.«

Der erste Teil mit dem eingesperrten Kind klang neu. Jedoch, dass ein Froschmann angeblich nebenan herumspukte und Haare schnitt, nicht. *Hirngespinste! Nichts als Hirnspuk.*

»Ich habe die Polizei angerufen, weil die Person, der er die Haare geschnitten hat, die ist plötzlich umgefallen ...«

»Du hast die Polizei angerufen?«

Ach du Schande!

»Was haben die gesagt?«, fragte Jasmin, deren Gehirn sofort einen irren Dialog vorwegnahm:

»Ich bin Sarah Röckendorf. Ich bin neunundzwanzig Jahre, neun Monate und achtzehn Tage alt. Man hat bei mir als Kind eine posttraumatische Störung mit wiederkehrenden psychotischen Schüben diagnostiziert.«

So begann ihre Schwester jedes Telefonat, auch wenn sie zweimal pro Woche den Lieferdienst vom Supermarkt anrief. Den Absatz las sie aus ihrer beknackten roten Mappe ab. Der Dialog in Jasmins Kopf produzierte bereits weiteren Text:

»In der verlassenen Villa neben mir schneidet der Taucher, der seit Jahren tot ist, einem Clown die Haare auf der Hollywoodschaukel. Also heute nicht auf der Schaukel, sondern drinnen. Im Haus. Hinter dem Fenster.«

Die Beamten mussten sich vor Lachen gebogen haben. Zumindest aber ihrer Schwester dringend medizinische Hilfe anempfohlen haben.

»Was haben sie gesagt?«, wiederholte Jasmin ihre Frage.

Sarah holte tief Luft. »Die haben in genau dem gleichen Ton, wie du das manchmal machst, gesagt, dass das sehr, sehr unwahrscheinlich ist.«

Potzblitz! In der Tat!

Jasmin bemühte sich um einen gleichmütigen Ausdruck in Mimik und Gestik, aber das um eine Nanosekunde zu spät.

Das Gesicht ihrer Schwester verschloss sich augenblicklich, sie stand auf und ging wie eine aufgezogene Puppe in den Flur. Im Augenwinkel sah Jasmin, dass Sarah versuchte, einen Karton in dem Schuhschrank hinter der Tür zu verstauen. Mit wenigen Schritten war sie bei ihr, warf einen Blick auf das Empfängerfeld. Das Absenderfeld links daneben war nicht ausgefüllt.

»Hast du wieder ein Paket nach nebenan geschickt?« Das »etwa«, das ihr auf der Zunge gelegen hatte, hatte sie glücklicherweise rechtzeitig hinuntergeschluckt.

Sarah schüttelte den Kopf, in ihren Augen sammelten sich Tränen. Jasmin sah, wie sie in den Tiefen ihres leeren Geistes nach einer Erklärung suchte, woher das Ding kommen mochte. Wie meistens, wenn sie die entsetzliche Hilflosigkeit in der Mimik ihrer Schwester bemerkte, überflutete sie eine Welle des Mitleids. Eigentlich war sie hergekommen, um etwas über die angeblichen Beobachtungen zu erfahren, die Sarah immer wieder erwähnte, aber das schien im Moment zweitrangig, befand Jasmin. Sie betrachtete den Karton genauer.

Der Adressaufkleber war von einem Computer erzeugt worden, er trug einen Tracking-Code. Dass Sarah eine Warensendung online bestellt hatte, war ausgeschlossen. Es gab in dem Hause keinen WLAN-Router, Sarah lebte in einem prä-digitalen Zeitalter. Sie telefonierte von einem Festnetzanschluss, die Bankangelegenheiten regelte Jasmin für sie. Es hatte demzufolge jemand anderes ein Paket an den toten Nachbarn geschickt.

»Also gut. Ein Bote hat den Karton bei dir abgegeben? Du hast die Tür geöffnet und mit ihm gesprochen?«

Das allein schien bemerkenswert genug. Soweit Jasmin wusste, musste selbst der Supermarktbote die bestellten Lebensmittel vor der Tür abstellen. Sarah nickte. »Hast du dem Paketboten denn nicht gesagt, dass nebenan niemand mehr wohnt?«

»Doch, ich meine nein, nicht so richtig. Es waren Spuren in der Einfahrt, und da dachte ich … Außerdem hat er schon einmal Pakete in die Garage drüben gestellt, aber die ist zu, und da dachte er, da dachte ich …«

Der Faden, den sie kurzzeitig gefunden zu haben schien, entglitt ihr wieder.

»Na schön.« Jasmin öffnete die Haustür und sah über die Grundstücksgrenze zum Nachbarhaus. »Da sind keine Spuren!« Sie schloss die Tür. »War das ein echter Paketbote? Ich meine, trug er eine Uniform von einer Zustellfirma, oder war das ein privater Bote in Jeans und Anorak?«

»Er war sehr nett, und wegen der Spuren, die bereits vorher da gewesen waren, da dachte ich …«

»Sarah, da *sind* keine Spuren! Das Haus nebenan ist seit Jahren verlassen! Der Besitzer ist tot, töter geht es nicht!«

Sie bemerkte, dass sie begann, an jeden Satz Ausrufezeichen zu hängen, und atmete tief durch. Ruhiger sprach sie weiter: »Aber pass einmal auf. Ich habe eine Idee. Vielleicht schauen wir einmal hinein?«

Sarah sah sie mit großen Augen an und zog das Paket näher an ihre Brust. Es war offensichtlich, dass sie niemals auf diesen Einfall gekommen wäre.

»Es könnte etwas Verderbliches drin sein, das wir lieber in den Kühlschrank stellen, Krabbensalat oder so. Der wird schnell grün und stinkt dann wie die Pest. Oder vielleicht sitzt ein Hamster darin, der Futter braucht«, beeilte sich Jasmin eine plausible These zur Begründung ihres Tuns zu liefern, denn sie hatte Sarah den Karton bereits aus den Armen entwunden.

»Was? Ein Hamster? Das Paket aufmachen?« Nun endlich hatte sie die volle Aufmerksamkeit der Schwester.

»Sarah, das mit dem Hamster war ein Wi-hitz! Wenn ein Hamster drin wäre, müssten doch Luftlöcher in der Pappe sein.« Jetzt hätte sie beinahe laut losgelacht ob dieses aberwitzigen Dialogs. Sie beherrschte sich mühsam und fuhr betont langsam und akzentuiert sprechend fort.

»Da drüben wohnt niemand, seit Jahren nicht mehr. Warum sollte irgendwer Pakete dorthin schicken? Auf dem Ding hier gibt es keinen Absender. Also, weder der mausetote Empfänger noch der anonyme Absender werden jemals Kenntnis davon bekommen, dass wir hineingesehen haben. Das ist doch ganz spannend, findest du nicht? Zu erfahren, was ein toter Taucher für Geschenke erhält oder was er im Internet bestellt.«

Erneut unterdrückte sie einen Lachreiz. »Wenn du willst, verschließen wir es hinterher haargenau so wieder, wie wir es vorgefunden haben, okay?«

Sie hatte sich bereits abgewandt und das Paket auf den Küchentisch gestellt, als ihr ein weiterer Einfall kam.

»Ich habe noch eine Idee. Wir verkleben es anschließend und stellen es drüben vor die Tür. Dann kannst du aus sicherer Entfernung von deinem Sofa aus beobachten, ob jemand erscheint, um es zu holen. Ich komme morgen wieder, okay?«

Sarah war ihr gefolgt, sie nickte ergeben und drückte ihrer Schwester wortlos ein Messer in die Hand. Das Geräusch, als Jasmin es ansetzte und die Gummierung des Klebestreifens durchschnitt, hatte etwas Endgültiges. Jasmin schob raschelndes Seidenpapier zur Seite, sie wechselten einen Blick. Einen Blick fast wie früher, dachte Jasmin. Damals, bevor Sarah komisch wurde. In stillem Einvernehmen forschten sie mit kribbeligen Fingern gemeinsam, was sich unter einer weiteren Lage Papier verbarg.

»O nein«, würgte Sarah. Sie rannte über den Flur ins Bad.

»O Scheiße«, flüsterte Jasmin und ließ sich auf den Küchenstuhl gleiten.

24

Das Gebäude in der Hafencity lag direkt an einem Fleet. Die Hafencity in Hamburg beschrieb ein über hundertfünfzig Hektar großes Gebiet auf dem Großen Grasbrook und hatte ursprünglich zum Freihafen gehört. Heute wuchsen hier Luxusimmobilien mit Wohnungen gehobenen Standards, Hotels sowie Bürotürme in den Himmel. Das gesamte Areal war von Fluss- und Kanalläufen durchzogen, ebenso wie die angrenzende und deutlich romantischere Speicherstadt, die es als weltgrößter historischer Lagerhauskomplex, zusammen mit dem Kontorhausviertel und dem Chilehaus, auf die Liste des UNESCO-Welterbes geschafft hatte.

Carmen kramte in den Tiefen ihrer Tasche nach dem Post-it, den Mailin ihr vorhin mit folgendem Kommentar auf den Handrücken geklebt hatte: »Mailin findet Adresse, von wo *CLAVIS* ist. Komischer Name!«

Carmen studierte den Aufklebezettel: »schickedanz gmbh«. Darunter: »EXIt-Lösungen«. Vielleicht eine hippe Abkürzung für »Experten-IT-Lösungen«, gleichzeitig ein Wortspiel, das den Hauptgedanken eines Escape-Room-Spiels aufgriff: Exit. Aber in der Tat, eine seltsame Komposition, überlegte sie. Vor allem schien der Betreiber der Groß- und Kleinschreibung nicht mächtig zu sein. Oder ein Witzbold der besonderen Art, denn wenn man nur die Großbuchstaben las, ergab sich das Wort EXIL.

Unter dem Firmennamen hatte Mailin, wie nur sie es konnte, in klitzekleinen gestochen scharfen Buchstaben notiert: »Jan-Pieter Schickedanz, fünfundvierzig Jahre alt, zwei angefangene Studiengänge: Medientechnik und Informatik, keine Abschlüsse, vorbestraft wegen Steuerhinterziehung, Markenrechtsverletzung sowie Urkundenfälschung. Verdacht auf Geldwäsche, konnte aber nicht nachgewiesen werden. Das Unternehmen schickedanz existiert erst seit ein paar Jahren, eingetragen auf seine Frau. Eine Russin, geborene Krylova. Eintragung der Firma auf sie ist reine Formsache, Frau Natalia Schickedanz ist promovierte Ärztin, Herzchirurgin, und lebt in einer Zweitwohnung in Berlin.«

»Was für ein süßer Fratz, der Schickedanz! Das wird interessant«, sagte Carmen, nachdem sie Matthias den Zettel vorgelesen hatte, der währenddessen eine Apfelsine gepellt hatte und ihr eine Hälfte davon anbot.

»Ein windiger IT-Fuzzi mit viel krimineller Energie. Na los.«

Sie betraten das Foyer des Bürokomplexes und fanden die »schickedanz gmbh« auf der Leuchttafel vor den Fahrstühlen im sechsten Stock. Lautlos schwebte der gläserne Aufzug die Stockwerke empor. Als die Fahrstuhltüren ebenso geräuschlos auseinanderglitten, standen die Beamten vor einem futuristisch anmutenden Empfangstresen in Form des Schickedanz-»s«. Dahinter boten bodentiefe Fenster einen atemberaubenden Blick über den Hafen. Ein junger Mann empfing sie. Er schnurrte in leierndem Ton den langweiligsten Satz aller Sätze herunter, ohne dass er nennenswert den Kopf vom Smartphone hob. »Mein Name ist Marius-Melwin Schickedanz, was kann ich für Sie tun?«

»Wir haben einen Termin bei Jan-Pieter Schickedanz. Jetzt«, sagte Carmen gröber als beabsichtigt, aber Matthias knallte im selben Moment zur Unterstützung ihrer Behauptung seinen Polizeiausweis auf den Tresen. Endlich hob Marius-Melwin den Kopf. Die Ermittler blickten in ein hübsches Gesicht, das man auf Bildern junger Männer nur nach ausgiebiger Photoshopbearbeitung in Social-Media-Kanälen sah. Es wirkte jedoch eigenartig leer.

Jan-Pieter Schickedanz wirkte vollkommen anders, als Carmen ihn sich vorgestellt hatte. Es war erkennbar, dass er Marius-Melwins Vater war. Er war die markantere und männlichere Ausgabe seines Vorpostens im Foyer. Jener und nicht der Chef wirkte halbseiden. Doch eventuell war das Seriöse genau die Tarnung, die Schickedanz senior benötigte, um im Verborgenen krummen Geschäften nachzugehen.

Er trug schwarze Jeans und T-Shirt in der gleichen Farbe, das eine winterliche Bräune unterstrich, die nach einem kürzlichen Skiurlaub aussah. Auch die gut definierten Muskeln der Oberarme wurden durch die Kleidung hervorgehoben. Gepflegte Fingernägel, schulterlanges, glattes dunkles Haar, das er auf der linken Seite hinters Ohr gestrichen hatte. Sein Büro hatte Stil, eindrucksvolle Drucke von Treibgut an den Wänden. Der dunkle Schiffsdielenboden, dezente Dekoration von Ankern und Schiffstauen setzten sechs Stockwerke über dem Hafen schwebend in dem Raum maritime Akzente.

Schick, das alles. Das Einzige, das an Schickedanz nicht schick wirkte, war seine schnarrende Stimme, die bei längerem Monolog dann doch die Assoziation zu einem Kinoganoven weckte.

Der junge Mann vom Eingangstresen betrat das Zimmer und brachte ein Tablett mit einer Wasserkaraffe und drei Gläsern. »Mistkerl, Räuber, Penner«, schrie eine krächzende Stimme hinter Carmen, die sich reflexartig umdrehte. Erst jetzt bemerkte sie einen imposanten grüngelben Papagei in einer Voliere, der gleich nachlegte: »Pisskopp, Pottsau, Torfkopp.«

»O ja, unser lieber Klaus-Dieter«, beeilte sich ihr Gastgeber zu erklären. »Der Ärmste leidet wie sein Vorbesitzer am Tourette-Syndrom. Entschuldigen Sie seine Ausfälle, er ist zudem etwas retro. Mit den Schimpfwörtern ist er in einer Zeitschleife der Achtzigerjahre stecken geblieben.«

Schickedanz stellte seelenruhig je ein Glas vor sie hin und ergänzte: »Meine Frau findet, dass er dringend woanders unter-gebracht werden sollte, am besten beim Abdecker. Aber, Sie werden es kaum glauben, Klaus-Dieter ist mittlerweile in der Escape-Room-Szene bekannt. Statt mir Aufträge zu verhageln, kommen manche Leute her, um ein Selfie mit ihm zu machen und sich dabei von ihm beschimpfen zu lassen.«

Er lachte sein schnarrendes Lachen, das Carmen alle Nackenhärchen aufstellte. Sie wandte sich Schickedanz zu und räusperte sich.

»Es gibt zweifellos Zeitgenossen mit devoten Tendenzen. Sollen die sich anpöbeln oder schlecht behandeln lassen, wie sie wollen. Wir allerdings gehören nicht dazu. Wir möchten uns mit Ihnen über Ihr Escape-Room-Spiel *CLAVIS* unterhalten.«

»O ja, aber gern. *Das* Lernspiel für Spieler jeden Alters. Selbst Menschen, denen das Lernen normalerweise schwerfällt, fühlen sich durch die Escape-Room-Situation herausgefordert. Das Angenehme mit dem Nützlichen verbinden. Die Leute vom Sofa, aus der Komfortzone holen. Das ist unser Motto. Visionen leben! Es ist der bisher größte Erfolg unseres jungen Unternehmens.«

Lässig lehnte er sich zurück, schlug die Beine übereinander. Ein Alphatier, ein Macher, ganz und gar in seinem Element. Selbst Klaus-Dieter hielt den Schnabel und nagte bekümmert an einer verkrümmten Fußkralle.

»Kommen wir gleich zur Sache: Es hält sich das hartnäckige Gerücht, dass *CLAVIS* an einer bestimmten Stelle, genannt »die Pforte«, das legale Netz verlässt. Dass es in das analoge Leben der Spieler eingreift. Dass es Räume gibt, die so angelegt sind, dass es in der Tat um Leben und Tod geht.«

»Kennen Sie sich ein wenig mit Marketing aus?« Schickedanz entspannte sich noch mehr, sofern das möglich war. Alles an ihm strahlte die pure Selbstliebe eines dicken Katers aus, der soeben eine fette Maus verspeist hatte.

Wirklich voll in seinem Element, dieser Affe!

»Was wäre mein Geschäft ohne Legendenbildung?« Er öffnete nun auch noch die Arme wie ein prophetischer Heilsbringer. Carmen befürchtete, dass Schickedanz lang und breit über Marketing und die wechselseitige Wirkung auf seine gefühlte Mission in der Bildungspolitik dozieren würde.

»Wir können es uns vorstellen«, versuchte sie den erwartbar selbstgefälligen Monolog zu vereiteln. »Ich verstehe Ihre Bemerkung so, dass Sie den Buschfunk nicht dementieren, ihn eventuell sogar anheizen. Das ist nicht verboten, wenn auch moralisch fragwürdig, doch dafür interessieren wir uns nicht. Was uns interessiert: Vielleicht sind es gar keine Gerüchte und Sie betreiben ein hochgradig illegales Mordsgeschäft mit *CLAVIS*. Im wörtlichen Sinne.«

»Also wirklich, das muss ich mir nicht anhören …«

Jetzt versucht der Affe empört zu gucken, obwohl er sich vor innerlicher Heiterkeit kaum halten kann!

Es gelang ihr, trotz der Wut sachlich zu antworten: »O doch, Sie sollten es zumindest. Wir sind nicht zum Spaß hier.

Wir haben einen Mord aufzuklären und das Opfer hat *CLAVIS* gespielt!«

Schickedanz lächelte breit. »Glauben Sie im Ernst, dass heute noch alle Menschen am Leben sind, die jemals *Mensch-ärgere-dich-nicht* oder *Tetris* spielten?!«

Die Ermittler schwiegen. Beweise für einen Zusammenhang gab es nicht. Selbst wenn die Gerüchte über *CLAVIS* stimmten, Schickedanz wäre niemals so blöd und würde das freiwillig einräumen.

»Ganz konkret: Kannten Sie oder Ihr Sohn«, Carmen wies mit der Hand auf Schickedanz junior, der regungslos an einem Sideboard lehnte und mit der Betonwand hinter sich zu verschmelzen schien, »kannte einer von Ihnen Nala Averhoff?« Mit Blick auf Marius-Melwin ergänzte Matthias: »Sie war etwa in Ihrem Alter.«

Vater und Sohn schüttelten den Kopf. Erst sagte Marius-Melwin: »Nie gehört.« Dann sein Vater: »An diesen ungewöhnlichen Namen würde ich mich erinnern, aber natürlich kenne ich nicht alle Menschen, die unser Spiel spielen. Marius, sieh doch mal die Zahlungsbelege durch, vielleicht ergibt sich da ein Hinweis auf die gesuchte Dame.« Dabei wedelte er ihn mit einer Handbewegung aus dem Raum.

Die unser Spiel spielen. Er lässt uns auch bei dieser Frage geschmeidig abperlen.

Carmen unterdrückte ein Seufzen. Sie mussten ihn anders packen.

»Ihr Firmenname. Wie sind Sie auf die originelle Idee gekommen? Wenn man nur die Großbuchstaben erfasst, sieht man das Wort EXIL. Sofern man es ohne Beachtung geltender Schreibregeln liest, kann man Exit-Lösungen verstehen. Gewiss assoziieren es die meisten Spieler im Kontext zu Ihren Lern- und Escape-Room-Spielen. Nicht damit, wofür dieser

Begriff speziell im Darknet steht, nämlich für Selbstmord- oder Mordlösungen!«

Schickedanz stand auf, ging zum Fenster zur Voliere von Klaus-Dieter. Der streckte behaglich seinen Kopf zum Gitter und ließ sich am Schnabel kratzen. »Sie sind gut. Wirklich! Der Gedanke ist mir noch nie gekommen. Sie haben viel Fantasie, wir könnten Sie im Team gebrauchen. Aber unseligerweise ist es deutlich unspektakulärer: ›EXIt-Lösungen‹ steht für Experten-IT-Lösungen. Unser Kerngeschäft. Der Firmenname ist leider nicht mir, sondern einem unserer IT-Praktikanten eingefallen. Der hat längst eine andere Laufbahn eingeschlagen, doch ab und zu programmiert er noch kleinere Projekte für uns. Der Name versucht, mit atypischer Schreibweise Aufmerksamkeit zu erregen. Und ist – wie man an Ihnen sieht – ein Volltreffer!«

Er knetete die Hände, sah Carmen direkt in die Augen. »Machen Sie sich locker, Frau Kommissarin, Sie sehen verkrampft aus.«

Carmen hätte ihn kalt lächelnd vor Zeugen erwürgen können, so locker fühlte sie sich gerade.

»Ich kann mir vorstellen, dass es in Ihrem Team von kreativen Köpfen wimmelt. Woher nehmen Sie die Ideen für die Escape-Rooms?«

»Wir beschäftigen einen Haufen Freiberufler, die in der Medien- oder Kunstbranche aktiv sind. Besonders Künstler sind Quell reinster Inspiration. Die gestalten die Settings der Räume, beschaffen originelle Requisiten, schaffen Gruselatmosphäre. Und«, er machte eine bedeutsame Pause, »viele Ideen stammen von hier.« Nun tippte er an seine Stirn. »Es wird Sie bei meinem Beruf vielleicht überraschen, aber ich liebe das gute alte Theater. Es gibt kaum etwas Anregenderes, als eine Reise in die komprimierte Welt auf einer Bühne. Besonders mag ich das absurde Schauspiel. Samuel Beckett, mein Favorit.«

Na schön, *Warten auf Godot* wäre nicht die erste Wahl für einen Theaterbesuch, dachte Carmen, doch immerhin erinnerte sie sich daran, dass die beiden Hauptprotagonisten eine Reihe von Spielen erfinden. So wie Familie Schickedanz. Sie räusperte sich.

»Unsere Techniker konnten den letzten Spielschritt des Opfers nachvollziehen. Der Avatar verblasste, zerfiel in dem finalen Bild. Was bedeutet das?«

»Verehrte Frau Hauptkommissarin, sehen Sie es mir nach, dass ich nicht in jeden Programmierschritt von *CLAVIS* involviert bin. Ich kümmere mich um das große Ganze. Fragen Sie meinen Sohn, der kümmert sich um die Niederungen des Spiels.«

25

Die Niederungen des Spiels.

Abermals eine interessante Formulierung. Am Empfangstresen trafen sie auf den Junior, dessen Intelligenzquotient innerhalb der letzten halben Stunde weiter abgenommen haben musste. Noch leerer das Gesicht, noch träger die Bewegung, mit der er sein Smartphone zur Seite legte. »Mein Name ist Marius-Melwin Schickedanz …« Endlich hob er den Kopf, »Ach, Sie schon wieder. Sie wünschen?«

Der Sohn von Schickedanz schien ebenso wie Papagei Klaus-Dieter in der Retroschleife zu stecken. Wer fragte heutzutage noch »Sie wünschen«?

»Ihr Vater schickt uns«, erklärte Matthias das Offensichtliche. »Irgendwelche Zahlungshinweise auf Nala Averhoff gefunden?«

»Bedaure, bisher nicht.«

Wie sollte er auch, wenn er die ganze Zeit auf den Messenger-Dienst in seinem Smartphone starrt, dachte Carmen, die nach dem Vater nun gern den Sohn erwürgt hätte. Mühsam zwang sie sich zur Ruhe: »Uns interessiert, warum im digitalen *CLAVIS* plötzlich ein Avatar verblasst und verschwindet.«

»Keine Ahnung. Ist das so?«

»Sagen Sie es mir. Wenn Sie uns das nicht beantworten können, wer sonst?«, fragte Carmen sanft. In Marius-Melwins Gesicht veränderte sich etwas. Irgendeine Abteilung seines Gehirns schien zu begreifen, dass vorgetäuschte Ahnungslosigkeit die Kommissare verleiten würde, tiefer zu bohren.

»Wenn ein Avatar auf einem Level verschwindet, dann ist er wohl auf eine höhere Ebene aufgestiegen.«

»Angenommen, es ist der allerhöchste Level und der Avatar verblasst plötzlich?« Carmen hatte nicht vor, sich mit dieser Binse zufriedenzugeben. »Das ist doch sehr unspektakulär dafür, dass man die höchsten Sphären der Chose erreicht hat, oder? Bei *Tetris* ging eine Rakete los! Hat mich übrigens immer gestört, weil es ewig dauerte, bis ich das Spiel neu starten konnte. Nun gut. Zurück zu *CLAVIS*. Wenn der Avatar verschwindet: Kommt der Spieler an die Pforte und wechselt die Welten, wie es heißt?«

»Nein. Das Spiel ist dann beendet. Wir arbeiten derzeit an einer Fortsetzung. Die Besten des höchsten Levels dürfen daran mitgestalten. Das mit der Pforte ist eine super Idee. Tippitoppi! Unsere Programmierer kümmern sich bereits darum. Selbstverständlich ist das alles vollkommen harmlos. Die Gerüchte in der Szene sind gut fürs Geschäft, aber wir sind eine seriöse Firma.«

Ganz bestimmt. Und wenn meine Oma Räder hätte, wär sie ein Motorrad.

Es half nichts, sie würden *CLAVIS* selbst ausprobieren müssen, beziehungsweise die Techniker in ihrem Team.

»Wir würden gern einen analogen Escape-Room testen.« Matthias lehnte sich an den Empfangstresen und scrollte durch sein Handy. »Auf Ihrer Internetseite steht, dass Sie hier im Haus auch einige analoge Escape-Rooms betreiben für solche Dinosaurier wie uns.«

Will ich nicht, dachte Carmen sofort. *Auf gar keinen Fall! Viel dringender möchte ich wissen, was es mit dem verblassten Avatar von Nala Averhoff auf sich hat.*

»Echt? Sie stehen auf voll analog?« Marius-Melwin ließ sein Handy in die Hosentasche gleiten. »Ich weiß nicht, ob die Putzleute heute schon durch sind. Na, wir gucken mal. Tja, denn. Kommen Sie.«

Er schlurfte vorweg einen endlosen Gang entlang, dessen Wände mit Fotos von Szenen aus Escape-Room-Situationen gestaltet waren. Carmen erkannte das »Haus Usher« im Vorbeigehen. Den Riss in der Hauswand, der täuschend echt über den Bildrand hinaus auf die Mauern im Flur übergriff. Auf der nächsten Darstellung sah sie den Sarg der lebendig begrabenen Madeline Usher in einem Kellergewölbe. Weiter und weiter gingen sie den Gang entlang, immer tiefer in das Gebäude hinein, immer weiter weg von Fenstern und frischer Luft. Die Szenen wurden zunehmend bedrückender und düsterer. Einige muteten an wie Albträume eines wahnsinnigen Wissenschaftlers in einem Chemielabor. Ein echter Erlenmeyerkolben wuchs halb aus der Mauer neben Carmen. Jemand hatte Kaugummipapier hineingeworfen. Spearmint ohne Zucker, registrierte sie automatisch im Vorbeigehen.

Sie bogen um eine Ecke und liefen auf eine Wand zu, die eine Unterwasserszene in einem Schiffswrack darstellte. Schickedanz wandte sich kurz um. Er deutete auf die Szene. »Das haben wir einmal als analogen Escape-Room in einem See nachgebaut. Die Aufgabe des Spielers wäre es gewesen, einen Apnoetaucher zu retten, der sich in dem Maschinenraum des gesunkenen Schiffs aus Versehen eingeschlossen hat. Wir waren noch in der Testphase. Ich bin überzeugt, wir hätten irren Zulauf bekommen, wir hätten Tag und Nacht Leute abtauchen lassen können. Aber leider hatten die Behörden etwas gegen dieses Setting. Zu echt, zu gefährlich das Ganze, meinten die Sesselfurzer vom Amt.«

Auf Schickedanz schienen die Szenen stimulierend zu wirken, geradezu federnd wurde sein Gang, als sie um eine weitere Ecke bogen.

»Matthias, was ist das für eine Schnapsidee?«, schimpfte Carmen halblaut. »Ich mag weder abtauchen noch mich einschließen lassen.«

»O doch, wir probieren das jetzt aus.«

»Nein. Komm, weg hier. Wenn du unbedingt spielen willst, habe ich einen besseren Vorschlag: Wir fahren zu mir nach Hause, machen eine Flasche Wein auf, ich nehme auch einen wirklich guten. Kein Tetra Pak, versprochen. Wir bestellen Pizza Tonno mit doppelt Zwiebeln, legen die Füße auf den Tisch und chatten mit Sex-Bots!«

Sie stoppten vor einer weißen Metalltür.

»Wenn dir das nicht analog genug ist, könnten wir selbst eine Sexhotline gründen, wir nennen sie ›Profit Unlimited‹ oder …«, versuchte sie es noch einmal.

Schickedanz junior zog eine Schlüsselkarte aus der Hosentasche, zog sie durch ein Ablesegerät in Augenhöhe. »Da wären wir. Der Raum heißt Galerie *CLAVIS*. Wir sind besonders stolz darauf. Nagelneu, das Ding. Schön analog. Das bedeutet, Sie können in der Tat reingehen.«

Na, wie beruhigend, dachte Carmen. Ich kann hineingehen. Will ich aber nicht!

»Matthias, komm jetzt, wir lassen uns *CLAVIS* zu Hause auf dem Sofa von Linus zeigen. Jeden einzelnen Level, wenn du möchtest. Das hier sparen wir uns. Wir werfen einen kurzen Blick in den Raum und verschwinden wieder. Man muss nicht Kacke fressen, um den empirisch erhobenen Beweis anzutreten, dass sie vitaminarm ist und obendrein unschmackhaft.«

Sie blickte sich nach einem Fluchtweg um.

»Allerdings«, fuhr Schickedanz ungerührt fort, »kann es sein, dass die Kunstgegenstände zum Leben erwachen, dass sie in Bewegung kommen. Dass Menschen aus den Bildern steigen oder Kunstinstallationen zu Fallen werden. Jeder Gegenstand in der Galerie wird sie daran hindern wollen zu entkommen. Natürlich nur im Spiel, das meiste ist technisch erzeugte Illusion im analogen Raum.«

Zur Bekräftigung der Aussage schlug er die Faust gegen die massive Mauer neben der Tür. Daneben befand sich ein Kasten mit einer Zeitschaltuhr. Schickedanz stellte sie auf sechzig Minuten ein, drückte aber noch nicht auf die Start-Taste. Eine Schiebetür links von ihnen schwang mit einem Summton auf und gab den Blick auf eine dämmrige Szenerie frei: eine absurde Kunstausstellung. Irgendetwas zwischen Körperwelten und Schrottplatz. Für eine Sekunde flammten Scheinwerfer an der Decke des Raumes auf, Staubpartikel irisierten in dem grellen Licht, das Scheinwerferlicht verglühte mit einem flackernden Rotton. Schwärze umgab sie, doch das Rot blieb eine Weile auf der Netzhaut haften. Carmen zog ihr Telefon aus der Tasche, mit dem Daumen entsperrte sie es.

»Das Handy wird Ihnen hier drinnen kaum nützen.« Schickedanz junior lächelte, eine Strähne des dunklen glatten Haares fiel ihm über ein Auge. In dem Zwielicht wirkte er wie ein bösartiger Faun. »Solche Tricks wurden selbstverständlich ausgeschlossen. Es ist unmöglich, Hilfe von außen zu erhalten. Nicht nur die Decken im Gebäude, auch die Zwischenwände auf der Etage sind aus Stahlbeton. Kein Internet, überhaupt kein Netz. Wie in einem tippitoppi Atombunker.«

»Was genau ist die Aufgabenstellung in diesem Raum?« Carmen sah das gefährliche Glitzern in den Augen ihres Kollegen, der war Feuer und Flamme.

»Ein Teil der Aufgabe ist, dass Sie das selbst herausfinden müssen.«

»Matthias«, Carmen zog ihn am Ärmel heran, doch sie kam nicht dazu, den Satz zu beenden. Rechts von ihr ertönte ein Summton und eine weitere Schiebetür schob sich auf, während sich die andere Tür zuschob. Schickedanz steuerte die Türen über die Tastatur im Flur. Die Zeitschaltuhr für den Galerieraum ging zurück auf null.

»Ich sehe schon, Kunst ist nicht so Ihre Welt«, meinte er und wies mit der Hand in einen Raum, der sich hinter der Schiebetür rechts von ihnen auftat. »Das ist bestimmt gewohnteres Terrain für Sie. Auch nicht ganz unanspruchsvoll, wenngleich weniger originell als die *Galerie CLAVIS*. Im Vergleich mehr die Grundschulversion. Dieser Escape-Room ist vor einer Woche erst fertig geworden, Sie wären sozusagen die Pioniere. Ich hoffe, Sie sind gesund an Körper und Seele. Der Raum stellt für manchen eine Herausforderung dar.«

Licht flammte aus einem runden Scheinwerfer an der Decke auf, sie standen vor einem Operationssaal. Der sah dermaßen echt aus, dass es Carmen sämtliche Härchen auf den Armen aufstellte. Hinter einem ausladenden Tisch befand sich ein weißer Vorhang.

»Woher bekommen Sie all die Requisiten für die analogen Räume?« Carmen hatte die Sprache wiedergefunden.

»Oh, da gibt es verschiedene Möglichkeiten. Viele Filmstudios bieten Kostüme und Utensilien aus ihren Filmen zum Verkauf an. Theater ebenfalls. Es ist spannend, die Kulissen zu durchstreifen. Sie glauben nicht, was man dort für witzige Dinge findet.«

»Zum Beispiel Leichendummys?«

Er sah sie durch zusammengekniffene Augen an. »Sprechende Toaster, ferngesteuerte Rasenmäher, Zahnbürsten mit integrierter Beleuchtung. Alles, was das Herz begehrt. Und noch viel mehr. Probieren Sie es selbst aus. Also, wie wär's?«

Ihnen war nicht bewusst, dass sie einen Schritt in den Raum getan hatten, doch plötzlich stand Schickedanz hinter den Ermittlern. Ein Summton ertönte und in ihrem Rücken glitt die Tür zu.

»Scheiße, verdammte! Der hat uns gelinkt und jetzt sind wir eingeschlossen!«

Sie blickten sich um. Die Wände waren mit weißen Fliesen ausgekleidet, wie die Tür, wodurch sich die Wand hinter ihnen nun in nichts mehr von den anderen unterschied.

In der Mitte des Raumes befand sich ein Operationstisch mit einem fahrbaren Wägelchen daneben, bestückt mit OP-Besteck. An gerade ausgerichteten Haken an den Fliesenwänden hingen Arztkittel, Mundschutz, sechs Paar rote Gummihandschuhe und Plastikschürzen. Matthias hatte den weißen Vorhang zurückgezogen.

»O nein«, entfuhr es Carmen. »Das ist kein Krankenhaus, das ist die Pathologie!« Sie blickten auf eine chromblitzende Wand, die in mehrere Schubfächer untergliedert war. Neun an der Zahl. »Eine Leichenhalle, ich fasse es nicht! Na gut, machen wir das Beste daraus.«

»Ich denke, unsere Aufgabe ist klar«, sagte Matthias, der bereits eine der Schubladen am Griff packte und langsam öffnete.

»Schade. Leer.« Er machte sich an dem Fach darüber zu schaffen, jedoch der Mechanismus klemmte.

»Schade?!« Carmen war an eine Wand zurückgewichen und lehnte sich an ein Sideboard, auf dem aufgeschlagen ein medizinisches Fachbuch lag.

»Hypothermie, Tod durch Erfrieren«, las sie laut vor. »Der menschliche Körper versucht, die Körperkerntemperatur konstant zu halten, und produziert bei einem abrupten Abfallen der Umgebungstemperatur Wärme mittels automatisiertem Muskelzittern. Bla, bla, bla und so weiter. Bei einer schweren Unterkühlung von unter achtundzwanzig Grad Celsius Körperkerntemperatur kommt es zu Bewusstlosigkeit, Kreislaufstillstand, Herzrhythmusstörungen, Lungenödem, Atemstillstand und dergleichen Scheußlichkeiten. Irgendwann ist der Mensch dann mausetot. Matthias, was soll das alles?«

Ihr Kollege drehte sich zu ihr um und wies auf die Wand links von ihr. Dort hing ein Thermometer. »Sag mal, Frau Hauptkommissarin, das ist doch ein seltsamer Zufall.«

Sie folgte seinem Blick an die Decke, unter der Lüftungsschlitze angebracht waren, die sich in diesem Moment etwas öffneten. Ein kühler Hauch waberte in den Raum. »O nein, hier wird kalte Luft eingeleitet.« Sie las die Raumtemperatur ab. »Achtzehn Komma zwei Grad. Nicht gerade mollig. Das meinte Tippitoppi-Marvin-Mendelsohn damit, als er fragte, ob wir gesund seien. Der will uns einfrieren.«

»Marius-Melwin.«

»Hab ich doch gesagt.« Sie stieß sich mit dem Fuß vom Sideboard ab und öffnete eine Schiebetür in Augenhöhe. »Nein, wie drollig. Eine digitale Organwaage, wie bei Dr. Lott. Da, guckst du: eine Brustspreizzange. Nadel und Faden für den Kreuzstich, wenn wir die Obduktion beendet haben. Petrischalen mit Nährgel für Bakterienkulturen. Und hier ein Mikroskop und irgendwelche Chemikalien, um Gewebeproben zu präparieren. Krasse Scheiße.«

»Unsere Aufgabe ist wohl klar«, wiederholte Matthias. »Wir sollen eine Todesursache feststellen mithilfe der Utensilien um uns herum. Damit wir uns beeilen, wird der Raum abgekühlt. Das ist das limitierende Moment, dagegen gilt es wie gegen eine Stoppuhr anzuarbeiten.« Er machte sich weiter an den Chromfächern zu schaffen. »Auch leer. Mist. Normalerweise ist das allermeiste in einem Escape-Room unwichtig und bedeutungslos. Darum geht es, dass man möglichst flott das Beiwerk aussortiert. Wichtig ist meist ein unauffälliges, klitzekleines Detail.«

»Mhm. Wenn ich deine Ausführungen richtig begreife, fehlt uns zur Lösung der Aufgabe aktuell zuallererst einmal eine klitzekleine Leiche?«

»Großartig, Carmen, das ist es, was ich an dir wie an keiner anderen Frau schätze: Du verstehst mich immer sofort.«

Er trat gegen das mittlere Fach vor ihm. Auf einer Tastatur mit Nummernblock wäre es die Fünf gewesen. Er zog an der Tür, die prompt nachgab. Ein klirrendes Geräusch erfüllte den Raum.

»Jawoll, wen haben wir denn da?«

Eine Mechanik ließ einen Metallschlitten herausgleiten. Es klang, als würde jemand Glasscherben gegeneinanderreiben. Eine Kältewolke entwich dem Fach.

Unter einem hellgrünen Tuch lag eine Gestalt.

Wirklich äußerst realistisch, das Ganze hier. Deutlich zu echt für meinen Geschmack.

Mittlerweile zeigte das Thermometer an der Wand knapp unter siebzehn Grad an.

»Super, dann wollen wir mal. Wir sollten uns beeilen, sonst liegen wir sehr absehbar, sehr steif gefroren mit lila-blauen Lippen in den engen Nachbarfächern dieses armen Wesens.«

Matthias zog das blassgrüne Leichentuch zur Seite. Schockstarr blickten sie in ein menschliches Gesicht. Vor ihnen lag ein junger Mann. Soweit sie erkennen konnten, war er nackt. Er starrte sie aus blauen, erloschenen Augen an.

»Tippitoppi«, sagte Carmen, »und was nun?«

26

»Was machen wir jetzt mit dem Kram? Wer lässt sich so etwas schicken?« Sarahs bleiche Finger fummelten an der roten Mappe herum, die unter dem Durchstreich-Kalender auf dem Regalbord lag.

Jasmin hatte ihre Fassung ebenfalls wiedergewonnen. »Oh, es gibt einen Haufen Sonderlinge, sogar normale Menschen, die sich im Versandhandel Perücken bestellen.«

Sie ließ eine rot-grau gelockte Mähne, dekoriert mit zwei Libellenspangen, in das Paket zurückgleiten. Seltsam war das allerdings schon. Einmal, weil kaum jemand Perücken mit grau durchzogenen Haaren trug. Außerdem: Da der Empfänger vor Jahren abgelebt war, hätte er demzufolge keine Verwendung für das künstliche Haarkleid.

»Ich habe eine Freundin, die hat sechs oder sieben verschiedene Perücken. Kurz, lang, rot, schwarz, lockig, glatt. Je nachdem, welche sie aufsetzt, ist sie eine andere Person. Sie geht anders, sie spricht mit veränderter Stimme. Besucht unterschiedliche Clubs, lernt unterschiedliche Männer kennen. Ich denke, das kann ganz spannend sein.«

Ihre Schwester ließ die Seiten in der Mappe wie bei einem Daumenkino zwischen Daumen und Zeigefinger schnalzen. Wieder und wieder, dabei lächelte sie mild. Schließlich setzte sie sich auf einen Stuhl.

Sarah kann unmöglich wissen, dass ich mich soeben selbst beschrieben habe.

»Sarah, bitte hör auf damit.« Jasmin war mit einem Schritt bei ihr, entwendete ihr die Mappe und legte sie unter einen Stapel Zeitungspapier. »Das Geräusch nervt extrem!«

»Und was will der mit den …« Sarah suchte nach einem Wort, fand es schließlich. »Glasmurmeln?«

Sie schob den Stuhl so weit es ging weg von dem Tisch, auf dem das Paket stand.

»Du meinst die drei Garnituren Glasaugen?«

Jasmin hatte ein Set ausgepackt und ließ zwei graugrüne Exemplare über die Tischplatte rollen. Sarah zuckte zusammen, als hätte sie einen Stromschlag erhalten, und riss die Hand vor den Mund. Jasmin bereute sofort die Instinktlosigkeit, als sie sah, wie ihre Schwester mühsam aufsteigende Tränen wegblinzelte und dabei mit der anderen Hand nach der roten Mappe unter den Zeitungen tastete.

»Ich weiß es genauso wenig wie du. Ich habe erst recht keine Ahnung, wozu man diese Gummihandschuhe brauchen könnte, noch dazu welche, die auch für den Laien erkennbar fortgeschrittenen weißen Hautkrebs aufweisen.«

Jasmin zog einen der Handschuhe von ihren Fingern und packte die lebensecht mit dicken blauen Adern gestalteten Silikonhände mit Tumoranhaftung in das Paket zurück. Ebenso wie einen Pappkarton mit hundert Einwegspritzen mit hellgrünen Plastikkolben.

»So, wir packen den ganzen Mist wieder ein, kleben die Verpackung zu und ich bringe es rüber. Ich klingele, ich klopfe an die Tür, trommle an die Fensterläden vom Küchenfenster, ich mache ein Riesen-Rambo-Zambo. Wenn, und das ist sicher, niemand öffnet, stelle ich es vor die Haustür, okay? Morgen schauen wir, ob es noch da ist.«

Sie schien ihre Schwester überzeugt zu haben. Sarah nickte, holte eine Rolle Paketklebeband aus einer Küchenschublade und reichte sie Jasmin.

»Der Bote«, begann sie, »der das Paket gebracht hat ... Er hat mich an jemanden erinnert.«

Wer konnte das schon sein?, überlegte Jasmin, die sich abmühte, das festgebackte Ende von der Klebebandrolle abzuziehen. Ein Schauspieler aus dem Fernsehen vielleicht? Sie wusste nicht, wann Sarah zuletzt mit einem lebendigen Menschen außer ihr selbst zu tun gehabt hätte.

»Du hast mir mal ein Foto präsentiert von deinem Freund.« Jasmin erstarrte in der Bewegung. Es stimmte. Sie hatte Sarah irgendwann einmal ein Bild von Pierre gezeigt, damals in der Anfangseuphorie.

»Sarah, ich bitte dich. Deine Fantasie geht mit dir durch. Pierre ist am wissenschaftlichen Institut tätig, er hat eine großartige Karriere vor sich.«

Das Klebeband löste sich, zerriss dabei in zwei Stränge. Behutsam fummelte sie das Band auseinander, bevor sie hinzufügte: »Besonders jetzt, wo er mich ausgebootet hat. Der wird sich kaum als Paketbote verkleiden, bei dir klingeln und ein Paket mit Gruselartikeln für den seit Ewigkeiten toten Nachbarn abgeben.« Ungeduld mischte sich in ihre Stimme und das war ärgerlich.

»Pierre hat dich ausgebootet? Warum das?« Die Frage verklang im Raum. »Ich meine ja nicht, dass er es war. Der Typ trug eine Basecap, also bin ich mir nicht sicher. Ich habe nur gemeint, der Paketbote erinnerte mich an das Foto.

Sollten wir nicht versuchen, herauszufinden, wer der Bote war?«

Einen Augenblick sann Jasmin über den Vorschlag nach. »Ich glaube, es ist völlig egal, wer das Ding gebracht hat. Wichtiger wäre es, aufzudecken, wer es bestellt hat beziehungsweise wer dieses komische Zeugs braucht!«

Und wozu, fügte sie in Gedanken hinzu.

27

Delia kauerte noch immer vor dem Bild mit der Tür, milli-
meterweise hatte sie die rauen Erhebungen auf der Leinwand
abgetastet. Es war das Einzige im Raum, das nicht lose an die
Wand gelehnt stand, sondern fest an ihr angebracht worden
war. Nicht nur ihr Unterbewusstsein hatte sich sofort an jenem
Gemälde festgesogen. Es stellte das einzige Bild mit einer Tür
dar. Die wiederum einzige Tür überhaupt in diesem Verlies, abgesehen von der Schiebetür zu dem hellblauen Badezimmer.
Es war das alleinige unverrückbare Kunstwerk, und diesen
Umstand wertete sie als ein Indiz von Bedeutung. Und so hatte
sie es entdeckt: das Mysterium oder zumindest ein Geheimnis
des Bildes. Die gemalte Tür. Eine Kellertür, zu der einige Stufen
hinaufführten, denn der Maler hatte die Perspektive von unten
aus dem Kellerraum eingenommen. Eine Kellertür bestand in
alten Häusern üblicherweise aus Holz, in Neubauten wurden
Stahltüren mit Feuerschutz verbaut. Egal wie, keinesfalls jedoch
verfügte eine Kellertür über einen Briefkastenschlitz für den
Postboten. Wozu auch? Diese Tür aber besaß einen Postschlitz.
Als ihre Fingerkuppen darüberglitten, hatte sie den Absatz
gespürt. Unglaublich, die Briefklappe bewegte sich plötzlich
unter den Fingern, sie gab nach. So kunstvoll die Tarnung, so

wahr, dass es einen Briefschlitz in dem Bild gab. Delia roch es, bevor sie die Bestätigung hatte. Modergeruch zog ihr in die Nase, als sie die Spalte in der Leinwand mit den Fingernägeln vergrößerte. Dahinter befand sich ein schmaler Schacht. Leider nicht groß genug, um sich hineinzuzwängen, maximal eine Hand passte hindurch.

Was mochte sich dahinter verbergen? Welchen Sinn konnte ihre Entdeckung haben?

Eine Erklärung dafür musste es geben an diesem Ort, wo wenig auf zufällige Arrangements hindeutete. Sie blickte zur Türklinke. Darunter fand sie ein Schlüsselloch. Vorsichtig tastete sie um das Loch herum. Da! Die Leinwand gab auch hier nach. Sie bräuchte einen spitzen Gegenstand, um auf der kleinen Fläche das Leinengewebe durchstechen zu können. Ihr Blick hastete durch den Raum. Der Stiel der Zahnbürste wäre zu dick. Aber sie hatte die Schreibmaschine, irgendein Teil der Mechanik würde sie ausbauen. Plötzlich drang ein Geräusch an ihr Ohr. Als ob jemand gegen Holz trommelte. Sie presste ihren Kopf direkt an die Leinwand, in der Höhe, wo sich der Briefschacht befand. Mit dem Zeigefinger der rechten Hand verschloss sie ihr linkes Ohr. Eine Stimme rief etwas. Eine Frau, allerdings aus weiter Ferne. Der Schacht verriss den Klang, es war unmöglich, den Sinn der Worte zu erfassen. Eine Weile hallten die Klangwellen nach.

Hoffnung wallte in Delia auf. Sie hatte diese Öffnung entdeckt, sie würde den Weg aus dem Raum finden! Sie gehörte zur Elite, hatte es als eine der Ersten, vielleicht sogar als die Allererste hinter die Pforte von CLAVIS geschafft!

»Hallo!«, rief sie laut durch den Briefkastenschlitz der gemalten Tür. »Hallo, können Sie mich hören? Wer sind Sie?«

Nichts geschah, auch die ferne Stimme erklang nicht noch einmal. Eine Weile wartete sie mit klopfendem Herzen. Natürlich, das wäre zu mühelos gewesen mithilfe von außen, darum ging es bei *CLAVIS* nicht. Ihre Gedanken wanderten zurück. Das Schlüsselloch. Sie musste an den Schließmechanismus kommen. Vielleicht verbarg sich der Schlüssel dazu in der Schreibmaschine. Einer der Buchstaben, die bei dieser alten Maschine auf länglichen Stahlstiften saßen und durch das Tippen auf der Tastatur mechanisch zum Anschlag gebracht wurden? Nur welches Schriftzeichen könnte es sein?

Urplötzlich setzte ein Rattern ein. Direkt hinter ihr. In dem stillen Raum klang es wie ein Maschinengewehr. Langsam drehte sie sich um.

Doch das, was sie nun sah, war völlig unmöglich. Die Droge, die ihr in jener irren Galerie verabreicht worden sein musste, schien in diesen Sekunden einen phänomenalen Flashback in ihrem Hirn zu produzieren. So etwas gab es: Psychoaktive Substanzen sowie Nährstoffmangel plus erhöhter Adrenalinspiegel führten zu Verirrungen der Psyche, versuchte ihr analytisch trainierter Verstand sofort eine Einordnung der skurrilen Situation zu liefern.

Sie war allein in diesem Raum. Eindeutig. Aber wie von Geisterhand wurden die Tasten der Schreibmaschine betätigt. Von jemandem, der sehr schnell tippen konnte.

Rattatata, rattatata. Pling, der Wagen sauste zurück. *Rattatata, rattatata, rattata. Pling, pling.* Absatz. So ging es eine Weile weiter. *Rattatata, rattatata, pling, pling.* Das eingespannte Papier wuchs bei jeder Bewegung des Schreibmaschinenwagens aus der Maschine höher heraus. Schrittweise umrundete Delia den Schreibtisch, sodass sie einen Blick auf die Vorderseite des Bogens werfen konnte. Der Geruch der schwarzen Farbpartikel vom Farbband kribbelte in ihrer Nase. Die Schreibmaschine stoppte in dem Moment ihr irres Tun. Das DIN-A4-Blatt schwang in der letzten Stoppbewegung des Wagens nach, bevor sich der obere Teil schlaff nach hinten legte.

Ihr erster Gedanke, dass sie die Maschine benutzen sollte, um eine Geschichte zu tippen, erwies sich als falsch.

Hier kam der Hinweis von *CLAVIS*. Endlich!

Delia riss den Bogen von der Walze aus der Schreibmaschine. Unter ihrem Namen, den sie vor Stunden lustlos eingetippt hatte, war in der letzten Minute ein knapp einseitiger Text entstanden.

> *... nednif rüt Etsre eid hcon run ud tsSum nun ...*

> *enihcSambierhcs rEd, NebAtshcub ied githcir ud tsGeil hcildnätsrevtsbles tsednif nerüt eid rüf lessülhcs eid ud ow tßiew Stiereb Ud ssad ßiew hci regasrhaw red nib hci os hcA.*

In dem Stil ging es weiter über die ganze Seite. Sie ließ den Bogen sinken.

TEIL II

Damals

Fantasie ist wichtiger als Wissen, denn Wissen ist begrenzt.
Albert Einstein

Es würde sterben, so viel stand fest. Genau wie die anderen hier vor ihm. Das Kind hatte den Vorhang zugezogen, um die schrecklich zerstörten Körper nicht weiter ansehen zu müssen.

Aus diesem Raum gab es kein Entrinnen.

Papa war nicht wiedergekommen. Papa würde nicht wiederkommen. Es war genauso, wie Papa auf dem Spaziergang gesagt hatte: Wenn du keinen Ausweg aus dem Escape-Room findest, dann wirst du sterben.

Gewissermaßen.

Das Kind hörte auf zu weinen. Es war erst sieben Jahre alt. Aber es war in der Schule nach drei Wochen in der ersten sogleich in die dritte Klasse versetzt worden. Es hatte schon im Kindergarten lesen und schreiben gelernt. Und es vermutete, dass *gewissermaßen* ein Wort war, das mehrere Deutungen einer Sache zuließ.

Und es wusste plötzlich auch, was es tun würde, wenn Papa doch wiederkäme.

28

Der nackte junge Mann lehnte an der Wand im Besprechungsraum. Dr. Lott richtete sich auf, schob die Brille auf die Stirn. »Ist ja wunderbar herrlich, dass ihr mir nicht nonstop echte Leichen anschleppt, aber wo habt ihr den denn nun wieder aufgegabelt?«

»Beschlagnahmt. In einem Escape-Room. War ein Riesentheater. Die Mitglieder der Familie Schickedanz werden uns über Staatsanwalt Garner die Hölle heißmachen, da bin ich sicher. Astrid ist schon damit beschäftigt, die vielen aufgeregten, mordsmäßig wichtigen Herren zu beruhigen. Dabei ist doch gar nichts los. Die kriegen den Heini hier ja sofort wieder! Ich will nur wissen, ob er ebenfalls aus der Werkstatt und Epoche der anderen beiden Dinger stammt. Und woran er gestorben ist.«

»Sagten Sie Schickedanz?« Dr. Lott zog die Brille aus dem spärlicher werdenden Grauhaar, hauchte auf die Gläser und putzte sie mit einem Zipfel seiner neonfarbenen UFO-Krawatte. »Ich kenne eine Frau Dr. Natalia Krylova, verheiratete Schickedanz. Wir trafen sie auf einem Kongress in Berlin. Begnadete Herzchirurgin.«

Seine Augen bekamen Glanz, als er sich mehrere Jahre zurückversetzte.

»Beeindruckende Frau. Sie erfüllte zuverlässig jedes Klischee, das über Russinnen im Umlauf ist. Sie hat sämtliche anwesenden Knast- und Bundeswehrärzte unter den Tisch getrunken, und es waren einige von Rang und Namen dabei! Sie allerdings steht am nächsten Morgen taufrisch am Operationstisch und verpflanzt ein Kinderherz. Das haben die ihr nie verziehen, die harten Jungs, die tags drauf mit einer Klinikpackung von Kopfschmerztabletten in den theoretischen Vorträgen saßen.«

Er setzte die Brille auf die Nase und schaute Carmen über den Rand hinweg an. »Am Abend hatten die Veranstalter in eine Karaoke-Bar eingeladen. Natalia Schickedanz sang, tanzte, da waren die beinharten Kerle nach zehn Minuten schon wieder fertig.« Er freute sich, setzte seine Brille nochmals ab und polierte einen Fettfleck weg.

»Dr. Lott, Sie waren in einer Karaoke-Bar?«

»Wie, ich? Ach so, ne. Ich nicht, ich war noch kaputt vom Abend zuvor. Mien Bruder, der hat mir dat vertellt. Bloß nicht verraten, hehe. Also der junge Mann hier ... Ich, oder besser Sören, wir müssen ein paar Materialtests machen, aber ich glaube, ich kenne mich mit Leichen aus wie kein anderer und kann mich auf meine Sinne verlassen: Der Knabe ist aus der gleichen Werkstatt wie unser armer Kehlschnitt und die Ertrunkene von der Bushaltestelle. Jo, der Bursche ist ebenfalls an die zwanzig Jahre alt, da ist der Kunststoff porös. Er soll wohl einen Kältetod darstellen, er weist typische Erfrierungsmerkmale auf. Schau mal hier.« Dabei wies er auf schwarze Stellen an Nase und Händen.

Eine Viertelstunde später hatte sich das übrige Team im Besprechungsraum eingefunden. Außer Sören Lambeck waren alle Kollegen da. Mailin tackerte Papiere zusammen, verteilte sie an sämtliche Besprechungsteilnehmer. »Sören kommt bald, telefoniert mit dem BKA«, wisperte sie Carmen zu, als diese an Mailin vorbeiging.

Als sie Platz genommen hatten und das Stühleschurren aufhörte, trat Carmen nach vorn. Sie gab einen kurzen Überblick über den Ermittlungsstand.

»Es ist immer noch verdammt wenig, was wir haben. Fangen wir mit dem Jogger an, Harald Tier. Matthias war so freundlich, hat ihn aufgesucht und befragt. Plötzlich ist dem Herrn Oberstudienrat a. D. eingefallen, dass er bei seinen Trainingsläufen einen weißen Kastenwagen mit abgedunkelten Scheiben mehrfach in der Berner Au gesehen hat. Autonummer, Automarke, Typ unbekannt. Jemand Lust, sich darum zu kümmern?« Keiner meldete sich. »Na schön, scheint mir auch ein sinnloses Unterfangen ohne den kleinsten Hinweis auf Marke, Typ, Autonummer. Wir sollten dennoch versuchen, Radarfallen und Überwachungskameras in der Umgebung an den fraglichen Tagen nach dem weißen Kastendings zu checken.«

Claudius machte ein Handzeichen. »Ich setze zwei Jungs dran.«

»Prima.« Carmen sah auf ihre Notizen, die sie kurz vor der Besprechung stichpunktmäßig aufgelistet hatte.

»Die Vernehmung von Nalas letztem Freund Pierre ten Have hat nichts ergeben. Außer dass wir wissen, dass er kein Alibi hat. Das Gleiche gilt für die Befragung von Jasmin Mehlfort. Auch sie hat für die fragliche Zeit keinerlei Alibi zu bieten. Mehlfort hat Nala Averhoff, eine Hochbegabte, an der Universität gefördert. Wir vermuten, dass Monsieur ten Have einmal eine Liebesbeziehung zu Frau Mehlfort hatte. Die beiden sind allerdings inzwischen nicht gut aufeinander zu sprechen. Interessanterweise betreibt sie einen Krimiblog.« Sie machte eine Pause, weil Matthias nach Zucker für seinen Kaffee suchte. »Da hinten, im Sideboard. Nein, darunter! Also. Krimiblog. Bemerkenswerterweise schreibt sie im weitesten

Sinne über unseren Fall Nala Averhoff. Dabei veröffentlichte sie fiktive Storys über die Leichendummyfunde quasi zeitgleich, während wir uns vor Ort an den Fundorten befanden. Ich glaube kaum, dass sie die Dummys in der Stadt verteilt, aber ich möchte wissen, wer sie informiert. Ich hätte gern einen richterlichen Beschluss, dass wir ihren Laptop konfiszieren dürfen.«

»Das ist nicht so einfach. Sofern sie von dem wirklichen Leichenfund zeitgleich gebloggt hätte, wäre das etwas anderes, doch es ging nur um die Silikondinger«, sagte Claudius.

»Im Blog handelte es sich um die Dummys, also um Sperrmüll, ich weiß. Da ist keine Gefahr in Verzug«, ergänzte Carmen. »Na gut, wir werden ihr trotzdem noch einmal auf den Zahn fühlen.« Sie drehte ihren Notizzettel um.

»Außerdem suchten wir die Betreiberfirma von *CLAVIS* auf. Die haben uns genial abperlen lassen. Die Pforte existiere nicht, seriöse Firma, alles bloß Gerüchte, bla, bla, bla. Aber von dort haben wir den jungen Mann hier mitgebracht. Laut Dr. Lott stammt er sehr wahrscheinlich aus der gleichen Manufaktur wie die anderen beiden Attrappen. Eingekauft wurde der Bursche laut Schickedanz junior bei den *Hanseatic Filmstudios* in Hamburg-Harburg. Die sind vor einem Jahr pleitegegangen.«

»Wir kümmern uns darum«, sagte Claudius und machte eine Notiz. Er trug eine rot karierte Hose zu der schwarzen Lederweste, was eine auffällige Abwechslung zu seiner einfarbigen Motorradkluft bedeutete, und den Zopf hatte er heute geflochten.

»Ja, ich weiß nicht, warum, aber ich möchte wissen, wer diese Dummys herstellt. Selbst wenn es ewig her ist, irgendwie ist es kein Zufall, dass alle drei aus der gleichen Hand zu stammen scheinen.«

Claudius nickte und machte eine weitere Notiz.

»Wir haben auch noch etwas.« Er erhob sich und trat neben Carmen. »Die Einladungskarte, die die Spurensicherung bei dem Bushaltestellendummy gefunden hat. Unsere Techniker sind brillant. Guckt euch das an.«

Der Fernsehbildschirm an der Wand erwachte zum Leben, als er das Gerät mit seinem Handy synchronisierte. Das Foto einer durchweichten weißen Einladung präsentierte sich bildschirmfüllend in Übergröße. Bröckelige goldfarbene Buchstaben.

»So fanden wir die Karte …«, er wischte über das Display, das Bild wechselte, »und so haben die Techniker den Text rekonstruiert.«

Das Symbol eines goldenen Schlüssels erschien. Darunter: »Gal r e CL V S – Ei we h ng Es caper om – 11. Mä z«

»O nein«, stöhnte Carmen. »Galerie *CLAVIS*, so hieß der eine Escape-Room, den Schickedanz uns zeigen wollte. Habt ihr mit der Vermisstenabteilung gesprochen? Wird seit dem 11. März in Hamburg eine junge Frau vermisst?«, fragte sie mit Blick auf Claudius und Astrid.

»Zero, keine Vermisstenmeldung für eine junge Dame fraglichen Alters.«

Carmen sah eine Weile auf die Tischplatte, faltete ihren Notizzettel in immer kleinere Quadrate. Eine Idee formte sich in ihrem Kopf.

»*CLAVIS* ist der Schlüssel. Wie das Wort bereits sagt. Wir rücken dem Schickedanz erneut auf die Pelle. Wenn es in seiner Galerie eine Einweihungsparty gegeben haben sollte, dann muss es eine Gästeliste geben.«

»Carmen, du suchst eine Person, von der wir nicht wissen, ob es sie überhaupt gibt, geschweige denn einen Namen haben. Es wird keine junge Frau vermisst.« Matthias setzte zu einem neuen Satz an, verstummte jedoch in dem Moment, als vor dem Präsidium eine Autowarnanlage losheulte.

Sie nickte, zog ein Kaugummi aus der Hosentasche, wickelte es aus und steckte es in den Mund.

»Haltet mich für verrückt. Aber das hier ist etwas Größeres. Ich bin überzeugt, dass unser Täter einen weiteren Mord plant oder schlimmstenfalls bereits durchgeführt hat. Überlegt einmal: erstens der Dummy von Nala mit der Handtasche und den Hinweisen auf ihre Identität. Zwei Tage später finden wir die echte Leiche. Zweitens die Verbindung zwischen Nala Averhoff und Jasmin Mehlfort, die drittens einen Krimiblog über unsere Leichendummyfunde schreibt und behauptet, die Informationen von einem Hinweisgeber aus ihrer Fangemeinde bekommen zu haben. Viertens gibt es da ihren Freund Pierre ten Have, der inzwischen der Lover von Nala Averhoff geworden war. Wer weiß, ob die neue Konstellation bei Frau Mehlfort auf Begeisterung stieß? Fünftens dann die Sippe Schickedanz, bei der ein Leichendummy gefunden wird, der aus der gleichen Werkstatt stammt wie der Kehlschnitt- und der Bushaltestellendummy.«

Mit den Fingern an der linken Hand war sie nun durch, aber noch lange nicht fertig mit ihren Überlegungen.

»Sechstens: Exakt diese Familie betreibt ein Online-Escape-Room-Spiel *CLAVIS*, von dem wir wissen, dass Nala es gespielt hat und dass merkwürdige Gerüchte um das Spiel existieren. Siebtens: Wir finden an einer Bushaltestelle einen weiblichen Leichendummy mit einer Tüte abgelaufener Lebensmittel und einer Einladungskarte zu einer Einweihungsparty in die *Galerie CLAVIS*. Das ist der nächste Hinweis auf Familie Schickedanz. Achtens: Nun zurück auf Start. Irgendjemand sorgte dafür, dass die Geschichte bei uns landete, indem er anonym einen Leichenfund meldete mit dem Foto von der angeblichen Leiche und meiner Visitenkarte.« Sie holte Luft und ließ die Hände sinken. »Irgendwer zieht im Hintergrund die Strippen. Das mag ein kluger Kopf sein, auf jeden Fall einer, dessen Denkschemata sich gesunder Hirnkartografie entziehen. Ich garantiere euch, dieser Mensch kommt vor Heiterkeit kaum mehr in den Schlaf, weil wir Kasperpuppen so wunderbar mitspielen und trotz mannigfaltiger Hinweise in der Dunkelheit herumirren.«

Niemand sagte etwas. Es schien viel Wahres an dem, was sie gesagt hatte.

Astrid, die die längste Zeit geschwiegen hatte, stellte eine Plastiktüte von einem Discounter auf den Tisch. »Es gibt noch ein Neuntens. Kommen wir kurz zurück zu dem Bushaltestellendummy. Das sind die Lebensmittel, die wir bei ihm gefunden haben.«

Sie griff in die Tüte und beförderte einige Artikel auf die Tischplatte. Eine Rolle Drops, eine Packung Eier und Ingwerstäbchen.

»Diese Produkte liefen am 3. März ab. Und die am 11. März.« Sie angelte erneut in den Beutel. Lakritz, Erdnussflips, Leberwust, Ananas-Joghurt und ein Fertiggericht »Farfalle alla Puttanesca«, ein Tiefkühlgericht, das im aufgetauten Zustand einen strengen Geruch verströmte.

»Fällt euch etwas auf?« Sie schaute in die Runde. »Nur zu ›alla Puttanesca‹, das heißt ›nach Nuttenart‹.« Alle sahen zu Dr. Lott, der hinzufügte: »Wahrscheinlich, weil sich die Nudelsoße Rubbel-die-Katz zwischen zwei Freiern zubereiten lässt.« Niemand traute sich zu lachen, außer Carmen.

»Aber was ist mit dem übrigen Zeugs?«, fragte Astrid. »Okay. Ist auch nicht so einfach. Ihr wisst ja, dass ich mir viele Dinge merken kann.«

O ja, das konnte Astrid. Ihr fotografisches Gedächtnis war über die Grenzen des Kommissariats hinaus bekannt. Ihre Fähigkeit hatte oft bei Ermittlungen geholfen. Inspirierend fand Carmen vor allem die Momente, wenn sie sich mit Astrid über all das unterhielt, was das Gehirn aufnahm, nur leider nicht wieder loswurde. Jeder Mensch besaß ein solches Areal im Kopf. Die Abteilung nutzloses Wissen. Nicht nur auf Weihnachtsfeiern Quell heiteren Frohsinns zu später Stunde, sondern unter den beiden Ermittlerinnen auch bei einer Tasse Kaffee zwischendurch. Gerade vorhin, kurz vor dieser Besprechung, hatten sie am Kaffeeautomaten des Präsidiums wieder zwei Beispiele in ihren Abteilungen gefunden.

»Wusstest du, dass sämtliche Säugetiere, die mehr als drei Kilogramm wiegen, exakt gleich lang zum Pinkeln benötigen? Egal ob Blauwal oder Feldhase, sie brauchen alle ungefähr zwanzig Sekunden.« Das hatte Carmen erst vor Kurzem von Linus gelernt und befürchtete, dass dieser Wissensschatz sie nie wieder in ihrem Leben verlassen würde.

»Echt?« Astrid zog die Brauen hoch. »Ne, aber wusstest du, dass der Bombardierkäfer in seinen Hinterleibsdrüsen Hydrochinon und Wasserstoffperoxid produziert und eine körpereigene Explosionskammer hat, wo die Enzyme Katalase und Peroxidase unter enormer Wärmeentwicklung das Zeug in ein hochexplosives Gemisch umwandeln? Somit kann er eine hundert Grad heiße, grausam stinkende Substanz auf seine Angreifer abfeuern.«

Sie hatten gelacht und Carmen hatte dabei einen Schluck brühheißen Kaffee auf ihren Pullover bombardiert.

»Und«, war Astrid fortgefahren, »du hattest vor einigen Wochen einmal die Anatidaephobie erwähnt, die Angst, irgendwo und irgendwann von einer Ente beobachtet zu werden. Das kann ich zwar kaum toppen, aber es gibt die Omphalophobie. Soll ich sagen, was es ist?«

»Nein, nein, bloß nicht, dann werde ich das nie mehr los.« Carmen hielt sich beide Ohren zu. Sie nahm die Hände erst vom Kopf, als die Kollegin mit den Fingern ein Peace-Zeichen formte.

Carmens Gedanken kehrten in die Gegenwart zurück. Astrid hatte die Artikel auf dem Tisch zu einem Kreis angeordnet. »So, Leute. Ich habe als Kind einen Film im Fernsehen gesehen: *Er heißt Hieronymus.* Die Hauptfigur hatte eine Reihe sonderbarer Gewohnheiten. So sprach er seine Sätze rückwärts. Er war in einer rekordverdächtigen Geschwindigkeit in der Lage, einen Text rückwärts zu sprechen. Ja, er dachte sogar rückwärts. Das setzt eine enorme Leistung des Gehirns voraus. Nehmt nur den Satz, den ich eben sagte: *Voraus Gehirns des Leistung enorme eine setzt das.* Zwar verstehen wir den Kontext in etwa, aber die Grammatik, beispielsweise der Genitiv ›Gehirns‹, macht an der Satzposition null Sinn.«

»Bei Grammatik«, meinte Claudius, »bin ich komplett raus.« Matthias pflichtete ihm bei.

»Kein Problem, Kumpels.« Astrid hob die Hände. »Unser Hieronymus hatte weitere Exaltiertheiten auf der Pfanne. Er kaufte Lebensmittel so ein, dass die Anfangsbuchstaben der Produkte einen Satz ergaben. Einen Filmtitel, einen Aphorismus oder so. Immer das, was ihm morgens als Erstes in den Sinn kam. Damit die Wörter zu unterscheiden waren, wählte er sie nach Verfallsdaten. Angenommen, der Titel *Das Spiel* sollte entstehen. Dann hat er drei Artikel mit gleichem Ablaufdatum und den Anfangsbuchstaben ›D‹, ›A‹, ›S‹ eingekauft. Drops, Ananasjoghurt, Sardinen. Dann Produkte, die mit ›S‹, ›P‹, ›I‹, ›E‹ und ›L‹ beginnen, mit einem anderen Verfallsdatum.«

»O Gott, der hat aber wirklich eine Meise unterm Pony. Der arme Mann muss den ganzen Tag beschäftigt gewesen sein. Und wozu ist das gut?«, fragte Carmen, die im nächsten Moment kapierte, worum es ging. »Astrid, so wie du die Sachen angeordnet hast, ergeben die Anfangsbuchstaben: *DIE FALLE.*« Carmen sah sich triumphierend um.

Na gut, mit entsprechenden Hinweisen konnte man jede Nuss knacken.

»Ihr habt euren Beruf zu Recht ergriffen. Richtig, aus den Buchstaben kann man folgenden Titel bilden: *Die Falle.* Und das ist ein Buch, das es tatsächlich gibt. Jetzt kommt der Knüller: Ratet, wer es geschrieben hat!«

Alle Augen richteten sich auf Astrid. »Das müsst ihr nicht wissen. Es ist kein Bestseller, wurde vor etlichen Jahren in einem Nischenverlag herausgegeben. Ich erinnerte mich nur an eine Randnotiz in einer Zeitung, wo es kurz besprochen wurde.«

»Nun sag schon«, stöhnte Carmen. Wieder heulte die Alarmanlage eines Autos auf der Straße. Wie auf Kommando sahen alle zum Fenster, jedoch niemand stand auf.

Astrid drehte den Oberkörper, angelte nach ihrer Jacke, die hinter ihr über die Stuhllehne hing, und zog ein zerknittertes Taschenbuch aus der Innentasche.

»Tataa! Es war nicht einfach, es aufzutreiben, aber da ist es.«

»*Die Falle*«, las Matthias laut vor. Das Cover zeigte ein Foto von einem Spinnennetz, das gegen die Sonne aufgenommen worden war. Ein filigranes, fast durchsichtiges Netz, in dem Tautropfen vor einer dunklen Waldlichtung glitzerten. Unter dem Titel stand in glutroter Schreibschrift:

»Ein Thriller von Jasmin Mehlfort«.

29

»Es ist unmöglich, dass unser Strippenzieher damit rechnen konnte, dass einer von uns den uralten Film *Er heißt Hieronymus* kennt. Dass wir das Rätsel mit den abgelaufenen Lebensmitteln lösen würden und wieder bei Jasmin Mehlfort landen.«

Carmen und Matthias saßen bei ihr am Küchentisch. Linus werkelte am Herd, schob soeben eine Auflaufform in den Ofen, es duftete nach Salbei und Knoblauch. Kurz drehte er sich um.

»Euer Strippenzieher hat Freude an dem, was er tut. Wenn ihr seine Spitzfindigkeiten entdeckt, freut er sich, dann kann er die nächste Herausforderung präsentieren. Next Level. Kommt ihr nicht darauf, hat er ebenfalls Spaß. Wäret ihr nicht auf das Buch der Mehlfort gekommen, irgendwann hätte er einen anderen Hinweis auf das Werk beziehungsweise die Autorin gegeben.«

Linus zog die Ofenhandschuhe aus, behielt sie in den Händen und wedelte sich damit Luft zu. Durch den laufenden Ofen war es warm im Raum, sein Haar klebte an der Stirn.

»Eines steht fest: Er fühlt sich euch granatenmäßig überlegen!«

»Aber nun sind wir draufgekommen!«, sagte Carmen dumpf.

»Ich hoffe nicht, dass der Strippenzieher uns zur Belohnung für die intellektuelle Leistung als nächste Herausforderung eine frische Leiche präsentiert.«

Sie steckte ein Stück Bruschetta in den Mund, das Linus von irgendwoher gezaubert und auf ein Holzbrett mit aufgeschnittenen Tomaten mit Basilikum auf den Tisch gestellt hatte.

»So viele Hinweise auf Jasmin Mehlfort«, fuhr Carmen fort. »Erst habe ich mich gefragt, ob sie die Täterin ist. Das schließe ich nicht aus, denn sie spielt mit uns. Hat sie ein ausreichendes Motiv für so eine Wahnsinnstat? Selbst wenn sie ihren Pierre an Nala verloren haben sollte …«

Matthias träufelte Olivenöl auf das Stück Bruschetta. Er sah die Kollegin aufmerksam an, Öl lief über seine Hand auf den Tisch. »Was wäre, wenn alle Hinweise, die wir auf sie erhalten, insbesondere der Letzte auf *Die Falle*, bedeuten würden, dass sie persönlich in Gefahr schwebt? Dass sie das nächste Opfer wird?«

Carmen reichte ihm eine Rolle Küchenpapier und ein fleckiges Geschirrtuch. »Kollege Hauptkommissar, du tropfst!«

»Um was geht es in dem Buch?« Linus sah Matthias über die Schulter, der sich die Hände mit dem Küchentuch säuberte und anschließend mit spitzen Fingern *Die Falle* aus einer Jackentasche zog. Er hielt den Klappentext ins Licht und las vor.

»Ein Dilemma bezeichnet einen Fangschluss der Logik. Üblicherweise stellt es einen Entscheider vor die Wahl zwischen zwei gleichwertigen Übeln. Der Protagonist dieses Buches könnte für jeden von uns in der Welt stehen. Na ja, für fast jeden. Nennen wir ihn Klaus. Klaus steckt in einer klassischen Zwangslage. Um sich zu retten, muss er töten. Und das hat er perfektioniert.«

»Na schön«, sagte Carmen. »Ein Thriller halt. Vielleicht muss jemand, der nicht alle Latten am Zaun hat, morden. Weil er eben meint, töten zu müssen, zwecks Affektabbau. Ein echtes Dilemma.«

»Astrid hat es quergelesen und mir eine Zusammenfassung gegeben. Es geht um einen skurrilen Typen, der viel Ähnlichkeit mit dem *Hieronymus* aus dem Film hat. Unser Nennen-wir-ihn-Klaus hat einen Intelligenzquotienten von über einhundertfünfzig. Nur gehen, wie so oft, außergewöhnliche Fähigkeiten meist zulasten anderer Kompetenzen. Eine weitere Parallele zum *Hieronymus*. In Klaus' Fall zulasten jeglicher Empathie. Es ist ihm unmöglich, sein Haus zu verlassen, ohne dass er vorher sein Chamäleon rot ärgert.«

»Wie bitte? Warum sollte jemand ein unschuldiges Chamäleon rot ärgern? Äh, geht das überhaupt?«

»Scheint so.« Linus wischte über das Display seines Telefons. Carmen sah, dass aus der Handyschale mit dem Motiv des Hamburger Michels die rechte obere Ecke herausgebrochen war. Er überflog einen Eintrag. Einen Moment war es still in der Küche, nur die Lüftung des Ofens surrte leise. »Da hab ich es. Nur Wüstenchamäleons ärgern sich schwarz. Andere werden bei Aufregung rot. Süß! Aber vielleicht ist das nicht wörtlich zu nehmen. Eventuell ist das eine Metapher für eine andere Prozedur, die Nennen-wir-ihn-Klaus zum Abbau des Affektstaus ausführen muss, damit er in der normalen Gesellschaft funktionieren kann, sobald er das Haus verlässt.«

Linus war in seinem Element, er zwirbelte mit seinen Haaren hinter dem Ohr einen Propeller. Ein Zeichen absoluter Konzentration. Carmen war unfähig, den Blick von ihm zu nehmen. Ein warmes Gefühl wallte in ihrer Körpermitte auf.

Mein Linus. Neben der Medizin interessiert er sich obendrein für Psychologie. Er wird es weit bringen.

»Wie auch immer.« Matthias klappte das Buch zu, in dem er hin und her geblättert hatte. »Jedenfalls führt Nennen-wir-ihn-Klaus sehr planvoll drei Tötungsdelikte durch. An den Menschen, die er intellektuell als Konkurrenz wahrnimmt. Er schaltet sie aus, damit sein Stern ohne Nebengeflimmer leuchtet. Schafft es am Ende, zu entkommen. Weil er die Taten halbwegs natürlich, wie Unfälle wirken lässt.«

»Mhm. Drei Morde. Eine unauffällige Sepsis wie bei Nala dabei?«

Ihr Kollege schüttelte den Kopf. »Nein. Überhaupt: Inwiefern würde uns das weiterführen?«

»Du hast recht. Ich werde *Die Falle* lesen müssen. Heute Nacht, da habe ich noch nichts anderes vor.« Carmen blickte auf ihr Handy. Leider keine neue Nachricht von Gregor. »Wann hat die Mehlfort den Thriller geschrieben?«, fragte sie. Sie wischte die öligen Finger an der Jeans ab. In der Nachbarwohnung schlug jemand einen Nagel in die Wand, einen Moment später folgten ein Poltern und ein dumpfer Fluch. Matthias blätterte auf die erste Seite zurück.

»Oh, das ist lange her, zehn Jahre.«

»Tja, sie hat sich wohl vom *Hieronymus*-Film für Nennen-wir-ihn-Klaus inspirieren lassen, denn der Streifen ist älter. Das habe ich vorhin recherchiert. Aber es wird ein Muster erkennbar: Die Mehlfort greift etwas auf, was es schon gibt. Damals einen Film für ihr Buch, heute sind es Nachrichtenschnipsel für den Blog. Daraus entstehen ihre Geschichten. Wenn man die Anzahl ihrer Follower betrachtet, ist sie damit sogar erfolgreich.«

Matthias warf das Buch auf den Tisch. Linus griff danach und vertiefte sich sofort darin.

Erfolg hin oder her, irgendetwas stimmt nicht mit ihr.

Carmens Telefon begann zu surren, drehte sich auf der Tischplatte. »Oh, das ist Astrid. Das bedeutet nichts Gutes!« Sie nahm das Gespräch an, lauschte der aufgeregten Stimme der Kollegin. »Verstehe. Mist!« Sie warf das Handy auf den Tisch zurück, wo es bedrohlich nahe an der Tischkante landete, Matthias stoppte es mit dem Knie.

»Vor zwei Stunden wurde eine junge Frau von ihrem Freund vermisst gemeldet. Delia Hoffmann. Sie verschwand nach dem Besuch einer Vernissage am, nun ratet mal?«

»Am 11. März?«, fragte Matthias.

»Exakt.«

Linus hob den Blick vom Buch. »Äh, Mam, sagtest du gerade Delia?«

Augenblicklich hörte sie auf zu kauen, legte den Rest Tomate auf den Teller zurück.

»*CLAVIS*. Vier Spielfiguren sind auf einem hohen Level. Du, Lukas, Delia mit ihrem hübschen Avatar und ein Vangelis. Vangelis. Dieser ausgefallene Name. Ich erinnere mich, dass du ihn erwähntest, als du mir den Ehrenkodex mit den Klarnamen erklärt hast. Bitte schau sofort nach! Was ist mit euren Avataren?«

Linus legte das Buch zur Seite, weckte sein Handy aus dem Stand-by-Modus, wischte eine Weile auf dem Display hin und her. Mit der linken Hand zwirbelte er sein Ponyhaar.

»Mist, das ist jetzt doof. Delia scheint es als Erste auf den höchsten Level oder hinter die Pforte geschafft zu haben. Wir sind nur noch zu dritt: Lukas, Vangelis und ich.«

30

Schrödinger kratzte an dem Dielenboden vor der Tür. Jasmin trat aus der Dusche und rubbelte mit einem Frotteehandtuch ihr Haar trocken. Dabei sah sie durch die geöffnete Badezimmertür den Kater auf dem Flur vor der Wohnungstür kauern. »Schrödinger, was machst du da? Va te faire …« Sie stoppte sich. Was konnte das Tier für ihre katastrophale Laune? Sie ließ das Handtuch sinken und schloss den Bademantelgürtel.

Eigentlich ist Schrödinger hübsch, dachte sie, jedenfalls, wenn man die ständig beleidigte Miene nicht sah. Von hinten betrachtet sah er wie ein Minilöwe aus, volles rot-weiß gemasertes Fell. »Okay, Schrödingerlein, Chéri, komm her«, lockte sie. »Ich schneide dir ein Stück von meinem Putenschnitzel ab. Lecker, lecker.«

Der Kater drehte sich nicht einmal zu ihr um. Er duckte sich und begann geräuschvoll an dem Türblatt zu kratzen.

»Was ist da Wichtiges, dass du Schnitzel verschmähst?« Sie trat näher. Es stand jemand vor der Tür. Sie fühlte die Präsenz, bevor sie Schrödinger mit einem Fuß von der Tür wegschob und einen Blick durch den Spion werfen konnte. Kein Typ im Tauchanzug, sondern in verblichener Jeans und dunkelblauer Daunenjacke. Mit einem Ruck riss sie die Tür auf.

»Pierre, was machst du hier?«, fragte sie und blickte auf die Rose in seiner Hand. »Und was soll der Quatsch mit den Rosen?« Sie merkte, dass heißer Zorn in ihr aufwallte.

Er sah sie verständnislos an. »Mit welchen Rosen?«

Sie deutete auf das Exemplar in seinen Fingern.

»Jasmin, nur der Ordnung halber, okay, dies ist nur eine Rose, ein ziemlich desolates Stück obendrein, und sie lag auf deiner Fußmatte.« Schrödinger rieb seinen Kopf an Pierres Winterstiefeln und schnurrte.

Der elende Schleimer!

Jasmin riss Pierre die Blume aus der Hand. Sie war blutrot, viel dunkler als die Erste. Dieses Mal hatte man ihr nicht nur die grünen Blätter abgezupft, sondern ebenfalls sämtliche Dornen entfernt. So etwas nannte man in der Psychologie wohl Effektsteigerung.

Wer legte ihr die morbiden Botschaften vor die Tür? Wenn es nicht Pierre war?

»Komm rein, du hast recht. Wir müssen reden.«

31

Seit einer geraumen Weile starrte Delia auf das Blatt Papier. Es war keineswegs Nonsens, den die verrückte Schreibmaschine ausgespuckt hatte. Sie erfasste die Systematik sofort. Die Maschine hatte den Text rückwärts geschrieben und auf die Regeln von Groß- und Kleinschreibung ebenso wie auf Orthografie verzichtet.

Delia hob einen Blankobogen vom Stapel neben der Maschine, spannte ihn ein und tippte die Seite richtig herum ab. Von unten nach oben, Wort für Wort rückwärts in umgekehrter Buchstabenfolge. Es war ungewohnt für sie, auf einer mechanischen Schreibmaschine zu schreiben, es brauchte Kraft in den Fingern. Im Stakkato klackerten die Buchstaben auf das Papier auf der Walze. Aber endlich gab es etwas zu tun für sie. Immer schneller tippte sie, den letzten Absatz schrieb sie in einem Tempo, als ob sie einen ganz normalen Text in richtiger Buchstabenreihung abschreiben würde. Sie zog den Bogen aus der Maschine. Endlich ein Hinweis in diesem verrückten Escape-Room. Übersetzt las sich der Text so:

Es existieren zwei Türen in diesem Raum.
Tür eins, dort gibt es deine Leibspeise. Du hast
langsam Hunger?

Dann haben wir Tür zwei. Es ist die vor dir auf dem Bild, dahinter liegt der Weg zum Ausgang – oder in die Ausweglosigkeit. Risiko!

Du darfst wählen:

Tür eins oder Tür zwei?

Das ist ziemlich langweilig, nicht wahr?

Also gestalten wir das Spiel interessanter:

Ein Wahrsager, der dich aus tiefstem Herzen hasst, ahnt, welche Entscheidung du treffen wirst.

Überlege:

Hat er vorausgesehen, dass du die erste Tür wählen wirst, kannst du dich an deiner Leibspeise satt essen, nur die Freiheit rückt in weite Ferne!

Hat er geweissagt, dass du Tür zwei vorziehst, führt der Weg wahrscheinlich in den Tod.

Da die Entscheidung darüber, ob dich hinter der zweiten Tür Ausweg oder Tod erwartet, vor Spielbeginn gefällt wurde, wäre es schlau von dir, Tür eins zu wählen.

Nur, Delia, was, wenn der Wahrsager das vorausgesehen hätte? Dann wäre es klüger, die zweite Tür zu öffnen, weil der Weissager es in jenem Fall so eingerichtet hätte, dass dich dort der Sieg in Form der Freiheit erwarten würde.

Wie entscheidest du dich?

Ach so, ich bin der Wahrsager. Ich weiß, dass du bereits weißt, wo du die Schlüssel für die Türen findest. Selbstverständlich liegst du richtig. Die Buchstaben der Schreibmaschine.

Nun musst du nur noch die erste Tür finden …

181

Der Brief klang in Delias Ohren ekelhaft geschwätzig und eitel. Da schien jemand sehr in sich selbst verliebt. Schon während sie die Sätze abgetippt hatte, wurde ihr klar, wo sich die erste Tür befand. Sie hätte fast geweint vor Scham, denn es war derartig offensichtlich, dass es beleidigend einfach erschien.

Natürlich, die Tür zu dem himmelblau ausgestatteten Badezimmer! Die Tür, die sie als Allererstes entdeckt hatte. Dort musste es eine weitere Tür und ein Schloss geben, das ihr bisher verborgen geblieben war. Etwas ließ sie vermuten, dass es mit dem unpraktisch angebrachten Wasserhahn zu tun hatte.

Essen wurde allmählich immer wichtiger. Sie fühlte ihre Kräfte schwinden. Der Wahrsager behauptete zudem, ihre Leibspeise zu kennen. Die konnte niemand wissen. Seit sie in Hamburg lebte, ernährte sie sich vegan. Nie wieder hatte sie Burgunderbraten mit Farmersalat angerührt. Kein Mensch außer ihr wusste, dass sie in Stresssituationen manchmal schwach wurde.

Ihr Blick fiel auf das Fenster über ihr. Der Wahrsager beobachtete Delia nicht nur in diesem Raum durch das Milchglasfenster wie auf einem Objektträger. Er oder sie, der oder diejenigen, die hinter *CLAVIS* steckten, kannten sie genau.

Nicht zum ersten Mal in letzter Zeit empfand sie das Gefühl, observiert zu werden. Seit einigen Monaten gab es den Stalker. Persönlich begegnet war sie ihm nie, dennoch argwöhnte sie, dass er in ihrer Wohnung ein- und ausgegangen war. Geringfügig veränderte Einzelheiten hatten ihn verraten. Eine Strickarbeit, ein Schal, der über Nacht zehn Zentimeter aufgerippelt worden war, oder eine Bürste lag anderntags verkehrt herum auf dem Waschtisch.

Den größten Schockmoment hatte er ihr beschert, als sie eines Morgens vor dem Badezimmerspiegel stand und bemerkte, dass er ihr nachts eine Stufe in die Haare geschnitten hatte.

Sie tastete nach der Strähne hinter dem Ohr, die beinahe wieder die Ursprungslänge erreicht hatte. Ein frostiges Gefühl überkam sie. Sofort stellte sich die ohnmächtige Wut ein, die zu ihrem ständigen Begleiter geworden war.

Von einem Tag auf den anderen endete der Spuk in ihrer Wohnung. Auf den Tag genau, als sie Ben von Below kennengelernt hatte. Hatte der Stalker deshalb von ihr abgelassen? Reichte ihm das Wissen, dass sie in dem Angstgefühl lebte, er könne, wann es ihm beliebte, wieder auftauchen? Oder, viel entsetzlicher der Gedanke:

War es gar Ben selbst gewesen?!

Sie griff nach der zerknüllten Decke auf der provisorischen Liege und wickelte sich darin ein.

Tür zwei oder Tür eins? Essen oder Risiko? Es gab eine dritte Möglichkeit: Sie könnte die Spielregel brechen. Sich zunächst satt essen und dann versuchen, die zweite Tür zu öffnen. Fatal nur, wenn er auch das vorausgesehen hätte.

Okay, die wichtigste Aufgabe, die es zu lösen galt: Welche Buchstaben sollte sie aus der Schreibmaschinenmechanik als Schlüssel ausklinken?

Welcher Buchstabe stand für welche Tür? Sie rüttelte an dem Stahlstift, der die Zahl »1« abbildete. Er saß fest in der Mechanik. Ebenso wie die »2«.

Natürlich, viel zu einfach.

Abermals beugte sie sich über den Originaltext, der aus der Schreibmaschine gewachsen war. Plötzlich wusste sie es.

Das »N« und das »G«! Deren Anschläge hatten die schwächsten Abdrücke auf dem Papier hinterlassen.

Sie nahm sich etwas Zeit für die Entdeckung, hob die Abdeckung der Schreibmaschine komplett ab, als ob sie das Farbband wechseln wollte. Ohne den geringsten Widerstand ließen sich die beiden Stahlstifte aus der Anschlagmechanik lösen. Darunter entdeckte sie eine kleine Leuchtdiode. Sieh an! Jemand hatte eine Computerplatine unter den Buchstabenstielen befestigt. So also war die Maschine ferngesteuert worden und hatte im richtigen Moment den vorbereiteten Text ausgespuckt.

Sie betrachtete die Stahlstifte in ihrer Hand.

Da waren sie, die beiden Schlüssel.

Welcher für welche Tür?

Höchstwahrscheinlich war es vollkommen egal. Sie warf einen Blick auf das Milchglasfenster über ihr. Ihr Weg wurde von dort oben gesteuert. Intuitiv beschloss sie, das »N« für Tür eins im Bad und das »G« für das Schlüsselloch auf dem Bild mit dem strauchelnden Mann zu wählen.

32

Donnerstag, 14. März

Carmen schreckte aus einem wirren Traum auf. Es kribbelte am ganzen Körper. Ameisen, große, kleine, schwarze, hautfarbene. Überall Formicidae. Sie hatte geträumt, in einem Ameisenstaat gefangen zu sein. Eine Pharaonin auf einem Thron hatte Carmen wie bei der Inquisition Fragen gestellt, die sie nicht beantworten konnte. In der Menschenwelt hätte sie auf jede Einzelne eine Antwort geben können, doch hier schienen andere Gesetze zu gelten. Gleichgültig, was Carmen sagte, die Ameisenpharaonin schüttelte den kahlen Kopf. Die Chitinlinsen der Facettenaugen blitzten im fahlen Dämmerlicht. War sie besonders unzufrieden mit Carmens Entgegnung, ruderten die sechs Arme oder Beine durch die Luft und grimmig blickende Ameisenkrieger hängten ein weiteres Hängeschloss an die rostige Ausgangstür des Thronsaals.

Es dauerte eine Weile, bis Carmen das Grauen abschütteln konnte, von dem sie durch den Traum gepackt worden war.

Sie knipste die Nachttischlampe an. Es war erst halb vier Uhr morgens. Gerade wollte sie die Lampe wieder ausschalten, als ihr Blick auf das Buch neben dem Kopfkissen fiel.

Die Falle.

Eigentlich hatte sie es lesen wollen, doch die Müdigkeit nach der Anstrengung der letzten Tage war stärker gewesen. Sie hatte wahllos einige Kapitel überflogen, bis ihr die Augen zufielen. Ihr Geist hatte nicht die winzigste Einzelheit gespeichert, sie würde das Buch von vorn beginnen müssen. Carmen setzte sich auf, suchte nach der Lesebrille, stopfte zwei dicke Kissen in den Rücken und schlug die erste Buchseite auf, die mit einem Prolog begann.

Drei Dinge sollten Sie über mich wissen:
Ich heiße Klaus. Vielleicht.
Ich liebe mein Chamäleon Ready. Vielleicht.
Ich habe Zwänge und ich spreche nicht immer die Wahrheit. Das ist sicher.
Sie haben aufgepasst, oder? Das waren nämlich vier Informationen.
Ich vertraue Ihnen noch etwas an: Ohne Ready kann ich nicht leben. Trotzdem und trotz meines Intelligenzquotienten, der über einhundertfünfzig liegt, muss ich Dinge tun, die – nun ja.
Fünf, sechs und sieben. Plus die Infos, die Sie zwischen den Zeilen lesen.

Einen unaufklärbaren Mord zu begehen, ist das Ziel eines jeden Mörders. Eines Killers, der diesen Titel verdient. Damit meine ich nicht die armen Kretins, die Affekttaten oder Beziehungstaten verüben. Die fliegen immer auf. Denn Erstere planen nicht und Letztere sind, selbst wenn sie einen Plan aushecken, über die Beziehungsdichte zum Opfer, vor allem über ihre frische Wut, die

die Motivlage wie auf eine unberührte Leinwand malt, zu ermitteln.

Schwachköpfe allesamt!

Aber was ist mit uns? Den unter zwei Prozent der Urheber jener Fälle, die niemals aufgeklärt werden? Uns, denen der Intellekt gegeben ist, nicht nur um drei, sondern um dreihundert Ecken weiterzudenken? Uns, die wir die Geduld haben, Jahre oder Jahrzehnte zu warten, bis wir Rache kalt genießen können?

Ich sehe schon, ich habe Sie. Aber ich muss jetzt los. Einen Mord begehen. Ich stehe auf dem Flur, nehme die Autoschlüssel in die Hand, doch ich kehre zurück ins Wohnzimmer. Ich möchte mein Ritual ausführen, sonst bringt der Tritt über die Türschwelle Unglück. Mit einer Zange, die griffbereit liegt, zwicke ich Ready in den Schwanz. Er verändert sofort die Farbe, ich freue mich, wie er rot vor Wut wird.

So wie ich vor vielen Jahren rotsah.

Carmen stopfte sich ein weiteres Kissen in den Rücken. Der Protagonist Klaus war alles andere als ein sympathischer Zeitgenosse. Dennoch entfaltete der Plot einen eigenartigen Sog, zog den Leser subtil immer tiefer in dessen verschrobene Gedankenwelt. Als Carmen das nächste Mal auf die Uhr sah, war es bereits halb sieben, es begann zu dämmern. Sie klappte das Buch zu.

Nach einer ausgiebigen Dusche wickelte sie sich in ein Badelaken und brühte in der Küche zwei Tassen Cappuccino mit dem neuen Kaffeevollautomaten auf. Während sie einen Becher zum Abkühlen auf die Fensterbank stellte, schlürfte sie von dem anderen den Milchschaum. In der Wohnung war alles still, Linus schien noch zu schlafen.

Sie genoss die Ruhe des Morgens, tauschte im Bad schnell das Handtuch gegen einen Bademantel und legte am Küchentisch die Beine auf den Stuhl gegenüber. Auf einem Notizzettel neben dem Kaffeebecher überlegte sie die nächsten Schritte.

1. Delia Hoffmann: Ihren Freund aufsuchen, der sie vermisst gemeldet hat; Informationen über ihr Verschwinden einholen. Außerdem Delias Spielgeschichte, Verschwinden ihres Avatars bei *CLAVIS* klären.

2. Schickedanz: Hatte er für den neuen Escape-Room *Galerie CLAVIS* eine Einweihungsparty am 11. März in seinen Escape-Räumen (oder woanders) veranstaltet? Gästeliste?

3. *Hanseatic Filmstudios:* Haben die vor der Insolvenz außer dem erfrorenen jungen Mann in Schickedanz' Gerichtsmedizin-Escape-Room auch den Kehlschnitt- und Bushaltestellendummy verkauft? Wenn ja, an wen?

Während der Toaster zwei Scheiben Weißbrot röstete, verteilte sie per Telefon weitere Aufträge an ihr Team. Delias Freund würde sie mit Matthias selbst aufsuchen.

Zum Schluss notierte sie mit geschwungenen Buchstaben den Namen Jasmin Mehlfort auf der Seite. Sie versuchte, die Schreibschrift des Autorennamens auf dem Buch *Die Falle* nachzuahmen. Flüssig glitt ihr Kugelschreiber über das Papier. Sie zog jedes einzelne Schriftzeichen nach, verstärkte die Unterlinien.

Wer war Jasmin Mehlfort, warum fanden sie so viele Hinweise auf sie und was war los mit der Frau? Hatte Matthias recht, und Jasmin befand sich in Gefahr?

33

Sie hatte sich fest vorgenommen, diese Nacht keine Minute zu schlafen. Sarah hatte ihr Bettzeug aus dem Schlafzimmer geholt und auf dem Sofa ausgebreitet. Anschließend eine Thermoskanne mit starkem Kaffee gefüllt und auf den Tisch neben die Couch gestellt. Eine Weile hatte sie durch das Fenster zugeschaut, wie sich Dunkelheit tiefer und tiefer sowohl über die Platanen als auch die Hollywoodschaukel nebenan senkte. Aber dann hatte sie noch etwas anderes getan. Es hatte einiger Vorbereitungen bedurft. Zunächst hatte sie die rote Mappe aus der Küche geholt und darin geblättert. Anschließend war sie unruhig im Flur hin und her getigert.

Sollte sie, sollte sie nicht? Konnte sie überhaupt? Sie hatte einen Tee gekocht, ihn in kleinen Schlucken im Stehen getrunken. Ja, einen Versuch war es wert. Sie war zur Haustür gelaufen, hatte einen Strickschal um den Hals geschlungen, war in eine Jacke geschlüpft, die ebenso wie der Schal seit Jahren unbenutzt an einem Garderobenhaken im Vestibül hing. Ihr Blick war auf den halbblinden Spiegel neben der Garderobe gefallen.

Ihr Haarpony war ihr wirklich deutlich zu kurz geraten!

Auf dem Schuhschrank hatte sie eine verfilzte rote Strickmütze mit zwei Bommeln gefunden, die sie über den

Kopf stülpte und bis zu den Augenbrauen herunterzog. Besser so, hatte sie befunden, als sie erneut in den Spiegel sah. Dann hatte sie den Schlüssel im Schloss gedreht und die Haustür aufgeschlossen. In dem Moment, als sie die Tür öffnete und der kalte Wind ihr ins Gesicht blies, war es mit dem kühnen Plan vorbei gewesen.

Tür zu!

Das Geräusch hallte durch das ganze Haus bis zum Boden hinauf und klang in ihrem Kopf nach. Mit klopfendem Herzen stand sie im Flur, mit dem Rücken an das Türblatt gelehnt. Der Schal kratzte, langsam wickelte sie ihn vom Hals.

Niemals würde sie es schaffen!

Aber es wäre unmöglich herauszufinden, ob das Paket im Schutz der Dunkelheit abgeholt oder – und das hielt sie für wahrscheinlicher – ins Nachbarhaus hereingeholt würde, wenn sie die Mission nicht durchführte. Sie schlich zurück in die Küche und goss einen frischen Tee auf. Im Wohnzimmer stand sie lange vor dem Fenster, beobachtete die Skalare, die im beleuchteten Aquarium träge hin und her schwammen. Ihre Finger spielten mit den Bommeln an der Mütze. Sie blickte in den Teebecher. Leer. Sie stellte ihn auf der Plastikabdeckung des Aquariums ab, ging wie in Zeitlupe in die Diele. Die Jacke lag am Boden, wo sie sie hatte fallen lassen. Sarah hob sie auf, schlüpfte in die Ärmel, band den Schal um. Der Schlüssel steckte noch im Schloss, sie zog ihn ab und öffnete die Tür, trat hinaus auf den Treppenabsatz, setzte einen Fuß vor den anderen. Ihr war bewusst, dass sie etwas tat, das für gesunde Menschen vollkommen normal war, sie jedoch seit Jahren nicht gewagt hatte. Einen Schritt nach dem anderen, hämmerte eine Stimme in ihrem Hirn. Einen und noch einen. Es gelang. Sarah ging die Auffahrt hinunter, drückte die Gartenpforte auf, trat auf den Fußweg. Dort blieb sie stehen. Ungefähr dreißig Meter musste sie zurücklegen, dann stand sie vor dem Steintor der

Nachbarvilla. Am liebsten wäre sie umgekehrt. Das Holzblatt hing lose in den Angeln, die wie gemarterte Seelen aufstöhnten, als sie die Tür aufschob. Tiefschwarz lag der Weg vor ihr, schlängelte sich von Dornengestrüpp überwuchert zum Haus hinauf. Mächtig thronte die Villa auf einer kleinen Anhöhe, das löchrige Dach stolz in den Nachthimmel gereckt. Im Geäst einer meterhohen Tanne schrie ein Nachtvogel, das Geräusch seiner flatternden Flügel ließ Sarah schaudern. Vögel hatte sie nie gemocht, wegen der wimpernlosen kalten Augen und dieses gespenstischen Flattergeräusches. Das Herz klopfte ihr bis zum Hals. Nach Hause!, schrien alle Stimmen in ihr.

Schritt für Schritt ging sie auf das Eingangsportal zu. Die Kellerkasematten, die sie als Kind magisch angezogen hatten und die wisperten: »Sarah, komm her, schau, was in diesem Haus geschieht«, hatte sie keines Blicks gewürdigt. Früher hatte es vor den Kasematten Blumenbeete gegeben. Sie schloss die Augen, roch den Duft, als stünden sie noch dort: giftige Akelei und verschwenderisch blühender Phlox. Heute schufen zentimeterhohes Laub und tote Äste Lebensraum für dunkles Getier. Der Wind fuhr durch die Bäume, im Gebüsch knackte etwas. Ein Vogel mit einem abgeknickten Flügel. Auch kein glückliches Wesen, dachte sie, als sie ihn davonhüpfen sah. Mit aller Kraft konzentrierte sie sich auf ihre Aufgabe. Es gelang ihr, den Fokus auf ein einziges Ding zu richten. Den Lichtschalter neben der Eingangstür.

Wenn sie recht hatte, sofern sie den Taucher und den Clown wirklich gesehen hatte und es keine Hirngespinste waren, wie Jasmin behauptete, dann musste es gegen die Logik in der verlassenen Villa Strom geben.

Ihr Fuß betrat die Steinstufen, die zur Haustür hinaufführten. Beinahe wäre sie auf einem Placken aus glitschigem Moos ausgerutscht. Im letzten Moment hielt sie sich an einem rostzerfressenen Eisengeländer fest. Ihre Hand zitterte, als sie den Lichtschalter berührte. Von der kurzen Zeit in der Kälte waren die Finger klamm und steif. Mit der Faust schlug sie auf den Schalter, das mit Spinnennetzen behangene Deckenlicht im Portal erstrahlte. Sie nahm die Hände vor die Augen, das plötzliche Aufflammen in der Dunkelheit schmerzte. Nach einem Moment blinzelte sie durch die Finger.

Auf der Fußmatte vor der Eingangstür stand das Paket mit den Haaren und Glasaugen. Unversehrt, wie Jasmin es dort abgestellt hatte. Hinter ihm klapperte eine blecherne Katzenklappe in rostigen Halterungen. Da sie von ihrem Ausguck auf dem Sofa das Eingangsportal nicht einsehen konnte, stellte sie das Paket auf einen Mauersims. Auf den Ziegeln lag eine teils hellgrüne, teils durchsichtige Plastikhülse. Komisch, dachte Sarah, als sie das Ding näher betrachtete, was soll das bedeuten? Sie ließ es in die Hosentasche gleiten und schob das Paket gut sichtbar in die Mitte der Mauer.

So konnte ihr nichts entgehen!

Beschwingt trat sie den Weg zurück zu ihrem Haus an. Kurz vor dem Gartentor fiel ihr etwas ein. Etwas, das sie einmal beobachtet, jedoch längst vergessen hatte, an das sie erst jetzt auf dem Gartenweg wieder erinnert wurde.

Ob der Schlüssel für die Villa wie zu Zeiten ihrer Kindheit in dem Kissenbezug der Hollywoodschaukel versteckt war? Tatsächlich dachte sie darüber nach, sich durch das Gehölz zu kämpfen und nachzusehen.

Nun, letztlich ist es egal, ob das Versteck die Jahre überdauert hatte, entschied sie. Selbst wenn, sie würde sich niemals trauen, das Haus zu betreten.

Zu Hause angekommen, hängte sie die Jacke, den Schal und die Mütze an die Garderobenhaken. So mussten sich Forscher fühlen, die von einer wochenlangen Grönlandexpedition zurückkehrten und die Arbeitskleidung ablegten. Erleichtert und beschwingt. Sie kuschelte sich im Sitzen in ihr Bettzeug ein. Dabei überlegte sie, welches neue Symbol sie für ihre persönliche Expedition an diesem herausragenden Tag für den Wandkalender wählen konnte. Einen Kreis? Ein Dreieck? Oder wie die besseren Tage bisher einfach durchgestrichen, jedoch in einer alternativen Farbe? Vielleicht fand sie im Keller in der Geschenkpapierkiste schöne Aufkleber? Der Kaffee in der Thermoskanne auf dem Couchtisch war noch warm. Nun hieß es wach bleiben und abwarten.

Alles umsonst, dachte sie wenige Stunden später. Grässliche Bilder hatten sie aus unruhigem Halbschlaf geweckt. Eine Weile verfolgte sie den Film in luzidem Dämmern. Wenn dies ein Traum war, dann spielte das Kind, das sie vor Jahren in dem Keller nebenan beobachtet hatte, eine Rolle darin. Es weinte nicht mehr, es hatte sich aus dem Keller befreit und schien auf der Hollywoodschaukel etwas zu suchen. Der Taucher erschien am Eingangsportal der Villa mit einem Paket in der Hand. Das Kind blickte sich in Panik um. Es griff nach einem der stockfleckigen Sitzkissen, riss es auf, durchwühlte das schimmelige Schaumgummi, zog ein langes Stück Schnur daraus hervor. Dann warf es das Kissen in hohem Bogen fort. Es landete mit einem lauten *Plopp* neben dem Sofa.

Sarah öffnete die Augen, ihr Kopfkissen war auf den Boden gerutscht. Der Wecker auf dem Tisch zeigte drei Uhr dreißig an.

Verflucht!

Das Aquariumlicht war längst erloschen. Dennoch waberten grünliche Wellen über die Zimmerdecke, denn Sarah hatte die Leuchte an der Aquariumseite angelassen, um auf jeden Fall wach zu bleiben. Während des Nachdenkens über die neue Symbolik für den Wandkalender musste sie weggedämmert sein. Sie richtete sich auf, langsam wich die Benommenheit, aber Tränen brannten in ihren Augen vor Enttäuschung über sich selbst. Mindestens zwei Stunden hatte sie geschlafen. Nebenan auf dem Grundstück der Nachbarvilla war alles dunkel.

War alles dunkel!

Sie tupfte die Augen ab, schälte sich aus der Decke und trat an das Fenster.

Tatsächlich.

Jemand hatte das Licht im Eingangsportal gelöscht. Es war viel zu finster, um zu erkennen, ob das Paket noch auf dem Sims stand. Die folgenden drei Stunden rührte Sarah sich nicht vom Fleck. Wie eine Statue stand sie da, nur ihre Finger spielten eine Weile mit der Plastikhülse in ihrer Hosentasche. Um sechs Uhr sprang die Aquariumbeleuchtung an. Im Augenwinkel bemerkte Sarah einen toten Skalar auf der Wasseroberfläche treiben, eines der großen Exemplare mit schön gezeichneten Linien. Sie wandte keinen Blick von dem Eingangsbereich der Nachbarvilla. Schließlich kurz vor halb sieben Uhr schälte sich der Sims aus der grauen Morgendämmerung. Erst traute sie ihren Augen nicht. Das Paket war verschwunden. Quälend langsam fügte sich der nächste Gedanke an diese Erkenntnis: Das konnte nur bedeuten, dass in den Stunden zwischen ungefähr ein Uhr und drei Uhr dreißig, als sie geschlafen hatte, jemand dort gewesen war. Der Taucher. Oder jemand, der wie Sarah von dem Taucher wusste.

34

Jasmin rekelte sich wohlig im Bett. Das Wasser der Dusche im angeschlossenen Badezimmer rauschte. Sie benötigte einen Moment, um sich zurechtzufinden. Pierre. Ihre Hand tastete zur linken Bettseite. Die Decke fühlte sich warm an. Sie zog sie zu sich heran, es roch nach der holzigen Note von seinem Aftershave und nach Sex.

Scheiß auf das Theater am Institut, das du höchstwahrscheinlich ihm zu verdanken hast. Scheiß auf den Ausrutscher mit Nala, raunte eine Stimme, die sich bevorzugt in Situationen dieser Art in ihrem Kopf meldete. In Augenblicken, in denen sie einmal nicht dem Verstand, sondern behaglichen Gefühlen folgte. So wie letzte Nacht.

Nichts habt ihr geklärt, rein gar nichts!, flüsterte die Vernunft in ihr weiter.

Stattdessen hast du ihn verführt. Aus purem Egoismus und Gefallsucht.

Irgendwann bricht dir deine Eitelkeit das Genick!

Sie suchte eine bequeme Stellung im Bett, ohne Pierres Decke loslassen zu müssen, und begann, den Abend Revue passieren zu lassen. Nicht nur, dass sie nichts geklärt hatten, weder zu ihrer Beurlaubung im Institut noch zu seiner Beziehung zu

Nala. Nein, sie erinnerte sich dunkel, dass sie mehrfach irritiert über Pierres intensive Fragen zu ihrem Krimiblog gewesen war. Zu geschmeichelt darüber, dass er ihn verfolgte, hatte sie munter draufloserzählt, auch von Kowalla.

»Ist das nicht ziemlich unheimlich, dass du Tipps von jemandem erhältst, der möglicherweise etwas mit Nalas Tod zu tun hat?«, hatte Pierre, den Kopf auf seinen Unterarm gestützt, gefragt.

»Nein«, hatte sie geantwortet und die Anerkennung in seinem Blick genossen, »im Gegenteil, ich finde es aufregend.«

Sie hatten im Verlauf des Abends viel gelacht, Pierre hatte irgendwann eine zweite Weinflasche aus der Küche geholt und entkorkt. Der Wein wirkte stärker als sonst, so kam es ihr vor, denn an Einzelheiten der weiteren Unterhaltung konnte sie sich kaum noch erinnern. Aber es war harmonisch gewesen, außerordentlich harmonisch.

So nahm der Abend seinen Lauf. Schrödinger hatte es sich zwischen ihnen in einer Mulde auf dem Sofa gemütlich gemacht. Bis Jasmin ihn auf den Boden gesetzt hatte und der Kater mit beleidigter Miene in die Küche stolziert war. Und dann … ja dann … Sehr viel hatte sie nicht mehr tun müssen. Ein Blick, eine Bewegung, eines ergab sich aus dem anderen.

Es wäre sowieso geschehen, es war nur eine Frage der Zeit gewesen!

Das Rauschen der Dusche nebenan verstummte. Jasmin sah vor ihrem inneren Auge, wie Pierre nach irgendeinem Badelaken in Reichweite griff, sich abtrocknete und es fallen ließ. Das hatte sie immer schon gehasst – einem erwachsenen Mann hinterherzuräumen und dass er nie zwischen seinen und ihren Handtüchern unterschied.

Dennoch, seine Schlampigkeit sollte ihr die gute Stimmung an diesem Morgen nicht verderben. Mit einer Hand tastete sie nach der Unterwäsche vor dem Bett. Im Bad wurde der Föhn angestellt. Ein Blick auf die Uhr verriet ihr, dass es kurz vor halb acht war. Auf dem Nachtschrank vibrierte ihr Handy. O nein, nicht jetzt! Ignorieren! Doch es war zu spät. Sie hatte bereits auf das Display gesehen. Es gab nur einen Menschen auf der Welt, der ihr so irrsinnig auf den Wecker fiel, dessen Anrufe sie aber selbst noch in der Vorhölle angenommen hätte: Sarah.

»Sarah, es ist früh am Morgen, was ist los?« Sie lauschte eine Weile der aufgeregten Stimme ihrer Schwester.

»Moment, Moment. Bitte ganz ruhig.« Mit einer Hand versuchte Jasmin den Slip überzustreifen, während sie mit der anderen das Telefon an ihr Ohr presste.

»Okay, okay. Du hast wieder wild geträumt. Ein Fisch, dein schönster Skalar ist tot. Ein Kind mit einer Schnur und der Taucher waren da, dafür ist das Paket weg. Außerdem hast du die Polizei angerufen, die wollten jedoch nicht kommen.«

Na so was aber auch! Merkwürdigerweise sieht die Polizei keinen Handlungsbedarf wegen toter Aquariumsfische!

Oder weil ein ebenso toter Nachbar im Taucheranzug, der sich Perücken, hautkrebsbefallene Handschuhe und Glasaugen schicken lässt, zu nachtschlafender Zeit eine Paketsendung ins Haus holt?

Fast hätte sie laut losgelacht.

Verrückte Familienmitglieder und herrenlose Pakete: Zu Risiken und Nebenwirkungen fragen Sie bitte Ihren Arzt oder Apotheker.

Sie hatte die Unterhose verkehrt herum angezogen, nicht nur mit dem Vorderteil nach hinten, sondern obendrein auf links gedreht: Die Sechzig-Grad-Waschempfehlung hing wie eine schlaffe Fahne unter ihrem Bauchnabel. Jasmin zog das Höschen wieder herab und strampelte es mit den Beinen ab. Sie unterbrach Sarahs Redeschwall. »Moment, Moment. Noch einmal von vorn. Woher willst du überhaupt wissen, dass das Paket weg ist? Ich habe es vor die Tür auf die Fußmatte gestellt, das kannst du unmöglich von deinem Sofa aus sehen.« Sie versuchte den Slip mit der linken Hand umzukrempeln, schlug ihn gegen die Bettkante. »Hallo? Sarah, bist du noch da?«

Einen Augenblick später begriff sie. »Nein. Das gibt es nicht! Du bist drüben gewesen?« Am anderen Ende blieb es immer noch still.

Also war das Paket wirklich weg. Derjenige, der diesen Mist bestellt hatte, war erschienen und hatte es abgeholt. Eigentlich clever, sich Dinge an eine Adresse schicken zu lassen, an der niemand wohnte. Jedenfalls, sofern man gern inkognito blieb. Oft legten Boten Sendungen vor die Tür, wenn sie den Bewohner oder Nachbarn nicht antrafen. Sie vernahm ein unterdrücktes Schluchzen. Sarah hatte zu weinen begonnen. Jasmin warf die Bettdecke auf den Boden. »Sarah, es ist nur ein Paket, beruhige dich. Ich ziehe mich rasch an. In einer halben Stunde bin ich bei dir.«

35

Delia hatte nach der Entdeckung der beiden Buchstaben »N« und »G« eine Weile verstreichen lassen. Obwohl sie vor Hunger und der Aussicht, sofort etwas essen zu können, kaum noch klar denken konnte. Immer wieder studierte sie den Text der wahnsinnigen Schreibmaschine vorwärts wie rückwärts. Unablässig suchte sie nach neuen Mustern, doch sie fand keine weitere Botschaft. In dem Badezimmer untersuchte sie den unpraktischen Wasserhahn. An der linken Seite der Mechanik schaute ein kleiner Metallstift hervor. Vorsichtig berührte sie ihn, drückte ihn nach links, nach rechts, nichts geschah. Aber er gehörte dort nicht hin, wenn er keinerlei Funktion hatte. Sie setzte sich auf die Klobrille und dachte nach. Sollte sie vielleicht doch lieber versuchen, die gemalte Tür auf dem Kellerbild zu öffnen? Ein Geräusch ließ sie innehalten. Ein kurzes *hack*. Sie blickte auf. Die Schreibmaschine. Schwerfällig erhob sie sich, trat zu dem Tisch. Sie roch frische Partikel des Farbbands in der Luft. Hatte die Maschine eben einen Buchstaben angeschlagen?

Da sie kein neues Papier eingespannt hatte, nachdem sie den irren Text übersetzt hatte, konnte sie es nicht erkennen. Druckerschwärze auf schwarzer Walze. Vorsichtig strich sie mit dem Daumen über die Beschichtung, die Rillen auf der

Fingerkuppe färbten sich dunkel. Warum sie nun tat, was sie tat, hätte sie niemandem logisch erklären können. Sie nahm die Schreibmaschine, einen Bogen Papier, spannte ihn ein und trug beides ins Bad. Die Maschine stellte sie in die abgerundete Duschwanne. Dann widmete sie sich wieder dem kleinen Metallstift am Wasserhahn. Mit zwei Fingern zog sie daran. Es machte *klick*, der Stift rutschte aus seiner Verankerung. Die Armatur ließ sich komplett aus einem Gewinde herausdrehen. Darunter wurde ein weiterer Mechanismus sichtbar. Delia nahm den Stahlstift mit dem »N« zur Hand, sie konnte ihn mühelos in die Mechanik hineinschieben. Mit einem Ruck rastete etwas ein, aber nichts passierte. Es ist ein Schlüssel, dachte sie, und den muss man üblicherweise drehen.

Delia blickte auf den anderen Schlüssel, das »G«. Vielleicht doch lieber Risiko? Die Schreibmaschine in der Duschwanne schwieg, der weiße Bogen auf der Walze gab keine Antwort.

Der erste Gedanke ist meist der beste. Sie drehte den Schlüssel mit dem Buchstaben »N«. Die Schiebetür hinter ihr glitt mit einem leisen Surren zu. Erschrocken hielt sie sich am Waschbecken fest. Die Galerie war verschwunden, die Gemälde, die ihr Gesellschaft geleistet hatten, waren alle weg. Auch der strauchelnde Mann auf der Kellertreppe. Delia betrachtete den nutzlosen Buchstaben »G«, den sie immer noch in der Hand hielt. Die Option, die Kellertreppentür auf dem Bild zu öffnen, war nun verstellt.

Plötzlich ertönte ein Surren neben der Dusche. Die kahle Stirnwand des Badezimmers glitt zur Seite und gab einen Ausgang frei. Sie sah zunächst in einen Vorraum, wie ihr einen Moment später klar wurde, denn der Hintergrund wurde von einem roten Theatervorhang im Verborgenen gehalten. Sie traute ihren Sinnen nicht. Es roch nach Essen, nach Fleisch, feinstem Burgunderbraten. Ihr lief das Wasser im Mund zusammen. Direkt vor ihr stand ein festlich geschmückter Tisch. Er war rund, bedeckt mit einem Damasttischtuch. Ein fünfarmiger Kerzenleuchter warf gelblichen Schein in den Raum. Das Licht seiner flackernden LED-Kerzen wurde von mannshohen Spiegeln links und rechts in die Unendlichkeit gespiegelt. Es gab zwei Sitzgelegenheiten, doch nur ein Platz war gedeckt, der Stuhl davor einladend zur Seite gedreht. Sie musste nur einen Schritt tun und Platz nehmen. Ihr Blick wanderte über einen Teller mit einer Silberglocke, edles Silberbesteck, ein Weinglas, in dem eine rötliche Flüssigkeit schwappte. Auf dem Glasrand hatte sich eine Fliege niedergelassen. Wenigstens bin ich jetzt nicht mehr ganz allein hier, dachte sie.

Delia trat aus dem Badezimmer, setzte sich an den gedeckten Tisch, nahm die weiße Serviette aus dem Serviettenring und breitete sie über den Schoß. Die Spiegel links und rechts warfen tausende Delias hin und her. Eine Weile beobachtete sie sich, folgte ihren Kopfbewegungen. Hin und her. Ihr Haar schwang bei jeder Bewegung nach. Ein Geräusch hinter ihr ließ ihren Kopf herumfahren. Ein kurzes *hack*. Es kam aus dem Bad.

Die Schreibmaschine?

Delia stand auf, beugte sich über die Duschwanne. Wieder roch es, als ob ein Buchstabe das Farbband angeschlagen hätte. Sie nahm die Schreibmaschine hoch und trug sie zum Tisch, beglückwünschte sich selbst, dass sie nach dem letzten *hack* vorhin einen Bogen eingespannt hatte. Vorsichtig drehte sie die Walze eine halbe Umdrehung, sodass sie sehen konnte, was die Maschine getippt hatte. Tatsächlich stand ein Buchstabe auf dem blütenweißen Papier. Ein »X«. Delia setzte die Maschine auf den zweiten Stuhl, schob ihn heran, als ob sie sich um eine liebe Freundin kümmerte.

Falls du weiter mit mir sprechen willst, nur zu! Aber jetzt esse ich erst einmal.

Dasselbe schien die Fliege zu denken. Sie umschwirrte Delias Kopf, ließ sich auf der Tischdecke nieder, lief hin und her. Schon bevor Delia die Glocke von dem Teller hob, wusste sie, was darunter sein würde. Natürlich wirklich ihre ehemalige Leibspeise. Zwar wäre die Wärmeglocke nicht nötig gewesen, denn der Braten war kalt. Ein dunkles Gefühl stieg in ihr hoch. Woher wusste *CLAVIS* so viel über sie? Wie war es möglich, dass hier ein Teller Burgunderbraten mit Farmersalat auf dem Tisch stand? Vegan hin oder her, egal. Sie griff nach dem Besteck, schnitt ein Stück Fleisch ab, legte etwas Salat auf die Gabel und führte sie zum Mund. Sie kaute langsam, weil sie sich aus der Zeit ihrer Magersucht daran erinnerte, was passierte, wenn sie den entwöhnten Magen schlagartig vollstopfte. *CLAVIS* beziehungsweise dessen irrer Wahrsager wusste ebenfalls, dass sie zugreifen würde. Ihr Blick wanderte an die Decke. Auch in diesem Raum gab es ein Milchglasfenster. Sie meinte, einen Schatten dort oben wahrzunehmen. Sie wurde weiterhin beobachtet. In ihr kämpfte zehrender Hunger mit dem unheimlichen Gefühl, dass es sich bei dem Essen um eine Henkersmahlzeit handeln könnte.

36

Auf dem endlos lang wirkenden Flur im Präsidium traf Carmen auf Astrid, die ungewöhnlich blass aussah.

»Schlecht geschlafen?«, fragte Carmen die Kollegin, hakte sie unter. »Komm, ich gebe Frühstück und einen Kaffee aus.«

In der Kantine war um diese Zeit noch nicht viel los, sie hatten eine kleine Ecke am Fenster ergattert und blickten in den trüben Märzmorgen.

Astrid zerkrümelte ihr Franzbrötchen auf dem Teller. »Ich habe mir *Die Falle* als eBook besorgt und heute Nacht gelesen.«

»Oh«, sagte Carmen, »da hatten wir die gleiche Idee. Ich habe es morgens um halb vier angefangen, nachdem ich gestern Abend ein paar Kapitel quergelesen hatte.«

»Nun, ich hab's durch, ich konnte es nicht mehr weglegen. Nennen-wir-ihn-Klaus treibt ein durchdachtes, perfides Spiel. Nicht nur mit seinen drei Opfern, sondern vor allem mit den Lesern. Allein diese grässliche Ameisenszene …«

Carmen hielt im Kauen inne. »Äh, sorry, sagtest du gerade Ameisen?«

Sie dachte an den Traum am Morgen. Also hatte ihr Unterbewusstsein doch Informationen aus den quergelesenen

Seiten abgespeichert, als sie *Die Falle* vor dem Einschlafen durchgeblättert hatte.

»Mhm. Mir juckt es noch immer überall.« Astrid wischte sich über die Unterarme. »Dazu fiel mir natürlich sofort unser Ameisenforscher ein. Pierre ten Have.«

»Das mit den Ameisen muss Zufall sein. Das Buch ist zehn Jahre alt.«

»Kismet, ja klar. Vor zehn Jahren lebte ten Have noch gar nicht in Hamburg. Das habe ich recherchiert. Da hat er gerade das Abitur gemacht. In München. Spät, spät, mit Anfang zwanzig erst. Anschließend fing er dort ein Bioinformatikstudium an.«

»Vielleicht hat er damals *Die Falle* gelesen und die Lektüre brachte ihn auf die Idee, sich auf Ameisen zu spezialisieren oder sich gar mit der Autorin zu beschäftigen?« Einen Moment später schüttelte Carmen den Kopf. »Nein, das ist absoluter Quatsch. Das ist so unwahrscheinlich, dass seine Liebe zu den Viechern nur Zufall sein kann.«

Ihr Kaffee war mittlerweile abgekühlt, sie schob ihn weg. Allerdings, überlegte sie weiter, menschliche Gehirne waren darauf ausgelegt, Mehrdeutigkeiten aufzulösen und sich auf eine wahrscheinliche Variante festzulegen. Zu Zeiten der Säbelzahntiger bedeutete dies einen evolutionären Überlebensvorteil. Heutzutage, ohne die reale Bedrohung durch Großkatzen, bestand die Gefahr, dass man einen Gedanken von vornherein ausschloss, nur weil er im ersten Moment unwahrscheinlich klang.

Am Eingang der Kantine entstand ein kurzer Tumult. Kollegen von der Sitte trugen eine Geburtstagstorte mit einem halb nackten Tangotänzerpaar aus Marzipan herein, was allseits gebührend bewundert wurde.

»Kennst du den Film *The Game* mit Michael Douglas?«, begann Astrid. »Der Protagonist Nicholas van Orten soll mithilfe eines Spiels auf die harte Tour lernen, dass er sich in ein Arschloch verwandelt hat.«

Carmen spann den Gedanken halblaut weiter: »Mhm, Nicholas van Orten erhält einen Denkzettel mithilfe eines Spiels, in dem künstlich lebensbedrohliche Szenen geschaffen werden.«

»Genau«, bestätigte Astrid. »Auf dem Weg hierher habe ich über konstruierte Situationen nachgedacht. Ausgehend von *The Game* fiel mir ein alter Mordfall aus meiner Ausbildungszeit ein.«

Die Kollegen von der Sitte hatten sich an zwei Tischen schräg vor ihnen verteilt und warteten auf das Geburtstagskind.

»Erzähl, ich bin gespannt. Magst du noch einen Kaffee?« Carmen hatte sich halb erhoben, doch ihre Kollegin winkte ab.

»Also: Ein schwer psychisch gestörter Typ namens Marinko Z. wollte sich an seiner Ex-Freundin Madeleine rächen.«

Das Geburtstagskind, ein junger Polizeianwärter mit dunklem Bartflaum auf der Oberlippe, erschien im Türrahmen. Die Gruppe am Tisch stimmte ein schräges »Happy Birthday« an. Einen Moment sahen die Kolleginnen dem Treiben zu, dann wandte Astrid sich wieder Carmen zu. »Er lockte sie in eine komplizierte Falle, brachte ihre Schwester um und schaffte es, dass Madeleine unter Mordverdacht geriet.«

»Er brachte eine unbeteiligte Angehörige um, nur um sie in Schwierigkeiten zu bringen? Das ist abartig.«

Am Nachbartisch wurde eine Sektflasche mit lautem Knall geöffnet, der Korken flog durch den Raum, landete vor Astrids Füßen. Sie hob ihn auf und drehte ihn in den Fingern.

»In der Tat. Ein halbes Jahr später brachte er Madeleine auf die gleiche Weise um. In den Vernehmungen später gab er an, dass der Mord an Madeleine nicht halb so viel Spaß gemacht hätte wie das *Spiel*, das er vorher mit ihr getrieben hatte.«

»Ich glaube, ich verstehe, worauf du hinauswillst. Der Hauptprotagonist Nennen-wir-ihn-Klaus von Jasmin Mehlfort folgt mit seinen Morden, soweit ich das Buch bisher verstehe, einem ähnlichen Muster. Er will zunächst wachrütteln und dann tödliche Rache nehmen.«

Zwei Teilnehmer der Geburtstagsrunde am Nebentisch wurden von der Notrufzentrale über Funk zu einem Einsatz gerufen. Sie verabschiedeten sich widerwillig.

»Genau.« Astrid lehnte sich auf dem Stuhl zurück und legte den Korken aus der Hand. Er trudelte in die Mitte des Tisches.

»Vielleicht ebenso wie derjenige, der die Choreografie schreibt in unserem Fall mit der toten Nala Averhoff? Die künstlichen Leichen, präsentiert auf dem See und an der Bushaltestelle, der kuriose Hinweis auf das Buch. Ging es bei dem Mord um die Person Nala oder war sie Mittel zum Zweck, so schlimm das auch klingt? Das Spiel, das dieser Mensch spielt, ist jedenfalls komplex.«

Sie wechselten einen Blick und nickten im gleichen Rhythmus. Irgendwann seufzte Carmen, sah auf die Uhr und erhob sich. »Hochkomplex und hochgradig gestört. Nebenbei, ich konnte es doch nicht lassen, der Abteilung nutzlosem Wissen die Bedeutung der von dir erwähnten Omphalophobie hinzuzufügen.«

Astrid stand ebenfalls auf. »Krass, oder? Es übersteigt meine Vorstellungskraft. Wie kann ein Mensch Angst vor Bauchnabeln haben?!«

37

Das Gespräch mit Astrid hing Carmen eine Weile nach. Inzwischen war Matthias im Präsidium eingetroffen. Er unterhielt sich mit Claudius, während beide am offenen Fenster lehnten und dampfenden Kaffee aus Pappbechern schlürften.

The Game, CLAVIS, Die Falle.

Vielleicht war das alles Humbug, was sie die letzte halbe Stunde überlegt hatte, aber *CLAVIS* war ein *Spiel* und, wie es aussah, zugleich eine *Falle,* die zudem ein reales Opfer gefordert hatte.

Mailin erschien im Türrahmen, steuerte auf Carmen zu. »Chef, Name und Adresse von Delia Hoffmanns Freund. Eine Kurzbiografie habe ich ebenfalls recherchiert. Rückseite.« Carmen blickte auf mikroskopisch kleine Buchstaben auf dem gelben Klebezettel und klopfte ihre Jacke nach der Lesebrille ab. Matthias verabschiedete sich von Claudius, trat auf sie zu und nahm ihr den Zettel aus der Hand. »Na, das ist interessant. Benjamin von Below, Biologiestudent, wohnhaft Kathenkoppel.«

Inzwischen hatte Carmen die Brille in der Innentasche gefunden. »Das ist nicht weit entfernt von dem komischen Vogel.« Sie setzte die Brille auf die Nase.

»Bitte von wem?«

»Na, von dem Jogging-Utz, Harald Tier, Oberstudienrat a. D. Nun komm schon.« Sie zog ihn am Ärmel zum Einsatzwagen.

»Oh, du hast das Handschuhfach aufgefüllt«, freute sie sich im Inneren des Wagens und riss mit den Zähnen eine Tüte mit Lakritz-Stafetten auf.

»Claudius hat den Hersteller der Leichendummys ermittelt. Ein Klaus Kaiser. Seine Manufaktur trug den originellen Namen Dollhaus GmbH, überregional bekannt, weil er die lebensechtesten Leichen produzierte. In- und Ausland, die großen Filmproduktionen haben bei ihm bestellt. Der hat ein Mordsgeld damit gemacht.«

»Puppenhaus. Und schon wieder ein Klaus«, murmelte Carmen.

Der Begriff *Dollhaus* konnte allerdings ebenfalls ein Irrenhaus bezeichnen oder ein Bordell. Einen Moment später fügte sie hinzu: »Du sprichst von ihm im Perfekt. Entweder sitzt der Puppenkaiser mopsfidel irgendwo in Florida auf einem komfortablen Altersruhesitz und verprasst sein Leichengeld oder er ist mause.«

»Letzteres, er ist mausetot.« Die Ampel direkt vor ihnen schaltete auf Rot. Matthias brachte das Auto mit einem beherzten Tritt auf die Bremse zum Stehen. Carmen stopfte die Stafetten zurück ins Handschuhfach. »Seine lebensechten Leichen, falls man es so ausdrücken kann, dass Leichen lebensecht sind, wurden also über die ganze Welt verstreut. Fein. Klingt nach einer kostenintensiven Sackgasse, sollten wir die Spur weiterverfolgen. Wir konzentrieren uns erst einmal auf die *Hanseatic Filmstudios*, wo Schickedanz den erfrorenen jungen Mann gekauft hat.«

Sie bogen in eine ruhige Nebenstraße ab, in der eine ellenlange Reihe von unterschiedlich gestrichenen Reihenhausscheiben stand. Jedes Teilhaus mit einem hölzernen Carport und abschließbaren Müllcontainer vor dem Küchenfenster.

»Claudius' Team konnte über eine Überwachungskamera vor einer Bankfiliale den weißen Kastenwagen mit abgedunkelten Scheiben ermitteln, den Harald Tier in der Nähe des Fundorts von Nalas Leiche in der Berner Au gesichtet hatte. Ein Mietfahrzeug aus der Flotte von *Hansa Car*.«

»Tatsächlich?« Ihre Freude erlosch im selben Moment, als sie den Blick hob und Matthias von der Seite ansah.

»Na logo. Wurde paar Tage vorher von der Firma gestohlen gemeldet.«

Sie hielten vor einem terrassenförmig angelegten Gelbklinkerbau. Mehrere baugleiche Häuser waren durch Zusätze zur Hausnummer mit a, b, c, und d hintereinandergestellt worden. »Na so was. Siehst du, was ich sehe?« Carmen boxte dem Kollegen in die Seite. »Da laust mich doch der Affe. Guckst du, der Kakadu!«

Matthias folgte ihrem Blick. »Der Herr Oberstudienrat Tier wohnt direkt um die Ecke, wie du selbst vorhin festgestellt hast. Die Gegend ist demzufolge sein natürliches Habitat. Der darf sich hier bewegen!«

»Oberstudienrat a. D.«

»Von mir aus. Nun los!«

Sie klingelten an der angegebenen Hausnummer bei Benjamin von Below. Ein junger Mann in Joggingklamotten mit feuchtem Haar öffnete die Tür. »Kommen Sie herein, Ihre Kollegin Mailin hat Sie avisiert. Sagen Sie bitte Ben zu mir.«

Carmen und Matthias folgten Ben durch einen aufgeräumten Flur in ein karg möbliertes Wohnzimmer, dessen große Balkonfenster auf die Wiesen der Berner Au hinausgingen.

Es war kühl im Raum, die drei bodentiefen Fenster befanden sich in Kippstellung. Sie behielten die Jacken an und nahmen Platz auf einem weinroten Ledersofa, vor dem ein weiß lackierter Tisch stand. Gegenüber an der Wand lehnte ein Surfbrett neben einem gut bestückten Bücherregal. Unter dem Brett lag ein Frotteehandtuch, auf dem sich eine offene Dose Silikonspachtelmasse oder Leim befand, so genau konnte Carmen das nicht erkennen. Offensichtlich hatten sie Ben bei Reparaturarbeiten gestört. »Ich habe gerade die Wohnung entrümpelt und umgebaut, weil Delia überlegt, zu mir zu ziehen. Die Bude ist groß genug.«

Er machte eine weite Geste und Carmen sah, dass von der Diele mehrere Türen abgingen. Mit sämtlichen zehn Fingern schob Ben das helle Haar nach hinten. Sein Gesicht bekam dadurch etwas Jungenhaftes, Verletzliches. Er sah ein wenig aus wie Linus, wenn der frisch aus der Dusche kam. Sie nickte Benjamin zu.

»Erzählen Sie uns über Delia, alles, was Ihnen einfällt. Jede Kleinigkeit könnte für uns wichtig sein.«

Ben nahm auf einem Sitzsack gegenüber Platz. Er lächelte bei dem Gedanken an seine Freundin, zwei Grübchen bildeten sich unterhalb der Mundwinkel. Hinreißend!, dachte Carmen, die den Blick nicht von ihm abwandte, so sehr fühlte sie sich an Linus erinnert.

»Delia und ich, wir kennen uns erst kurz, insofern kann ich Ihnen wenig über sie erzählen. Ihre Eltern leben in der Nähe von München. Sie ist extra für die kommenden Semester hierher nach Hamburg gezogen, vor circa einem halben Jahr. Eigentlich seltsam, wenn ich es recht bedenke. Münchens Universitäten haben einen exzellenten Ruf. Tja, wer weiß, was der wahre Grund für den Umzug war. Delia ist sehr verschlossen. Viele Freunde hat sie in Hamburg noch nicht, nur so das

Übliche, ein paar Kontakte unter Kommilitonen. So haben wir uns auch kennengelernt. An der Uni.«

Er hielt einen Moment inne und ergänzte nach kurzem Nachdenken: »In einem speziellen Kursus. Delia ist außergewöhnlich begabt.«

Er stand auf und nahm einen elfenbeinfarbenen Bilderrahmen von der Wand, den er den Kommissaren hinhielt. Die Buchstaben der eingerahmten Seite waren in Schreibschrift mit einer Kursivfeder gezeichnet. Glücklicherweise groß genug, dass Carmen nicht erst nach ihrer Brille suchen musste.

»Universitäten sind großartige Misthaufen, auf denen gelegentlich einmal eine edle Pflanze gedeiht.«
Albert Einstein

»Das Zitat hat sie von ihrer Professorin zum Abschluss eines speziellen Förderungskurses bekommen. Es bedeutet Delia viel. Deshalb war ich stolz, als sie es vor einer Woche hier aufhängte.«

Er schob den Rahmen zurück auf den Nagel an der Wand und ließ sich wieder in den Sitzsack fallen, der ein seufzendes Geräusch erzeugte. Carmen biss sich auf die Zunge. Tausend Fragen drängten in ihren Kopf, doch zunächst wollte sie Ben weiter zuhören. Abermals nickte sie ihm zu. Benjamin fuhr sich mit der Zungenspitze über die Oberlippe. »Eines müssen Sie wissen: Delia wurde bis vor zwei Monaten gestalkt.«

»Ach?«, fragte Carmen und zog ein Notizbuch aus der Tasche. »Wer war das?«

»Sie kennt ihn nicht, ist dem Stalker nie begegnet. Wenigstens nicht bewusst.«

Er lächelte, als ob er sich dafür entschuldigen müsste.

Ungewöhnlich, den eigenen Stalker nicht zu kennen, aber möglich. Die allermeisten Kandidaten hatten vorher in irgendeiner Weise eine Beziehung zu den Opfern unterhalten. Doch es gab auch die anderen. Die sich unauffällig in der Peripherie bewegten, nie aus der Deckung kamen. Die darunter litten, vom Objekt der Begierde nicht wahrgenommen zu werden, und deshalb Terror ausübten.

»Es war sehr spooky, was sie mir erzählte. Der Typ ging in ihrer Wohnung ein und aus. Wenn sie nicht da war und sogar, wenn sie schlief. Bei einem der letzten Besuche hat er ihr nachts Haare abgeschnitten.«

Carmen setzte sich kerzengerade auf.

»Wie bitte? Das ist nicht spooky, das ist abartig! Ist sie nicht schnurstracks zur Polizei gegangen?«

»Ich glaube nicht. Es gab nie Einbruchsspuren in der Wohnung.«

Das deutete auf einen Stalker aus einem näheren Umfeld hin. Jemand, der sich ihr Vertrauen erschlichen hatte. Jemand, der an ihre Handtasche und den Wohnungsschlüssel gelangen konnte. Auf jeden Fall auf einen Menschen, der eine schwere Macke hatte. Der auf kriminelle Art versuchte, Delia in ihrer intimsten Umgebung nahezukommen. Das klang gar nicht gut!

»Vor zwei Monaten hörte es auf, sagten Sie? Wie erklärte sie sich das?«

Mit dem Bleistift schraffierte Carmen nebenbei die Seite im Notizbuch. Durchgedrückte Buchstaben wurden sichtbar. Erst ein »F«, dann ein kleines »u«, schließlich hatte sie »Fußpflege? Freitag?« freigestrichelt. Schnell riss sie die Seite heraus und steckte sie in ihre Jackentasche.

»Es hört sich bestimmt doof an, aber tatsächlich war es so, dass die Stalking-Sache aufhörte, als wir uns kennenlernten.«

»In diesem speziellen Kurs, wie Sie vorhin sagten …« Carmen ließ das Satzende verklingen.

Benjamin räusperte sich. »Ja, also, es war kein offizieller Universitätskursus.«

Dachte ich es mir doch.

Sie begann, die nächste Seite zu schraffieren. Ein »H«, ein »ü« und noch ein »h« legte die Schraffierung frei. Bevor das Wort »Hühneraugenpflaster« komplett sichtbar wurde, faltete sie auch dieses Blatt.

»Sondern?«, fragte sie, während sie den Zettel in die andere Jackentasche stopfte.

»Es gibt eine kleine Gruppe von Studenten, die, ich sage es einmal vorsichtig, sehr klug sind. Quasi die edlen Gewächse auf dem großartigen Misthaufen unserer Universität. Und die spielen ein gewisses Spiel. An jenem Tag war das Kick-off-meeting und danach gingen alle feiern.«

»Eure Crew der Eingeweihten begann also *CLAVIS* zu spielen«, hakte Matthias ein und gähnte dazu oscarreif.

So überzeugend zu gähnen genau im richtigen Moment, das könnte ich auch gern, dachte Carmen.

Ehrliche Verblüffung malte sich auf Benjamins Gesicht. »Sie kennen *CLAVIS*?«

»Das Stalking hörte demnach auf, als Delia mit *CLAVIS* begann. Sie haben Delia gestern Abend als vermisst gemeldet. Das heißt, Sie haben sie am 12. oder 11. März noch gesehen? Oder telefonischen Kontakt zu ihr gehabt?«, nahm Carmen den Faden wieder auf.

»Äh, nein. Sie hatte einen neuen Level des Spiels erreicht. Vielleicht die höchste Stufe. Sie tat geheimnisvoll, sprach von einer Einladung. Es ging, glaube ich, um eine Galerie oder so. Sie schien vollkommen elektrisiert. Das heißt, sie, also sie …«

Mit einem Knall klappte Carmen das Notizbuch zu. »Ich glaube, es hackt! Sagt mal, seid ihr alle völlig bescheuert, ihr großartigen Misthaufengewächse?! Soll das eventuell heißen, dass Sie glauben, dass Delia es hinter die berühmte Pforte geschafft hat? In das analoge Escape-House? Von dem niemand weiß, wo es ist und von dem es heißt, dass es da wirklich um

Leben und Tod geht? Ich fass es nicht!« Etwas ruhiger fügte sie hinzu: »Was wissen Sie noch über die mysteriöse Einladung?«

Benjamins Gesichtsfarbe nahm den Grauton der Wand hinter ihm an. Er schüttelte den Kopf. Fast tat er ihr leid.

Überdurchschnittlich intelligent bedeutete nicht zwangsweise lebenstüchtig.

»Vermutlich gehörte eine Nala Averhoff ebenfalls zu eurem elitären *CLAVIS*-Club? Kannten Sie sie?«

Er nickte wie ein Automat.

»Dann wissen Sie wohl auch, dass wir ihre Leiche auf einem zugefrorenen See gefunden haben? Mit großflächig durchgeschnittener Kehle?«

Sie machte eine entsprechende Handbewegung über den Hals. Benjamin von Below sah aus, als ob er sich gleich übergeben würde.

»Davon wusste ich nichts«, würgte er stattdessen heraus. Es blieb offen, ob er nichts von ihrem Tod wusste oder von dem Leichenfund mit Kehlschnitt. Eine Weile war es totenstill in dem Raum, bis unter dem Wohnzimmerfenster eine Mutter ihr bockiges Kind anbrüllte: »Du Hohlbratze! Hätt ich bloß nachgegeben bei dem Sorgerechtsstreit! Dann könnte sich dein Erzeuger jetzt an dir abärgern!«

Matthias stand auf, schob eine Visitenkarte auf den Tisch. »Falls Ihnen etwas Wichtiges einfällt … Sie kennen das aus dem Fernsehen: Jede noch so nebensächlich erscheinende Kleinigkeit kann bedeutungsvoll sein. Wir sind jederzeit für Sie da.«

Benjamin von Below nahm die Karte und warf einen Blick darauf. »Oh, Sie sind von der Mordkommission? Sie ermitteln wegen Nala Averhoff und nun wegen des Verschwindens von Delia. Sie denken …?«

Carmen beobachtete ihn genau. Für einen, der sich für überdurchschnittlich schlau hielt, checkte er nicht sonderlich flott. Trotzdem oder gerade deshalb tat er ihr leid.

Falls es möglich war, schwand die allerletzte Farbe aus Benjamins Gesicht. Matthias nickte, drehte sich zur Wand, hakte das Einsteinzitat von dem Nagel und legte es vor Ben auf den weißen Lacktisch.

»Ben, Sie erwähnten vorhin Delias Professorin, die ihr dieses bemerkenswerte Zitat geschenkt hat. Können Sie uns sagen, wie sie heißt? Oder sie beschreiben?«

Carmen schloss die Augen. Ihre Lippen bewegten sich im Gleichklang, als Benjamin am Ende seiner Erläuterungen den Namen aussprach.

»Klar kann ich das. Sie ist die bekannteste Person an der Hamburger Universität, sogar über alle Fakultätsbereiche hinaus. Sie ist absolut großartig. Soweit ich weiß, ist sie momentan wegen irgendwelcher Unregelmäßigkeiten, die man ihr angehängt hat, beurlaubt.«

Er nahm eine andere Position auf dem unbequemen Sitzsack ein und sah aus dem Fenster. »Sie hat in Delia das Jahrhundertgenie erkannt und ihr eine Begabtenförderung zukommen lassen. Ihr Name lautet Frau Professor Jasmin Mehlfort.«

38

»Hier, schau, ich habe dir einen neuen Jogging-Anzug mitgebracht. In deiner Lieblingsfarbe.« Jasmin legte eine Tüte auf den Tisch. Keine Reaktion, sie wartete einen Augenblick. Schließlich holte sie Luft. »Sarah, wäre es möglich, dass du den toten Fisch aus der Hand legst?«

Sie hätte sich den Weg hierher sparen können. Obwohl sie sich beeilt hatte, sie war zu spät gekommen. Ihre Schwester saß auf einem Küchenstuhl und blickte in eine Ferne, zu der Jasmin niemals Zugang gewonnen hatte. Immerhin öffnete sie die kalkweißen Finger. Dabei summte sie den Refrain eines Liedes. Nur den Refrain, wieder und wieder. Dieser Zustand konnte im schlimmsten Fall tagelang anhalten. Jasmin griff hinter sich, rollte einen halben Meter Küchentuch von der Rolle und hob damit den toten Skalar vom Tisch. »Okay, Sarah, ich räume jetzt ein wenig auf, vielleicht magst du später mit mir sprechen?«

Sie stand auf, warf das Küchentuchknäuel in den Mülleimer und schichtete wahllos Geschirr in die Spülmaschine. In einem Nebenfach unter der Spüle fand sie Geschirrspültabs, dahinter Klarspüler. Eigentlich könnte sie auch gleich eine Waschmaschine anstellen, wo sie schon einmal hier war. Sie schaltete den Geschirrspüler ein, der mit einem angenehmen

Surren das enervierende Gesumme ihrer Schwester übertönte. In Wohnzimmer, Bad und Schlafzimmer sammelte sie die achtlos hingeschmissenen Klamotten und Handtücher zusammen, sortierte sie auf zwei Haufen nach Vierzig- und Sechzig-Grad-Wäsche. Schließlich zog sie die Bezüge von Sarahs Bettzeug ab, das im Wohnraum auf der Couch lag, und stopfte alles in die Waschmaschine im Keller. Eigentlich war hierfür eine Reinigungsfachkraft zuständig, die zweimal in der Woche kam und von Jasmin ihrer Ansicht nach fürstlich entlohnt wurde. Aber irgendetwas sagte Jasmin, dass sie Sarah im Moment nicht allein lassen sollte. Um sich weiter zu beschäftigen, holte sie das Bügelbrett aus einer Abseite hinter der Küche hervor. Zurück im Wohnzimmer begann sie die erste Ladung Wäsche zu bügeln, die sie dem Trockner entnommen und heraufgeschleppt hatte. Mit einem Ohr hörte sie, dass Sarah begonnen hatte, die Geschirrspülmaschine auszuräumen. Gut so, sie schien sich in kurzer Zeit gefangen zu haben. Nichts nervte mehr, als wenn sie in ihre kakophonischen Zustände abglitt.

Die Villa nebenan lag so ruhig da wie immer. Sie war alt, gebaut um die Jahrhundertwende. Die Fensterläden im Erdgeschoss waren mit Brettern vernagelt, wie es oft bei verlassenen Gebäuden gemacht wurde, um ungebetene Besucher fernzuhalten. Das sah nicht einladend aus, okay, aber nichts dort drüben wirkte ernsthaft bedrohlich. Auch damals nicht, als Jasmin hier noch wohnte. Niemals hatte sie sich vor dem Haus oder einem seiner Bewohner gefürchtet.

Das Bügeleisen glitt über einen Kissenbezug, die gleichmäßige Tätigkeit glättete ihre angespannten Nerven. Ihre Schwester schien nun Kochtöpfe ineinanderzustapeln, Jasmin hörte, wie sie mit einem Knall die schwere Tür vom Topfschrank schloss. Vielleicht würde es heute gelingen, Sarah endlich zu einem Umzug zu bewegen.

So konnte es nicht weitergehen. Nun rief sie während der psychotischen Schübe auch noch die Polizei an! Jasmin legte den Bezug zusammen und hangelte das nächste Stück aus dem Wäschekorb. An die Zimmerdecke wurden die Wellen des Aquariums reflektiert, was eine unwirkliche, aber behagliche Unterwasseratmosphäre schuf. Der Raum hatte etwas von einem gemütlichen Kokon. Plötzlich blieb ihr Blick an dem Aquarium hängen. Da lag ein Gegenstand. Unten auf dem Boden vor einer Steinhöhle mit üppigem Algenbewuchs auf dem hellen Sand. Etwas aus durchsichtigem und hellgrünem Plastik, das da ganz und gar nicht hingehörte. Jasmin riss den Stecker des Bügeleisens mit einem Ruck aus der Steckdose. Das Kabel schnalzte durch den Raum. Mit dem Ellenbogen schob sie die Plastikabdeckung vom Aquarium halb auf und tauchte ihren Arm in das kalte Wasser. Die Skalare stoben zur Seite, als hätten sie einen Stromschlag erhalten. Ihre Finger bekamen das Plastikteil zu fassen.

»Sarah«, brüllte sie in Richtung Küche, als sie den tropfenden Arm an dem frisch gebügelten Kissenbezug abtrocknete und ihren Fund auf der Handfläche betrachtete. »Kannst du bitte einmal kurz ins Wohnzimmer kommen und mir das hier erklären?«

39

Sarah hörte den Schrei aus dem Wohnzimmer und stellte die zwei Teebecher, die sie soeben der Spülmaschine entnommen hatte, in den Küchenoberschrank. Dazu musste sie sich auf die Zehenspitzen stellen und ihr T-Shirt rutschte aus dem Hosenbund. Mit dem Knie drückte sie die Geschirrspülmaschinenklappe zu.

Fertig.

Der Ton ihrer Schwester schrillte ihr in den Ohren, so wie früher manchmal. Damals, als sie noch Schwestern gewesen waren und im Garten zusammen geschaukelt hatten, aber die ältere Jasmin immer die Bestimmerin sein wollte. Viel hatte sich nicht verändert seitdem, dachte Sarah. Sie trocknete die Finger an einem Geschirrtuch ab, das sie von der Herdabdeckung klaubte, und trottete ins Wohnzimmer.

Ach du Schande.

Es war, als würde bei ihrem Eintreten die Luft im Raum gerinnen. Außerdem hatte sich die Raumtemperatur um mindestens fünf Grad gesenkt. Jasmin hielt ihr eine Hand mit einem durchsichtigen Plastikgegenstand entgegen. Die Einwegspritze mit dem hellgrünen Kolben, die Sarah nebenan auf dem Mauersims gefunden hatte und die sie in den Morgenstunden während der Beobachtung der Nachbarvilla aus der Hosentasche gezogen und in das Becken hatte gleiten lassen. Warum sie das getan hatte, wusste sie nicht mehr, aber eines war klar: Genau das würde sie jetzt erklären müssen.

»Weißt du, was ich denke, Sarah?« Jasmin kam auf sie zu.

Ein Fragezeichen im Ton und im Gesicht.

Ja. Natürlich weiß ich das. Ich wirke wieder einmal vollkommen verrückt!

»Könnte es sein, dass *du* das Paket zurückgeholt hast? Ausgepackt hast?? Wo sind die übrigen Spritzen, die Perücken, die Glubschaugen???«

Langsame Steigerung auf drei Satzzeichen. Frage für Frage eines mehr. Gleich erinnert sie mich an das andere Päckchen, das ich einmal an den Nachbarn geschickt habe. Ob ich das noch weiß und wie verrückt die Aktion war. Mit vier Fragezeichen ???? Erst dann geht sie zurück auf singuläre Satzpunkte. Um mich wieder zu beruhigen.

»Es weckt die Erinnerung an …«

Schnell nickte Sarah, um die zu erwartende Kette der in Fragen verkleideten Anklagen zu unterbrechen. Es gelang.

»Ich habe das Ding drüben vor der Haustür gefunden«, fügte sie noch hinzu.

Jasmin setzte sich auf das Sofa. Sarah fühlte, wie sie am Ärmel neben sie auf das Sitzpolster herabgezogen wurde.

»Entschuldige! Nicht immer ist das Naheliegende wahr«, sagte Jasmin wieder mit normaler Stimme. »Vielleicht gibt es eine andere Erklärung. Es könnten Junkies gewesen sein. Natürlich! Die treiben sich auf dem verwahrlosten Grundstück nebenan herum, lassen sich ihr Zeug dorthin an die tote Adresse schicken. Irgendwie haben die sich Zutritt in das Haus verschafft. Deshalb hast du auch manchmal Licht oder schemenhafte Menschen dort drüben gesehen. Und letzte Nacht waren sie wieder da. Die Fixer haben das Paket mitgenommen.

Vielleicht waren in den Glasaugen oder den Gummihänden Drogen versteckt!« Von der eigenen Erklärung restlos überzeugt, zog Jasmin die Decke über sie beide. Eine Weile kuschelten sie sich aneinander und blickten auf das Aquarium und die grünlichen Wellen, die an die Zimmerdecke reflektiert wurden. Die wohltuende Wärme übertrug sich auf Sarah, die Lichtwellen beruhigten sie. Sie lauschte der einlullenden Stimme ihrer Schwester, Jasmin malte die Junkie-Idee immer weiter aus. Nur so kann es sein, dachte Sarah, kurz bevor ihr die Augen zufielen.

Alles ist gut.

Es war dumm von ihr gewesen, die Polizei deshalb mehrfach anzurufen. Die lachten sie sowieso aus, egal, welche Beobachtungen sie ihnen schilderte. Jasmin hatte recht. So etwas Verrücktes würde sie keinesfalls noch einmal tun.

40

Sie traten aus dem Gelbklinkerhaus auf die Kathenkoppel. Klumpige Wolken ballten sich am grauen Himmel zu einer bedrohlichen Wand zusammen. »Da! Schon wieder! Guckst du, der Knispel, da drüben! Der beobachtet uns.«

Matthias, der vorausgegangen war, drehte sich zur Kollegin um. »Bitte wer?« Er folgte ihrem Blick. »Carmen, tu mir einen Gefallen und sag wieder Kakadu, dann weiß ich, wen du meinst.«

Gegenüber lehnte Harald Tier an einem Laternenpfahl und dehnte mit aufwendiger Attitüde seine asketische Rückenmuskulatur. Heute trug er einen schneeweißen Jogginganzug mit rot-grünen Harlekinrauten und gelb gerahmter Kunstfellkapuze. Carmen überquerte die Straße, dabei übte sie, ein verbindliches Lächeln in ihr Gesicht zu legen.

»Was für ein netter Zufall, dass wir uns abermals treffen. Sie erinnern sich? Wir hatten bereits miteinander zu tun. Am Kupferteich.« Sie schlenderte um ihn herum. Sichtbar erfreut über die Aufmerksamkeit richtete sich der Angesprochene zu voller Größe auf.

»Selbstverständlich entsinne ich mich an Sie. Die Frau Kommissarin. Was hier oben einmal abgespeichert wurde«, er deutete auf seinen spärlich behaarten Kopf, »das bleibt auf ewig erhalten. Haben Sie den hellen Kastenwagen mit den abgetönten Scheiben endlich gefunden?«, fragte er, wartete jedoch die Antwort nicht ab. »Das wird der entscheidende Hinweis für Ihren Fall sein, das versichere ich Ihnen! Wissen Sie, ich bin ein Mensch, der sich sehr vielfältig zu beschäftigen weiß. Unter anderem befasse ich mich seit Langem mit Kriminalpsychologie, rein hobbymäßig. Aber durch meine auf dem Gebiet erworbene Expertise habe ich in der Vergangenheit zur Lösung eines Kriminalfalls beigetragen.« Er blähte die Nasenflügel.

Großartig, du Honk! Meinen Dienstgrad hast du jedenfalls falsch abgespeichert in deinem Superbrain.

»Ehrlich? Wie interessant«, sagte Carmen stattdessen, die es bereute, ihn angesprochen zu haben, und deren Gesichtsmuskulatur in dem aufgesetzten Lächeln allmählich schmerzte.

Wenn ich diesen Gesichtsausdruck noch eine Viertelstunde beibehalten muss, erkennt mich mein eigener Sohn heute Abend nicht mehr.

»Ich darf Ihnen verraten, ich bin immer unterwegs. Ich bin jemand, der nicht stillsitzen kann«, freute sich Tier über das unverhoffte Publikum, denn auch Matthias hatte sich zu den beiden gesellt.

Vor allem ein Mensch, der höchstwahrscheinlich sogar auf der Palliativstation mit intubierter Lunge in seinen letzten Lebensminuten nicht die Klappe halten kann, überlegte Carmen, der ad hoc keine freundliche Reaktion auf Harald Tiers Eröffnung einfiel.

»Durch das Internet ist es noch einfacher geworden«, fuhr der ungebremst fort, sie an seinen Weisheiten teilhaben zu lassen. »Es gibt viele Menschen, die sich für Kriminalfälle interessieren. Wir sind untereinander hervorragend vernetzt und tauschen uns über unsere Theorien aus. In dem Fall, den ich praktisch im Alleingang gelöst habe, war der Täter auf verschiedenen Social-Media-Plattformen aktiv. Streute hier ein paar Informatiönchen, äußerte dort ein Theorielein … Er heizte den eigenen Fall sozusagen immer wieder an. Wenn Sie mir einige Ermittlungsdetails, natürlich nicht offiziell, ich meine undercover … Ich könnte für Sie …«

Eben hatte er behauptet, zur Lösung eines Kriminalfalls beigetragen zu haben, nun hatte er ihn im Alleingang gelöst. Sofern ich eine Weile weiter zuhöre, erfahre ich womöglich, dass der Polizeipräsident ihn zu seinem Vize ernannt hat und er ab morgen mein Chef ist!

Carmen reichte es. »Es war reizend, sich mit Ihnen zu unterhalten. Aber wir halten uns allein an Fakten und an geltendes Gesetz, Herr …« Sie tat, als ob sie sich mühsam an seinen Namen erinnern müsste.

»Tier, Harald Tier, Oberstudienrat. Ich bin bekannt für …«, sprang der sofort ein.

Carmen nickte. »Herr Tier. Richtig, Oberstudienrat a. D. Vielen Dank.« Auf das a. D. legte sie eine dezente Betonung. Sie drehte eine Pirouette wie ein Oberkapellmeister und wandte sich ab.

»Soso, Frau Kommissarin. Der Mohr hat seine Schuldigkeit getan, er kann gehen. William Shakespeare«, rief er ihr hinterher.

Ein echtes Lächeln glitt nun über Carmens Gesicht. Sie drehte sich noch einmal zu ihm um. Mit den Zeige- und Mittelfingern beider Hände formte sie zwei Victory-Zeichen. »Irrtum. Friedrich Schiller! Wenn Sie das da oben«, sie wies mit den Victory-Zeichen in Richtung seines Kopfes, »abspeichern, dann korrigieren Sie dort bei der Gelegenheit gleich auch meinen Dienstgrad.«

Im Auto freute sich Carmen immer noch über Tiers dämliches Gesicht.

»Das hast du großartig gemacht! Allein der Ton, in dem du sagtest: ›Es war reizend, sich mit Ihnen zu unterhalten‹«, lobte Matthias, der den Motor startete und aus der engen Parklücke navigierte. »Du klangst wie eine dieser silberbläulich gefärbten Millionärswitwen mit Betonlocken in Florida. Die zwar unter den zehn Kilo Goldklunkern am Hals kaum atmen kann, aber die jetzt absolut keine Zeit mehr für ablenkendes Geschwätz hat, weil sie ihre vormittägliche Ration Sherry trinken muss.« Er nahm eine Hand vom Lenkrad und sie klatschten sich ab.

»Goldstandard und souveräner wäre es gewesen, wenn ich ihn nicht korrigiert hätte. Wenn ich still genossen und mein Wissen für mich behalten hätte. Dann würde er sich mit dem Shakespeare-Zitat noch jahrelang weiter blamieren. Na gut, nächstes Mal.«

»Sein Gesicht war es hundert Prozent wert!« Der Wagen glitt ruhig dahin.

»Ein bisschen sehr interessiert an unserem Fall kommt er mir allerdings vor«, überlegte Carmen. »Auch die Tatsache, dass er sich in echte Kriminalfälle einklinkt, finde ich beunruhigend. Außerdem, dass er uns dauernd über den Weg joggt …« Das Motorengeräusch machte sie müde, sie gähnte. »Was hältst du von Ben von Below? Und davon, dass Delia ebenfalls von Jasmin Mehlfort gefördert wurde und nun verschwunden ist?«

Eine Weile fuhren sie schweigend weiter, jeder hing seinen Gedanken nach. »Jasmin Mehlfort schreibt vor zehn Jahren ein Buch über einen Hochbegabten, der einen formidablen Knall hat. Der sein Chamäleon totärgert …«, fing Carmen an, ihre Überlegungen zu ordnen.

»Rot ärgert. Nicht tot. Klaus aus *Die Falle*«. Die Scheibenwischer sprangen an, denn aus den grauen Wolkentürmen begann es zu nieseln.

»Genau, Klaus oder wie auch immer der tatsächlich heißt. Der angeblich einen Intelligenzquotienten von über hundertfünfzig hat. Das ist enorm viel. Habe ich vorhin gegoogelt. Schon hundertdreißig sind beachtlich und du darfst dich hochbegabt nennen.«

Matthias spann den Faden weiter. »Okay, Jasmin Mehlfort hat ein Faible für Genies. Sie unterstützt Nala Averhoff bei ihren Studien.«

»Und gleichfalls Delia Hoffmann, die ebenfalls überdurchschnittlich schlau ist.«

»Die jungen Frauen nehmen an *CLAVIS teil*.«

»Mhm, beide spielen *CLAVIS*. Alle zwei werden vermisst gemeldet. Nala vom Vater und Delia von ihrem Freund. Die Avatare der Mädchen verschwinden aus dem Spiel und wir finden zeitgleich analoge Stellvertreter: den Kehlschnittdummy auf dem Eis, dem entsetzlicherweise kurz darauf die echte Leiche folgt, und den Bushaltestellendummy mit den abgelaufenen Lebensmitteln und der Galerie-Einladung. Die abgelaufenen Lebensmittel geben uns wiederum einen Hinweis auf die Mehlfort, auf ihr Buch. Matthias, irgendwie drehen wir uns permanent im Kreis. Wir landen immer wieder bei *CLAVIS* und der Mehlfort. Scheiße. Bremsen!«

Ein Müllwagen schnitt sie kurz vor einer Kreuzung. »Um Himmels willen, was tust du?« Carmen stemmte sich in den Beifahrersitz, denn Matthias überholte links und führte neben dem hupenden Müllentsorger an der mittlerweile roten Ampel einen U-Turn durch.

»Wir fahren zu Frau Professor Mehlfort.« Der Wagen schlingerte, fand aber nach einigen Metern in die Spur zurück.

»Glanzvolle Idee«, ächzte Carmen, als sie den angehaltenen Atem ausstieß. »Für die weiteren Ermittlungen wäre es allerdings ausgesprochen günstig, wenn wir dort jeweils in einem Stück ankämen. Zudem hat sich unser Spielfeld seit dem

Gespräch mit Benjamin von Below um einen Verdächtigen erweitert. Genau genommen um zwei.«

»Um Benjamin, der beide Mädchen kannte, und um den ominösen Stalker. Von dem wir nicht wissen, ob er überhaupt existiert, geschweige denn, wie er heißt.«

»Oder ob er sogar mit Benjamin von Below identisch ist. Vielleicht hat Frau Professor Mehlfort Informationen oder eine Idee dazu.«

41

Jasmin hob das Badelaken auf, das Pierre in der Duschkabine heute Morgen hatte fallen lassen. In der Dusche! Es war klatschnass, denn der Wasserhahn tropfte seit Wochen. Ganz wie früher zu Zeiten ihres Zusammenlebens hatte er natürlich nicht die gläserne Duschwand mit dem Abstreifer bearbeitet. Tausende angetrocknete Wassertropfen ließen in ihr das Bild einer wachsenden Kalktropfsteinhöhle entstehen. Im Moment verspürte sie keine Lust, weitere Spuren seiner Nachlässigkeit oder Lebenslust, wie er es wiederum ausgedrückt haben würde, zu beseitigen. Der Vormittag mit Sarah hatte sie über Gebühr angestrengt. Irgendetwas, das fühlte sie, schien in der Schwester in Bewegung geraten zu sein. Ihr gesamtes Verhalten erschien plötzlich weniger passiv. Das war einerseits eine Verbesserung, andererseits führte es zu den grotesken Telefonanrufen bei der Polizei. Hoffentlich hatte die Junkie-Erklärung ausreichend überzeugend auf Sarah gewirkt, dass sie von weiteren Anrufen absah.

Pierres Handtuch wrang sie aus, bevor sie es auf den Badewannenrand legte, wo bereits sein abgelegtes Oberhemd lag. Tja, auch darüber müsste sie nachdenken, über den Abend mit Pierre. Was das bedeutete. Ob sie wollte, was das bedeutete.

Oder ob das alles gar nichts bedeutete. Weder für ihn noch für sie.

Ihr Telefon vibrierte. Sie zog es aus der Hosentasche, während sie den Zeigefinger anleckte und mit ihm ein kleines Quadrat der Duschkabinentür von den kalkweißen Tropfenrändern reinigte. Ben von Below. Delias Freund. Soweit Jasmin wusste, kannten die beiden sich erst seit Kurzem. Was also könnte er von ihr, Delias Förderin, wollen? Sie war versucht, das Gespräch abzulehnen. Viel zu oft war es in der Vergangenheit geschehen, dass Bekannte ihrer Mentees sie beknieten, um ebenfalls eine Chance zu einer exklusiven Förderung zu erhalten. Eine Weile betrachtete sie das Display und fühlte die Vibration des stummgeschalteten Handys in der Hand. Aus einem Impuls heraus tippte sie auf den grünen Hörer.

»Hallo, hier spricht Jasmin Mehlfort«, meldete sie sich. Ben sprach mit angenehmer Stimme, die sie sofort für ihn einnahm. Allerdings wies die ansteigende Sprachmelodie im Verlauf des Telefonats auf eine starke Anspannung hin.

Zwei Minuten später verstand sie, warum. Sie löste die verkrampften Finger vom Telefon und ließ sich auf den Badewannenrand sinken. Das Badelaken rutschte auf den Boden. Hatte sie das Gespräch soeben geträumt? Hatte wirklich Benjamin angerufen und ihr mitgeteilt, dass Delia seit Tagen verschwunden war? Außerdem, dass er von einem Team der Mordkommission befragt worden war und die Polizisten sich nach ihr, Jasmin, erkundigt hatten? Ob sie etwas von Delia gehört hätte?

Schrödinger stolzierte hochbeinig ins Bad. Er kauerte sich mit zusammengekniffenen Augen auf den ovalen Badezimmerteppich in einem Sicherheitsabstand von vierzig Zentimetern vor ihre Füße. Lässig schwang er den Schwanz um sich herum, wie es kein Hund, sondern lediglich Katzen können. Die Spitze zuckte in unregelmäßigen Abständen auf und ab.

Nala und Delia. Zwei absolute Ausnahmetalente. Eine tot, die andere verschwunden. Sie fühlte, wie sich ein eiserner Ring eng um ihre Brust legte. Jasmin stand auf, sie vertrieb Schrödinger von dem Badläufer und knüllte Pierres Badelaken in die Waschmaschine. Sein Oberhemd ließ sie auf dem Badewannenrand liegen.

Sie sollte sich ablenken. Vielleicht endlich überlegen, wie sie ihr *sogenanntes* Sabbatical nutzbringend gestalten könnte. Oder eine Strategie zur Wiederherstellung ihres guten Rufes am Institut entwickeln. Bislang hatte sie die Zeit größtenteils in ihrem Krimiblog verdaddelt. Apropos, den hatte sie komplett vernachlässigt.

Der Laptop surrte, als sie ihn hochfuhr. Es dauerte länger als eine Minute, bis ihr Anmeldefenster erschien. Sie klickte auf die Verknüpfung zu dem Blog und navigierte durch die Seiten. Im ersten Moment schaute sie irritiert auf den Bildschirm. Es gab haufenweise neue Follower, was erfreulich war. Das Kriminetzwerk feierte sie und ihre Hellsichtigkeit. Einzelne Beiträge brachten sie zum Schmunzeln.

Die Leute konnten wirklich witzig sein!

Ihre Nerven beruhigten sich, je mehr Komplimente sie über ihr Wirken in dem Blog las. Es wiederholte sich allerdings zunehmend, die meisten Kommentare zielten auf ihre vermeintliche Fähigkeit ab, in die Zukunft zu sehen.

Sie wechselte in den Nachrichtenbereich, den nur sie einsehen konnte. Auch hier haufenweise Gratulationen. Irgendwann begann sie, die Liste systematisch durchzuscrollen auf der Suche nach einem bestimmten Absendernamen. Sie kehrte zum Anfang zurück. Und da war er. Kowalla. Die Nachricht war erst wenige Minuten alt. Als hätte er abgewartet, bis sie sich einen groben Überblick über die unwichtigeren Beiträge verschafft hatte. Sie verharrte einen Moment, rieb ihre Finger aneinander. Dann öffnete sie die Message. Die war knapp, ohne Tränen lachende Smileys und anders als die bisherigen.

Drei Dinge sollten Sie über mich wissen:

Ich heiße K Punkt Kowalla. Vielleicht.

Ich liebe Hochintelligenz. Vielleicht.

Ich habe Wut und ich spreche nicht immer die Wahrheit. Das ist sicher.

Sehr bald geht mir das nächste Opfer in Die Falle: in einem stillgelegten U-Bahn-Schacht.

Sie hob die Finger von der Tastatur, als ob sich die Tasten innerhalb einer Viertelsekunde auf hundert Grad erhitzt hätten. Sie starrte auf die Worte, die vor den Augen auf dem Bildschirm flimmerten. Das Bild verschwamm, aber nur eine Minute später erwachte sie aus der Erstarrung. Eindeutig, worauf der Text abzielte!

Ein gemeiner Gedanke keimte in ihr auf: Könnte sie dem Buch nachträglich zu Popularität verhelfen? Indem sie Informationen aus Kowallas Nachricht mit Elementen aus dem Werk in die aktuelle Nala- und Dummygeschichte ihres Blogs einflocht?

Oder würde damit die Affenfalle von Kowalla endgültig zuschnappen? Dass er dieses Mal auf *Die Falle* anspielte, machte die Sache zunehmend intimer.

Wer zum Teufel verbarg sich hinter K Punkt Kowalla und welches Ziel verfolgte er?

Mit einem Ruck klappte sie den Laptop zu. Auf dem Fensterbrett stand ein Weinglas, gefüllt mit Wasser und der blätter- und dornenbefreiten Rose. Hatte Pierre sie dort hingestellt? Sie erhob sich von ihrem Schreibtischstuhl und drückte den Rücken durch.

Weg damit!

Sie griff nach dem Glas. Genau in diesem Moment klingelte es an der Wohnungstür.

42

Zunächst war es ihr nicht aufgefallen. Zu subtil verlief die Änderung der Szenerie. Die Kunstkerzen auf dem Tisch gaben kaum noch Helligkeit ab, als wären sie wie echte Kerzen im Laufe der letzten halben Stunde heruntergebrannt. Dafür kam es Delia vor, als ob der Theatervorhang von einer unsichtbaren Lichtquelle tiefer in blutrotes Licht getaucht würde. Ihr Verstand registrierte die Absicht, die hinter der beinahe unmerkbaren Lichtveränderung steckte. Diese kleine Regieanweisung aus dem Off bewirkte, dass sich ihre Aufmerksamkeit auf den Vorhang richtete. Wie in einem echten Theater bewegte sich nun die Portiere in Wellenlinien. Delia meinte sogar, den typischen Geruch von Theaterschminke wahrzunehmen. Wenig zufällig fiel das mit dem Moment zusammen, als sie die köstliche Mahlzeit beendet und den letzten Schluck der rötlichen Flüssigkeit getrunken hatte. Sie überlegte, ob es ein Wein war, der Geschmack ähnelte mehr einem kräftigen Beerensaft. Dennoch übte das Getränk eine euphorisierende Wirkung auf ihr Bewusstsein aus, stellte sie unbehaglich fest. Sie fühlte eine Welle an Kraft in ihrem Inneren aufsteigen, sie hätte die Welt umarmen mögen. Der Intendant der Vorführung schien diesen besonderen Moment vorausgeahnt zu haben. Denn nun wurde der Vorhang von unsichtbarer Hand zur Seite geschoben.

Eine Bühne schälte sich allmählich aus tiefer Dunkelheit. Künstliche Kerzenleuchter an der Wand, ähnlich dem auf ihrem Esstisch, sprangen an. Immer heller wurde die Szenerie ausgeleuchtet. Es handelte sich um einen nachgestalteten Kellerraum. Links und rechts im Hintergrund stapelten sich große dunkle Kisten, von denen jeweils Teile hinter den zurückgezogenen Vorhangbahnen verborgen blieben. Vier Stück konnte sie erkennen. Staub wirbelte vor den Leuchtern im Licht. Von den Kellerwänden war der Putz abgebröckelt. An manchen Stellen sah Delia auf den freigelegten roten Backstein. Im Bühnenhintergrund führten drei Treppenstufen zu einer Tür. Wie auf dem Gemälde in dem Galerieraum zuvor verfügte die Tür über ein Schloss und einen Briefkastenschlitz. Aber nun handelte es sich nicht um ein Bild, sondern um eine massive Holztür. Ein riesiges Spinnennetz aus Kunststoff- oder Stahlfäden, das einen Durchmesser von bestimmt einem Meter fünfzig hatte, schützte die Tür. Tautropfen glitzerten an seinen silbrigen Fäden in dem raffinierten Bühnenlicht. Es sah täuschend echt aus. Ähnlich einer stimmungsvollen Fotografie, für die Fotografen im Morgengrauen aufstanden und auf den perfekten Moment warteten, wenn die Sonne schillernde Lichtuniversen in den Wassertropfen schuf. Sie sprang auf, tat ein paar Schritte auf die Bühne zu. Dabei drehte sie das »G« zwischen den Fingern. Ihr fiel das »X« ein, das die Schreibmaschine vorhin unverhofft hingehackt hatte. Sie kehrte an den Essplatz zurück. Behutsam öffnete sie erneut die Abdeckung der Maschine, das »X« flutschte wie von selbst aus seiner Verankerung. Mit den beiden Metallstiften in der Hand stand sie auf und betrat die Theaterbühne.

Sie könnte versuchen, mit einem der Stifte durch das Netz zu fassen, das Schlüsselloch zu erreichen und damit die Holztür zu öffnen.

Der ersehnte Ausgang?

Die Bretter quietschten unter ihren Füßen. Zuletzt hatte sie als Kindergartenkind auf einer Bühne gestanden. Eine grässliche Nebenrolle, über die sie zu Hause in ohnmächtiger Wut stundenlang geweint hatte. Die Erzieherin fand sie derartig untalentiert, dass Delia, gewandet in einen weißen Pappkarton mit Kreide im Gesicht, in der Aufführung *Die Zahnfee* einen ausgefallenen Backenzahn mimen musste.

Bei jedem Schritt, den sie nun auf die Bühne vor ihren Augen tat, zogen sich die roten Vorhangstoffe weiter in die Ecken zurück. Jetzt konnte sie die Kisten in voller Größe erkennen. Nur, es waren keine gebräuchlichen Kisten, wie gewöhnliche Menschen sie in ihren Kellern stapelten. Es waren längliche dunkle Holzkästen mit schweren Eisenbeschlägen. Etwa Särge?

Ein sirrender Ton gefolgt von einem stechenden Geruch hielt sie davon ab, die Kästen näher zu untersuchen. Sie wandte sich um und ahnte sogleich die Erklärung. Die Fliege war in die silbernen Spinnenfäden des Netzes vor der Tür geflogen und augenblicklich verglüht. Danke, liebe Fliege, dachte Delia.

Du bist tot, aber vielleicht hat dein Tod mir das Leben gerettet.

43

Jasmin Mehlfort schien verändert. Das war der erste Gedanke, der Carmen überkam, als die doppelflügelige Wohnungstür aufschwang. Auch das Wohnzimmer ihrer Gastgeberin wirkte weniger aufgeräumt als beim letzten Besuch. Auf dem schneeweißen Floor des Teppichs vor dem Couchtisch lag ein Knäuel rötlichen Katzenhaars, die mokkabraunen Sofakissen lagen zerdrückt in eine Sofaecke geknautscht. Jasmin bot ihnen mit einer Handbewegung an, Platz zu nehmen, blieb aber vor einem Regal stehen und verschränkte die Arme vor der Brust.

»Wir kommen wegen Delia Hoffmann«, begann Carmen schließlich. »Sie kennen sie, oder?«

Jasmin Mehlfort nickte bedächtig. Beinahe sanft antwortete sie: »Das wissen Sie doch bereits, warum fragen Sie also?«

Es würde wieder nicht leicht werden mit dieser Frau, dachte Carmen, die es hasste, wenn ihre Fragen mit Gegenfragen in derartiger Süffisanz beantwortet wurden.

»Sie haben recht, das wissen wir. Außerdem brachten wir in Erfahrung, dass Delia Hoffmann ebenso wie Nala Averhoff *CLAVIS* gespielt hat. Ebenso wie Nala von Ihnen gefördert wurde und nun ebenso verschwunden ist. Wir hoffen, dass sie mittlerweile nicht ebenso tot ist. Soll ich weitermachen?«

Jasmin Mehlfort verzog noch immer keine Miene, kreuzte die Beine.

»Wussten Sie, dass Delia vor Kurzem gestalkt wurde? Und zwar übelst! Der Typ schien Zugang zu ihrer Wohnung zu haben.«

Ein Geräusch im Treppenhaus bannte einen Moment Jasmins Aufmerksamkeit, bevor sie erwiderte: »Nein, das habe ich nicht gewusst. Delia ist nicht besonders mitteilsam.«

»Das hat uns ihr Freund Benjamin von Below ebenfalls erzählt. Kennen Sie ihn?«

»Nur dem Namen nach.«

»Okay, es wird langsam für uns alle drei langweilig. Wissen Sie, was mich stört? Was mich geradezu wahnsinnig macht?«, fragte Carmen und bemühte sich darum, einen verbindlichen Ton beizubehalten. Ihr Gegenüber blickte sie unverändert starr an, löste aber die Arme vor der Brust. Carmen erhob sich vom Sofa, denn so musste sie nicht weiter zu Jasmin aufschauen. Sie trat dicht an sie heran. Akzentuiert sagte sie: »Sie schützen Ihren Informanten, der Ihnen die Tipps mit den Leichenattrappen gab. Jenen Attrappen, die als Stellvertreter für Nala und höchstwahrscheinlich auch für Delia stehen. Eine echte Leiche haben wir bereits gefunden. Kommen Sie damit klar, wenn Delia Hoffmann sterben muss, weil Sie eine fragwürdige Type decken, um weiterhin Follower für Ihren Krimiblog zu generieren?«

Jasmin trat ein paar Schritte an das Fenster heran. Carmen sah sogar deren Rücken den Kampf an, den Frau Professor mit sich ausfocht. Als sie sich zu den Ermittlern umdrehte, schien sie einen Entschluss gefasst zu haben.

Endlich.

»Es tut mir leid, ich kann Ihnen nicht helfen. Ich kenne den Informanten selbst nicht. Er nennt sich K Punkt Kowalla. Ich habe niemals in meinem Leben einen Menschen dieses Namens kennengelernt. Als Profilbild benutzt er Munchs Gemälde *Der*

Schrei. Das ist alles Fake, eine Fake-Identität, wie Tausende sie im Internet verwenden. Sie werden Tage brauchen, um über die IP-Adresse die dahinterstehende Person herauszubekommen. Und wenn er aus dem Darknet heraus agiert, eher Wochen oder Monate.«

Genau so ist es, dachte Carmen. Dann ist Delia verloren.

»Aber kommen Sie, was ich tun kann, um Delia zu retten, will ich tun. Ich habe eine neue Nachricht von Kowalla erhalten. Gerade eben. Es ist die dritte.«

Jasmin Mehlfort schritt zu einem großen Schreibtisch vor dem Fenster und klappte einen Laptop auf. Es dauerte ewig, bis die Seiten geladen wurden. Matthias beugte sich über das Gerät. »Vielleicht sollten Sie einmal ein Cleaning-Programm benutzen. Ein neues und teures Modell wie dieses Notebook sollte nicht so lange brauchen, um hochzufahren.«

Matthias und Carmen wechselten einen Blick.

Es sei denn, hier wäre eine Ausspäh-Software installiert worden und jemand verfolgte jeden Tastenklick aus dem Hintergrund.

»Das ist eines der wenigen Gebiete, auf denen ich eine intellektuelle Null bin. IT. Damit kenne ich mich überhaupt nicht aus. Darum hat sich immer Pierre gekümmert.«

Endlich erschien das Emblem des Krimiblogs auf dem Bildschirm. Matthias justierte die Helligkeit und Jasmin scrollte eine Weile hin und her. Nach einigem Suchen fand sie die Nachricht von K Punkt Kowalla, trat zur Seite, um den Blick auf den Text freizugeben. Carmen las den kurzen Absatz, der in ihr sämtliche Alarmglocken schrillen ließ. Vor allem der letzte Satz.

Sehr bald geht mir das nächste Opfer in Die Falle: in einem stillgelegten U-Bahn-Schacht.

Ihr Rücken knackte hörbar, während sie sich aufrichtete. Sie warf einen Blick aus dem Fenster. Die Welt dahinter verströmte

Normalität. Paare, die mit ihren Hunden spazieren gingen. Drei Kinder, die auf dem Rasen aus schmutzigen Schneeresten einen Schneemann bauten, der gnomenhaft mit schwarzen Augen und einem verbeulten Plastikeimer auf dem Kopf vor einer Parkbank kauerte. Morgen, spätestens übermorgen wäre er Geschichte, dann würde nur der Eimer auf dem Rasen daran erinnern, dass er einmal existiert hatte. Sie zwang ihre Aufmerksamkeit in das Wohnzimmer von Professor Mehlfort zurück.

Es ist viel schlimmer als gedacht. Wir zappeln in einem mörderisch intelligent angelegten Netz.

Eine Weile sagte niemand etwas. Carmen überlegte, wie viel sie preisgeben sollte, um Jasmin weiter aus der Reserve zu locken. Sie entschied sich für einen Mittelweg.

»Ich erkenne den Text. Er ahmt den Stil des Anfangs aus *Die Falle* unübersehbar nach. Ich gehe davon aus, obwohl es zehn Jahre her ist, das wird Ihnen ebenfalls aufgefallen sein. Wie heißt es so schön? Die ersten Sätze des ersten Buches vergisst ein Autor nie. Wie auch immer: Ihr Werk scheint eine Rolle in unserem Fall zu spielen.«

»Mein Buch?!« Jasmin Mehlfort hob die Augenbraue. »Der uralte Psychoschinken? Na schön, eine gewisse Formulierungsnähe ist nicht zu bestreiten. Aber dennoch ist das blanker Unsinn. Kaum jemand kennt es, es hatte eine minikleine Auflage. Ungerechterweise. Gleich erzählen Sie mir, dass das Pseudonym K Punkt Kowalla auf den Chamäleon-Klaus zurückgeht?«

Sie hielt sich die Hand vor den Mund. Gleichwohl sah Carmen, dass Frau Professor Mehlfort nur mit Mühe einen Lachanfall unterdrückte.

»Kaum jemand kennt es, sagten Sie. Das ist gemein, wenn ein Buch nicht die Öffentlichkeit erhält, die es verdient hätte, oder? Und nun plötzlich wird die Autorin durch einen Krimiblog über die Stadtgrenze weit hinaus bekannt. Einen Blog, der einen aktuellen Mordfall belletristisch ausweidet. Tausende begeisterte Follower, dazwischen ein anonymer Tippgeber, der *Die Falle* trotz niedriger Auflage zu kennen scheint und ins Spiel bringt. Hätten Sie das in Ihrem nächsten hellsichtigen Beitrag kreativ aufgegriffen?«

Jasmins Miene war in etwa so regungslos wie die Goethe-Büste hinter ihr in dem Bücherregal, ebenso weiß, die Augen leer. Ertappt, dachte Carmen, Eitelkeit ist eine schlimme Sache. Sie lenkt den Blick vom Wesentlichen ab. Zu einer tödlichen Gefahr konnte sie werden, wenn ein Feind von ihr wusste und auf dieser Klaviatur zu spielen verstand.

»Sie haben also den Prolog gelesen.« Jasmins Stimme schnitt durch Carmens Gedanken. »Auch das Ende?« Matthias' Telefon klingelte, er machte eine entschuldigende Handbewegung und verschwand durch die Tür in den Flur. Ohne auf Jasmins Frage einzugehen, sagte Carmen: »Die Nachrichten von Kowalla gehen an Ihren Blog, sind aber für die übrigen Blogteilnehmer nicht einsehbar, richtig?«

Jasmin Mehlfort nickte. »Ja. Man kann Kommentare schreiben, eine begonnene Geschichte weiterspinnen, und man kann mir private Mitteilungen zukommen lassen.«

»Die heutige Message von Kowalla war die dritte, sagten Sie. Zeigen Sie mir bitte die anderen beiden Nachrichten von ihm.«

Es dauerte eine Minute, bis Jasmin sie gefunden hatte. Schließlich löste sie einen Druckbefehl aus und aus dem Drucker auf der Fensterbank wuchs geräuschvoll eine DIN-A4-Seite. Carmen nahm sie in Empfang und las eine Weile. »Komisch. In der ersten Botschaft werden Sie gesiezt: *»Machen Sie etwas daraus«*, heißt es zum Schluss. In der zweiten werden Sie geduzt: *»Bleib wach heute Nacht«*. In der dritten geht es um Ihr Buch. Ich bekomme den Eindruck, Kowalla rückt immer näher an Sie heran.«

Jetzt war es mucksmäuschenstill im Raum, nur vom Flur her war in kurzen Abständen Matthias' Stimme zu hören, wenn er leise in sein Telefon sprach.

»Ja, kann sein«, meinte Jasmin, die aus dem Fenster sah und in dieser Pose ähnlich einer Statue verharrte.

»Ich mache meinen Job bei der Kripo schon einige Jahre. Irgendetwas sagt mir, dass Sie Kowalla kennen. Vielleicht wissen Sie im Moment nicht, dass Sie ihn kennen. Dass er Sie kennt, ist offensichtlich. Denken Sie nach! Wem sind Sie in Ihrem Leben einmal auf die Füße getreten?«

Ihr Gegenüber blickte weiterhin aus dem Fenster, schüttelte kaum merklich den Kopf. »Oh, das müssen sehr viele gewesen sein. Das bleibt kaum aus, wenn man nicht jeden fördern kann, der glaubt, es verdient zu haben. Auch die Konkurrenz im Lehrbetrieb und am Institut unter den Kollegen wird mit harten Bandagen ausgetragen.«

Carmen beschloss, den Druck auf Frau Professor weiter zu steigern. Langsam sagte sie: »In den ersten beiden Nachrichten von Kowalla geht es um die Dummys, um Mordvorboten. Aber in dem heutigen Text ist ausdrücklich von einem echten Opfer die Rede, das in *Die Falle* gehen wird.« Sie machte eine Pause, um zu sehen, ob Jasmin die wichtige Auslassung der drei Buchstaben in dem Satz bemerken würde. Als keinerlei Reaktion kam, richtete sie den Blick auf die DIN-A4-Seite. Das Papier raschelte in ihren Händen, als sie es zusammenfaltete und in die Jackentasche steckte. »Ich denke, unsere Spezialisten sollten sich einmal Ihren Computer vornehmen. Genau genommen, Frau Professor Mehlfort, ist Kowalla nicht länger ein anonymer Tippgeber. Heute bekennt er sich zum ersten Mal als Täter, wenn er sagt, dass das Opfer *ihm* in *Die Falle* gehen wird.«

44

»Höchstwahrscheinlich ist Kowalla ein Pseudonym und der Mensch dahinter ein Riesenarschloch, das sich in fremde Leben schleicht und in Internetblogs wichtigmacht, weil es ansonsten ein Randdasein ohne jede Aufmerksamkeit fristet. Da wäre er wahrhaftig nicht der Einzige. Denk an den Jogging-Utz, den Kakadu. Hier!« Carmen reichte dem Kollegen ihre Zuckertüte. Sie saßen in einem Café, das kurz zuvor eröffnet worden war. Die weiß-blauen Luftballons der Einweihungsparty säumten, inzwischen etwas schlaff geworden, die großflächige Fensterfront. Das Laugenbrötchen mit Käse auf Carmens Teller sah vielversprechend aus, der Kaffee allerdings schmeckte wie Spülwasser. Auch die zweite Tüte Zucker, die Matthias in seinen Kaffeebecher leerte, verhalf der Brühe offensichtlich nicht zu mehr Geschmack. Er schob den Becher von sich.

»Es bleibt der Fakt, dass Kowalla den Bushaltestellendummy angekündigt hat, bevor der von den Rentnern gemeldet wurde und wir von ihm erfuhren. Kowalla war vor uns im Bilde!«

»Stimmt. Und vermutlich nutzt er Prepaid-Handys für seine Botschaften, operiert im Darknet, sodass es kaum möglich, mindestens aber zeitaufwendig wird, ihn zu finden. Wir setzen trotzdem unsere IT-Nerds daran.«

Sie tippte eine Nachricht in ihr Handy. Nach einigen Minuten hob sie den Blick, kramte ihre Lesebrille und den Ausdruck von Jasmin Mehlfort aus der Jackentasche. »Jetzt kündigt Kowalla ein Opfer in einem stillgelegten U-Bahn-Schacht an. Sehr bald. Wir können kaum eine Hundertschaft Polizisten abordnen, um Tag und Nacht sämtliche U-Bahn-Schächte zu beobachten. Ach, verdammt! Und von Delia Hoffmann fehlt immer noch jede Spur.«

Ein Straßenkünstler mit einer Handpuppe trat an den Tisch. Ein Bauchredner, denn Carmen sah keine Mundbewegung des Mannes, als die Puppe zu sprechen begann: »Hallo. Ich heiße Delphi. Wie das Orakel.« Delphi war in Lumpen gehüllt, großflächige Flicken zierten ihr Kleid. Das Haar stand ihr zu Berge und ihr geschnitztes Gesicht wirkte gleichermaßen spitzbübisch wie sorgenvoll. Sie setzte sich auf eine Stuhllehne, dabei ließ sie die Beine schlenkern. Erst blickte sie zu Matthias, dann zu Carmen. »Habt ihr Lust auf ein Rätsel? Einsatz sind fünf Euro.«

»Nein danke, wir knobeln bereits an einem Rätsel. Vielleicht ein anderes Mal.« Carmen zog bedauernd die Schultern hoch und betrachtete fasziniert die Puppe, die durch ihre Gestik, den schräg gelegten Kopf und die Sprache innerhalb weniger Sekunden eine Seele eingehaucht bekommen hatte.

»Dann nicht«, meinte Delphi und Puppe und Bauchredner wechselten zum Nebentisch. Carmen konnte es nicht lassen und hörte mit einem Ohr zu, während Matthias begann, eine Nachricht in sein Handy zu tippen.

»Passt auf. Heute ist unser Glückstag! Hier sind drei Sportwagen. Für jeden von uns einer.« Delphi zauberte drei kleine Spielzeugautos aus der Schürzentasche. Ein blaues, ein gelbes und ein rotes. »Ihr habt gewonnen, wenn ihr herausbekommt, welches mein Wagen ist. Dazu gebe ich euch drei Hinweise, aber nur eine Behauptung davon ist wahr.«

Carmen fühlte sich fatal an den Anfang von *Die Falle* erinnert. Das ist das Gesetz der Resonanz. Wenn man schwanger ist, sieht man massenweise Schwangere um sich herum. So ging es mit allen Dingen, die einem im Augenblick wichtig erschienen, überlegte sie.

»Also. Behauptung Nummer eins: Das blaue Auto ist für Delphi. Hinweis zwei: Das rote Auto ist nicht für Delphi. Und Nummer drei: Das blaue Auto ist nicht für Delphi. Nun?«, fragte die Puppe in sicherer Erwartung des Gewinns. Ihre Beinchen schlenkerten wie wild und irgendwie war gegen alle Logik das Sorgenvolle aus dem hölzernen Gesicht verschwunden. Carmen zog Kugelschreiber und einen zerknüllten Zettel aus der Tasche, glättete ihn auf der Tischplatte, malte Kringel, bis Matthias mit seiner Textnachricht fertig war und sie ansah.

»Mit wem hast du vorhin bei der Mehlfort eigentlich so wichtig telefoniert?«, fragte sie.

»Telefoniert? Äh, mit Feo.« Er verschränkte die Arme vor der Brust. Überdeutlich, dass ihm so schnell nichts anderes eingefallen war. Auch die Mimik drückte aus, dass er keinesfalls von ihr zu seiner Ex-Freundin verhört werden wollte.

Na gut, warten wir eben auf eine andere Gelegenheit.

Am Nebentisch entstand Gemurmel, links von ihr klingelte ein Telefon und Matthias nahm ein Telefonat an, es dauerte nur wenige Sekunden.

Das rote Auto ist für Delphi, wenn nur eine der drei Thesen stimmt!

Beinahe hätte sie die Lösung laut herausposaunt, aber Matthias verstaute sein Handy in der Jackentasche und beugte sich zu ihr vor.

»Stell dir vor, was Claudius herausgefunden hat: Der Kakadu ist vorbestraft!«

»Wow! Der Herr Oberstudienrat a. D. Echt?« Carmens Gesicht leuchtete auf. »Garantiert wegen sexueller Nötigung! Der ist nicht der Typ, dem Frauenherzen zufliegen.«

»Treffer. Aber das Beste: Es waren jeweils blutjunge Joggerinnen, die ihn angezeigt haben.«

Matthias betrachtete den Zettel, auf den Carmen ihre Kringel gemalt hatte, drehte ihn um. Die Rückseite war schraffiert. »Fußpflege? Freitag?«

Carmen entriss ihm das Blättchen, zerknüllte es.

»Sieh an, der Jogging-Utz. Nötigung. Auf seinen achtzehn Kilometern in der Berner Au. Immer hin und her. Viereinhalb in die eine Richtung, viereinhalb zurück, dann das gleiche Programm in die andere Richtung. In der Berner Au, dort wo wir Nala gefunden haben und in deren Nähe Delia Hoffmann wohnt. Sehr seltsam.«

Das Paar am Nebentisch hatte auf das blaue Auto getippt.

Der Handpuppenspieler strich klappernde Münzen vom Tisch, streifte Delphi ohne ein Wort ab und stopfte sie kopfüber in seinen Rucksack. Ob dieser rohen Geste wandte Carmen den Blick ab. Irgendetwas hatte Delphi in ihr angerührt. Schließlich wandte sie sich wieder Matthias zu, der zu sprechen begonnen hatte. »Während ich mit Feo telefonierte, habe ich mich ein bisschen umgesehen in der Mehlfort'schen Wohnung.«

»Gute Idee, das hätte ich auch gern gemacht. Die Frau verbirgt etwas.« Zumindest das Laugenbrötchen schmeckte. Carmen dippte einen Rest der dunklen Kruste in den kalten Kaffee.

»Im Bad lag ein Oberhemd auf dem Badewannenrand mit eingesticktem Monogramm an den Manschetten. Die drei Initialen – unverwechselbar.«

»Mein Gott, wie eitel! Wer macht heutzutage noch so etwas, wenn er nicht gerade ehemaliger Präsident oder gut gebuchter Comedian ist? Oh, warte, lass mich raten. Pierre ten Have. Die

Initialen sind in der Tat unverwechselbar. Die Herrschaften sind also wieder zusammen.«

»Mal angenommen, es wäre so. Falls sie wirklich getrennt waren. Vielleicht ziehen die beiden gemeinsam ein hochgradig schräges Ding durch?«

Eine halbe Stunde später standen sie im Foyer des Bürokomplexes am Dalmannkai, der die »schickedanz gmbh« beherbergte. Wie beim ersten Besuch starrte Carmen auf die Buchstaben auf der Leuchttafel vor den Fahrstühlen. »EXIt-Lösungen«. EXIt, oder EXIL, wenn sie nur die Versalien las. Originell war die Idee in jedem Fall. Es funktionierte. Jeder, der die Firmenbezeichnung las, fing an, über den Sinn nachzugrübeln. Wieder glitt der gläserne Aufzug geräuschlos sechs Stockwerke hinauf und sie traten vor den futuristischen Empfangstresen in Form des Schickedanz-»s«. Marius-Melwin Schickedanz packte eilig das Handy zur Seite, als er Carmen und Matthias auf sich zukommen sah.

»Sie schon wieder! Was kann ich für Sie tun?«

»Wir brauchen die Gästeliste für Ihre Einweihungsparty der *Galerie CLAVIS* am 11. März. Das Original, die handschriftliche Version. Unsere Kollegen haben sie telefonisch angefordert, sie sollte hier bereitliegen. Außerdem hätten wir ein paar Fragen.«

Träge griff Schickedanz junior in ein Regal unter dem Tresen und fächerte eine Liste auf. »Schade, sie wird Ihnen kaum was nützen.« Sein hübsches Gesicht wurde einen Moment durch den Ausdruck blanker Bosheit in den Augen verdunkelt.

»Und wieso nicht?«, fragte Matthias, der die Seiten bereits überflog. Ungefähr fünfzig Namen, nicht alphabetisch sortiert.

»Nun ja, wir haben fünfzig Personen eingeladen. Per Einladung, auf Papier und so. Ganz altmodisch per Post, wie man das in Ihrer Generation macht.« Engelsgleich lächelte er. Carmen hätte ihm gern ihren Handschuh in den Mund gestopft.

»Es war eine Mottoparty für *CLAVIS*-Spieler und der Witz bestand darin, dass alle maskiert waren und jeder der fünfzig Geladenen jemanden mitbringen durfte.«

»Na, das ist ja mal wahnsinnig originell«, entfuhr es Carmen. Schickedanz kriegte sich kaum ein vor Vergnügen und Carmen stellte sich ihren zweiten Handschuh in seinem Mund vor. »Die Gäste sollten eine Person mitschnacken, die sie nicht kennen. In unserer Straße«, er deutete eine vage Geste Richtung Fenster an, »mussten sie jemanden überzeugen, in den neuen Galerie-Escape-Room mitzukommen. Quasi ein Werbegag! Junge Leute lieben so etwas.«

»Maximal originell. Herzlichen Glückwunsch! Wie sollte das funktionieren? Und wie wollten Sie das überprüfen? Schließlich hätte der Herr«, Matthias blätterte durch die Liste, »der Herr Kevin Sägeisen-Siebrecht seinen Bruder rechtzeitig auf der Straße platzieren und ihn am Eingang als unbekannten Begleiter deklarieren können.«

»Spielverderber haben wir einkalkuliert, aber die meisten, die *CLAVIS* spielen oder Escape-Rooms besuchen, mögen witzige Spielregeln. Darüber hinaus haben wir einige von uns instruierte Schauspieler auf- und ablaufen lassen, die sich mitschnacken ließen. Ein Riesenspaß, sage ich Ihnen.« Er gluckste und rieb sich die Hände.

Die Tür zum Büro seines Vaters schwang mit einem zischenden Geräusch auf. »Pisskopp, Pappkamerad, Pottsau«, kreischte der Papagei.

Der liebe Tourette-Klaus-Dieter in seiner Retro-Schleife. Als Gesprächspartner wäre er Carmen in diesem Moment lieber gewesen als die selbstgerecht grinsenden Vater und Sohn Schickedanz.

»Irgendwann bring ich den um«, flüsterte Marius-Melwin. Sein Gesichtsausdruck hatte sich vollkommen verändert, jedes Frohlocken schien fortgewischt. Es blieb Carmens Fantasie überlassen, ob er mit der Bemerkung den Vater oder Klaus-Dieter meinte.

Jan-Pieter Schickedanz trat aus dem Büro und füllte mit seiner Präsenz den Raum im Foyer. Mit einer Handbewegung versuchte er, Marius-Melwin wegzuwedeln.

»Wie ich sehe, hat mein Herr Sohn Ihnen die Gästeliste zur Einweihung unserer *CLAVIS-Galerie* überreicht. Können wir sonst noch etwas für Sie tun?«

»Ja«, erwiderte Carmen. »Ich sehe hier den Namen Delia Hoffmann auf der Liste.« Sie tippte auf eine Zeile ziemlich am Ende der letzten Seite, die zwischen zwei andere Gästenamen hineingequetscht wirkte.

»Kann sein, ich habe die Aufstellung weiß Gott nicht auswendig gelernt.«

»Oh«, sagte Marius-Melwin im Weggehen. »Delia Hoffmann? Null attraktiv, aber eine sehr kluge Spielerin! Weil sie den höchsten Stand ever in *CLAVIS* erreicht hatte, habe ich auf der Party nach ihr Ausschau gehalten und kurz mit ihr geredet. Sie wirkte etwas weggetreten, ging relativ früh. Mit einem Mann. Er trug einen engen schwarzen Anzug. Sah merkwürdig aus, vor allem wegen der eng anliegenden Kapuze.«

45

Auf dem Weg in ihr Büro lief Carmen Dr. Joachim Lott über den Weg. Ruckartig blieb er stehen. »Na, mien Deern? Du siehst lütt beten greesich aus. Der Fall geht dir bannich an die Nieren, was?« Seine neongelbe Krawatte zierten rote Marienkäfer. Es fiel Carmen schwer, den Blick davon zu wenden. Automatisch zählte sie die schwarzen Punkte auf den roten Panzern. Sechs Käfer mit vier Punkten, sechs Käfer mit sechs Punkten.

»Echt flott, was?«, fragte Dr. Lott. »Mein Bruder hat die gleiche. Nur in Orange. Aber Orange macht mich zu blass.«

Wer um Himmels willen dachte sich solche Muster aus?

Welche Klientel sie dann kaufte, war klar – die Brüder Lott. Sie mussten über Badewannen voller greller Krawatten verfügen.

Oh, wie werden mir die beiden fehlen, wenn sie in Rente gehen!

Sie unterdrückte ein Seufzen. »Wir haben uns in einem intelligent ausgelegten Spinnennetz verheddert, wie es scheint. Es gibt noch immer keinen konkreten Ermittlungsansatz.« Sie gingen ein paar Schritte zusammen den Flur entlang.

»Es ist zu früh, um Genaueres zu sagen«, begann der Gerichtsmediziner, »aber die toxikologischen Untersuchungen des Opfers Nala Averhoff haben etwas Komisches zutage

248

gefördert. So richtig kann ich mir da keinen Reim drauf machen. Todesursächlich war tatsächlich eine Sepsis. Der Bakterienstamm ist in Europa selten, als Überträger gelten hauptsächlich Insekten.«

»Jemand könnte Nala Averhoff über ein Insekt absichtlich mit einem tödlichen Bakterium infiziert haben?«

»Das halte ich für hochwahrscheinlich. Ich glaube mittlerweile auch zu wissen, wie. Komm nachher in die Gerichtsmedizin, da kann ich dir etwas zeigen und meine Theorie erklären.« Dr. Lott strich den grauen Haarkranz zurück und setzte seine Brille ab. Mit der Krawattenspitze begann er, die Gläser zu polieren. »Es ist allerdings ausgesprochen ausgefallen. Oder wie sagt ihr jungen Leute heutzutage? Echt sträinsch.« Dabei stolperte er über den spitzen Stein wie alle gebürtigen Hamburger.

Carmen schmunzelte. »Mhm, so heißt das wohl. Echt sträinsch.«

Im Waschraum stieß sie auf Astrid, die halb nackt im BH vor dem Waschbecken stand und einen Fleck auf ihrer weißen Bluse auswusch. Ihre Blicke trafen sich im Spiegel. »Spaghetti Bolognese. Oh, ich bekenne, ich könnt dafür sterben! Leider ist das Gericht nicht mit heller Kleidung kompatibel. Ich hätte den Milchreis mit Hagelzucker wählen sollen.«

Sie hielt das Kleidungsstück in den Airblade-Handtrockner. Das brausende Geräusch erfüllte den Raum. Einen Moment später erstarb es und Astrid zog die Bluse wieder hervor. »Prima. Nun sieht es so aus, als ob ich fettreduzierten Erdbeerjogurt verkleckert hätte.« Sie hob die Bluse gegen das Deckenlicht, streifte sie über die Schultern und knöpfte sie zu.

»Sag mal«, begann Carmen, »du hast *Die Falle* von der Mehlfort doch komplett durchgelesen. Wie geht das Buch aus?«

»Das wird dir nicht gefallen …« Astrid hob die Arme. Mit flinken Fingern flocht sie einen Zopf, warf ihn auf den Rücken.

Das Gefühl habe ich allmählich auch, dachte Carmen. Wieder trafen sich ihre Blicke im Spiegel.

»Also, Nennen-wir-ihn-Klaus bringt im Verlauf der Handlung drei Menschen um. Immer so, dass es ein Unglück gewesen sein könnte. Wer stirbt, steht recht schnell fest, ausnahmslos Personen, die er als intellektuelle Konkurrenz ansieht. Wer wie entschlummert, dafür hat er einen perfiden Zufallsgenerator erfunden. Sein Chamäleon Ready. Das erste Opfer erfriert, er friert es bei lebendigem Leibe ein.«

»Eines ertrinkt«, schoss Carmen ins Blaue.

»Ein Opfer ertrinkt«, bestätigte Astrid, »und das dritte bricht sich das Genick. Der Aberwitz besteht darin, dass der Täter nicht zu greifen ist, beziehungsweise noch schlimmer: Die Polizei weiß genau, dass Nennen-wir-ihn-Klaus dahintersteckt, hat aber keine Chance, ihm die Morde nachzuweisen.«

»Blödes Ende.« Carmen tastete nach dem Buch in ihrer Jackeninnentasche. Es waren noch ungefähr hundert Seiten zu lesen, vielleicht bekäme sie das in den nächsten Stunden hin. So lange musste die Zusammenfassung von Astrid genügen.

»Saublöder Ausgang«, stimmte Astrid zu. »Im letzten Absatz legt er eine Art Bekenntnis ab und spottet gleichzeitig. Damit die in seinen Augen dämlichen Ermittler wirklich mit der Nase darauf gestoßen werden, wie schlau Klaus mit seinem Intelligenzquotienten von hundertfünfzig ist. Im Gegensatz zur von ihm vorgeführten Polizei. Pass auf, ich zitiere die finalen Sätze im Epilog wörtlich:

Ich liebe mein Chamäleon Ready. Vielleicht.
Ich habe drei Morde begangen. Wahrscheinlich.
Ich bin zu schlau für euch, ihr kriegt mich nie.
Das ist sicher.«

46

Das neue Symbol auf dem Wandkalender strahlte in der Sonne. In der Geschenkpapierkiste im Keller hatte Sarah eine Schachtel mit goldenen Weihnachtssternchen zum Aufkleben gefunden. Sie mussten uralt sein, denn bei dem Stern, den sie auf den 13. März geklebt hatte, kringelten sich nach kurzer Zeit die fünf Spitzen hoch. Vor ihr auf dem Tisch lag die rote Mappe. Lange hatte sie diese nicht mehr komplett durchgeblättert. Meistens beruhigten sie bereits die ersten Seiten. Sie beschloss, heute von hinten nach vorn zu blättern. Einen Moment wunderte sie sich, woher sie den Mut dafür nahm, aber seit dem Ausflug zum Nachbarhaus hatte sich etwas in ihr grundlegend verändert. Nein, eigentlich schon vorher, als sie dem Paketboten die Tür geöffnet hatte. Es war, als hätte etwas jahrelang in ihr geschlafen. Sie stellte es sich vor wie einen Tumor, der lange Zeit viele Vitalfunktionen eingeschränkt hatte, nun aber auf wundersame Weise mithilfe einer Spezialmedizin vom körpereigenen Immunsystem bekämpft werden konnte. Sie wusste nicht, was in ihrem Inneren geschehen war, aber sie fühlte frische Kraft. Das Papier, das sie durch die Finger blätterte, raschelte. Es waren viele Seiten, die sie im Laufe der Jahre zusammengetragen hatte. Auf dem letzten Blatt fand sie eine Zeichnung.

Sie zeigte zwei Kinder auf einer Hollywoodschaukel. Mädchen mit geflochtenen Zöpfen. Die Größere las mit abgewendetem Kopf in einem Buch, die Kleinere heulte. Jasmin und Sarah. Die Momentaufnahme erwachte augenblicklich zum Leben vor ihrem inneren Auge.

»Sarah, ich will lesen, hör endlich mit deinen Spinnereien auf! Wenn du dich noch einmal nachts zu diesem Haus rüberschleichst und anschließend deine Gruselgeschichten erzählst, dann steckt Mama dich in eine Klapsmühle! Da sind alle Leute so verrückt wie du! Und die machen so!« Ihre große Schwester hatte wild mit den Augen gerollt und grauenhaft grimassiert.

Damals hatte Jasmin sich bei Sätzen, denen sie besonderen Nachdruck verleihen wollte, meist auf ein Ausrufezeichen beschränkt. Dennoch hatte die Drohung mit der Irrenanstalt gehörig Eindruck auf die sechsjährige Sarah gemacht. Das Bild musste sie kurz nach dieser Szene angefertigt haben, mit Tusche in drei Farben. Grundsätzlich hatte sie nur die drei Komplementärfarben Rot, Gelb und Blau benutzt. So ganz stimmte das nicht, dachte sie, als sie zur vorletzten Seite weiterblätterte. Hier dominierte Deckweiß, das dick und großflächig das Blatt bedeckte. Unmöglich zu erkennen, was sie damit hatte unsichtbar werden lassen. Auch als sie den Bogen gegen das Licht hielt, bewahrte er sein Geheimnis. Vielleicht könnte sie die bröselige Paste abkratzen? Ihre Finger blätterten die nächste Heftseite um. Ihr Biene-Maja-Hausschuh. O ja, sie erinnerte sich an das mordsmäßige Geschrei von Mama, als sie entdeckt hatte, dass Sarah den einen Hausschuh verloren hatte. Hinter Sarahs Augen flackerte etwas. Grelle Blitze schossen durch die Dunkelheit ihrer Erinnerungen. Das, was ihr damals partout nicht einfallen wollte, nämlich wo der Hausschuh geblieben war, präsentierte ihr Gedächtnis in diesem Moment, als hätte es nie eine Barriere vor der Erinnerung aufgebaut. Sie hatte ihn bei einem der Ausflüge nach drüben in der Kellerkasematte verloren, beim letzten Ausflug dorthin. Warum war sie so hastig aus der Kasematte geklettert, ohne auf den Schuh zu achten? Ihre Gedanken summten durch den Kopf. Irgendetwas hatte sie dort beobachtet, nur was?

Ein Geräusch ließ sie aufschauen. Ein weißer Transporter rollte auf die Auffahrt des Nachbargrundstücks. Wieder ein Lieferdienst? Der nette Bote? Sarah schlug die Mappe zu und trat ans Fenster. Eine Weile geschah nichts, nur die roten Bremslichter am Heck des Wagens erloschen. Dann wurde die Fahrertür aufgestoßen, ein Mann sprang vom Fahrersitz. Kein Paketdienst, wie sie sofort feststellte. Der Mann trug einen Blaumann, wie es Handwerker und Monteure üblicherweise taten. Er öffnete den Laderaum, schob seine Mütze in den Nacken und zerrte vier oder fünf rechteckig wirkende Papiersäcke nach vorn. Mörtel oder Zement? Einen nach dem anderen lud er sich auf die Schulter und trug sie zur Garage. Ob das Tor mittlerweile nicht mehr klemmte? Oder legte er die Säcke einfach davor ab? Papiersäcke? Die könnten doch durchfeuchten. Der Mann trug weitere Gegenstände zur Garage, einige in Plastikfolie gewickelt. Manche von ihnen mussten sehr schwer sein, die zerrte er aus dem Auto und schleifte sie über den Weg. Nach einer halben Stunde setzte er sich auf die Laderampe des Transporters und rauchte eine Zigarette, dabei telefonierte er. Sein Gesicht konnte Sarah nicht erkennen. Ich habe irgendwo ein altes Fernglas, dachte sie, wo ist es nur? Ihr Blick wurde von dem kleinen Sekretär neben dem Aquarium angezogen. In der zweiten Schublade fand sie es und kehrte zum Fenster zurück, justierte die Linsen auf ihre Sehschärfe. Leider drehte der Mann ihr den Rücken zu. Doch er hätte es sein können. Der nette Bote, der das Paket für den toten Nachbarn bei ihr abgegeben hatte. Ihr Herz begann zu klopfen. Ob er wieder bei ihr klingeln würde? Sie sah an sich herab, fuhr mit allen zehn Fingern durch ihr Haar. Wenn ja, dann sollte sie etwas Hübscheres anziehen, für eine Dusche reichte die Zeit unmöglich. Sie rannte nach oben, im Schlafzimmer verharrte sie vor dem Kleiderschrank. Eigentlich gab es keinen Grund dafür, dass er bei ihr anklopfen würde. Leider.

Als Sarah wenige Minuten später ins Wohnzimmer zurückkehrte, trug sie den neuen Jogginganzug, den Jasmin ihr mitgebracht hatte. Zwar war er noch nicht gewaschen und sie hatte in der Eile vergessen, den Preissticker abzuschneiden, dessen Plastiköse nun im Nacken kratzte. Immerhin war der Anzug nicht zu eng wie die meisten anderen ihrer Klamotten, und Dunkelblau stand ihr gut. Auf Zehenspitzen näherte sie sich dem Wohnzimmerfenster und spähte hinaus. Der Mann war inzwischen verschwunden. Aber sein Transporter parkte noch auf der Auffahrt. Vielleicht war er in der Garage oder gar auf dem Weg zu ihrer Haustür? Ihr klopfte das Herz bis zum Hals. Die Skalare schwammen unruhig im Aquarium hin und her.

Spürten Fische, wenn sich die Stimmung um sie herum veränderte?

Zwei endlos erscheinende Stunden verharrte sie vor dem Fenster. Gespannt richtete sie alle Aufmerksamkeit auf ihre Türglocke und die Villa gegenüber, sodass die Bilder vor ihren Augen zu flimmern begannen. Ähnlich musste es Menschen in der Wüste gehen, dachte sie. Oder Verdurstenden. Die sahen irgendwann Trugbilder. So wie sie jetzt. Der Mann erschien. Es war vollkommen unmöglich: Er kam aus dem Haus und stieg die Treppe herab. Eine merkwürdig steife Gestalt begleitete ihn, um die er den Arm gelegt hatte. Schnell schlurften sie zum Auto. Sarah hob das Fernglas, zoomte auf den Kopf des Mannes. Es war nicht der nette Paketbote, aber das Gesicht kam ihr trotzdem bekannt vor.

47

In der Gerichtsmedizin war es ruhig und kühl. Ein wenig Überwindung kostete es Carmen auch nach Jahren der Ermittlungsroutine, in diesen Bunker hinabzusteigen. Allein die Vorstellung, dass in unmittelbarer Nähe Dutzende Tote steif und kalt in stählernen Kühlfächern lagen, sorgte bei ihr für einen Kälteschauer. Menschen, die vor Kurzem ein mehr oder weniger fröhliches Leben geführt hatten. Dr. Lott obduzierte hauptsächlich mutmaßliche Mordopfer. So wie die Leiche von Nala Averhoff, die hoffnungsvolle Studentin. Wer weiß, was sie der Menschheit für bahnbrechende Erfindungen beschert hätte, sofern sie hätte weiterleben können? Und wer weiß, wann Dr. Lott sich mit der Obduktion von Delia Hoffmann würde beschäftigen müssen, wenn sie und ihr Team nicht herausfanden, welch perfides Spiel hier gespielt wurde?

Dr. Lott erhob sich von seinem Schreibtischstuhl und ging Carmen ein paar Meter entgegen. »So, mien Deern, nun komm mal mit.« Er öffnete eine milchglasfarbene Oberschranktür im Labor und holte eine Plastiktüte hervor, an der ein Etikett mit der Asservatennummer angebracht war. »Die chemischen Analysen aus dem Prüflabor haben ergeben, dass die Leiche von Nala Averhoff vor ihrem Tod mit einer Art Lauge gereinigt wurde.«

»Jemand hat sie extra gewaschen?«

»Sozusagen. Anschließend wieder angezogen. Aber nun pass auf: Das ist der Gipsverband, den die Tote trug. Eigentlich werden heutzutage kaum mehr Gipsverbände bei Brüchen angelegt, da gibt es moderne Behandlungsweisen zur Schienung. Manche Ärzte schätzen die Vorteile der alten Methode. Das ist unser Glück in diesem Fall. Denn Gips schließt ziemlich luftdicht ab. Das merkst du, wenn dir so ein Verband abgenommen wird, es stinkt darunter wie die Pest. Nun komm hierher.« Er kramte aus einem anderen Regal eine runde Glasschale mit Deckel hervor und hielt ihn Carmen unter die Nase. »Der Körper wurde mit der Lauge gewaschen, aber unter dem Gips blieb alles, wie es war. Das Ding klebte innen an dem Gipsverband.«

Carmen zog die Lesebrille aus der Tasche und betrachtete einen verkrümmten hautfarbenen Krümel. »Und was soll das sein?«

Fast verliebt begutachtete der Gerichtsmediziner den kleinen Partikel in dem Glas. »Das, verehrte Frau Hauptkommissarin Kollinger, ist eine *Monomorium pharaonis*. Auf Deutsch: eine Pharaoameise. Die Ärmste hier ist in keinem guten Zustand, sie hat ihr Leben ausgehaucht. Normalerweise ist sie bernsteinfarben und recht agil. Tatsächlich hätte ich sie beinahe übersehen. Lebendig ist sie, was kaum einer weiß, eines der gefährlichsten Tiere in unserem Land überhaupt. Sie frisst Exkremente, Erbrochenes und rohes Fleisch, sie kommt überall hin. Eine tödliche Keimschleuder, außerdem extrem widerstandsfähig. Dort, wo man ein einziges Exemplar dieser Gattung entdeckt, steckt in Wirklichkeit ein komplettes Volk im Gemäuer und mehr. Bienenvölker haben nur eine Königin. *Monomorium pharaonis* besitzt in einem Volk hunderte Königinnen, die Schwesterkolonien bilden. Sie lieben Wärme, nisten gern in der Nähe von Warmwasserrohren. In Krankenhäusern und Arztpraxen können sie zu einem exorbitanten Problem werden. Ihre Vorliebe für proteinreiche Substanzen wie Fleisch oder gar Eiter lässt sie unter Verbände krabbeln und an Wundrändern knabbern. Dabei verteilt sie Keime und gilt als eine potenzielle Ursache von Nosokomialinfektionen.«

»Verstehe, Krankenhauskeime. Die beispielsweise eine Sepsis auslösen.«

»Richtig«, sagte Dr. Lott, der seinen Kittel aufknöpfte und von den Armen gleiten ließ. »Der nachgewiesene Bakterienstamm an der Leiche von Nala Averhoff und an dieser *Monomorium pharaonis* stimmen überein. Ohne die winzige Pharaoameise in dem Gipsverband hätte ich nicht gewusst, nach welchen Keimen ich an der Leiche von Nala hätte suchen sollen.« Er stellte das Glas in das Regal zurück.

»Wir kennen also die Todesursache und nun auch den Übertragungsweg. Angenommen, jemand bringt Nala mit infizierten Ameisen in Kontakt. Sie stirbt daran. Ist doch superpraktisch aus Sicht eines Täters. Der perfekte Mord, nicht als solcher nachweisbar. Aber dann wird das Ganze vollkommen verrückt! Er inszeniert den Kehlschnittdummy auf dem Teich mit Nalas Papieren. Kurz darauf finden wir die echte Nala mit post mortem ausgeführtem Kehlschnitt am gleichen Ort. Einem Schnitt, der überhaupt nicht notwendig gewesen wäre, töter als tot geht bekanntlich nicht. Was soll das alles?«

Die Frage verklang im Raum, Dr. Lott begann Obduktionsbesteck zu sortieren.

Das monotone Klappergeräusch entspannte Carmen merkwürdigerweise. Etwas weniger erregt fügte sie hinzu: »Warum der Umweg zur Sepsis über diese Pharaoameisen? Hätte der Mörder dem Opfer die Keime nicht auch direkt verabreichen können?«

»Natürlich. Es muss einen Grund für die Ameisen geben. Sie haben eine Funktion in der gesamten Inszenierung. Oder eine für den Täter wichtige Symbolik.«

»Okay. Zurück zum Anfang. Am Anfang steht immer das Motiv. Meist liegt es in tiefer Vergangenheit. Wir müssen das Motiv finden.«

»Jo, das müsst ihr wohl. Sucht einen Menschen, der viel Wut im Bauch hat. Und jemanden, der sich mit Ameisen und Keimen auskennt.« Der Gerichtsmediziner drehte sich zu ihr um, lockerte die grelle Krawatte mit zwei Fingern. »Viel Glück bei der Suche. Mordmotive in kranken oder gekränkten Seelen auszubuddeln, ist harte Arbeit. Secht mien Broder allwedder. Ich mach Feierabend for hüt.«

»Oh, zumindest mit einem Ameisenkenner können wir dienen. Da hätten wir tatsächlich jemanden auf der Kandidatenliste. Pierre ten Have, Ameisenforscher. Nebenbei ist er nicht nur nagelneuer Lover des Opfers gewesen, sondern gleichzeitig Ex- oder Wieder-Partner der wissenschaftlichen Förderin von Nala.«

48

Der Transporter hatte das Nachbargrundstück längst verlassen, doch Sarah stand noch immer regungslos an ihrem Wohnzimmerfenster. In all den vergangenen Jahren hatte es keinerlei Bewegungen nebenan gegeben. Außer dem Taucher und dem Clown, die nur sie sah. Aber in den letzten Tagen geschahen seltsame Dinge, die auch andere bemerkten. Es wurde ein Paket von einem Boten gebracht, heute eine Lieferung von Säcken mit Zement. Das Paket hatte wirklich existiert. Jasmin und sie hatten es sogar ausgepackt. Leider konnte sie die Garageneinfahrt nicht komplett einsehen. Lagen die Säcke noch dort? Und mit wem hatte der Mann die Villa verlassen? Vor allem: Wie war er überhaupt hineingekommen? Wer hatte ihn hereingelassen?

Der Schlüssel!

Früher, in ihrer Kindheit, lag der Haustürschlüssel in dem Kissen auf der Hollywoodschaukel versteckt. Sie hatte oft beobachtet, dass das Nachbarskind den Reißverschluss aufzog und mit dem Schlüssel die Haustür aufsperrte. Dann einen Stein auf die Schwelle legte, damit die Tür nicht wieder zufallen konnte, und den Schlüssel an den geheimen Ort zurücklegte. Nun fiel ihr ein, dass sie auf dem Rückweg von ihrem waghalsigen Ausflug darüber nachgedacht hatte, nachzusehen, ob er noch immer dort lagerte. In der Dunkelheit war ihr der Gedanke abwegig erschienen. Aber jetzt? Sie hatte den Weg schon einmal geschafft. Alles, was ihr einmal gelungen war, könnte sie ein weiteres Mal schaffen. Sie ging in die Küche und betrachtete den Kalender mit den goldenen Sternaufklebern. Mit dem Daumen drückte sie die gekringelten Sternstrahlen wieder auf der Pappe fest. Schwindel erfasste sie. Angenommen, sie würde den Schlüssel in dem Kissen auf der Schaukel finden, was dann? Hielt ihr neu erwachter Mut einen Plan im Hintergrund bereit? Es gab nur eine Möglichkeit, es herauszufinden. Zunächst musste sie sich den Schlüssel besorgen. Gleichzeitig könnte sie nach den angelieferten Säcken sehen. Wenn sie den Schlüssel fände, vielleicht würde Jasmin mit ihr gemeinsam hinübergehen. Ins Haus hinein? Sie könnten nachsehen, was im Inneren der Villa vorging ...

Ihre Wangen glühten, ihre Handinnenflächen ebenfalls.

So, Sarah Röckendorf, du gehst jetzt in den Flur, ziehst deine Jacke an und setzt die Mütze auf. Du hast das schon einmal geschafft! Dann öffnest du die Tür und läufst über das Grundstück rüber. Zur Hollywoodschaukel. Nimmst das Kissen, machst den Reißverschluss auf, holst den Schlüssel.

Im Flur angekommen, folgte sie minutiös ihrem Plan. Jacke an. Mütze auf. Tür öffnen. Nun kam das Schwierigste: aus der Haustür treten.

Das Dickicht trug den Namen zu Recht. Dick. Dicht. Sarah stolperte über einen abgeknickten Grenzdrahtzaun. Das ursprüngliche Mäuerchen zwischen den Nachbarvillen musste vor Jahren bereits zerfallen sein. Sarah passte auf, dass sie nicht über die herumliegenden Steine stolperte, und bahnte sich ihren Weg durch verholzte Dornenbüsche. Schließlich hatte sie ihr Ziel erreicht: Sie stand vor der Hollywoodschaukel. Auf der Sitzfläche lag ein Haarbüschel. Sie steckte eine Strähne in die

Jackentasche und kam sich vor wie eine Kommissarin aus dem Fernsehen, die Beweise sichert.

Das Kissen, das sie suchte, glänzte feucht und schimmelig. Sie bereute es, keine Handschuhe angezogen zu haben. Der Reißverschluss klemmte beim ersten Versuch, ihn aufzuziehen, aber sie zog fester und er gab nach. Es bedeutete eine gewaltige Überwindung, mit nackten Fingern in das klamme, flockige Innenleben zu fassen und es zu durchwühlen. Vielleicht lebten Tiere darin, die ihr die Fingerkuppen abbeißen würden. Scharfer Schimmelgeruch stieg ihr in die Nase. Kurz hielt sie in der Bewegung inne. Ihre Hand berührte etwas eisig Kaltes. Reflexartig zuckte sie zurück. Der gesuchte Schlüssel? Sarah atmete tief durch, sah den Atem in der Winterluft kondensieren. Dann versenkte sie erneut die Finger in das Kissen, tastete. Und da war es. Daumen und Zeigefinger griffen nach einem harten Gegenstand in dem klumpigen Kisseninlet. Einen Moment später hielt sie einen altmodischen Schlüssel mit Bart in der Hand.

49

»Rein theoretisch überlegt, welche Funktion könnte der komplizierte Infektionsweg über die Pharaoameise haben?« Carmen saß mit Linus zu Hause am Küchentisch. Es duftete nach Rosmarinkartoffeln, die er eben in den Ofen geschoben hatte. Linus hob die Schultern. »Vielleicht hat euer Ameisenforscher ten Have damit zu tun. Oder jemand bezweckt, dass genau der in Verdacht gerät. Oder Nala hatte eine *Myrmecophobie* und derjenige wollte sie quälen.« Er fing den Blick seiner Mutter auf und ergänzte: »Ameisenphobie. Meiner Ansicht nach müsste es *Formicidiaphobie* heißen, weil *Myrmecia* die Unterart der Bullenameisen bezeichnet. Na gut.« Er hob die Arme, als Carmen die Augen verdrehte. »Ich bin schon ruhig. Also, eventuell war der Täter scharf darauf, sie kurz vor dem Tod mit dem größten Horror zu konfrontieren, den sie sich vorstellen konnte. Du hast mir von einigen Fällen in deiner Laufbahn berichtet, in denen abgrundtiefer Hass sich auf diese Art auslebt. Es reicht dem Mörder nicht zu töten, er will dem Opfer größtmögliche Pein zufügen. Ihr habt nur eine Ameise gefunden, weil die Leiche mit Lauge abgewaschen wurde. Aber vielleicht hat er Nala im Verlauf ihrer letzten Stunden Hunderten oder Tausenden der Tiere ausgesetzt? Infizierten Pharaoameisen zudem. Eine Sepsis ist kein angenehmer Tod: Am Anfang stehen Fieberschübe mit Atemnot, dann akustische plus optische Halluzinationen durch Bewusstseinstrübung, verursacht vom multiplen Organversagen. Besonders schnell geht es obendrein nicht. Ohne Behandlung kann sich das über ein bis zwei Tage hinziehen ...«

Na gut, das klang wirklich unangenehm, die Alternative kurzer Prozess mittels Kehlschnitt bot allerdings keinen fröhlicheren Ausweg.

»Schiete. Ameisenphobie. Nalas Mutter erwähnte, dass der neue Freund Pierre aufgrund seines Interessengebietes nicht zu ihr passte.«

Sie überlegte einen Moment. Linus legte den Kopf schief, kräuselte die Haare über dem rechten Ohr. Endlich fiel es ihr ein. »Sie sagte wörtlich: Er ist nett und alles, aber er beschäftigt sich mit einer speziellen Insektengattung, gegen die Nala seit frühester Kindheit Aversionen hegt. Seit sie in einen Ameisenhaufen gefallen ist. Aber na ja, wo die Liebe hinfällt ...«

Der Ofen dampfte und Linus stand auf, um das Blech herauszuziehen. Ein Wohlfühlduft durchströmte die Küche. Linus hatte wie immer, wenn Carmen in einem schwierigen Fall engagiert war, stillschweigend die Lebensmittelversorgung für den kleinen Haushalt organisiert. Carmen überlegte, dass sie, sobald dieser Fall gelöst war, einige Zeit freinehmen und ihren Sohn nach Strich und Faden verwöhnen würde. Jeden Tag Vanillepudding mit Orangensoße. Den Nachtisch, den er liebte, schon bevor er einen Löffel eigenständig in der Hand halten konnte. Aber als Allererstes würde sie eine neue Handyschale mit dem Hamburger Michel beschaffen. Sie nahm sich vor, in der nächsten freien Minute in den Souvenir-Shops des Hamburger Portugiesenviertels zu stöbern.

»Sag mal, Nala spielte *CLAVIS*. Ihr Avatar verschwand, im *CLAVIS-Sprech* bedeutet das wohl, sie hatte es hinter die berüchtigte Pforte in das reale Escape-Haus geschafft.«

»Falls das alles mit *CLAVIS* überhaupt etwas zu tun hat und nicht jemand anderes wie der Ameisenforscher Nala in die Finger bekommen hat.«

»Es muss mit *CLAVIS* zu tun haben. Der Spielbetreiber Schickedanz verwendet einen Leichendummy gleicher Provenienz wie unser Mörder. Als du mir *CLAVIS* erklärt hast, sagtest du, dass du das Gefühl hättest, das Spiel kenne dich. Es schien über deine Vorliebe für Geschichten von Edgar Alan Poe Bescheid zu wissen. Wenn deine Annahme stimmt, könnte *CLAVIS* auch die Ameisenphobie von Nala gekannt haben. Und in dem analogen Escape-Haus …«

»Dann könnte es theoretisch sein, dass *CLAVIS* Nala in eine für sie maximal beschissene Situation geschickt hat.«

»Linus, stopp mal eben. *CLAVIS* ist ein programmiertes Spiel. Wie sollte so etwas mit individuell zugeschnittenen Spielverläufen funktionieren? Das ist komplexer als irgendwelche Cookies, die Algorithmen auf unsere Handys setzen, um auf uns passgenaue Werbung zu schicken.«

Es klingelte an der Tür. Linus schnellte hoch.

»Oh, das wird Lukas sein. Vielleicht fragst du lieber den, der kennt sich damit besser aus als ich.«

Carmen legte einen Finger auf die Lippen, das Zeichen für Stillschweigen. Es war sowieso unmöglich, dass sie mit ihrem Sohn die Kriminalfälle besprach. Das ging nur, weil sie sich dessen Loyalität gewiss sein konnte. Linus spitzte die Lippen und wickelte ein imaginäres Band darum.

Einen Moment später betrat Lukas die Küche. Carmen verkniff sich ein Schmunzeln, als sie die stets nach oben gezogenen Mundwinkel in seinem eiförmigen Gesicht betrachtete. Sie erhob sich und stellte einen weiteren Teller auf den Tisch.

»Wir reden gerade über *CLAVIS* und über individuell wirkende Spielverläufe. Linus meint, du kannst mir erklären, wie das funktioniert?«

Lukas' Mundwinkel reichten nun bis knapp zu den Ohren, so viel Freude malte sich auf sein Gesicht. Er legte die Jacke ab und ließ sich Carmen gegenüber auf den wackeligsten Stuhl fallen. Eigentlich hatte sie den letztes Wochenende leimen wollen. Hoffentlich hielt er, denn er schwankte bedenklich unter Lukas' Gewicht.

»O ja, gern, das ist kein großes Ding. Schon bei der Registrierung muss jeder Spieler Dutzende von Angaben machen. Das können Sie sich wie einen Psychotest vorstellen, manche Zeitschriften veröffentlichen so etwas. ›Welcher Urlaubstyp bist du?‹ oder ›Wie resilient reagiert deine Seele im Krisenmodus?‹. Anschließend betritt man den ersten virtuellen Escape-Room. Hier wird der Kandidat aufgefordert, irrsinnig viele Entscheidungen intuitiv unter extremem Zeitdruck zu treffen.«

Linus füllte die Kartoffeln auf die Teller und stellte vorbereitete Frikadellen in die Mitte des Tisches. Carmen stibitzte eine.

»Verstehe. Aus all diesen Informationen kreiert die Software Spezialszenarien: Urlaubstyp A, der gleichzeitig Stresstyp Z ist, erhält die vorprogrammierte Aufgabe hunderteinunddreißig. Urlaubstyp C ist Stresstyp Y und fällt unter Zeitdruck widersprüchliche Entscheidungen, der fängt die Aufgabe siebenundachtzig. Das Ganze ist natürlich sehr viel komplexer, weil die Software deutlich mehr Parameter aus den Daten analysiert. Aber wie groß ist die Wahrscheinlichkeit, dass das Programm vorgefertigte Szenarien bereithält wie für Linus mit der Edgar-Alan-Poe-Geschichte?«

Lukas kratzte an seinem schütteren Haaransatz. »Auch kein Ding. Intelligente Softwaresysteme sind in der Lage, aus hundert Einzelparametern ein komplettes Psychogramm zusammenzusetzen. Es zieht Schlussfolgerungen, es abstrahiert, es lernt dich durch jeden Klick, den du machst, besser kennen. *CLAVIS* hat das perfektioniert. In meinem Spielverlauf ist es ähnlich. Das Spiel triggert ein Detail aus meiner Vergangenheit, das ich ihm niemals durch eine Antwort bewusst gegeben habe. Dessen bin ich sicher, denn damals habe ich mich nicht gerade mit Ruhm bekleckert.« Er grinste schief.

Niemals bewusst gegeben habe. Doch in einer Stresssituation wie einem virtuellen Escape-Room lief das allermeiste unbewusst ab, überlegte Carmen.

Es war still in der Küche, nur das Gebläse im Ofen rauschte leise. Es war, als hätte sich die Raumtemperatur in diesem Moment um drei Grad abgesenkt.

Das Spiel ist unheimlich und perfide.

Etwas in Carmen begann zu vibrieren.

»Das klingt wahnsinnig aufwendig. Wenn es stimmt, dass *CLAVIS* ab der Pforte im Darknet ohne Kontrolle weitergeht …«

»Oh, da wird's wesentlich einfacher«, sagte Linus. »Für die wenigen Leute, die es hinter die Pforte schaffen, ist es ein Klacks, individuelle Programme zu schreiben. Es gibt Hacker-Communities und Darknet-Spezialisten, die übernehmen Programmieraufträge für wenig Geld. Jedes Szenario, voilà! Die operieren über verschlungene ausländische Serversysteme. Sie sind praktisch unmöglich aufzuspüren.«

Ja. Linus hatte recht.

Die Frikadelle in ihrem Mund schmeckte plötzlich fade, mit Mühe schluckte sie den Bissen herunter. »Soweit ich das Spiel verstehe, sind die Spieler, die es an die Pforte geschafft haben, überproportional intelligent. Ich habe obendrein verstanden, dass es in dem Spiel möglich ist, den eigenen Intelligenzquotienten durch gelöste Aufgaben zu erhöhen und anderen Spielern dadurch IQ zu nehmen.«

»Stimmt, geniale Idee, die die Konkurrenzsituation befeuert.« Der Stuhl unter Lukas quietschte, hielt jedoch stand.

Von den Frikadellen waren nur noch zwei übrig. Carmen verkniff sich den automatischen Griff nach der nächsten und leckte die Finger ab.

»Die Logik des Spiels lässt denjenigen mit dem höchsten IQ zuerst an die Pforte. Wenn es nicht zu indiskret ist … Aber ihr drei verbliebenen Kandidaten, wie steht es um eure Intelligenzquotienten? Also, ich meine rein virtuell?«

Sofort langten Linus und Lukas in ihre Hosentaschen, beförderten die Handys zutage und wischten über die Displays. Mit der jeweils anderen Hand schnappten sie sich die letzten zwei Fleischklöpse.

»Hundertfünfunddreißig!«, schrie Linus, der die Spielstatistik schneller gefunden hatte. Er reckte die Faust in die Luft. »Vangelis ist abgeschlagen auf hundertneunzehn. Spitzenreiter ist Lukas. Wow, mit hundertzweiundvierzig! Alter, wie hast du das gemacht?« Normalerweise sagte Linus nie »Alter«, er musste wirklich beeindruckt sein.

Carmen beschloss, in Anbetracht der drohenden Gefahr mit einem Grundsatz zu brechen. Bevor sie sprach, sandte sie einen warnenden Blick an ihren Sohn und suchte nach einer Formulierung, die nicht zu viel über den laufenden Fall verriet.

»Jungs, ich muss einen Mord aufklären, in dem *CLAVIS* eine Rolle spielt.« Lukas hob den Blick von seinem Handy, steckte es zurück in die Hosentasche. »Eine Spielerin ist tot, eine weitere verschwunden. Tut mir den Gefallen und hört mit dem Spiel auf, bis wir die Zusammenhänge kennen, okay?«

Lukas und Linus wechselten einen Blick. Glücklich über den Appell schienen sie nicht zu sein, dennoch nickten sie.

Carmen schob nach: »Und meidet bitte stillgelegte U-Bahn-Schächte.«

Die beiden sahen sie an, als ob sie den Verstand verloren hätte. Nicht nur deshalb behielt Carmen den folgenden Gedanken für sich, denn er war erschreckend.

Der, den sie suchten, kann Hochintelligenz nicht leiden! Ganz so, wie die fiktive Figur Nennen-wir-ihn-Klaus, der seine Opfer nach intellektueller Augenhöhe eines Intelligenzquotienten von einhundertfünfzig aussuchte. Sie anschließend planvoll eliminierte, damit sein Stern ohne Nebengeflimmer leuchten konnte.

Und abermals war sie bei Jasmin Mehlfort gelandet. Beziehungsweise bei ihrem Buch. *Die Falle* lag auf dem Küchentisch. Um die Gedanken zu beruhigen, nahm Carmen es in die Hand und blätterte gedankenverloren darin. Plötzlich hielt sie inne, blätterte zurück, las noch einmal, jetzt konzentrierter. Auf Seite einundachtzig stieß sie auf die Stelle, die ihren grauenhaften Traum von der Inquisition in einem Ameisenstaat ausgelöst hatte. Die Pharaonin in Ameisengestalt auf dem Thron. Die bei falschen Antworten mit den sechs Extremitäten ruderte, den kahlen Kopf mit den glitzernden Facettenaugen schüttelte. Bei besonderer Unzufriedenheit mit Carmens Lösung die grimmig blickenden Krieger angewiesen hatte, ein weiteres Schloss an die rostige Ausgangstür des Thronsaals zu hängen.

Kein Traum!

Ihr Gehirn hatte im Übergang zwischen Schlaf und Erwachen exakt diese Szene projiziert. Ihre Augen glitten zurück im Text, bis sie gefunden hatte, was sie suchte: Hier stand es, das Wort, welches im Unterbewusstsein seither herumschwamm. Auf der

Seite einundachtzig: *Ameisenpharaonin*. Und auf Seite zweiundachtzig hatte die Autorin in einem anderen Sinnzusammenhang eine Wortvariation gewählt: *Pharaoameise*.

Carmen sah auf die Armbanduhr, griff nach der Jacke, steckte das Buch in eine der Innentaschen. »Jungs, viel Spaß beim Lernen. Ich muss noch einmal ins Präsidium.«

50

Delia hatte sich auf den Rand einer der Kisten gesetzt. Jegliches Zeitgefühl schien ihr abhandengekommen zu sein. Wenn sie Konzentration auf die Gehörhärchen legte, konnte sie das elektrische Sirren vernehmen, das von dem Spinnennetz an der Tür ausging. Sie drehte die zwei Buchstabenstiele »G« und »X« aus der Schreibmaschine in der Hand. Hätte sie rechtzeitig gemerkt, welche Gefahr drohte, oder hätte sie versucht, durch die metallenen Spinnweben zu fassen und die Schlüssel in das Schloss zu stecken? Die eisernen Schreibmaschinenbuchstaben hätten ihr sofort den tödlichen Stromschlag verpasst. Ihr Mund fühlte sich an wie ausgedörrt. Die letzten Stunden hatten sie eines gelehrt: Hier ging es nicht um Intelligenz. Im Gegensatz zu dem digitalen Spiel. Dort war nicht nur eine Menge mathematisches und chemisch-biologisches Basiswissen vonnöten gewesen, um den nächsten Level und den folgenden Escape-Room zu betreten. Mehr noch wurde die Fähigkeit zur Abstraktion gefordert: nämlich Wissen auf komplexere Phänomene auszuweiten. Ähnlich der klassischen wissenschaftlichen Arbeit am Institut, das der Universität angeschlossen war.

Hier aber, in diesem analogen Escape-Haus, ging es um etwas vollkommen anderes: um Willkür. Um stundenlangen

Hunger. Um Ausgeliefertsein. Um Konfrontation mit sich selbst. Um Demütigung. Darum, eine lange Zeit unter existenziell bedrohlichen Bedingungen eingesperrt zu sein.

Sie sandte einen Blick an das Milchglasfenster über ihr. Das Ganze unter Beobachtung. Auch ohne weitreichende Kenntnisse der Psychologie ahnte sie, dass genau dies Methoden waren, die von manchen Verhörexperten autokratischer Systeme angewandt wurden, um Menschen zu brechen.

Ging es darum, sie zu zerstören? Ging es um Strafe? Um Rache? Wofür?

Die verrückte Schreibmaschine schien der einzige Kommunikationsdraht zu demjenigen zu sein, der dieses Szenario für sie erdacht hatte. Vielleicht galt das nicht nur in eine Richtung? Womöglich könnte sie eine Nachricht schreiben, um eine Aufgabe, einen Tipp bitten, irgendetwas, das sie aus ihrer passiven Rolle herausführte? Sie könnte den Text rückwärts tippen, um zu verstehen zu geben, dass sie kapiert hatte, dass es hier um eine eigene Welt mit einer eigenen Sprache ging.

Ein Kotau! Einen Akt der Unterwerfung. Das war es, was Täter in der Regel wollten. So fing es an, wenn Opfer sich um des Überlebens willen demütigten.

Das Spinnennetz vor der Tür sirrte. Eine knifflige Chemieaufgabe wäre ihr lieber gewesen als dieser kranke Mist, für den sie weniger ihre Intelligenz als wache Instinkte benötigte. Sie betrachtete die Schreibmaschine auf dem Schoß. In zwischenmenschlicher Kommunikation, die nicht allein auf Fakten basierte, war sie nie gut gewesen. In München hatte sie alle Brücken abgebrochen, in Hamburg kannte sie kaum jemanden. Erst als Jasmin Mehlfort sie unter ihre Fittiche genommen hatte, hatte sie begonnen, sich einzuleben. Hatte Ben kennengelernt, die ganze Community um *CLAVIS* herum. In den Chats rund um das Spiel hatte sie Gleichgesinnte getroffen. Zugegebenermaßen fiel ihr Kommunikation auf Social

271

Media leichter als analoge Kontakte. Mhm. So kam sie nicht weiter. Sie musste eine Entscheidung treffen. Was könnte sie schreiben? Wahrscheinlich war es vollkommen egal, was sie schrieb. Ein Gefühl sagte ihr, dass ihr Scheitern beschlossene Sache war. Von langer Hand geplant. Über dieses Spiel und die Pforte. Der nackte Ehrgeiz hatte sie in die Falle rennen lassen.

DER WEK?, tippten ihre Zeigefinger schließlich. In Ermangelung des »G«, das sie aus der Schreibmaschine ausgeklinkt hatte, schrieb sie Lautschrift. Bei jedem Buchstaben ließ sie sich Zeit.

Hack. Hack. Hack.

Es war egal. Der Anschlag der Schriftzeichen durchschnitt die Grabesstille im Raum. Leertaste.

Hack. Hack. Hack.

Nochmals Hochstelltaste für das Fragezeichen.

Hack.

Unter ihr knarrte etwas. Erschreckt sprang sie auf, fast hätte sie die Schreibmaschine fallen gelassen. Beinahe liebevoll stellte sie diese auf den Boden. Die Kiste vibrierte, oder spielten ihr die überreizten Nerven einen Streich? Ihr Blick fiel auf das Eisenschloss auf dem sargähnlichen Kasten und auf die Buchstabenstiele, nach denen sie automatisch gegriffen hatte. Aus Angst vor einem Stromschlag zog sie den Ärmel über die Finger und steckte das »X« in das Schloss. Drehte den Schlüssel. Es knackte. Der Verschlussriegel sprang auf. Der Deckel war schwer, sie brauchte alle Kraft, um ihn zu heben.

Scharfer Schimmelgeruch stieg ihr in die Nase. In der Kiste fehlte ein ungefähr fünfzig mal fünfzig Zentimeter großes Bodenstück. Diffuses, gräulich-bläuliches Licht beleuchtete eine Holzleiter, die in ein Stockwerk unter diesem Raum zu führen schien. O mein Gott, dachte Delia, als sie sich hinabbeugte, um Einzelheiten in dem Darunter zu erkennen. Doch sie konnte lediglich die ersten drei Leiterstufen sehen sowie grob verputzte Wände, braunfleckig, an denen sich Schimmel wie wuchernde Krebsgeschwüre in die Tiefe zogen. Alles darunter verschwamm in diffusem Nebel, wie er aus Nebelmaschinen auf Theaterbühnen eingesetzt wurde. Um zu ergründen, wohin der Weg führte, müsste sie in den Sarg steigen, was ihr eine Gänsehaut über den Rücken schickte. Aber einen anderen Weg aus dem Raum gab es nicht. Sie blickte auf das sirrende Spinnennetz vor der Tür. Nur der Weg durch den Totenschrein in die Unterwelt bot die Möglichkeit eines Auswegs. An dem Holz, das den Abstieg einrahmte, kroch eine Ameise aus dem Loch darunter. Eine zweite und dritte folgte. Hinter Delia ratterte es.

Ihr Kopf schoss herum. Die Schreibmaschine antwortete. Unter ihrer Frage prangten fünf Lettern sowie ein Ausrufezeichen. Die Buchstaben ebenfalls in Versalien und in richtiger Reihenfolge. Eine heiße Welle der Wut durchströmte ihren Körper, als sie die Walze weiterdrehte und las, was dort stand.

HADES!

51

Auf den Stufen zum Präsidium kam ihr Feodora, Matthias'
Ex-Freundin, entgegen, die gerade das Gebäude verlassen
wollte. Vor der Trennung von Matthias und Feo hatten Carmen
und ihr Mann Gregor, vor eigenen Beziehungsproblemen vor
gut einem Jahr, privat viel Zeit miteinander verbracht.

Glücklich sieht sie aus, dachte Carmen. Irgendwie verändert. Die roten Haare hatte Feo mit einem meerblauen
Seidentuch aus der Stirn gebunden und die Sommersprossen,
die sie auch im Winter nicht verlor, bewirkten mit ihrer stets
fröhlichen Art, dass man ihr immerzu ins Gesicht schauen
wollte.

»Feo? Toll, dich einmal wiederzusehen! Wie geht es dir, was
machst du hier?«

»Ich habe Matts ein paar Sachen gebracht.«

»Oh, ist da etwas an mir vorbeigegangen? Seid ihr wieder
zusammen?« Carmen biss sich auf die Zunge. Das war nun
nicht besonders diskret, geschweige denn elegant. Wie so oft
direkt mit der Tür ins Haus!

Aber Feodora legte ihr die Hand auf den Arm und lachte.
»Ehrlich gesagt, ich weiß es nicht so genau. Es ist verzwickt. Das
kann er dir lieber selbst erzählen.« Das Telefon, das sie in den

Fingern hielt, klingelte, doch nach einem Blick aufs Display wandte sie sich Carmen erneut zu. »Wie steht's bei euch? Matts hat mir erzählt, dass Gregor und du eine Aussprache hattet und euch wieder trefft?«

»Tja, ich fürchte, das ist auch alles etwas kompliziert. Aber ich bin froh, dass wir überhaupt endlich miteinander reden. Wir haben damals beide Fehler gemacht: Ich habe mich während Linus' Leukämie entweder nur um das Kind gekümmert oder mich in meinem Job vergraben. Währenddessen hat sich Gregor außerehelich vergnügt. Luna heißt das recht attraktive Ergebnis. Gregor weiß selbst noch nicht lange von ihr. Sie ist fast erwachsen und lebt bei ihrer Mutter in Barcelona. Ich hab sie vor ein paar Wochen kennengelernt. Ein tolles Mädel!«

»Aber Linus und seine Krebserkrankung, das ist alles ewig her. Da war er doch noch ein kleines Kind.«

»Eben. Das ist ja das Komplizierte, dass wir im Verlauf unserer Ehe nicht über den Schmerz, in meinem Fall, und Frust, in Gregors Fall, haben reden können. Jeder von uns hat auf eigene Art gelitten, trotzdem waren wir sprachlos. Bis Gregor von der unehelichen Tochter erfuhr und ohne ein Wort auszog. Glücklicherweise hat er in der Zeit unserer Trennung seine Sprache wiedergefunden. Seither geht es in kleinen Schritten vorwärts.«

Sie schwiegen eine Weile. Feo legte Zeige- und Mittelfinger auf ihre Lippen und sandte Carmen einen Luftkuss. »Viel Glück!«

Carmen tat es ihr nach. »Euch auch, viel Glück!«

Auf dem langen Korridor des Präsidiums klapperten Carmens Absätze über den Steinfußboden. Die meisten Büros schienen für heute längst verlassen. Lediglich ihr Team befand sich noch im Gebäude, was sie mit Stolz erfüllte. So war es immer, wenn sie Fälle bearbeiteten, in denen es um Leben und Tod ging. Ein

Architekt der Achtzigerjahre hatte den Flur mit Glasfenstern ausgestattet, sodass man in jedes Büro hineinsehen konnte. Hier und da sah sie hohlwangige Gesichter mit Kaffeetassen vor den bläulich schimmernden Lichtern der Monitore sitzen. Sie wirkten wie eine Kolonie Außerirdischer. Das Gluckern der Heizungsrohre sowie das emsige Treiben hinter den Scheiben beruhigte wie immer ihre Nerven. Carmen steuerte den Trakt der Spurensicherung an, in der Hoffnung, Sören Lambeck anzutreffen. Sie hatte Glück. Als er sie bemerkte, erhob er sich ächzend, die grauen Stirnlocken standen nach beiden Seiten geschwungen ab.

»Ich hätte dich gleich angerufen. Wir haben etwas an dem Bushaltestellenkörper gefunden.«

So viele Worte hatte Carmen den wortkargen Spusichef lange nicht im Zusammenhang sprechen hören. Sie beging nicht den Fehler, ihn zu unterbrechen. Ungeduldige Rückfragen führten bei ihm zu verstocktem Telegrammstil: ja/nein/weiß nicht. Stattdessen nickte sie und hob fragend die Augenbrauen.

»Der Schaumpilz vor dem Mund ist zwar genauso alt wie der Rest des Silikonkörpers, aber er wurde mit einem modernen Leim angeklebt. Einem Leim, der sich für dieses alte Zeugs kaum eignet und üblicherweise für die Reparatur von Glasfaserobjekten wie zum Beispiel Surfbrettern benutzt wird.«

Sofort entstand vor Camens Augen das Bild von einem an die Wand gelehnten Surfbrett neben einem Bücherregal mit einem Frotteehandtuch unter dem Brett. Daneben Töpfe mit Silikonspachtelmasse oder Leim. Das Wohnzimmer von Benjamin von Below mit dem gerahmten Einstein-Zitat an der Wand. Ihr Handy klingelte. Astrid.

»Wir haben soeben einen anonymen Hinweis per E-Mail erhalten. Angeblich soll der Freund von Delia Hoffmann, der sie vermisst gemeldet hat, Benjamin von Below, kurz vorher auch mit Nala Averhoff eine Liebesaffäre gehabt haben.«

»Danke, Astrid.« Carmen ließ das Telefon einen Moment sinken.

Eine weitere Querverbindung. Was ging hier eigentlich ab?

Sie hob das Telefon an ihr Ohr. »Astrid, trommle das ganze Team zusammen. Besprechung in einer halben Stunde.«

Stühlescharren begrüßte sie wenig später im Besprechungsraum. Astrid und Claudius saßen bereits auf ihren angestammten Plätzen. Die Gebrüder Lott ebenfalls, sie steckten die Köpfe zusammen. Ein vertrautes Bild, das besänftigend auf Carmens angespannte Nerven wirkte. Claudius kippelte mit seinem Stuhl und teilte sich geschwisterlich mit Astrid eine Pfeffermakrele mit zwei Baguettebrötchen. Die Räucherfische wurden an einer kleinen Bretterbude im Hafen verkauft. Eingewickelt in schwarz-goldenes Butterbrotpapier, wie Carmen es noch bei ihrer Oma Lucia gekannt hatte, mit hölzernen Minigabeln zum Aufspießen. Sie schmeckten göttlich und sie sah neidisch zu den Kollegen hinüber. Sören erschien mit einem dicken Packen Unterlagen unter dem Arm, ihm dicht auf den Fersen folgte Mailin. Zum Schluss drückte sich Matthias durch die Tür und rückte seinen Stuhl neben Carmen zurecht. Als alle versammelt waren, erhob sie sich und trat an das Whiteboard.

»In der letzten halben Stunde habe ich mit Mailin zusammen die bisherigen Ermittlungsergebnisse zusammengetragen.« Natürlich waren sämtliche Ermittlungen auch im Computersystem einsehbar, aber Carmen schätzte es, die wichtigsten Punkte auf Papier vor Augen zu haben. Mit einem Stift Verbindungen zu zeichnen oder Gedankensplitter an den Rand zu kritzeln. Mailin erhob sich und verteilte an jeden Teilnehmer zwei zusammengetackerte DIN-A4-Seiten. Sören steuerte aus seiner dicken Mappe weitere Bögen bei.

»Das Wichtigste kurz vorab zusammengefasst«, begann Carmen. »Nala Averhoff starb an einer Sepsis, mutmaßlich ausgelöst durch eine infizierte Pharaoameise. Von Delia Hoffmann fehlt weiterhin jede Spur. Auch die Vermisstenabteilung fand bisher keinen Hinweis auf ihr Verbleiben. Wie ihr wisst, gibt es zwei Punkte, auf die wir immer wieder stoßen. *CLAVIS* und Jasmin Mehlfort. Zu unseren Verdächtigen – erstens: Pierre ten Have. Ameisenforscher und Ex-Partner von der Mehlfort. Vielleicht sind sie sogar erneut zusammen. Gleichzeitig Affäre von Nala Averhoff zur Zeit ihres Ablebens. Kein Alibi. Zweitens: Benjamin von Below. Freund von Delia Hoffmann, und wie wir soeben anonym erfahren haben, soll er vorher mit Nala Averhoff ein Verhältnis gehabt haben. Außerdem ist er Surfer. Sören hat frische Spuren von einem typischen Surferleim an dem Bushaltestellendummy festgestellt. Ob von Below zu Nalas Todeszeitpunkt ein Alibi hatte, wissen wir nicht, da wir den Zusammenhang zwischen den beiden bis eben nicht kannten. Könnt ihr pronto den Silikonleim von Ben beschlagnahmen und mit dem am Schaumpilz abgleichen?«

Claudius wischte sich mit dem Hemdsärmel den Mund ab. »Das erledige ich mit einem Streifenteam. Morgen früh werden wir bei ihm aufkreuzen, spätestens um acht Uhr ist das Zeugs bei der Spusi.«

Carmen hob den Daumen in seine Richtung. »Am besten bringt ihr von Below gleich mit. – Drittens: Vater und Sohn Schickedanz. Spielbetreiber von *CLAVIS*. Die Darknet-Gerüchte über eine Welt hinter der Pforte kennt ihr. Die Schickedanz setzen in einem ihrer Escape-Rooms einen Leichendummy ein, der aus derselben Werkstatt stammt wie der Kehlschnitt- und der Bushaltestellendummy. Delia Hoffmann hat am 11. März deren Einweihungsparty besucht und ist seither verschwunden. Viertens: Harald Tier. Joggt uns ständig über die Füße, wohnt in der Nähe von Delia Hoffmann, ist vorbestraft wegen sexueller Nötigung von jungen Frauen. Fünftens: Jasmin Mehlfort. Kein Alibi zur Todeszeit bei Nala Averhoff. Hat sowohl Nala als auch

Delia an der Universität protegiert. Autorin von *Die Falle*.« Carmen hielt das Buch in die Höhe. »Auf Seite einundachtzig und folgender schreibt sie eine Szene über Ameisen. Es fällt in dem Zusammenhang namentlich das Wort ›Pharaoameise‹.«

Sämtliche Augen im Raum waren auf Carmen gerichtet. Einige Stühle scharrten über den Boden.

»Ich weiß nicht, was das zu bedeuten hat, aber Zufall wird es kaum sein, dass Nala mittels einer infizierten Pharaoameise starb. Weiter: Jasmin Mehlfort betreibt einen Krimiblog, der ausgezeichnet informiert ist durch sechstens: K Punkt Kowalla. Wer auch immer das ist. Versteckt sich hinter einer Fake-Identität. Fakt ist, dass Kowalla über Insiderwissen verfügt. Seine neueste Prophezeiung lautet, dass ihm das nächste Opfer in einem U-Bahn-Schacht in *Die Falle* gehen wird. Siebtens: Und weil es so schön ist, gibt es außerdem eine drittklassige Krimizutat: *Den großen Unbekannten*. Einen Stalker, der nach Angaben von Benjamin von Below bei Delia sogar nächtens ins Haus eingedrungen sein und ihr Haare abgeschnitten haben soll. Noch jemanden vergessen?«

Sie wechselte einen Blick mit Matthias. Der schüttelte den Kopf.

»Okay, trotz diverser Verdächtiger bleibt das Motiv bisher im Dunkeln. Wir nehmen alles unter die Lupe, was mit diesem Spiel und Frau Professor Mehlfort zu tun hat.«

Carmen machte sich eine Notiz auf ihrem Ausdruck und fuhr fort. »Was den Fall weiterhin besonders macht und was ich euch noch einmal ins Gedächtnis holen möchte: Bevor die wahren Opfer verschwinden, verblassen ihre Avatare in *CLAVIS*. Dafür finden wir zeitgleich dingliche Stellvertreter. Einen auf dem zugefrorenen Kupferteich in der Berner Au und einen an der Bushaltestelle. Außerdem stießen wir mehrfach auf das Buch *Die Falle* von der Mehlfort. Beispielsweise durch die abgelaufenen Lebensmittel und durch die Formulierungsähnlichkeit des ersten Absatzes in einer Nachricht von Kowalla an Jasmin Mehlfort für ihren Krimiblog. Hinzu kommt die Tatsache, dass in dem Buch der Begriff ›Pharaoameise‹ vorkommt. In wie vielen belletristischen Werken mag das der Fall sein?«

Carmen sah das Team einen nach dem anderen an. Allgemeines Kopfschütteln. Sie nickte. »Eben, ich kenne kein einziges. Zudem ist es nicht irgendein Buch, sondern ein Psychothriller, in dem der Protagonist Nennen-wir-ihn-Klaus intelligente Menschen umbringt. Nala und das potenzielle Opfer Delia sind hochbegabt. Der Täter im Buch kommt davon, weil er die Morde aussehen lässt wie natürliche Zufälle.«

»Aber genau das unterscheidet das Buch von der Realität«, warf Astrid ein. »Hier ist es andersherum: Der Täter ›ermordete‹ die Leiche von Nala Averhoff mittels Kehlschnitt. Obwohl ihr Tod an einer Sepsis ›natürlich‹ hätte wirken können. Er geht doppelte Risiken ein, indem er Nalas Leiche an gleicher Stelle wie den Dummy ablegte. Überhaupt diese Dinger. Warum tut er das?«

»Ich glaube«, sagte Carmen langsam, »weil er sich für irrsinnig klug und wahnsinnig witzig hält und uns und der ganzen Welt beweisen will, dass er genau das ist.«

Ein Motorrad knatterte mit mehreren Fehlzündungen vorbei. »Außerdem«, fuhr sie fort, als sich der Klangteppich des Krads in der Ferne verlor, »angenommen, wir kriegen ihn zu fassen. Dann können wir ihn eventuell dafür anklagen, dass er Nala in seine Gewalt brachte. Wir können ihm vorwerfen, dass er ihre Leiche mit dem Kehlschnitt verunziert hat, auch den Unsinn mit den Dummys können wir ihm anlasten. Aber da das Opfer an einer Sepsis gestorben ist, wird es schwierig, ihm einen Mord nachzuweisen. Das ist schlau eingefädelt.«

Carmen bemerkte, dass die Lotts etwas sagen wollten, sie rutschten unruhig auf den Stühlen umher.

»Das ganze Gedöns, das er veranstaltet, um sein Genie zu beweisen, könnte ein Zeichen dafür sein, dass er irgendwann einmal eine narzisstische Kränkung erfahren hat«, meinte Dr. Sebastian Lott, der Kriminalpsychologe, und alle sahen ihn an. Er strich die Krawatte auf seiner Brust sorgfältig glatt. »Das klingt einfach, nach Küchenpsychologie: Ein Narzisst, der die ihm vermeintlich gebührende Aufmerksamkeit nicht erhält, holt zum Schlag aus, rächt sich. Die Psychologie ist eine komplexe Wissenschaft, aber wie überall gilt das Prinzip von Ockhams Rasiermesser: Die nächstliegende Theorie bildet die Wirklichkeit oft am besten ab. Tatsächlich erleben wir Narzissten häufig als charismatische Personen, manipulativ und eitel. Ist im Laufe der Ermittlungen jemand durch diese Eigenschaften aufgefallen?«

Eine Weile dachte jeder am Tisch über den Satz nach.

»Eingebildet sind die alle irgendwie.« Carmen ging sämtliche Begegnungen der letzten Tage durch.

»Charismatisch? Pierre ten Have und in gewisser Weise auch die Mehlfort«, meinte Matthias.

»Allerdings«, fügte Carmen nach einer kurzen Pause hinzu, der eine Idee kam. »Ich glaube kaum, dass Jasmin Mehlfort die Mörderin von Nala Averhoff ist oder an der Tat beteiligt war. Vielleicht denken wir es einmal andersherum: Ich meine im Gegenteil und ohne es beweisen zu können, dass das alles ihretwegen geschieht. Ich weiß nur nicht, wieso. Womöglich ist sie diejenige, die unserem Mörder vor langer Zeit eine narzisstische Kränkung zugefügt hat?«

Dr. Sebastian Lott nickte, sein Bruder tat es ihm gleich. »Das ist eine sehr naheliegende Möglichkeit.«

52

Carmen und Matthias saßen in Carmens Büro. Als sich die Besprechung auflöste, hatte Carmen die Reste der Räuchermakrele gerettet und aus einer Schublade ihres Schreibtischs steinharten Zwieback gezaubert. Wie immer, wenn sie gemeinsam nachdenken wollten, legten sie die Füße auf den Tisch und schwangen die Drehstühle hin und her. »Ben von Below schnappen wir uns, sobald er das Präsidium betritt. Den halten wir zur Not den ganzen Tag und eine lange Nacht fest. Als wir ihn fragten, ob er Nala Averhoff kennt, hat er zwar genickt. Nur vergessen zu erwähnen, wie gut«, sagte Carmen und leckte die fettigen Makrelenfinger einen nach dem anderen ab.

»Wenn das stimmt, wenn der anonyme Hinweis zu dem Thema überhaupt belastbar ist.«

»Mhm, sofern das den Tatsachen entspricht. Die Techniker sind dran und untersuchen, woher die Mail kam, et cetera. Claudius will sich morgen an der Uni umhören, was dieses Verhältnis anging.«

»Die Recherche über die *Hanseatic Filmstudios* hat auch nichts ergeben, das hatte mir Claudius schon vor der Besprechung gemailt.«

Matthias scrollte durch sein Handy. Er hielt es ein Stück von den Augen weg. »Die haben die Dinger angeblich selbst aus einer Konkursmasse aufgekauft. Der ehemalige Geschäftsinhaber erinnert sich nicht an jedes einzelne Objekt, und auf den Rechnungen seinerzeit hätte ›Leichenattrappe männlich‹ oder ›Leichenattrappe weiblich‹ gestanden. Das einzig Interessante, was der Typ zu erzählen wusste, war, dass sich vor ein paar Wochen ein komischer Mensch an ihn gewandt hat. Der hat sich für eine ferngesteuerte Reiseschreibmaschine aus einem Filmfundus interessiert.«

»Aha. Kann die bügeln? Dann will ich die ebenfalls.« Sie ließ ihren Stuhl hin- und herschwingen, es machte herrlich müde.

»Ne, die konnte über eine WLAN-Platine vorgefertigte Texte schreiben.«

»Schickedanz junior hat uns irgendetwas über einen sprechenden Toaster erzählt. Vielleicht hat er dort nach der Schreibmaschine für einen seiner Escape-Rooms angefragt? Wäre doch krass, stell dir das vor: Du bist in einem Escape-Room, zum Beispiel in einem Büro. Plötzlich rattert eine Schreibmaschine los und wie von Geisterhand tippt sie einen Text mit Spielanweisungen.«

Schritte näherten sich, Astrid steckte den Kopf in den Raum. »Ich mach Feierabend. Kommt ihr mit auf ein Bier? Oder was treibt ihr gerade?«

»Reste essen. Das, was von des reichen Herrn Tische fiel.« Carmen deutete auf das zusammengeknüllte schwarz-goldene Butterbrotpapier. »Außerdem philosophieren wir über ferngesteuerte Schreibmaschinen.«

Astrid, die den Kopf schon zurückgezogen hatte, betrat nun den Raum. Wie immer zog sie den Duft frisch gewaschener Wäsche hinter sich her. Sie ließ sich auf der Schreibtischkante nieder. »Wie kommt ihr auf ferngesteuerte Schreibmaschinen?«

»Bei dem ehemaligen Geschäftsführer der pleitegegangenen *Hanseatic Filmstudios* wollte jemand so ein Ding kaufen, hat Claudius dir das nicht erzählt?«

»Noch nicht. Allerdings, das ist interessant. Ich erinnere mich da an etwas.«

Carmen und Matthias nahmen die Füße vom Tisch.

»In dem Film *Er heißt Hieronymus* – der Typ mit dem Buchstabentick. Mit den Lebensmitteleinkäufen, die einen Satz oder Filmtitel ergeben müssen … Ihr erinnert euch?«

»Logisch, wir sind zwar müde, aber nicht über Nacht dement geworden!« Carmen war aufgesprungen. Matthias zog sie am Arm wieder auf den Stuhl herunter.

»Ich wollte nur sagen, dass eine ferngesteuerte Schreibmaschine in dem Film eine Rolle spielte.«

Sie kamen nicht dazu, die Konsequenzen dieser Information zu beleuchten, denn ein junger Polizeibeamter stürmte in den Raum. »Wir haben einen Leichenfund gemeldet bekommen.«

In einem stillgelegten U-Bahn-Schacht, dachte Carmen.

»In einem stillgelegten U-Bahn-Schacht, nahe der Station Jungfernstieg«, sagte der Beamte. »Ein Obdachloser, der dort seit einer Weile kampiert, hat sie soeben entdeckt.«

»Wieder eine Frau?«, fragte Matthias, der nach seiner Jacke angelte.

»Äh, das ist noch nicht ganz raus, die Leiche steckt in einem Kabelschacht fest. Man kann nur die Hosenbeine erkennen.« Er kratzte an der Augenbraue, weiße Schüppchen rieselten auf das Revers der dunklen Uniform. »Und ich schätze, ich habe noch eine schlechte Nachricht. Die Presse ist schon vor Ort, der Obdachlose gibt freudig Interviews.«

53

Sarah hatte alles bereitgelegt. Den Kalender hatte sie von der Wand genommen, die goldenen Klebesternchen an die Seite gelegt. So sicher fühlte sie, dass sie heute wieder einen Stern auf das Datum kleben würde. Der Schlüssel vom Nachbarhaus lag vor ihr auf dem Küchentisch. Daneben die rote Mappe. Was den Schlüssel betraf, hatte sie noch keine Entscheidung darüber getroffen, ob sie ihn benutzen würde. Auch Jasmin hatte sie noch nicht über den Ausflug zum Nachbargrundstück informiert. Aber sie hatte die Klemmen in der Mappe geöffnet und die eine Seite herausgenommen. Die, die sie vor etlichen Jahren mit Deckweiß unkenntlich gemacht hatte. Eine geschlagene Stunde hatte sie damit verbracht, im Haus auf- und abzurennen. Auf der Suche nach einem geeigneten Gegenstand, mit dem sie das bröselige Deckweiß abtragen könnte, ohne das Darunter zu beschädigen. Schließlich schien ihr der Schaber tauglich, mit dem sie turnusmäßig die Scheiben des Aquariums von Algen befreite, damit die Skalare einen guten Ausblick hätten. Vorsichtig setzte sie den Schaber am oberen Seitenanfang an und begann Millimeter für Millimeter das Bild unter dem Deckweiß freizulegen.

54

Es roch nach Teer, es war zugig. Das Vorgefühl einer schrecklichen Entdeckung lähmte Carmens Muskeln zusätzlich. Mühsam arbeitete sie sich in dem U-Bahn-Tunnel voran. Sie gingen neben den stillgelegten Gleisen auf dem Schotter. Mehrere Beamte leuchteten mit starken Taschenlampen das Szenario aus. Düstere Tunnelwände, teilweise mit makabren Graffiti bedeckt. Totenköpfe. Grelle ineinanderfließende Buchstaben, die für Carmen im ersten Moment keinen Sinn ergaben. Durch das hin und her schwenkende Licht der Taschenlampen schreckte sie von Totenschädeln zu wütenden Fratzen, die sie mit großflächigen Sprechblasen anschrien. Die Schritte vor ihr auf dem Bahnschotter knirschten, weiter ging es durch die Dunkelheit.

Wer schlich nachts in diesen Bahn-Katakomben herum, um kahle Tunnelwände mit Graffitibildern zu bedecken? Offensichtlich Mitglieder einer Subkultur, die ihre eigentümliche Sprache auf die Wände sprühten, um sich einander mitzuteilen. Carmen hatte einmal eine Filmdokumentation über das weitverzweigte Untergrundbahnsystem in New York oder einer anderen großen Metropole gesehen. Dort unten lebte in verborgenen, stillgelegten Tunnelarmen ein Volk der Ausgestoßenen seinen Alltag. Ähnlich organisiert wie in der Welt darüber.

Mit Entsetzen hatte Carmen der Stimme der Journalistin aus dem Off gelauscht, die erklärte, dass selbst unter den Hoffnungslosesten der Hoffnungslosen dieser Unterwelt eine Hackordnung existierte. Nur die Stärksten und Skrupellosesten vermochten zu überleben.

Matthias ging dicht hinter ihr, dahinter folgte Sören Lambeck mit seinem Team. Wieder passierten sie ein Graffiti. Eigentlich dachte Carmen, dass sie im Laufe ihrer Karriere in genügend menschliche Abgründe geblickt hätte, als dass sie dieses Setting schocken könnte. Das Gegenteil war der Fall. Beinahe wäre sie stehen geblieben vor dem gesprühten Bild, das einen Kopf, eine Schlinge um den Hals, mit blutroten Tränen zeigte, die auf Kinnhöhe das Wort *VERBLUTET* bildeten. Die Beamten vor ihr blieben plötzlich stehen, leuchteten in eine Ecke, aus der am Boden mehrere Kabel verzweigten und in den düsteren Tunnel mäanderten. In einer benachbarten Tunnelröhre verkehrten die U-Bahnen, als ob nichts geschehen wäre. Die Räder schrillten in den Kurven und Carmen meinte den Fahrtwind an ihrer Nase zu spüren. Langsam hob sie den Blick. Als Erstes sah sie ein paar Beine in Jeanshosen. Weder die Schuhe noch der Körper oberhalb der Taille waren erkennbar. Jemand hatte die Leiche aufrecht in einen ausgeweideten Kabelschacht gestellt. Unten in Fußhöhe verhinderte ein eingeklemmtes Holzbrett, dass der Leib herunterrutschen konnte. Matthias trat nach vorn und machte Sören ein Zeichen, er solle mit seinem Team loslegen. Die Kollegen stiegen in ihre weißen Anzüge, zogen die Kapuzen tief ins Gesicht und setzten Atemmasken auf. Sie verteilten Grafitpulver, um Fingerabdrücke sichtbar zu machen. Vorsichtig lösten sie das Brett.

Sneaker wurden erkennbar, die gleiche Marke, die Linus und seine Kommilitonen vorzugsweise trugen.

Das sind Herrenschuhe. Mindestens Größe 43.

Wir stehen zumindest nicht vor Delias Leiche!

Hinter Carmen entstand Unruhe. Das doppelte Lottchen kämpfte sich über den Bahnschotter meterweise vor. Mit einer Taschenlampe aus den Sechziger- oder Siebzigerjahren. Die Aluhülle geriffelt und silbern, nur der Gummikranz vorn ums Licht und der Schraubverschluss für die Batterien in Dunkelgrün. Dass es das noch gibt, dachte Carmen und entspannte sich ein wenig.

»Na, mien Deern, ich mach dich ja bannich gern leiden, aber momentan sehen wir uns etwas zu oft, oder?« Die rauen Finger streichelten Carmen das Haar aus der Stirn und am liebsten wäre sie an seine Brust gesunken.

»Trotzdem schön, dass Sie beide da sind«, brachte sie hervor. Hinter ihr klapperte ein Gegenstand zu Boden. Matthias schob sie zur Seite und ging zum Spurensicherungsteam. Ihr Telefon klingelte. Sie klopfte die Jackentaschen ab, schließlich fand sie ihr Handy. Claudius.

»Wo seid ihr alle? Um Ben von Below habe ich mich gekümmert, er ist für morgen früh vorgeladen, neun Uhr zum Verhör. Und noch etwas: Es ist dem IT-Team gelungen, einen Teil von *CLAVIS* zu knacken! Wir können den höchsten Level einsehen, den vor der Pforte.«

»Das ist große Klasse! Claudius, bitte seht nach, wer sich da zurzeit befindet.«

»Wieso das? Sollten wir nicht besser alle Kräfte darauf konzentrieren, was dahinter abgeht?«

»Macht es einfach. Schaut nach!« Sie bemerkte, dass sie die Stimmenlautstärke hochschraubte. »Bitte«, schob sie etwas ruhiger hinterher. Es piepte eine Weile in der Verbindung und Carmen dachte, dass sie das Netz hier unten verloren hätte. Seine Stimme kam jedoch zurück. »Nur noch zwei Avatare.«

Wieder ein Piepton. Carmen schüttelte ihr Handy. Das half natürlich nicht, die Telefonverbindung war unterbrochen.

Nur noch zwei. Das musste nichts heißen! Der Avatar mit dem höchsten IQ trat durch die Pforte. So war es doch. Das war Lukas mit einhundertzweiundvierzig, nicht Linus mit hundertfünfunddreißig!

Sie schämte sich für den Gedanken, aber nur kurz. Linus! O Gott. Ihr Herz zog sich zusammen.

Sie drehte sich um zu dem Kabelschacht und sah gerade noch, wie Matthias eine Plastikschale vor ihr hinter dem Rücken zu verbergen suchte. Mit seinem berühmten Ganz-ruhig-Carmen-Kollinger-Gesicht trat er auf sie zu. Doch sie hatte den Gegenstand bereits gesehen. Eine Handyhülle mit dem Hamburger Michel als Motiv. Eine Handyschale, von der die rechte obere Ecke abgebrochen war.

TEIL III

DAMALS

*»Es ist allgemein bekannt, dass die fürchterlichsten Käfige in einem
selbst von der eigenen Psyche errichtet werden.«*
Kriminalhauptkommissarin Carmen Kollinger

Das Kind löste die Schnur von der Wand, rollte sie zusammen
und steckte sie zurück in eines der Gartenkissen, die im Winter
hier unten aufbewahrt wurden.

Die Tür über der Kellertreppe stand offen. Licht flutete
den dunklen Keller. Endlich. Es atmete tief durch, es müsste
nun nicht mehr sterben, es hatte den Schlüssel aus dem Escape-
Room gefunden.

Gewissermaßen.

Ohne erkennbare Emotion im Gesicht betrachtete es den
leblosen Körper am Fuße der Treppe.

Ein Schatten oder eine Bewegung vor der Kellerkasematte
ließ es aufschrecken.

War dort jemand?

Das Kind stürzte zum Fenster, wischte Ruß und Dreck von
der vergitterten Innenseite der Scheibe. Aber da war nichts.

In der Kasematte lag nur Laub mit Raureif bedeckt und ein
Kinderhausschuh, der aussah wie die Biene Maja.

55

Es bedeutete harte Arbeit. Doch sie lohnte sich. Drei Quadratzentimeter hatte Sarah freigelegt. Sie pustete die Deckweißkrümel vom Tisch. Darüber würde Jasmin bei ihrem kommenden Besuch hundertprozentig meckern. Mit mindestens zwei Ausrufezeichen pro Satz. Sie stand auf und holte Kehrblech und Handfeger aus der Kammer. Immer wieder kehrte sie die Krümel sorgfältig zusammen. Innerhalb der nächsten Stunde legte sie drei weitere Quadratzentimeter frei.

Ein Gesicht. Ein Kindergesicht. Es schrie oder weinte. Der Gesichtsausdruck spiegelte höchste Qual. Der Schaber rutschte ab, er riss ein Loch ins Papier.

Ruhig. Sie musste langsamer vorgehen. Ihr Gesicht glühte. Aber nicht wie sonst, wenn die Schübe sie überkamen. Irgendetwas hatte sich in den letzten Tagen verändert.

Ich heiße Sarah Röckendorf und ich bin wichtig.

Ich bin nicht unnütz auf der Welt.

Sie lachte bei diesem Gedanken, der so absurd wie schön klang. Den würde sie nachher aufschreiben und als neue Seite eins in ihre Mappe einfügen. Was für eine gute Idee! Ein weiteres Quadrat hatte sie von dem Deckweiß befreit. Eine bröckelige Treppe, an deren oberem Ende sich eine verschlossene Tür befand. Es sah aus wie eine Kellertreppe, über die jemand einen Draht oder eine Schnur gespannt hatte.

Vielleicht werde ich gerade gesund.

Sie summte eine Melodie und hörte, wie im Wohnzimmer die Automatik der Aquariumbeleuchtung ansprang.

Vielleicht hat doch alles einen höheren Sinn.

Zwar war dieser Tag noch nicht zu Ende, aber es war einer der besten der letzten dunklen Jahre. Der verdiente einen goldenen Stern! Bedächtig zog sie ein besonders großes Exemplar von der Folie ab und pappte ihn auf die vierzehn. Er klebte sofort und seine Enden rollten sich nicht auf – ein gutes Zeichen.

Sie betrachtete das freigelegte Kindergesicht auf ihrer jahrzehntealten Zeichnung. Das Hochgefühl schwand, als ob jemand einen Stöpsel in ihrem Inneren gezogen hätte. Ungeduldig pustete sie die Deckweißkrümelchen von dem Blatt, vergaß sie wegzukehren, denn von einer Sekunde auf die andere erstarrte sie. Die Erkenntnis warf sie beinahe um.

Das ist das Kind, das ich ständig am Aquarium stehen sehe, das seine Finger ins Wasser taucht. Es verfolgt mich!

Panik erfasste sie. Sie kannte das Gefühl, das langsam in ihr hochkroch, den Herzschlag auf hundertfünfzig Schläge beschleunigte, gleichzeitig kalten Schweiß auf der Stirn ausbrechen ließ.

Tief einatmen. Luft anhalten. Viermal stoßweise ausatmen. Das hatte sie einmal im Fernsehen gesehen, es sollte beruhigen. Die Methode funktionierte. Nach einer Weile schlug ihr Herz wieder in normalem Rhythmus und es gelang ihr, mit dem Schaber ein weiteres Quadrat auf dem Papier zu säubern. Stück für Stück legte sie ihr Bild frei. Plötzlich verschwamm die Realität auf der Zeichnung mit der Wirklichkeit von vor über zwanzig Jahren, als sie auf dem Nachbargrundstück in der Kellerkasematte gekauert hatte. Ihre Augen brannten, das Bild, auf das sie minutenlang gestarrt hatte, zerfaserte in sinnfreie

Einzelornamente, die heillos durcheinanderwirbelten. Sie zwang sich zu zwei Lidschlägen, um Tränenflüssigkeit auf der Pupille zu verteilen. Ein neues Gefühl überkam sie, etwas war in Gang geraten, etwas, das sie nicht mehr anhalten konnte. Der Film hatte nur die Leinwand gewechselt, lief nun vor dem inneren Auge gnadenlos weiter.

Das Kind. Ein Draht oder eine Schnur gespannt über der Treppe. Das Kind, das jemanden rief. Seinen Vater. Eine Kellertür, die aufschwang. Ein wütender Mann, der die Stufen hinabstürzte.

Hinabstürzte!

Ein verkrümmter Körper am Fuß der Treppe. Das Kind, das seelenruhig das Stück Schnur oder Draht von zwei Haken an den Wänden löste, es aufrollte und in ein Gartenkissen steckte.

Sie hatte damals einen Mord beobachtet! Einen Mord, den das Kind an seinem Vater begangen hatte. Diesem bösen Vater, der das Kind immer im Keller eingesperrt hatte, wo Sarah es aus der Kellerkasematte manchmal bespitzelt hatte. Ein weiterer Faden aus dem Knäuel durcheinanderwirbelnder Gedanken löste sich: Wenn das stimmte, war vielleicht jene Beobachtung die Ursache für ihre psychotischen Anfälle.

Ihre schrecklichen Albträume: Waren sie in Wirklichkeit geträumte Erinnerungen? Die psychotischen Schübe kein Krankheitsmerkmal, sondern Flashbacks eines traumatischen Erlebnisses, das ihre kindliche Psyche nicht zu verarbeiten wusste und deshalb eingefroren hatte? Was war echt, was Erinnerung, was Wahn? Trotz des brausenden Gefühlssturms in ihr gelang es ihr, Ordnung in die Gedanken zu zwingen.

Das Kind in dem Keller war echt. Sie hatte es damals gesehen. Sie strich die Zeichnung glatt, betrachtete das Gesicht.

Das Kind hingegen, das sie manchmal an dem Aquarium stehen sah, es stieg aus den Kerkern ihrer Erinnerung nach oben. Es stand nicht wirklich dort. Es war nicht echt.

Der Bote war echt. Sonst hätte es das Paket nicht gegeben. Das Paket war echt.

Aber was war mit dem Taucher, den sie an der Hollywoodschaukel gesehen hatte, wie er dem Clown die Haare schnitt? Hatte sie nicht bei ihrem letzten Ausflug ein Haarbüschel auf der Schaukel gefunden? Sarah erhob sich und ging zur Garderobe, griff in eine Jackentasche. Da war sie, die Strähne, die sie von den schimmeligen Polstern der Hollywoodschaukel gesammelt hatte. Konnte das bedeuten, dass der Taucher real war?

Es gab eine Möglichkeit, das herauszufinden. Sie ging in die Küche zurück, breitete die Haare wie einen Fächer vor sich aus. Ihr Blick fiel auf den Schlüssel vor ihr auf dem Tisch. Ebenso wirklich wie ihre Erinnerung an das Kissen, in dem sie ihn gefunden hatte. Sie nahm ihn in die Hand, fühlte das kühle Metall zwischen den Fingern, als sie ihn hin- und herdrehte. Ihre Hände begannen wie auf Befehl zu zittern, ein wimmernder Ton erfüllte den Raum. Erst nach einer Weile erkannte sie, dass sie selbst ihn ausstieß und er sich nicht stoppen ließ.

Die rote SOS-Mappe. Die erste Seite. Die Finger zitterten so sehr, dass der Hefter auf den Boden fiel. Beim nächsten Versuch, die richtige Seite zu finden, zerriss das Papier. Irgendwie schaffte sie es, die Stücke wieder aneinanderzulegen. Ihre Augen flogen über das Papier. Wie stets entfaltete der Text seine beruhigende Wirkung. Zunächst.

Bitte rufe die Telefonnummer auf der nächsten Seite an, wenn du nicht weiterweißt. Es ist die Telefonnummer deiner großen Schwester. Wenn du das vielleicht nicht sofort schaffst, dann nimm die Notfallration (liegt wie immer am Waschbecken im kleinen Bad, die WEIßEN, NICHT die ROTEN Pillen!!!) und rufe DANN die Nummer an.

Ich bin morgen zurück. Mama.

Doch das stimmte nicht. Das Datum unter dem Text lag zwei Jahre zurück, wie ihr ein Blick auf den Kalender mit den goldenen Sternchen verriet. Mama war nicht zurückgekommen. Die weißen Pillen waren ewig aufgebraucht.

Die Telefonnummer von Jasmin hatte sie auf dem Festnetztelefon unter der Eins abgespeichert. Sie holte das Telefon, drückte die Eins. Auf dem Display war kein Balken zu erkennen, der Akku so gut wie geleert. Die Ladestation hatte seit Langem einen Wackelkontakt. Dennoch, es funktionierte. Erleichtert vernahm sie die typischen Pieptöne, die anzeigten, dass die Verbindung hergestellt wurde. Einen Moment später ließ sie das Telefon herabsinken. Das konnte sie sich sparen, es war sinnlos. Jasmin hielt sie für verrückt. Alle dachten, sie sei gaga, auch die Polizei. Sie drückte die Nummer nach einem Rufzeichen wieder weg.

Nein, niemand würde ihr glauben, dass sie damals Zeugin eines Mordes geworden war. Eines Mordes, ausgeübt von einem Kind! Keiner würde ihr, der wahnsinnigen Sarah, helfen, die Wahrheit herauszufinden. Sie legte den Telefonhörer auf den Küchentisch.

Was war die Wahrheit?

Nun, wie es aussah, musste sie es ganz allein herausfinden.

56

Die Mitarbeiter von Sörens Team beendeten ihre vorbereitenden Maßnahmen zur Bergung der Leiche. Es war kalt in dem Tunnel, eiskalt. Eine Taschenlampe begann zu flimmern, kurz ging sie ganz aus, dann flackerte sie wieder auf. Carmen kannte das gesamte Bergungsprozedere seit Jahren, es ließ sich nicht beschleunigen. Wurden hier und jetzt Spuren zerstört, waren sie auf immer weg. Beziehungsweise nicht mehr gerichtsfest, was ebenso schlimm war. Nicht nur einmal hatte ihr ein Täter ins Gesicht gelacht, weil eine Unachtsamkeit bei der Spurensicherung oder ein banaler Formfehler bei der bürokratischen Beweissicherung seine Verurteilung vereitelte.

Sie hörte Holz splittern, dann einen Fluch, als eine der Taschenlampen ihren Geist aufgab. Schließlich das typische schabende Geräusch, das ein Körper machte, wenn er langsam an einer Mauer herunterrutschte.

»Passt doch auf!«, hörte sie Sören rufen und: »Dreht ihn behutsam um«, fügte Dr. Lott in allerfeinstem Hochdeutsch hinzu, was den Ernst der Situation zusätzlich steigerte. Matthias hielt Carmen im Arm, es gelang ihr nicht, sich aus seinem festen Griff zu befreien. Mit der anderen Hand wählte er eine Nummer auf dem Handy und schrie irgendetwas hinein, das

sie nicht verstand. Denn in dem Nachbartunnel schrillte abermals eine U-Bahn um die Kurve. Nach zwanzig Sekunden, die
sich für Carmen zu einer gefühlten Stunde dehnten, kehrte
Todesstille ein.

»O Gott«, entfuhr es einer Mitarbeiterin der
Spurensicherung, die in dem weißen Ganzkörperanzug wie ein
Geist in dem diffusen Licht wirkte und sich, so schnell es ging,
über den Bahnschotter in die Dunkelheit entfernte, dort hinter
einer Tunnelkurve ihren Magen geräuschvoll entleerte.

Die Welt stand still.

Carmen wusste nicht, ob sie sich wünschte, dass sie sich
überhaupt weiterdrehen sollte. Und wenn sie es täte, ob sie
dann vor der Leiche ihres Sohnes stünde?

Bevor irgendjemand etwas sagte, bemerkten ihre angespannten Nerven, dass die Welt um sie herum aufatmete.

»Alwedder so een Eumel!«, hörte sie die Stimme von Dr.
Lott. Der Griff von Matthias an ihrem Rücken lockerte sich
endlich.

»Es ist alles gut, Carmen, nur eine Puppe. Hier«, er reichte
ihr sein Handy. Automatisch griff sie danach, führte es mit tau-
ben Fingerspitzen an ihr Ohr.

»Hallo? Halllohoo, Mam? Was ist denn? Matthias sagt, ich soll
dich beruhigen. Also, ich sitze mutterseelenallein in der Küche.
Lukas ist vor Stunden los und nun lerne ich die Bakterienstämme
im Verdauungstrakt. Mordsmäßig interessant! Wusstest du,
was es für Auswirkungen auf dein Darmmikrobiom hat – das
sind die guten Bazillen im Darm –, wenn du ständig Rotwein
und außerdem den aus dem Tetra Pak trinkst? Bestimmt nicht.
Nebenbei, wusstest du – und stell dir das vor –, dass unabhängig
vom Rotweinkonsum dreißig Prozent der festen Ausscheidungen
aus toten Bakterien bestehen?! Dreißig Prozent! Das ist fast ein
Drittel von so einer …«

Nein, das ahnte ich nicht und hätte gut ohne dieses Wissen weiterleben können.

Nun würde es in der großflächigen Abteilung nutzloses Wissen in ihrem Gehirn für immer und ewig zur Verfügung stehen. Es ist vollkommen egal, dachte Carmen sofort, Hauptsache, Linus redet wie ein Wasserfall und dreht sich weiter Zwirbel ins Haar. Inzwischen sprach er von Dr. M. Matuschek, einem Nachbarn im Lehmweg, der eine proktologische Arztpraxis betrieben hatte und mit dem er vorhin einen Termin vereinbart hatte, um das theoretische Wissen mit einem Fachmann der Praxis zu erörtern. Sie atmete tief durch, gab das Handy an Matthias zurück, der Linus' Mitteilungsdrang gestoppt bekam.

»Moment noch!«, rief Carmen auf dem Weg zum Mufflon, kehrte auf dem Absatz um, riss Matthias das Telefon aus der Hand. »Linus, frag nicht, warum, aber bleib unbedingt zu Hause, okay? *Unbedingt!*«

Die Spusimitarbeiter packten mittlerweile ihre Utensilien zusammen. Sören stapfte mit einer Flasche Wasser in den dunklen Tunnel, um seine weiterhin würgende Kollegin zu suchen.

Carmen trat zu der Fundstelle.

O mein Gott.

Ein junger Mann lag auf dem Bahnschotter vor ihr. Er sah so echt aus, dass Carmen verstand, weshalb die Mitarbeiterin von der Spurensicherung das Würgen ergriffen hatte. Sie ging neben der Leichenattrappe in die Hocke. Definitiv nicht Linus, auch nicht sein Ebenbild. Selbst wenn das kaum auf den ersten Blick zu erkennen war, denn dieser künstlichen Leiche fehlten zwei bis drei Zentimeter der oberen Schädeldecke.

57

»Abgesägt«, sagte Dr. Lott zwei Stunden später. »Ganz frisch weggefräst. Und das nicht mit einem medizinischen Präzisionswerkzeug. Sieht man an den Schnittkanten. Außerdem an den Spänen auf dem Kragen seines Polo-Shirts. Weiterhin diagnostiziere ich einen Genickbruch. Der Kopf sitzt recht wackelig auf dem Rest.«

Sie saßen im Präsidium. Die Neonleuchten über ihnen verströmten fahles Licht, eine war komplett ausgefallen. Die Beleuchtung ließ alle Mitglieder des Teams wie eine Gruppe gestrandeter Aliens wirken.

»Der Täter lenkt unsere Aufmerksamkeit auf den Kopf und das ist interessant.«

Er erhob sich und trat nach vorn. Neben dem Whiteboard lehnte der Fund aus dem U-Bahn-Schacht an der Wand. Dr. Lott wischte ein paar Krümelchen von dem Revers des Polo-Shirts, als ob er den Burschen schick machen wollte.

»Seht ihr hier?« Er musste sich auf die Zehenspitzen strecken, langte von oben in den Kopf und Carmen wandte den Blick ab. Zu nah noch die Erinnerung, dass sie gefürchtet hatte, der leblose Körper da unten im U-Bahn-Schacht könnte ihr Sohn Linus sein.

»Also, wenn mich nicht alle Sinne täuschen, hat jemand an dieser Attrappe nachträglich circa drei Zentimeter unterhalb der Fontanelle das Schädeldach abgesägt.«

Sören nickte. »Exakt, wir haben Proben der Sägespäne untersucht, die sind frisch.«

»Einer Leichenpuppe das Schädeldach entfernen, was soll das?« Carmen war sich nicht sicher, ob das, was sie gerade erlebte, wirklich wahr sein könnte.

»Nun ja«, begann Dr. Sebastian Lott, »der Kopf ist offen, das heißt, wir sollen hineinsehen. Und er ist leer. Gewiss hat das eine metaphysische Bedeutung. Möglicherweise will der Täter zeigen, dass derjenige, für den dieser Bursche stellvertretend steht, nicht so klug ist, wie er denkt.«

»Ich krieg gleich einen Knall!« Carmen sprang auf. »Nicht nur, dass diese Knallcharge die ganze Stadt mit seinen Scheißsilikonpuppen flutet und wir uns damit beschäftigen müssen. Ich sehe schon die nächste Schlagzeile im Hamburger Kurier: ›Kriminalpolizei sogar mit Mord an hirnlosen Puppen überfordert!‹ Nun foppt der kranke Typ uns mit Puppen ohne Hirn! Will der uns komplett der Albernheit preisgeben?!«

»Wahrscheinlich verfügen die wenigsten Puppen über ein funktionstüchtiges Gehirn. Selbst die mit intaktem Schädeldach nicht«, wandte Matthias ein, der versuchte, Carmen am Ärmel auf den Stuhl zurückzuziehen.

»Was?«

Carmen ließ sich auf ihren Stuhl plumpsen und atmete tief durch.

Ein offener, leerer Kopf. How nice. Was kommt als Nächstes?

Da kam es schon. Sören räusperte sich und strich die Stirnlocken links und rechts glatt, die sofort wieder hochsprangen.

»Die Augen sind nagelneu.«

Die Augen sind nigelnagelneu, ach so, ja, natürlich! Vielleicht hatte der junge Mann grauen Star oder unserem Puppenmörder gefiel seine Augenfarbe nicht?!

Mit Mühe unterdrückte sie diese Bemerkung.

»Es sind Glasaugen in Dunkelblau-Shadow-Optik mit goldenen Einsprenklern«, präzisierte Sören weiter. »Kann man im Set in dieser herausragenden Qualität bei einem Gruselshop namens ›Rockys Horror Shop‹ für unter hundert Euro bestellen.«

»Gebraucht werden sie allerdings auch bei eBay gehandelt, was die Suche nach unserem Käufer erschweren dürfte«, fügte Claudius hinzu.

Glasaugen in Shadow-Optik aus dem Internet. Es wird immer absurder, dachte Carmen, deren Kopfhaut zu prickeln begann.

»Die alten Augen wurden fachmännisch entfernt, von innen. So wurden gleichfalls die neuen Glubscher eingesetzt. Die abgesägte Schädeldecke könnte rein praktisch motiviert sein«, meinte Dr. Joachim Lott und sandte einen fragenden Blick an seinen Bruder. Der nickte bedächtig, obwohl seiner Miene anzusehen war, dass er den Gedanken einer symbolischen Bedeutung in diesem Kontext vorzog.

»Es müsste herauszufinden sein, wer die Dinger bestellt hat«, begann Carmen, sich mühsam zur Ruhe zwingend. »Ich denke, dass nicht jeder Haushalt in der Bundesrepublik einen Bedarf an einem Set Glasaugen in Dunkelblau-Shadow-Optik mit goldenen Einsprenklern hat. Egal ob neu oder gebraucht.« Sie fühlte sich allmählich wie auf der Bühne eines surrealen Improvisationstheaters.

»Da sind wir schon dran.« Claudius kippelte den Stuhl nach vorn. Er sah blass aus und tiefe dunkle Ränder unter seinen Augen zeugten von vielen durchgearbeiteten Stunden.

»Was ist mit dem Handy?«, fragte Carmen und deutete auf die Asservatentüte auf dem Tisch mit der zerbrochenen Handyschale.

»Ebenfalls eine Attrappe.«

Carmen nahm es in die Hand, betrachtete die Handyhülle genau. Die rechte obere Ecke war herausgesprungen, ein Teil des Himmels fehlte. Exakt wie bei Linus' Handyschutz. Das war kein Zufall. Sofern dieser Psychopath damit ausdrücken wollte, dass sein nächstes geplantes Opfer Linus einen leeren Kopf hätte, dann würde sie den Täter erwürgen. In der Minute, in der sie seiner habhaft wurden, das könnte nicht einmal Matthias mit all den absolvierten Kursen in Deeskalationstechniken verhindern.

»Du liebe Zeit, das habe ich ja total vergessen!« Sie knallte ihre Hand vor die Stirn. »Claudius! Die IT-Leute haben *CLAVIS* geknackt, hast du gesagt. Die Avatare vor der Pforte. Die Telefonverbindung da unten im U-Bahn-Schacht war unterbrochen, ich konnte die Namen nicht verstehen. Wer sind die beiden vor der Pforte?«

Claudius zückte sein Handy, scrollte durch die Notizen.

»Linus und ein Vangelis.«

»Leute!« Der Adrenalinstrom durchrauschte Carmen so heftig, dass sie beim Aufspringen den Stuhl umriss. Ihr Gesicht glühte. »Lukas fehlt! Das ist ein Freund und Kommilitone von Linus. IQ auf *CLAVIS* hundertzweiundvierzig, also erster und nächster Aspirant für die Pforte. Wie es aussieht, hat er sie passiert. Wir müssen ihn suchen! Sofort!«

58

Die Ameisen liefen im Zickzack über das Bodenholz der Kiste. Delia beobachtete sie, wie sie hin und her zuckten. Als gutes Omen verstand sie ihre Gesellschaft nicht. Ameisen wurden als Gesundheitspolizei des Waldes bewundert, weil sie in streng organisierten Hierarchiestrukturen das Unterholz aufräumten, indem sie nicht nur kleinere Schädlinge vertilgten, sondern darüber hinaus Aas fraßen. Der Modergeruch, der vom Keller unter der Kiste emporstieg, hüllte ihren Kopf luftdicht ein wie eine Plastikfolie.

Lag dort drunten etwa eine Leiche?

Durst! Eilig sprang sie auf. Im Badezimmer füllte sie den hellblauen Zahnputzbecher und stürzte drei Becher Wasser herunter. Sollte sie wirklich in diesen grässlichen Sarg steigen, um ins Totenreich HADES zu gelangen? Sie ließ erneut Wasser in den Becher laufen, setzte sich auf den Klodeckel. Der Spiegel über dem Waschbecken zeigte ein Gesicht, das sie kaum mehr als eigenes erkannte. Mit einer Hand wischte sie klebrige Haarsträhnen aus der Stirn. Das machte es kurioserweise noch schlimmer, weil es die blasse Stirn mit den hohen Geheimratsecken freilegte. Auch unter besseren Bedingungen als nach Tagen in dieser Umgebung hätten die freundlichsten Menschen unter der Sonne sie als junge Frau mit Allerweltsgesicht beschrieben. Gesehen und vergessen. Selbst Ben hatte ihr einmal das toxische Kompliment gemacht: »Delia, ich stehe nicht auf perfekt designte Gesichter und optimierte Idealmaßkörper.« Was nicht stimmte. Sie hatte mitbekommen, wie er seiner Ex-Liaison Nala weiterhin hinterhergeschielt hatte. »Was mich an dir fasziniert, ist einzig dein großartiger Intellekt. Der ist sexy.« Sie wandte den Blick vom Spiegel ab.

Einzig dein Intellekt.

Die Bemerkung schmeckte ebenso übel, wie sie sich fühlte. Sie drehte den Wasserhahn auf. Wenn ich in diesem Affentempo weiter Wasser trinke, werde ich in ein Wasserkoma fallen, dachte sie und füllte den nächsten Becher. Sie wusste um die Symptome, die eine Wasservergiftung anzeigten, aus der Zeit ihrer Magersucht. Wasser hatte oft ihr einziges Lebensmittel dargestellt. Das viele Wasser war seinerzeit notwendig gewesen, um den Magen zu füllen und das Hungergefühl zu dämpfen. Gleichzeitig allerdings schwemmte es Elektrolyte aus dem Organismus, brachte so den Salzhaushalt durcheinander und bewirkte eine paradoxe Reaktion des Körpers, der alle Anzeichen einer Dehydrierung zeigte: Kopfschmerzen, Schwindel, Hirndruck, Erbrechen, schließlich Koma. Sie hatte es am eigenen Leib erlebt und sich auf einer Intensivstation wiedergefunden.

Erneut drehte sie den Wasserhahn auf. Statt abzunehmen, wurde das Durstgefühl mit jedem Becher, den sie trank, stärker. Verdammte Scheiße! Langsam ließ sie einen Schluck auf der Zunge zergehen, es schmeckte nach Salz. Hatte sie bisher gedacht, dass sie, solange sie Wasser hätte, überleben könnte, traf sie die Erkenntnis wie ein Schlag. Salzwasser gegen Durst! Ein sich gegenseitig verstärkendes Dilemma. Jedes Kind wusste, was das bedeutete. Delia, als angehende Chemiedoktorandin, sowieso: Sie würde dehydrieren, denn je mehr Salzwasser sie trank, desto mehr Wasser würde den Körperzellen entzogen. In absehbarer Zeit würden diese keine Osmose mehr durchführen können. Jenen lebenswichtigen Prozess, der dafür sorgte, dass die Salzkonzentration im Körper stetig austariert wurde, um die Vitalfunktionen aller Organe aufrechtzuerhalten. Und das bedeutete: Ihre Uhr in diesem Wahnsinn lief ab sofort in doppelter Geschwindigkeit ab.

59

Zwar hatte sie extra, wenn auch ordnungswidrig, auf einem der Mutter-und-Kind-Parkplätze in der Tiefgarage geparkt, damit sie auf dem Rückweg einen kurzen Weg zu ihrem Wagen hätte. Ihr schlechtes Gewissen hatte sie mit dem Gedanken beruhigt, dass um diese Zeit Mütter mit kleinen Kindern nicht mehr unterwegs sein sollten. Wenigstens nicht in einem Hotel mit Skybar. Nach einem gelungenen Abend mit ausgezeichnetem Abendessen im argentinischen Restaurant *Cervantes II* in diesem Turm am Hafen und einigen Gläsern *Vasco viejo* mit ihrer Kollegin Chantal stieg Jasmin in den Fahrstuhl.

Der Absacker in der Skybar hätte nicht mehr sein müssen. Eigentlich dürfte ich wohl nicht mehr fahren. Eigentlich ganz sicher nicht.

Die Anzeige im Aufzug sprang träge von Stockwerk zehn auf neun auf acht auf sieben … Sie schloss halb die Augen, lehnte sich gegen die Wand, betrachtete sich in der verspiegelten Rückwand der Kabine. Ihr Handy vibrierte in der Handtasche, doch sie war zu faul nachzusehen, wer etwas von ihr wollte. Erst einmal nach Hause.

Der Abend hatte eine unerwartete Wendung gebracht. Chantal hatte das Glas erhoben und gewispert: »Ich darf es dir natürlich nicht sagen, aber die Institutsleitung hat den Fall mit den Unregelmäßigkeiten, die dir zugerechnet wurden, aufgeklärt. Du bist vollkommen rehabilitiert! Die werden in den nächsten Tagen bei dir auf den Brustwarzen angekrochen kommen.«

Es hatte einen Moment gedauert, bis Jasmin die Tragweite dieser Eröffnung erfasste.

Vollständig rehabilitiert, sie könnte wieder arbeiten!

»Steckte etwa Pierre dahinter?« Es musste am Wein gelegen haben, Jasmin hatte sich peinlicherweise nicht bremsen können, die Frage zu stellen.

Chantal schüttelte den Kopf. »Nein, für so eine Intrige wäre der, Pardon, kaum schlau genug. Warte ab, du wirst bestimmt erfahren, wer dahintersteckte.«

Die Fahrstuhltür öffnete sich mit einem Zischen, kühle Luft wehte ihr entgegen und damit der typische Gestank nach Urin und Abgasen, der in allen Tiefgaragen auf der Welt sich nur in Abstufungen bei der Temperatur der Umgebungsluft unterschied.

Doch lieber ein Taxi?

Ihr Zeigefinger schwebte über dem Erdgeschoss-Knopf.

Quatsch, Chantal hatte das meiste von dem alten Basken getrunken.

Sie trat aus dem Fahrstuhl, die Absätze ihrer Pumps klackerten über den Beton. Warum man sich nicht etwas mehr Mühe mit Tiefgaragen gab? An die Wand geschmierte Graffiti, die diesen Titel nicht einmal verdienten, so schlecht gesprüht, wie sie waren. Diese freiliegenden Rohrsysteme an der Decke, die funzeligen, ewig flackernden Neonröhren, die Spinnweben an den Gittern der Gebläseturbinen. Überall Spinnennetze, die niemand jemals in einer Tiefgarage bekämpfte. Eine unterirdische Welt der Arachniden und ihrer klebrig ausgelegten Fangnetze.

Schauderhaft.

Die Beleuchtung pulste in enervierendem Stakkato, sie zog den Autoschlüssel aus der Jackentasche und entsperrte die Mechanik des Wagens. Die Blinker leuchteten zweimal auf. Geschafft, dachte sie, als sie die Fahrertür öffnete und sich auf den Sitz gleiten ließ.

Nun noch etwas concentración, dann bist du zu Hause. Wenn du dann noch Lust hast, rufst du Pierre an.

Den ganzen Abend hatte sie seine Nachrichten ignoriert, aber irgendwie passte er gerade in ihre aufgeräumte Stimmung. Vielleicht hätte er Lust vorbeizukommen auf eine schnelle Nummer. Der Gedanke gefiel ihr. Sie startete den Motor.

Was ist das?, dachte sie einen Moment später. Sie hatte aus Versehen den Scheibenwischer betätigt.

Ups, was war das?

Sie konzentrierte sich auf die Frontscheibe. Der Wischer bewegte einen Gegenstand hin und her, der unter das Wischblatt geklemmt worden war. Sie fand nicht gleich den Hebel, um den Wischmechanismus auszuschalten, der Gegenstand schrammte weiter hin und her. Er erzeugte ein schabendes Geräusch, das ihr in den Ohren schmerzte.

Sie löste den Sicherheitsgurt und stieg aus. Der Gestank nach Exkrementen und Abgasen nahm ihr fast den Atem. Der Scheibenwischer kratzte über die Scheibe.

Weg hier, schickte ein archaisches Programm in ihrem Gehirn einen Befehl an die Muskulatur und stellte parallel dazu ihr Nackenhaar auf. Hinter sich hörte sie ein zischendes Geräusch. Es klang exakt so, als ob jemand, nachdem er lange die Luft angehalten hatte, endlich wieder ausatmete. Ihr

Kopf schoss im selben Moment herum, wie das flackernde Deckenlicht direkt über ihr den Geist aufgab.

Supertiming.

Dunkelheit umgab sie. Sie stand wie auf einer Insel; die Innenbeleuchtung des Wagens spendete genug Licht, dass sie einen Schatten zu sehen meinte, der hinter einem Betonpfeiler verschwand. Sie griff in das Wageninnere und stellte endlich den Scheibenwischer ab. Hinter dem Wischblatt der Fahrerseite steckte eine Rose. Vermutlich jedenfalls hatte es sich einmal um eine Rose gehandelt. Jedes Blütenblatt, jeder Dorn war sorgfältig entfernt worden. Sie betrachtete den Stiel mit einem letzten grünen Blattstiel am Stängel. Sie hob den Blick. Die Hauptkommissarin Kollinger hatte recht gehabt: Irgendjemand rückte ihr, Jasmin, immer dichter auf den Leib. Entblätterte sie. Nahm ihr die Abwehr, die Dornen. Jemand, der sie schutzlos und nackt sehen wollte, ihrer Identität beraubt. Jemand, der offensichtlich eine Rechnung mit ihr offen hatte. Der ersten Rose waren lediglich die Blätter entfernt worden, der zweiten zusätzlich die Dornen. Diese dritte ohne ein Blütenblatt war kaum noch als Rose zu identifizieren. Was wollte ihr der Absender damit sagen?

Eines jedenfalls schien Gewissheit: Dieser Jemand wusste nicht nur, wo sie wohnte, sondern auch, wo sie sich heute Abend aufgehalten hatte. *Kowalla.*

Wer weiß, was er darüber hinaus über sie wusste? Ihr Blick hetzte umher, doch die Dunkelheit ab dem kleinen Radius, der von ihrem Wagen beleuchtet wurde, schuf ein eigenartiges Zwielicht. Vielleicht befand er sich noch hinter einem der Pfeiler in dieser Tiefgarage? Möglich, aber es war unwahrscheinlich, dass ihr hier und jetzt ein Angriff drohte, rationalisierte ihr Verstand sofort. Momentan schien sich ihr Gegner damit zu begnügen, sich an ihrer Angst zu weiden, die er mit seinen dämlichen Rosenbotschaften anzustacheln versuchte. Betont gelassen stieg sie in ihr Auto und verriegelte mit einem Knopfdruck die Türen von innen, warf den amputierten Blumenstängel auf den Beifahrersitz.

Dennoch: Ein kalter Schauer überzog ihren Rücken und sie trat beherzt aufs Gaspedal. Erst einmal weg hier!

60

Sie brauchten nicht lange nach der Adresse von Lukas zu forschen, denn Carmen hatte Linus auf ihrem Weg zum Präsidium erst vor ein paar Wochen bei Lukas abgesetzt. Matthias hatte auf dem Weg hierher das Blaulicht genutzt, damit sie zügig vorankamen. Das Dreiparteienhaus in einer Seitengasse lag in vollkommener Dunkelheit, lediglich eine flimmernde Straßenlaterne offenbarte, dass es in erbarmungswürdigem Zustand war. Der Putz bröckelte von der durchnässten Fassade und die Fensterrahmen hätten dringend einen neuen Anstrich benötigt. Der Vorgarten allerdings hätte einen Gartendesignerpreis gewinnen können. Angelegt wie ein Zen-Garten, schuf er in seiner Perfektion einen seltsamen Gegenentwurf zu dem Haus. Beseelt lächelnde Steinbuddhas säumten den Weg zum Eingang.

Als wenn nicht einer zum Schutz der Hausbewohner genügen würde. Hier denkt jemand: Viel hilft viel, überlegte Carmen. Warum es mancher Zeitgenosse immer total drüber brauchte? Während sie die Klingelschilder mit der Taschenlampe des Handys beleuchtete, erklangen hinter den Ermittlern schnelle Schritte.

»Oh, Gott sei Dank, dass Sie da sind!«

Carmen erkannte Lukas' Stimme, sie drehte sich um und Erleichterung breitete sich wie eine warme Welle in ihr aus.

»Gott sei Dank, dass du da bist!«, sagte sie und die Freude, seine eiförmige Erscheinung zu sehen, ließ sie für einen Augenblick die Anspannung der letzten Stunden vergessen. Erst im nächsten Moment bemerkte sie die Panik in seinem Blick. Die Vorahnung eines unabwendbaren Unheils stieg in ihr auf. Sie trat einen Schritt auf Lukas zu. »Was ist los?«

»Sie wissen es noch nicht?«

Carmen hätte ihn schütteln mögen. »Wir wissen, dass wir einen Leichendummy mit aufgesägtem Schädel in einem U-Bahn-Schacht gefunden haben, Letzteres von einem anonymen Hinweisgeber vorausgesagt. Und wir wissen, dass dein Avatar in *CLAVIS* verschollen ist. Von den letzten beiden Spielerinnen, die es hinter die berüchtigte Pforte in dem Spiel geschafft haben, ist eine tot und die andere vermisst.«

Lukas schüttelte den Kopf, sein Körper sackte zusammen. Schließlich sah er hoch, sein gequälter Blick ließ Carmen frieren.

»Linus ist verschwunden.« Mit dem Zeigefinger wischte er durch irgendwelche Menüs auf seinem Handy, hielt es Carmen hin. Ihre Augen erfassten die Liste mit den Anrufen, die Linus nicht entgegengenommen hatte. Auch das nächste Bild, das zwei Namen vor der Pforte zeigte, nahm ein Teil ihres Gehirns wahr: Lukas und Vangelis.

»Quatsch«, sagte Carmen mit trockenem Hals, »ich habe vorhin mit ihm telefoniert und ihm gesagt, dass er unter allen Umständen zu Hause bleiben soll. Und laut unseren Recherchen stehen Linus und Vangelis vor der Pforte, du dagegen bist leider …«

Lukas' kalkweißes Gesicht alarmierte Carmen mehr, als jede Bemerkung seinerseits es vermocht hätte.

Scheiße, was ist das jetzt für ein beschissener Twist?!

Der Puls rauschte in ihren Ohren. Matthias trat dichter hinter sie, er legte eine Hand auf ihren Rücken.

Wenn ich gleich umfalle, schlage ich mir wenigstens nicht den Schädel an einem der in sich ruhenden Steinbuddhas unterhalb der Treppe auf.

Dennoch trat sie einen Schritt vor. Lukas hatte mittlerweile weitergesprochen und allmählich verstand sie den Sinn seines Vortrags.

»Ich habe mir Sorgen gemacht. Wir hatten wegen des Falls und Ihrer U-Bahn-Schacht-Warnung verabredet, dass wir jeden nächsten Spielschritt bei *CLAVIS* miteinander absprechen und dokumentieren. Besonders natürlich, wenn einer von uns die Einladung hinter die Pforte bekäme. Aber dann verschwand vorhin plötzlich Linus' Avatar und ich konnte ihn telefonisch nicht mehr erreichen. Deshalb bin ich zu euch geradelt.« Er deutete auf ein klappriges Damenfahrrad, das nachlässig geparkt am Gartenzaun lehnte. »Linus ist nicht zu Hause, jedenfalls öffnet er nicht die Tür.«

Carmen schüttelte den Kopf. »Nein, nein, nein. Er muss zu Hause sein! Ich kann mich hundertprozentig auf ihn verlassen. Los, komm, wir fahren.« Sie machte Matthias ein Zeichen zum Gehen, drehte sich nochmals um. »Lukas, hast du wirklich alle letzten Spielschritte auf *CLAVIS* von euch beiden dokumentiert?«

Auf dessen fahles Gesicht stahl sich endlich ein Lächeln, das wie gewohnt fast bis zu den Ohren reichte. Er hob sein Handy in die Höhe. »O ja, Frau Hauptkommissarin.« Er reichte ihr sein Telefon. »Der Pin lautet 0908. Mein *CLAVIS*-Passwort ist *hero23*.« Selbst in diesem trüben Licht sah Carmen, dass er bei der Nennung von *hero* errötete. »Sie werden ihn doch aufspüren, oder?«

Carmen nickte, klopfte Lukas auf die Schulter, steckte sein Handy in ihre Jackentasche. »Danke.«

Ich. Finde. Ihn. Lebendig. Hundertprozentig.

61

Der Durst. Er machte mittlerweile jeden strukturierten Gedanken unmöglich. Ihre Zunge lag wie ein dickes pelziges Tier in der Mundhöhle. Trugbilder erschienen an der Decke, aber nicht nur dort, sondern ebenfalls an den Wänden. Das Gesicht des rückwärts sprechenden Typen aus der Galerie tauchte aus einem unsichtbaren Off auf und redete in atemberaubendem Tempo auf sie ein. Sie presste die Finger auf die Ohren, versuchte sich zu sammeln. Sie musste hier raus. Und das schnell! Doch jeder Befreiungsplan, den sie andachte, zerfaserte sofort in sinnfreie Fragmente.

Tschüss, ihr schönen Gedanken, wollte sie ihnen hinterherrufen, aber sie konnte sich nicht erinnern, wie ihre Stimme funktionierte. Allein die Erkenntnis, dass sie dem irren Gedankenpfad ihres Peinigers folgen müsste, oder wenigstens so tun müsste, als ob sie es täte, hielt sie bei Bewusstsein.

Also Hades, als einziger WEK! Sie drehte das »G« in ihrer Hand. Einen letzten Blick sandte Delia in den Spiegel des hellblauen Badezimmers, bevor sie sich erhob. Ihr Gesicht schillerte ihr grotesk verzerrt in allen Spektralfarben entgegen.

Es ist so weit, jetzt werde ich verrückt! Tschüss, schöne bunte Delia!

Matt hob sie die linke Hand zu einem Winken.

Vielleicht sehen wir uns heute das allerletzte Mal in die Augen.

Merkwürdigerweise betrübte sie diese Aussicht nicht mehr.

Ihre Beine zitterten. Sie musste sich am Tisch abstützen, doch im Weiterstolpern riss sie die Tischdecke und sämtliches Geschirr mit den Speiseresten und dem Kerzenhalter zu Boden. Mühsam taumelte sie zu der offenen Holzkiste auf der Bühne, aus der noch immer Dunst hochstieg.

Verrückt! Das konnte alles nur ein Traum, ein LSD-Rausch oder eine formidable Psychose sein!

Vielleicht war nicht nur harmloses Kochsalz, sondern eine Droge in ihr Trinkwasser gemischt worden? Sie hatte es geschafft, sich auf der Kante der Kiste niederzulassen. Es fiel ihr schwer zu atmen, ein Eisenring schien ihre Brust zu umspannen. Ihr Kopf pendelte hin und her. Ein grässlicher Chor begann in ihren Ohren zu singen. Es klang wie ein Kirchenchor, der in einer Kathedrale vielstimmig sang. Die Töne des Chorals schwappten in ihrem Kopf von links nach rechts, im gleichen Rhythmus, wie dieser auf den Schultern hin- und herpendelte. Sie presste beide Hände auf die Ohren, aber das half in keiner Weise. Im Gegenteil, der Chor stimmte lautere Gesänge an, die Kathedrale in Delias Kopf unterstützte durch ihre Akustik den Nachhall.

Parallel dazu analysierte ein Teil ihres Bewusstseins sonderbarerweise haargenau, was ihr gerade widerfuhr.

So also fühlt es sich an, wenn der Irrsinn sich eines Geistes bemächtigt.

Ihre Mentorin, Jasmin Mehlfort, hatte sie immer darauf hingewiesen, wie dicht Genie und Wahnsinn nebeneinanderlagen.

Die Frau war genial, sie hatte so etwas von recht.

Es war ihr nicht möglich, den Kopf am Hin- und Herpendeln zu hindern. Sie überließ sich einige Minuten den Wellen, die auf- und abbrausten, bleierne Müdigkeit lähmte jeden Muskel in ihr. Schließlich war es ein Geräusch, das sie aus dem einschläfernden Rausch riss. Irgendetwas unter ihr. Es gelang ihr, sich über den Rand der Kiste zu beugen. Mit Mühe fokussierte sie den Blick durch den nachlassenden Nebel, der aus dem Keller darunter stieg. Es hatte wie ein Türklappen geklungen. Delia strich sich eine Haarsträhne aus dem verschwitzten Gesicht. Jetzt wurde es wirklich Ernst, sie hatte die Hoheit über ihren Geist endgültig verloren, denn es schien ja wohl absolut unmöglich, dass im Reich der Toten Türen klappten.

62

Die Straßen waren zu dieser nächtlichen Stunde frei und Jasmin kam zügig voran. Einmal blitzte es dunkelrot rechts neben ihr. Es ging so schnell, dass sie nicht erfasste, ob sie in eine Radarfalle geraten war oder ihr schlechtes Gewissen ihr einen Streich gespielt hatte. Der reflexartige Blick auf die Tachoanzeige zeigte knapp unter siebzig Stundenkilometern an. *In jedem Fall zu flott. Klasse.*

An einer roten Ampel checkte sie ihr Handy, scrollte durch Nachrichten und verpasste Anrufe. Die Ampel schaltete auf Grün. Da! Unter fast zwanzig verpassten Anrufen. Hinter ihr hupte es. Sie warf einen Blick in den Rückspiegel. Ein übermotorisierter Hummer mit einem übertestosteronisierten Fahrer, der ungeduldig den Motor aufheulen ließ. *Kleinen Moment, du Idiot, ich bin noch nicht so weit.*

Sie ließ den Wagen anrollen, bremste aber noch vor der Haltelinie an der Kreuzung wieder ab. Der Hummer saß ihr fast im Kofferraum. Im Rückspiegel beobachtete sie die wütende Gestik des Chauffeurs. Viel zu jung, zu unbeherrscht für so ein Geschütz. *Jaja, du hast den Größten! Geduld, übe Geduld, vielleicht kriegst du dann auch deine Ejaculatio praecox in den Griff, du Primat!*

Sie lachte, das mussten die Typen sogar im Auto hinter ihr sehen. Egal, sie fühlte sich mutig in der Innenkapsel ihres Autos, ließ den Wagen wieder anrollen. Manche Konflikte lohnten nicht, wenn offensichtlich war, dass der Gegner mit seinem Amöbenhirn vom Universum bereits überreichlich gestraft worden war. Sie steuerte in die nächste Parkbucht, winkte der aus jedem Fenster den Stinkefinger streckenden und grölenden Besatzung des Hummers freundlich zu. Einem der Proleten wehte seine Basecap vom hohlen Schädel, die wirbelnd im Straßendreck liegen blieb. Sie sah dem Fahrzeug hinterher, das schlingernd um die Kurve rutschte. Jasmin studierte die Anrufliste im fahlen Licht der Straßenlaterne, unter der sie geparkt hatte. Tatsächlich, sie hatte es im ersten Moment richtig erfasst. Der verpasste Anruf stammte von ihrer Schwester. Sarah musste es nur ganz kurz einmal klingeln lassen und sofort wieder aufgelegt haben. Sarahs Telefonanrufe waren mit einer speziellen Melodie unterlegt und Jasmin nahm jeden ihrer Anrufe an. Auch unter der Dusche. Manchmal selbst beim Sex. Aber diesen vor wenigen Stunden hatte sie nicht gehört. Um Gottes willen, das fehlte ihr jetzt gerade noch! So spät rief Sarah normalerweise nicht an, außer sie befand sich in einer handfesten Krise. Jasmin legte das Telefon in die Ablageschale vor dem Display des Navigationssystems, löste die Handbremse, wendete den Wagen und gab Vollgas.

63

HADES machte seinem Namen alle Ehre. Die Leiterstufen führten steil hinab in einen Kellerraum. Wasser tropfte von der Decke, die Wände schillerten glitschig, als ob sie mit Algen bewachsen wären. Es war mindestens fünf Grad kälter hier unten. Auf einem Mauersims stand eine original verschlossene Flasche Mineralwasser ihrer Lieblingsmarke. *Der Kretin, der mich gefangen hält, kennt mich verdammt gut.*

Sie ließ sich auf den Sims sinken, drehte den Verschluss der Flasche auf und stürzte gierig acht Schlucke ohne abzusetzen hinunter. Das beherrschte sie, ohne Luft holen zu müssen. Alte Schule aus der Zeit ihrer Anorexia. Der Dunst im Raum und der Nebel im Kopf verzogen sich augenblicklich, als das Wasser in ihr Blut überging. Den Metallstift mit dem »G«, den sie immer noch zwischen den verkrampften Fingern hielt, legte sie neben sich auf den Stein. Ihr Herz klopfte in ruhigerem Rhythmus, ihr Geist begann wie gewohnt, die Umgebung zu analysieren. Direkt ihr gegenüber befand sich eine gemauerte Treppe, die auf eine Tür zuging. Mit Schlüsselloch und Briefkastenschlitz. Exakt wie auf dem Gemälde im ersten Raum, in dem sie erwacht war, und wie die Tür mit dem unter Strom gesetzten Spinnennetz in Raum zwei. Rechts davon hing ein Vorhang, der wenige Zentimeter aufgezogen war. Holzregale, die schätzungsweise drei oder dreieinhalb Meter in der Breite maßen, soweit sie es aus ihrer Position erkennen konnte. Sie erhob sich und ging auf den Vorhang zu. Ein dumpfes Gefühl kroch in ihr hoch. Der mottenzerfressene Vorhangstoff knisterte in ihrer Hand.

Ein Geräusch in ihrem Rücken ließ sie zusammenfahren. An der Wand hinter ihr war ein circa sechzig mal vierzig Zentimeter großes Eisengitter angebracht. Dahinter scharrte oder kratzte etwas. *Kratz, kratz,* Pause. *Wisch, wisch,* Pause. Es klang, als ob jemand Dreck von einer Scheibe schabte. Delia ließ den Stoff los, langsam ging sie auf das Gitter zu. Tatsächlich, hinter dem Gitter gab es ein kleines Fenster, dahinter eine Kellerkasematte, in die sich vermutlich ein Tier verirrt hatte. Sie versuchte, durch das dreckblinde Fensterglas zu sehen. *Das war doch nicht möglich.* Sie erkannte die Umrisse eines Gesichts. Dort kauerte ein Mensch! Delia schrie auf, steckte ihre Finger durch das Eisengitter, klopfte gegen das Glas.

»Hilfe!«, schrie sie, und noch einmal lauter: »*Hilfe!*«

64

Wie lange sie hier bereits hockte, hätte sie nicht sagen können. Es mochten Stunden sein. Wieder einmal hatte sie versagt, auf ganzer Linie versagt. Den goldenen Stern müsste sie nachher von ihrem Kalender abkratzen. Der heutige Tag hatte ihn am Ende doch nicht verdient. Sarah seufzte, versuchte die klammen Glieder zu bewegen. Es war eng in der Kasematte, natürlich war es das. Beziehungsweise damals, als sie hier als Kind gekauert hatte, hatte sie ungefähr ein Achtel dessen gewogen, was ihr unförmiger Körper heute auf die Waage brachte. Ihre Finger spielten mit den Bommeln an der Mütze.

Tatsächlich hatte sie, nachdem sie den Anruf bei Jasmin abgebrochen hatte, ihre Schuhe angezogen, die Jacke, die Mütze übergestülpt. Sie hatte in den Spiegel geblickt und mit einem Faustschlag ihr Gesicht herausgeschlagen. Die Scherben lagen auf dem Boden. Etwas Blut tropfte an einer Stelle über dem Fingerknöchel, wo die scharfen Glaskanten die Haut aufgeschnitten hatten. Sie zog den Jackenärmel über die Wunde. Sieben Jahre Unglück, oder? So hieß es doch, wenn ein Spiegel zu Bruch ging. Aber dieser war nicht zu Bruch gegangen – sie selbst hatte die alte Sarah daraus gelöscht!

Kurz war sie ins Wohnzimmer gegangen, hatte Fischfutter für die Skalare in das beleuchtete Aquarium geschüttet. Eine Weile hatte sie die Tiere, die gierig über die Fischflocken herfielen, beobachtet. Sie waren so schön, sogar in ihrer Gier wirkten sie majestätisch, wie sie durch das Wasser glitten. Sie hatte sich auf das Sofa gesetzt, die schillernden Wellenreflexionen an der Zimmerdecke betrachtet. Ein letzter Aufschub, dann hatte sie den Schlüssel vom Küchentisch in die Jackentasche gleiten lassen. Sie musste herausfinden, was da drüben vor sich ging!

Das Bewusstsein, es in kürzester Zeit schon zweimal auf das Grundstück nebenan geschafft zu haben, gab ihr Mut. Sie öffnete die Haustür, lief den Weg zur Straße herunter. Die Gartenpforte quietschte so laut, dass sie einen Moment verharrte. Dann hatte sie die dreißig Meter zum Nachbargrundstück auf dem verlassenen Fußweg zurückgelegt. Drückte die Holztür in dem Steintor auf, wobei die verrosteten Türangeln ein kreischendes Geräusch erzeugten. Schritt die Auffahrt empor. Das Haus türmte sich dunkel und bedrohlich vor ihr auf, froststarres Laub raschelte unter ihren Schuhen. Sarah ging weiter, die Treppe hoch, zur Eingangstür. Sie vermied, den rostigen Eisenlauf des Geländers anzufassen, tastete an der Hauswand entlang und fand den Lichtschalter. Sie presste dreimal ihre ganze Handfläche gegen den Schalter, aber das Deckenlicht leuchtete nicht auf. In totaler Düsternis kramte sie in der Jackentasche nach dem Schlüssel. Da war er. Er rutschte ihr aus den steifen Fingern, es dauerte eine Weile, bis sie die dreckstarrende Fußmatte nach ihm abgetastet und ihn vor der klappernden Katzenklappe gefunden hatte. Als Kind hatte sie zuletzt das Nachbarhaus betreten. Mama hatte es ihr verboten. Sowohl Mama als auch Jasmin hatten stets so getan, als ob die Nachbarn nicht existierten. Eigentlich komisch, dachte Sarah, die sich nie nach dem Grund dafür gefragt hatte. Sie steckte den Schlüssel in das Schloss. Das Unglaubliche geschah. Er ließ sich drehen. Niemand hatte in den vergangenen zwei Jahrzehnten das Schloss ausgewechselt. Zudem war die Tür nicht abgeschlossen, sondern nur zugezogen worden. Vorsichtig drückte sie die Tür auf, schob sich über die Schwelle. Das Blut rauschte in ihren Ohren.

Wenn sich jemand in dem Haus befindet, wird mein lauter Herzschlag mich verraten.

Es roch nach modrigem Putz und durchfeuchteten Teppichfliesen. Und nach Heizung. Alte Heizkörper, die mit mehreren Schichten Farbe übermalt worden waren, wie es früher zu Glanzzeiten der Villa üblich gewesen war, strömten einen unverwechselbaren Geruch aus. Jedenfalls, wenn sie in Betrieb waren, und das schien hier der Fall zu sein. *Seltsam.*

Ihr Fuß stieß gegen einen altertümlichen Schirmständer aus Metallrohren, der scheppernd umkippte. Sie verharrte, jeden Moment bereit, rückwärts die Flucht zu ergreifen. Doch nichts geschah. In der Nähe raschelte etwas.

Ich hätte eine Taschenlampe mitbringen sollen. Wie dumm ich bin!

Sie überlegte, umzukehren und eine zu holen. Ein Knall wie ein Schuss oder ein hartes Türschlagen und etwas, das wie ein grauenhaftes Wimmern klang, das aus den Tiefen des Hauses aufstieg, beschleunigte den Gedanken.

Weg hier! Es befand sich tatsächlich jemand im Haus!

Auf dem Absatz hatte sie kehrtgemacht. Die Treppe rutschte sie mehr herunter, als dass sie ging. Hart fiel sie auf den Hintern, als sie auf einem Moosplacken ausglitschte. Doch das war ihr Glück. Gerade noch rechtzeitig konnte sie sich wegducken, als ein Auto auf die Auffahrt fuhr. Das Scheinwerferlicht tauchte die Villa in gleißende Helligkeit und verblitzte ihre Augen. Sarah versteckte sich hinter einem der Dornbüsche, die meterlang an der Hauswand entlangrankten. Die Scheinwerfer am Wagen erloschen, die Musik im Innenraum wurde abgestellt. Eine Autotür klappte. Leise Schritte von Gummisohlen. Derjenige trug trotz der Kälte Sneaker. Sie vernahm ein Rauschen, wie es klang, wenn eine Laderaumtür aufgeschoben wurde. Also der Transporter? Jemand ächzte. Irgendetwas wurde Richtung Hauseingang geschleift. Sie konnte nicht erkennen, was es war. Sie wandte den Kopf zur Wand, denn sie hatte Angst, dass das Licht ihrer Augen sie verraten würde, sofern sie zu lange auf das Geschehen starrte. Aber einen Moment später sah sie wieder hin. Sie erhaschte einen Blick auf einen Menschen in einem engen schwarzen Anzug mit Kapuze. Das Blut wich aus ihrem Kopf. Der Taucher! Gleich würde er sie bemerken. Sie hielt die Luft an, tastete sich an der Hauswand entlang, riss sich das Gesicht an den Dornen der zurückschnellenden Zweige auf. Beinahe wäre sie in ein Loch gefallen, als sie um die Ecke des Hauses bog. Die Kellerkasematte. Ein Teil der Holzabdeckung schien morsch, ihr Fuß war hindurchgebrochen. Lautlos schob sie mit den Händen einen Rest des vermoderten Holzes zur Seite und schlüpfte in den schützenden Kokon der Kasematte. Wie als Kind schon, fühlte sie an diesem Ort sofort Ruhe und Sicherheit.

Seither saß sie hier, sie traute sich nicht, herauszuklettern. Zwar hatte sie gehört, dass das Auto gestartet wurde und von der Auffahrt rollte, aber eine altbekannte Lähmung hatte nicht nur ihren Kopf, sondern sämtliche Glieder des Körpers befallen. Je länger sie hier saß, desto mehr gelangte sie zu der Überzeugung, dass das Türknallen, das sie in dem Haus vernommen hatte, durch den Gegenzug entstanden sein musste, als sie die Haustür aufgeschoben hatte. Denn der Transporter mit dem Taucher war erst danach aufgetaucht.

Versagt! Ich heiße Sarah Röckendorf und habe mal wieder alles total vergeigt, die ganze Aktion. Mit drei Ausrufezeichen!!!

Ihre Finger kneteten die Wollbommel an der Mütze, dann ließ sie die rechte Hand in die Jackentasche gleiten. Nein, nur zwei Ausrufezeichen. Geistesgegenwärtig hatte sie nämlich die Haustür wieder zu- und den Schlüssel abgezogen, bevor sie weggerannt war. Kein Mensch ahnte, dass sie hier gewesen war, niemand wusste, dass sie sich jederzeit Zutritt zu der Villa verschaffen konnte. Sonderbarerweise beängstigte sie dieser Gedanke nicht länger, im Gegenteil, er mobilisierte neue Kräfte. Gerade als sie aus dem Versteck klettern wollte, bemerkte sie schwaches Licht hinter dem vergitterten Kellerfenster, vor dem sie kauerte. Sie steckte ihre klammen Finger durch die Eisenstreben und kratzte mit den Fingernägeln Schmutz von der Glasscheibe, wischte ihn mit der flachen Hand zur Seite. In der Tat, der fahle Lichtschein wurde stärker, doch die Scheibe war auch von innen vergittert und vor Dreck im Laufe der Zeit blind geworden. Aber irgendetwas bewegte sich in dem Schein, wurde größer! Es kam auf das Fenster zu. Ein blasses verschwommenes Gesicht. Ein Mädchen oder eine junge Frau mit strähnigem Haar. Ihr Mund öffnete sich und schrie etwas. Gedämpft durch das dicke Glas konnte Sarah nicht verstehen, was sie rief. Dennoch war sie überzeugt, dass es ein Hilferuf war. Sie zwang die rechte Hand zwischen die Gitterstreben, legte die Handfläche auf die Scheibe. Ja, ich helfe dir, sollte das heißen.

Ich weiß nur noch nicht genau wie.

Von innen wurde die Geste erwidert, eine bleiche Handfläche legte sich nur getrennt durch das Glas deckungsgleich gegen Sarahs Hand. Sarah rappelte sich auf und kletterte aus der Kasematte.

65

Jasmin quetschte ihren Wagen auf der schmalen Straße zwischen zwei Edellimousinen, die jeweils an die zwei Straßenmeter in der Breite für sich beanspruchten. Die Gartenpforte zu Sarahs Grundstück stand offen. *Merkwürdig.* Sie ging zum Haus hinauf, klingelte, wie sie es immer tat, um Sarah auf ihren Besuch aufmerksam zu machen, bevor sie den Schlüssel herauszog und die Haustür aufschloss. Das Erste, was ihr auffiel, war, dass die Tür nicht wie üblich zweifach verriegelt, sondern nur zugezogen worden war. Das Nächste, was sie registrierte: Spiegelscherben verteilt am Boden. An einer Stelle sah sie etwas eingetrocknetes Blut auf den Fliesen. Außerdem hing Sarahs Jacke nicht an der Garderobe. Ihr Herz schlug schneller.

»Sarah?«, rief sie in die Düsternis des Hauses. Keine Antwort. Sie tippte auf den Lichtschalter im Flur. Die Helligkeit mehrerer 100-Watt-Glühbirnen schmerzte in den Augen. »Sarah?«, rief sie noch einmal, nun lauter. Außer dem summenden Geräusch der Beleuchtung des Monsteraquariums vor dem Wohnzimmerfenster herrschte Totenstille im Haus. Methodisch durchsuchte sie jeden Raum. »Sarah?«

Schließlich kehrte sie in die Küche zurück, ließ sich auf einen Stuhl fallen. Auf dem Tisch lagen Sarahs rote Mappe und einige weiße Krümelchen. Sie sah sich weiter um. Ihr Blick fiel auf den Wandkalender, der ebenfalls auf dem Tisch lag und dessen letzte Daten ihre Schwester mit altersschwachen Weihnachtssternchen beklebt hatte, deren Spitzen sich vom Papier zu lösen begannen und an den Enden einrollten.

Weihnachtssternchen im März, na denn, nun kam Sarah wohl der allerletzte Rest Rationalität abhanden.

Gedankenverloren tippte Jasmin mit dem Zeigefinger die weißen Krümel auf und legte sie ordentlich in einem Kreis auf dem Frühstücksset ab, bevor sie die Spitzen der goldenen Sternchen auf dem Kalender andrückte.

Irgendetwas hatte Sarah sich dabei gedacht. Nur was?

Es gab kaum eine Gedankenwelt, die Jasmin fremder als die ihrer Schwester war. Sarah konnte alles Mögliche in den Kopf gekommen sein. Nur, dass sie nachts freiwillig das Haus verlassen haben könnte, war an der alleruntersten Ziffer der Möglichkeitsskala angesiedelt. Dazu der kaputte Spiegel im Flur und das Blut. Hatte jemand ihre Schwester überwältigt und gekidnappt? Der komische Bote, von dem sie erzählt hatte?

Jasmin nahm den Hörer vom Festnetztelefon in die Hand. Sollte sie die Polizei verständigen? Irgendetwas stimmte hier nicht. Irgendetwas stimmte hier ganz und gar nicht! Sie tippte die Nummer des Notrufs in die Tastatur. Nebenbei schlug sie die erste Seite der SOS-Mappe auf.

Ich heiße Sarah Röckendorf und ich bin wichtig!!!

Du liebe Zeit. Was war mit ihrer Schwester los?

Sie blätterte weiter durch den Hefter. Eine Zeichnung von einem Mann, einem schwarzen Mann in einem engen Anzug mit Kapuze. Bestimmt der Taucher, von dem Sarah ständig halluzinierte. Kein Rufzeichen, das Gerät blieb stumm. Ein Blick auf das Display verriet ihr, dass der Akku komplett entladen war. Verdammter Mist!

Genau genommen sah der Typ auf der Skizze eher wie ein Bankräuber mit Sturmhaube aus oder wie ein Motorradfahrer.

Ihr Fuß tippte ungeduldig auf den Boden, mit beiden Händen klopfte sie die Jackentaschen ab.

Prima, das auch noch.

Ihr Handy hatte sie in der Ablageschale des Autos liegen gelassen. Gerade als sie sich erhob, um zu ihrem Wagen zu gehen, bemerkte sie Schritte auf dem Gartenweg. Sie sprang auf. »Sarah?« Tatsächlich wurde die Tür mit einem Schlüssel geöffnet, eine Jacke fiel zu Boden. Schwere Schritte schlurften durch die Spiegelscherben. Einen Moment später stand ihre Schwester mit kalkweißem Gesicht vor ihr. Jasmin sah, dass sie irgendwas sagen wollte, aber kein Ton kam über die Lippen. Sarah gab den Versuch, etwas mitzuteilen, auf, sie lehnte den Körper gegen den Türsturz. Dabei rutschte ihr die Wollmütze vom Kopf. Wie in Zeitlupe verdrehten sich ihre Augen und sie sackte ohnmächtig in sich zusammen. Ihre weiße Faust öffnete sich und ein altertümlicher Schlüssel mit Bart klirrte auf den Fliesenboden.

66

Freitag, 15. März

Der Nachbar hat noch immer keinen neuen Briefkastenschlüssel, dachte Carmen, als sie im Laufschritt die Briefkastengalerie im Treppenhaus passierte und die Knackwurstzange auf dem Briefkasten des pensionierten Dr. M. Matuschek bemerkte, mit deren Hilfe der alte Herr seit Monaten seine Post aus dem Briefkastenschlitz angelte. Abermals klemmte ihre Wohnungstür, wieder half ein beherzter Tritt gegen das Türblatt. »Linus?«, brüllte sie in die Dunkelheit des Flurs. Sie stürmte über den Gang, riss sämtliche Zimmertüren auf.

»Er ist nicht da«, sagte sie einen Moment später zu Matthias, der ihr gefolgt war und die Papiere und Werbezettel aufhob, die während ihres Zuges durch die Wohnung von Tischen und Regalen gesegelt waren. Er legte sie ordentlich auf einen Stapel Zeitungen. »Aber hier ist sein Handy!« Sie hielt es ihm entgegen. »Matthias, das ist vollkommen ungewöhnlich, dass er ohne Telefon das Haus verlässt, es ist quasi an ihm angewachsen. Es ist die Außenstelle seines Hirns.« Ihr Kollege nahm ihr das Handy aus der Hand. »Es wird eine Erklärung geben.«

»Ja!«, schrie sie. »Natürlich wird es das! Der kranke Leichendummyfreak hat ihn in seiner Gewalt!« Mit ihrer Fassung war es vorbei. Ihre Hände zitterten, Tränen brannten ihr in den Augen. Sie ließ sich auf einen Stuhl fallen, sah im Augenwinkel, dass Matthias ein Glas mit Leitungswasser befüllte und vor ihr auf den Tisch stellte. »Was tun wir jetzt? Es ist fast zwei Uhr morgens, niemand kann uns um diese Zeit helfen.« Matthias setzte sich ihr gegenüber.

»Wir kennen in etwa das Zeitfenster, in dem Linus verschwunden ist. Ab dem Telefonat, das du mit ihm im U-Bahn-Schacht geführt hast, bis zu dem Moment, wo Lukas ihn telefonisch nicht mehr erreicht hat. Außerdem haben wir die gespeicherten Spielschritte. Gib mir mal das Handy von Linus. Weißt du seine PIN?« Carmen schüttelte den Kopf. »Dann gib mir das von Lukas, ein kleines bisschen werde ich einmal in seinen *CLAVIS*-Dokumentationen herumstöbern.«

Irgendwann musste sie vor Erschöpfung kurz eingeschlafen sein. Als sie aus dem Schlaf schreckte, lag sie auf dem Sofa in eine Wolldecke eingehüllt. Linus! Der Gedanke zuckte wie ein Blitz durch ihren Kopf. *Ich muss Gregor Bescheid geben!*

Sie tastete nach ihrem Telefon, tippte auf die Kurzwahl, aber ihr Mann hatte die Mailbox angeschaltet. Kein Thema für eine Nachricht auf die Mailbox, befand sie und unterbrach die Verbindung.

Später.

Kaffeeduft strömte aus der Küche. Mühsam richtete sie sich auf. Sie bog den Kopf zweimal vor und zurück, dann jeweils nach links und rechts. Es knackte geräuschvoll in der Halswirbelsäule. In der Küche traf sie auf Matthias. Er sah furchtbar aus, zehn Jahre älter als vor einer Woche, aber er lächelte. Mit einem Blick auf die Uhr sagte er: »Guten Morgen, liebe Kollegin, da wir zur frühen Stunde momentan noch nichts tun können, habe ich mir erlaubt, Kaffee zu kochen und Brötchen aufzubacken.« Er deutete auf den gedeckten Tisch.

Wie soll ich etwas essen? Und wenn der jüngere Kollege in einer Nacht schon um zehn Jahre gealtert ist, dann bin ich mindestens zwanzig Jahre weiter.

»Ich weiß, du hast keinen Hunger, aber solltest du jetzt aus den Latschen kippen, schwinden die Chancen, Linus zu finden. Ich brauche dein *funktionierendes* Gehirn. Sobald du eine Kleinigkeit gegessen und diesen Becher Kaffee – und der ist wirklich stark – getrunken hast, zeige ich dir etwas.« Er hielt Lukas' Handy hoch. Carmen tat, wie ihr geheißen, dieser eine Becher Kaffee hätte sämtliche Tote aus einer ganzen Gräberreihe geweckt.

»Äh, Carmen, ich wollte dir die ganze Zeit schon etwas erzählen …«

Schweigen, Carmen! Königsdisziplin.

»Als wir unseren letzten Fall bearbeiteten, da saß Feo eines Nachts vor meiner Tür. Ihre Nachbarn waren so furchtbar laut am Schnackseln und sie bat mich für ein paar Stunden um Asyl. Und na ja, da haben wir ….«

»Da seid ihr ebenfalls schnackselnderweise im Bett gelandet?«, konnte Carmen sich nun doch nicht bremsen.

»Äh, eher auf dem Küchentisch. Also, in der ersten Runde.«

Du liebe Zeit! So genau wollte ich das wirklich nicht wissen!

Allerdings versteckte sich in seinem Geständnis im Subtext eine hochinteressante Information: Die Leidenschaft füreinander schien den beiden trotz Trennung jedenfalls nicht abhandengekommen zu sein. Außerdem war die Geschichte noch nicht zu Ende erzählt, das spürte Carmen. Der Clou kam erst noch. Matthias kratzte sich am Kinn, der Dreitagebart knisterte. »Äh, also, das Problem ist nun, das Ganze hat ohne Gummi stattgefunden.«

»Feo ist schwanger.« Carmen hielt im Kauen inne.

»So kann man das medizinisch korrekt wohl ausdrücken.«
Er ließ die Hände sinken und knetete den rechten Daumen. In
Anbetracht der Tatsache, dass Feos Kinderwunsch zur Trennung
der beiden geführt hatte, war das jetzt keine besonders gute
Nachricht, schoss es Carmen durch den Kopf.

»Wie geht's dir damit?«, fragte sie schließlich. Sie hatte
inzwischen tatsächlich ein ganzes Brötchen vertilgt.

»Das ist das Komische. Irgendwie macht es mich glücklich.
Als ich vorhin darüber nachsann, wie gefährlich unser Beruf ist,
kam mir der Gedanke, dass, würde ich in einem der Einsätze,
in diesem zum Beispiel, sterben – es würde nichts von mir
bleiben.«

»Du stirbst jetzt nicht. Und Linus und Delia ebenfalls
nicht. Also? Was hast du auf Lukas' Handy entdeckt?«, schob sie
das üble Gefühl zur Seite und nahm den letzten Schluck Kaffee.
Mit einem schiefen Grinsen wechselte ihr Kollege dankbar das
Thema.

»Lukas und Linus haben zuletzt viele ihrer Spielzüge
dokumentiert. Die habe ich mir genau angesehen. Tatsächlich
standen erst Linus und Vangelis vor der Pforte, was im *CLAVIS-
Sprech* bedeutet – und was wir wohl auch zum Zeitpunkt des
Leichendummyfunds im U-Bahn-Schacht denken sollten –,
dass Lukas dahinter wäre. Dann plötzlich wechselte das Bild.
Und zwar exakt um die Uhrzeit, als wir in der Besprechung
saßen. Nun sind es Lukas und Vangelis vor der Pforte.«

Carmen schlürfte den heißen Kaffee. »Ich weiß. Was ist so
aufregend daran?«

Matthias hielt ihr das Handy hin. Sie tastete nach der
Lesebrille. »Sieh genau hin. Der Freak, mit dem wir es zu tun
haben, hat womöglich endlich einen Fehler begangen. Oder besser gesagt, die beiden Jungs haben ihn ausgetrickst.« Sie scrollte
eine Weile durch verschiedene abgespeicherte Szenarien.

»Na schön, eines scheint offensichtlich: Entgegen dem Spielziel haben Linus und Lukas nicht gegeneinander, sondern miteinander gespielt, sie haben Spielschritte abgesprochen. Außerhalb des *CLAVIS*-Chats.«

»Es geht noch weiter. Sie nutzten dasselbe *CLAVIS*-Passwort: *hero23*.«

»Sie konnten also quasi für den anderen spielen?« Der Kugelschreiber, mit dem Carmen hantierte, rutschte ihr aus der Hand, sie bückte sich, um ihn aufzuheben.

»Ja«, sagte Matthias. »Nur, warum haben sie das gemacht?«

»Sie wollten uns helfen. Ich hatte sie gebeten, mit dem Spiel aufzuhören, sie waren gewarnt, haben trotzdem weitergespielt und versucht, sich mit ihren Absprachen gegenseitig ein Sicherheitsnetz zu schaffen. Vielleicht hat das den Algorithmus von *CLAVIS* durch den Tüdel gebracht? Der konnte nicht mehr unterscheiden, wer Linus und wer Lukas ist?«

67

Jasmin fühlte sich an die grässliche Tiefgarage vor wenigen Stunden erinnert, als sie den Krankenhausflur im Universitätskrankenhaus Eppendorf entlanghastete. Flackernde Beleuchtung, kahle Wände mit Spinnweben an den Gittern der Leuchtstoffröhren an der Decke, nur die Graffiti fehlten. »Frau Dr. Amiri kümmert sich um Ihre Schwester«, hatte ihr eine graugesichtige Krankenschwester mit einer sichelförmigen Narbe an der Stirn gesagt, als Jasmin in der untertemperierten Kliniklobby eintraf und nach Sarah fragte. »Sie finden sie im vierten Stock im Ärztezimmer. Das liegt hinter dem Überwachungsraum gegenüber den Lastenaufzügen, ganz am Ende des Ganges.« Sie machte eine Handbewegung, die andeutete, dass es ein langer Weg wäre. »Jedenfalls dann, wenn sie mit der Patientin fertig ist«, fügte sie nach einem Blick auf ihren Computerbildschirm hinzu.

Jasmin hatte jedes Zeitgefühl verloren. Der Notarzt hatte eine Weile gebraucht, die ohnmächtige Sarah zu stabilisieren. »Schock, sie hat einen schweren Schock.« Nachdem sein Team Sarah in den Notarztwagen verfrachtet hatte, war Jasmin in die Küche zurückgekehrt, hatte das Plastikverpackungsmaterial der Einwegspritzen, Kanülenfixierungspflaster und die gläsernen Infusionsampullen eingesammelt. Anschließend die Küchenstühle wieder aufgestellt, die umgeworfen worden waren, um schnellstmöglich die Krankenliege in die Küche zu befördern. Im Flur war es viel zu eng für all das medizinische Gerät und die ohnmächtige Patientin.

Sarahs SOS-Mappe lag aufgeklappt auf dem Fußboden wie ein toter Vogel, der die Flügel in einer letzten Geste gestreckt hatte. Ebenso auf dem Boden lag der Wandkalender. Jemand aus dem Notfallteam hatte mit seinen Schuhsohlen hässliche Abdrücke darauf hinterlassen und die Weihnachtssternchen zertreten. Der Anblick jener zwei Gegenstände, der wenigen Dinge, die ihrer Schwester so viel bedeuteten, tat Jasmin zum ersten Mal im Leben weh. Sie hob sowohl die Mappe als auch den Kalender auf und packte beides in einen Jutebeutel mit der Beschriftung einer ehemals bekannten Supermarktkette, die es ewig nicht mehr gab. Der Beutel hing seit Jahren an diesem Haken, da Sarah das Haus nie verließ.

Neuerdings aber doch!

Sie hatte das Ende des Ganges gegenüber den Lastenaufzügen endlich erreicht. Ein großflächiges Glasfenster und eine darin integrierte Glastür trennte das Ärztezimmer vom Flur, das bläulich pulsierende Licht einiger Überwachungsbildschirme fiel auf den Linoleumboden des Korridors. Jasmin klopfte an die Scheibe und ein jugendlich wirkender Krankenpfleger schreckte auf, der in eine Sportzeitung vertieft zu sein schien. Natürlich, dachte Jasmin absurderweise, Handys sind wegen der empfindlichen Apparaturen in Krankenhäusern nicht erlaubt. Wenn man sich zerstreuen wollte, musste man auf analoge Medien zurückgreifen. Der guten Laune des jungen Pflegers schien dieser Umstand keinen Abbruch zu tun, er lächelte und öffnete die Glastür. Er maß an die zwei Meter, die blaue Pflegerkleidung wirkte dennoch zu groß an seinem asketischen Körper.

»Sie wollen zu Frau Dr. Amiri? Kristina vom Empfang hat Sie bereits angekündigt. Oh, da kommt sie schon!« Er strahlte einen Punkt hinter Jasmin an.

Schnelle Schritte kamen den Gang entlang. Eine attraktive, dunkelhaarige Frau stellte sich als Neurologin Dr. Amal Amiri vor und bat Jasmin in ein behagliches Büro, das hinter dem Überwachungsraum lag. Vier großflächige Bilder hingen hinter Glas an der Wand. Jasmins Blick fiel auf eine surreal wirkende Zeichnung eines eigenartig geformten Klavierflügels, über dem einige Noten schwebten. Darunter stand in krakeligen Buchstaben »ZOÉ« und eine erwachsene Schrift hatte ein Komma und »8 Jahre« hinzugefügt.

»Faszinierend, nicht wahr? Sehen Sie zuerst das Klavier oder das Zebra?«, fragte Dr. Amiri.

Erst jetzt bemerkte Jasmin, dass in der Darstellung sowohl ein Klavier als auch ein liegendes Zebra zu erkennen war, je nachdem, welchen Punkt ihre Augen fokussierten.

Bevor Jasmin antworten konnte, sagte die Ärztin: »Die meisten Menschen identifizieren zunächst das Klavier, dabei ist das Zebra viel detailreicher ausgestaltet.« Sie deutete auf die Noten.

Jasmin trat näher an das Bild heran. Okay, sie gehörte also trotz aller akademischen Grade zu *den meisten*. Wahrscheinlich hatte es etwas mit der Koordination der beiden Gehirnhälften zu tun, überlegte sie und nahm sich vor, über das Thema nachzulesen. Im Übrigen hatte Dr. Amiri recht: Wenn man sich allein auf das Zebra konzentrierte, konnte man die Mähne, die Augen und sogar Wimpern erkennen.

»Meine Nichte Zoé.« Die Ärztin strahlte über das ganze Gesicht, dem man ansah, dass sie viel und gern lachte. Sie griff in eine Kitteltasche und zog ein Haargummi heraus, zwirbelte das lockige schwarze Haar zu einem Zopf im Nacken zusammen.

»Wirklich ein Talent, großartig.« Jasmin merkte, dass die Anspannung von ihr abfiel. Frau Dr. Amiri würde kaum so detailliert über ihre Nichte sprechen, wenn Sarah in einer lebensbedrohlichen Krise steckte.

»Ja, Zoé ist etwas ganz Besonderes. Als Fünfjährige hatte sie zwei Hamster. Den einen nannte sie *Paragrafenreiter* und den anderen *Flotter Otto*.«

Jasmin lachte. »Genial, ein Kind mit Fantasie und Sinn für Kontraste ist immer auch eine Bereicherung für das eigene Leben.«

»Sie sagen es. Dabei riet man meiner Schwägerin – sie ist Leiterin eines Alterspflegeheims – zur Abtreibung. Ihr behandelnder Arzt meinte, sie hätte allein berufsbedingt nur wenig Zeit, um sich um so ein anstrengendes Wesen zu kümmern.« Sie malte die Anführungszeichen des Zitats in die Luft und fügte hinzu: »Zoé hat Trisomie 21, das Down-Syndrom.«

»Sie ist origineller als manch anderer Zeitgenosse, egal ob mit Trisomie oder ohne. Erwachsen, Kind oder Intellektueller.«

»Sie sagen es«, wiederholte Amiri. »Ich kenne zurechnungsfähige, sogar äußerst kluge Menschen, die ihre Katzen *Einstein* oder, noch viel schlimmer, *Schrödinger* in Anspielung auf dessen Experiment genannt haben. Drei aus der Einstein- und vier aus der Schrödinger-Fraktion.«

Jasmin fühlte sich gleich doppelt erwischt und lachte laut auf. Das Gespräch mit dieser ungewöhnlichen Neurologin vertrieb ihre letzten flauen Gefühle. Sie hielt eine Hand hoch, spreizte sämtliche Finger. »Jetzt, liebe Frau Dr. Amiri, kennen Sie derer fünf!«

Ihr Gegenüber schien keineswegs verlegen. »Klaro, Schrödinger war natürlich ein cooler Typ! Auf den Gedanken mit der Katze in der Kiste muss man erst einmal kommen. Nun ja, Sie wollen sicher wissen, wie es Ihrer Schwester geht«, wechselte sie das Thema. »Das Notarztteam hat sie nach einem

Schock gut stabilisiert bekommen. Ihre Vitalfunktionen sind komplett in Ordnung. Die Laborwerte wie bei einer fitten Zwanzigjährigen. Körperlich ist alles bestens, Sarah kann hundert Jahre alt werden. Allerdings … sie halluziniert. Wegen der damit einhergehenden Angstattacken mussten wir ihr ein starkes Beruhigungsmittel geben. Sie sprach immer wieder von einem verlassenen Haus, von …«

Die beiden Frauen hatten sich auf zwei bequeme Sessel niedergesetzt, Dr. Amiri schob eine Schale mit Himbeerbonbons in die Mitte des Beistelltisches. Jasmin nahm einen und nickte.

»… von einem Taucher und einem Clown, wahrscheinlich ebenfalls davon, dass der eine dem anderen die Haare schneidet. Ich weiß. Das ist leider nichts Neues. Meine Schwester lebt allein seit dem Tod unserer Mutter, die ihr das große alte Haus hinterlassen hat. Sarah hat es seit Jahren nicht mehr verlassen.« Jasmin überlegte kurz, ob sie Sarahs Ausflug zum Nachbarhaus erwähnen sollte, entschied sich aber dagegen. Schließlich hatte es keinerlei Bedeutung. Also fuhr sie fort: »Dort in unserem Elternhaus bewohnt sie ihre eigene, leider sehr instabile Wirklichkeit.« Auch Dr. Amiri wickelte einen Bonbon aus dem Cellophanpapier und steckte ihn in den Mund. »Es klang eigentlich eher so, als ob es sich um das verlassene Nachbarhaus handeln würde. Außerdem sprach sie von einem vor Jahrzehnten eingesperrten Kind in einem Kellerraum und dass jetzt wieder jemand …«

Der Bonbon schmeckte gut, intensiv nach Himbeere und Rose. »In der Nachbarvilla gibt es seit Jahren keine Bewohner mehr, erst recht kein Kind. Wie gesagt, Sarah lebt in einer Fantasiewelt. Sie kann stundenlang das Nachbarhaus observieren. Es ist allerdings auch das Einzige, was sie außer ihren Skalaren in einem überdimensionierten Aquarium beobachten kann. Um unser Elternhaus herum finden Sie nur Bäume und verwilderte Sträucher. Allein aus dem Wohnzimmerfenster

kann sie die verlassene und verfallende Nachbarvilla über-
wachen. Über die Jahre ist es wohl zu einer Projektionsfläche
für sie geworden.«

Das Telefon auf dem Tisch klingelte. Dr. Amiri warf einen
Blick auf das Display und lehnte sich wieder zurück. Nach fünf
weiteren Klingelsignalen gab der Anrufer auf.

»Verstehe«, sagte sie. »Sie meinen, die Gestalten, die sie dort
zu sehen glaubt, sind Kompensationsfantasien, ihre eigenen
unverarbeiteten Gefühle?«

»Ja, vielleicht, so etwas in der Art. Ich kenne mich in der
Psychologie nicht aus. Als Naturwissenschaftlerin ist mir Ihr
Gebiet …« Sie suchte nach einem Wort.

»Fremd?«, half Dr. Amiri aus.

Jasmin holte tief Luft und beschloss, weiter auszuholen: »Ich
orientiere mich an den Ordnungssystemen der Wissenschaft,
suche nach rationalen Erklärungen. Die Welt, in der sich Sarah
bewegt, ist mir wildfremd geblieben.«

Jemand klopfte an die Tür, Dr. Amiri erhob sich kurz, wim-
melte den Besucher ab und nahm wieder Platz.

»Entschuldigen Sie, fahren Sie bitte fort.«

»Vor Kurzem brachte ein Bote ein Paket zu dieser toten
Adresse im Nachbarhaus, und da Tote keine Türen öffnen, hat
er es bei ihr abgegeben. Das zumindest hat sie sich nicht eingebildet. Ich selbst habe das Paket gesehen und drüben vor die Tür
gestellt, am nächsten Tag war es weg. Sarah glaubt …« Sie hob die
Hände. »Ehrlich gesagt, ich weiß nicht, was sie glaubt. Sie will
nicht verstehen, dass es eine vollkommen normale Erklärung für
die Paketsendung geben kann.« Für einen Sekundenbruchteil
überlegte sie, ob sie den verstörenden Inhalt des Kartons erwähnen sollte, doch dann hätte sie zugeben müssen, dass sie ihn
geöffnet hatten. Also schwieg sie einen Augenblick, bevor sie
fortfuhr: »Verlassene Häuser sind oft Ziel von Junkies, die dort
übernachten, sich Drogen anliefern lassen, Partys feiern oder

was weiß ich. Es könnte rationale Erklärungen für ihre ...«, sie tupfte zwei Anführungszeichen in die Luft, »›Beobachtungen‹ auf dem Grundstück und für das am nächsten Tag verschwundene Paket geben.«

Das einzige Geräusch im Raum stellte das Knistern des Cellophanbonbonpapiers dar, das ihre Finger zu einem Bällchen geformt hatten. »Kann ich meine Schwester sehen?«, fragte sie schließlich.

Dr. Amiri schüttelte den Kopf. »Eigentlich nicht, sie schläft. Aber kommen Sie.«

Sie gingen einen dunklen engen Gang entlang, die Notbeleuchtung in Knöchelhöhe schuf ein unwirkliches Szenario, ihre Schatten tanzten übergroß an der Decke. An einem Zimmer mit der Nummer vierhundertzwölf blieb die Ärztin stehen. Behutsam drückte sie die Klinke herunter, öffnete die Tür und ließ Jasmin den Vortritt. Jasmin trat zu dem Krankenbett direkt neben der Tür. Sarah lag auf der Seite, sie hatte einen Arm unter dem Kopf angewinkelt, ihr linkes Bein lag über der Bettdecke. Ein vertrauter Anblick, so hatte sie schon als Kleinkind geschlafen. Heute allerdings sah sie aus wie ein gequältes Tier. Jasmin beugte sich zu ihr herab. Eine dunkle Haarsträhne, die Sarah ins Gesicht gefallen war, wurde von gleichmäßigen Atemzügen auf und ab geweht. Jasmin strich ihrer Schwester das Haar aus der fiebrig wirkenden Stirn. »Sarah, ich glaube, es ist alles meine Schuld, aber ich verspreche dir, es wird alles wieder gut«, flüsterte sie dabei.

Dr. Amiri begleitete Jasmin zu den Fahrstühlen, berührte ihren Arm. »Machen Sie sich keine Sorgen, Ihre Schwester ist bei mir in den besten Händen.«

O ja. Dessen bin ich sicher, dachte Jasmin. Ihr Blick fiel auf den Jutebeutel, den sie noch immer in der linken Hand hielt. Sie zog die rote Mappe heraus. »Sobald Sarah aufwacht, geben Sie ihr bitte das, es ist so etwas wie ihr Rettungsanker. Es wird sie beruhigen, wenn sie darin blättern kann. Und – vielleicht könnten Sie auch einmal einen Blick hineinwerfen? Ich kann mit Sarahs Gekritzel nicht viel anfangen, mir fehlt nicht nur Ihr Fachwissen, sondern gleichfalls der professionelle Abstand zu ihr. Aber möglicherweise erklärt sie Ihnen ein paar Details zu den Bildern?«

Die Neurologin nahm die Mappe entgegen, drückte sie wie ein kostbares Buch an die Brust. In ihren schwarzen Augen leuchtete etwas auf. »Das ist eine gute Idee. Danke für Ihr Vertrauen. Ich werde alles Menschenmögliche tun, damit Sarahs Dämonen verschwinden.«

Die Fahrstuhltür öffnete sich und Jasmin trat ein. Kurz bevor die Tür sich wieder schloss, schob sie einen Fuß dazwischen. »Dr. Amiri?«, rief sie in den dunklen Flur. Im Weggehen drehte diese sich um.

»Ja?«

»Bitte grüßen Sie Ihre Nichte Zoé. Sie ist etwas ganz Besonderes. Ach ja, und sagen Sie ihr, dass sie einen neuen Fan für ihre Kunst gewonnen hat.«

Die Ärztin kam zurück, hob den Daumen der rechten Hand. »Oh, das tue ich sehr gern, denn das wird sie unbändig freuen!«

Abermals schlossen sich die Fahrstuhltüren, doch nun war es der Fuß von Dr. Amiri, der sich dazwischenschob und sie wieder aufgleiten ließ. »Ich kenne Ihre Schwester noch nicht lange, aber glauben Sie mir: Sarah ist ebenfalls etwas ganz Besonderes.«

68

Trugschluss. Das Gesicht und die Hand hinter der Scheibe waren verschwunden oder beides war nie da gewesen. Niemand hatte auf Delias Hilferuf reagiert. Sie hatte sich nach einem Gegenstand umgesehen, womit sie die Scheibe hätte zertrümmern können, doch es gab nichts. Der Kerzenleuchter war zu sperrig, um durch das enge Eisengitter gestoßen zu werden, die Mineralwasserflasche ebenfalls. Seither kauerte sie vor dem Mauersims und betrachtete den Vorhang vor den Holzregalen. Dahinter musste die Lösung liegen. Sie stand auf, wieder knisterte der Stoff zwischen ihren Fingern. Schließlich zog sie ihn zur Seite. Sie zählte vier Regalbretter vom Boden bis zur Decke. Aus Holz, grob zusammengeschustert, jahrzehntealt. Ihr Verstand lieferte ihr gleich darauf die nächste Information: Auf jedem Brett lag eine entsetzlich zugerichtete Leiche. Nur das Bodenregal war staubig und leer. Der vom Initiator dieser Szene beabsichtigte Schockmoment blieb aus, sie fiel weder in Ohnmacht noch schrie sie ihren Schreck heraus. Denn etwas an den Leichen sah falsch aus. Delia betrachtete emotionslos eine Frau mit hüftlangen Haaren auf ihrer Augenhöhe, offensichtlich an Atemnot gestorben, wie die blau-violette Gesichts- und Lippenfarbe nahelegten. Bolus-Tod? Erwürgt?

Erstickt? Stranguliert? Der Hals der Toten sah allerdings vollkommen normal aus, er wies keine Merkmale äußerer Gewaltanwendung auf.

Egal.

Die Augen der Toten glänzten unnatürlich.

Glasaugen.

Sie nahm zwei weitere Schlucke aus der Wasserflasche. Verloren geglaubte Kräfte kehrten zurück. Sie lockerte die verspannten Muskeln und konzentrierte die Sinne auf jede Einzelheit, immer mehr verdichtete sich das Gefühl, dass ihr keine wirklichen Leichen präsentiert wurden.

Wären sie echt, würden sie stinken wie die Pest. Alles Fake hier!

Sie griff eine Haarsträhne und rieb sie zwischen den Fingern, es knisterte.

Kunsthaar.

Das Gesicht des Mannes im Regalfach darunter verriet Verwunderung im letzten Moment seines Lebens, in dem ihn ein Schuss in die Brust getroffen hatte. Das Einschussloch inmitten einer Insel angesengter Brustbehaarung starrte sie wie ein drittes schwarzes Auge an.

Delia stupste den kahlen Kopf des Opfers an.

Silikonhaut.

Der Typ bestand ebenso wie die Erstickte mit den Rapunzelhaaren aus Kunststoff.

Dem Inhalt des obersten Regals schenkte sie keinen Blick mehr.

Das Ambiente, dazu gedacht, ihr Schrecken einzujagen, erinnerte sie eher an eine mittelklassige Geisterbahn. Sie zog den Vorhang zu und ließ sich auf dem Mauersims gegenüber dem Gruselregal nieder. Ein einziges Mal im Leben hatte sie als Grundschülerin eine Geisterbahn besucht und war brüllend vor Lachen herausgekommen. Eines der Schreckgespenster, das mit Kunstblut und gespaltenem Schädel in ihren Weg sprang, hatte aus Versehen ihrer Mutter die kostbare Zuchtperlenkette vom Hals gerissen. Sofort wurde die Geisterbahn angehalten. Dann hatten Delia, ihre Mutter und die angestellten Schreckensgestalten bei voller Beleuchtung in den schäbigen Kulissen die Perlen zusammengesammelt.

Herrlich!

Das hier allerdings machte sie sauer. Nichts hatten diese Escape-Rooms mit spannenden und intelligent gestellten Aufgaben zu tun, wie *CLAVIS* es versprochen hatte. Das Einzige, was diese Situation mit einem Escape-Room zu tun hatte, war die geschlossene Tür. Hier lebte sich ein kranker Geist aus, der sie demütigen und umbringen wollte. Die Erkenntnis beflügelte sie.

So nicht! Wollen wir doch mal sehen, wo sich das Leck in deinem Schädel befindet!

Hinter dem Vorhangstoff scharrte es plötzlich. Dann ein Laut, der wie ein Stöhnen klang.

Behutsam, um kein Geräusch zu erzeugen, drehte sie den Deckel auf die mittlerweile geleerte Mineralwasserflasche. Sie zog den Vorhang wieder auf. Nichts schien verändert. Rapunzel und der Schuss-Tote lagen weiterhin steif in den Fächern. Sie stellte sich auf die Zehenspitzen und sah in das oberste Regal. Eine Frau mit wild gelockter rot-grauer Mähne, die mit zwei Libellenspangen zurückgehalten wurde, um einen entsetzlichen Anblick zu offenbaren: Es gab kein Gesicht. Die Haut war beinahe bis auf die Knochen verätzt. Delia ließ den Blick weiterwandern. Die Kleidungsstücke am Oberkörper hatten sich durch die Säure tief ins Fleisch gefressen.

Salzsäure. Kein schöner Tod!

Schließlich bückte sie sich zu dem unteren leeren Regal hinab. Es befand sich ungefähr in der Höhe, auf der sie das Scharren und Stöhnen gehört hatte. Die Hinterwand des Regalfachs sah merkwürdig aus, keine Steinquader wie im übrigen Kellerraum. Dazu kam der Geruch nach einer frischen Spachtelmischung. Sie schnupperte. Die Ausdünstung war typisch: Die Hinterwand des Einbauregals schien kürzlich erst verputzt worden zu sein. Sie schraubte den Verschluss von der Wasserflasche und kratzte mit ihm an einer Stelle der Wand. Klumpige Brösel rieselten auf das unterste Holzregal. Derjenige, der diese Mauern verspachtelt hatte, schien erkennbar kein Fachmann zu sein. Der Putz war falsch angemischt worden, hatte nicht richtig abgebunden. Sie scharrte weiter. Ihre Finger stießen auf etwas Erhabenes, etwas Hartes, das sich wie ein Metallring anfühlte. Innerhalb einer halben Stunde hatte sie den Ring mit etwa fünf Zentimetern Durchmesser freigekratzt. Er hing an einer Schlaufe. Wenn sie ihn bewegte, quietschte es leise an der Aufhängung. Behutsam zog sie daran. Links neben dem Metallring sprang ob der Spannung, die durch den Zug ihrer Hand auf die Wand ausgeübt wurde, weiterer Putz von dem Areal. Delia verstärkte den Zug. Etwas knirschte. Horizontal zog sich ein breiter Sprung über den Wandbereich, dreißig Zentimeter darunter ein zweiter. Sie hielt kurz inne. Dann kletterte sie aus dem Regal heraus und holte das »G«, das sie auf dem Mauersims abgelegt hatte. Mit dem Metallstift gelang es ihr, geräuschlos die Risse an der Wand zu vergrößern. Wieder zog sie an dem Ring. Es knackte, mehr Putz rieselte. Urplötzlich gab die Konstruktion nach. Vor ihr öffnete sich ein Fach. Ein Luftzug stieg ihr in die Nase. Nein, kein Fach, viel besser! Sie zog die Klappe ganz auf und konnte ein fahles Licht erkennen. Sie hatte einen Durchgang entdeckt!

69

Der Wind stand auf Nord-West und das brachte würzige Nordseeluft in die Stadt. Die Wetterlage bescherte einen orange glühenden Sonnenaufgang vor dramatisch aufgetürmten Wolken im Osten. Es war kurz vor sieben Uhr, aber es herrschte hektischer Betrieb im Präsidium. Auf dem Flur traf Carmen als Erstes auf Claudius, der die gleichen Klamotten wie gestern Abend trug.

»Matthias hat uns benachrichtigt wegen Linus, wir sind seit fünf Uhr auf den Beinen.«

Tatsächlich. Die gesamte Mannschaft: Astrid hämmerte auf eine Computertastatur ein, der Mufflon entfernte fluchend einen Papierstau im Drucker. Sogar das doppelte Lottchen steckte die grauen Köpfe über einem Stapel Papieren zusammen. Eine Welle aus Dankbarkeit und Hoffnung durchflutete Carmen.

Mein Team. Sie drehen jeden Stein um. Wir werden Delia und Linus befreien. Ich weiß es ganz sicher.

»Das Streifenteam ist auf dem Weg zu Benjamin von Bülow, wegen des Silikonklebers, sie müssten jeden Moment zurückkehren. Dann wissen wir mehr.« Claudius holte kurz Luft. »Alle anderen Ergebnisse der letzten paar Stunden habe ich dir auf deinen Schreibtisch gelegt beziehungsweise im EDV-System weitergeleitet.« Irgendjemand rief nach ihm. Er fixierte weiter seine Vorgesetzte, schrie über die Schulter: »Bin sofort da!« Mit einer Hand hielt er Carmens Ellbogen. »Wir finden die beiden. Lebendig.«

Carmen brachte es fertig zu nicken und ging in ihr Büro. Einige Computerausdrucke und eine Zeitung lagen auf der Tastatur ihres Computers. Zunächst widmete sie sich kurz der Presse. Bei der Schlagzeile kam ihr der Kaffee von vorhin beinah wieder hoch.

Hamburger Kriminalpolizei überfordert mit Puppenmorden

Ha, lachte sie grimmig, die Headline hatte sie doch fast wörtlich prognostiziert. Wenn sie einmal aus dem aktiven Polizeidienst entlassen werden sollte, könnte sie als Schmierfink bei Bernd Morgenstern und seinem *Hamburger Kurier* beginnen. Sie vertiefte sich in den Artikel. Der Obdachlose, der den U-Bahn-Schacht-Dummy gefunden hatte, musste in einem früheren Leben Märchenbuchautor gewesen sein. Blumig hatte er seinen Fund ausgestaltet.

Sie knüllte die Zeitung zusammen, warf sie in den Papierkorb und fuhr den Computer hoch. Hundertzwanzig ungelesene E-Mails. Bei den meisten überflog sie nur die Betreffzeile. Es betraf ältere Fälle, wo die Staatsanwaltschaft Details anforderte oder sie als Zeugin zu Gerichtsverhandlungen vorlud. Sie warf einen Blick in ihren virtuellen Terminkalender. Selbstverständlich hatte Mailin bereits alle Termine sorgfältig eingetragen. Sie scrollte weiter. Dr. Lott hatte eine Analyse des Bakterienstamms, den er an der Pharaoameise gefunden hatte, geschickt. Carmen las den mit lateinischen Fachtermini gespickten Bericht durch. Das Einzige, was bei ihr hängen blieb, war das, was er ihr schon mündlich gesagt hatte, nämlich, dass es sich um einen seltenen, in Europa kaum vorkommenden Bakterienstamm handelte, der aus einem Labor stammen musste. Darunter stieß sie auf eine E-Mail, die aus dem Universitätskrankenhaus Eppendorf abgesendet worden war, von einer Frau Dr. Amal Amiri, die sie wegen einer Patientin Sarah Röckendorf sprechen wollte. Weder der Name der Ärztin noch der Name der Patientin sagten Carmen etwas und der Wunsch nach dem Gespräch klang nicht dringlich. Daher verschob sie die Mail in ihren Zu-bearbeiten-Ordner. Als Nächstes fiel ihr Blick auf ein Dossier über Jan-Pieter Schickedanz, das Astrid ihr vor einer Stunde geschickt hatte. Sie hatte einige Medienberichte über Schickedanz recherchiert. Carmen blätterte sie durch und stutzte. Denn die Überschrift des folgenden Artikels begann mit einem ihr wohlbekannten Namen und hatte erst einmal nichts mit Schickedanz zu tun. Ein Blick auf die Datumszeile sagte ihr, dass er vor knapp zehn Jahren erschienen war. Gebannt las Carmen den Text:

> *Der international bekannte Hamburger Neurowissenschaftler, Professor Dr. Christian Mehlfort, erfährt einen Tag nach seinem vierzigsten Geburtstag vom Tod seines Sohnes aus erster Ehe mit der Schauspielerin …*

Der Name der Künstlerin sagte Carmen nichts und so ganz verstand sie nicht, warum der Fokus der Nachricht auf den Eltern beziehungsweise auf der Geburtstagsfeier und nicht auf dem toten Sohn lag.

Unter den Text hatte der Redakteur eine Fotografie von einer offensichtlich rauschenden Feier in einem First-Class-Hotel an der Alster platziert. Daneben etwas kleiner das Bild des milchgesichtigen Sohnes, der an der Überdosis einer synthetischen Droge verstorben war.

Mehrfach las sie den Textbeitrag und vergrößerte das Foto der Geburtstagsfeier. Jasmin Mehlfort stand strahlend neben ihrem Mann, ein Glas Champagner zu einem Prosit erhoben. »Scheidung der beiden kurz darauf«, hatte Astrid am Rand vermerkt. Außerdem hatte Astrid einen Kopf auf der Aufnahme eingekreist, der schwach im Hintergrund zu erkennen war. Unverkennbar: Jan-Pieter Schickedanz.

Carmen malte Kringel auf die Schreibtischunterlage. Natürlich kannten sich die Gesellschaftsgrößen in Hamburg untereinander, in jeder Großstadt gab es elitäre Zirkel. Schickedanz und Christian Mehlfort waren etwa in einem Alter. Außerdem bewies das erst einmal nichts. In dem Artikel war von über dreihundert Gästen die Rede. Dies war nur eine Fotografie, auf der Jasmin Mehlfort und Schickedanz gemeinsam abgelichtet waren, sie mussten sich deshalb nicht notwendigerweise kennen.

Sie könnten aber.

Wie war Astrid auf das Foto und damit auf die Verbindung gestoßen? Da gab es nur eine Möglichkeit. Carmen gab Jan-Pieter Schickedanz in die Suchzeile des Browsers ein, klickte auf Bilder und Bingo. Eitel hatte jener vor zehn Jahren die Aufnahme auf seiner Webseite gepostet. Das Internet vergisst nichts, für uns ist das manchmal von Vorteil, dachte Carmen grimmig und zeichnete weitere Kringel.

Jemand riss die Tür zu ihrem Büro auf. Vor Schreck fiel Carmen der Kugelschreiber aus der Hand. Claudius.

»Carmen, das Streifenteam ist zurück. Benjamin von Below ist ausgeflogen. Laut einer Nachbarin hat er in den frühen Morgenstunden sein Surfbrett auf den Dachgepäckträger seines Autos geladen und ist mit den Worten ›ist mir langsam zu kalt hier‹ mit unbekanntem Ziel verreist. Die Kollegen haben der Nachbarin außerdem ein Bild von Nala Averhoff gezeigt. Sie hat sie erkannt und wortreich von geräuschvollen Streitszenen des Paares berichtet. Es scheint also zu stimmen. Vor Delia

Hoffmann hatte Benjamin von Bülow eine Liebesbeziehung mit Nala.«

Carmen schoss von ihrem Bürosessel hoch.

»Wie bitte? Seine Ex-Freundin Nala wurde ermordet, seine derzeitige Freundin Delia ist vermisst und der Knabe verreist erst einmal? Weil es ihm hier zu heiß ist?« Sie schrie fast.

»Ne, zu kalt. Hier sei es ihm zu kalt, sagte er. Aber deine spontane Assoziation könnte besser zutreffen.«

70

Was habe ich noch zu verlieren außer meinem Leben?, überlegte Delia. Sie stellte die leere Wasserflasche hinter sich auf den Fußboden und schob sich liegend in das untere Regalfach durch die freigelegte Öffnung. Die Mauer mochte an dieser Stelle dreißig Zentimeter dick sein, was für eine normale Kellerwand recht viel erschien. Sie rollte sich auf die Seite und fand sich etwa zwanzig Zentimeter über dem Steinboden eines engen Raumes wieder. Langsam und möglichst geräuschlos ließ sie ihren Körper heruntergleiten. Das diffuse Licht entstammte einem Leuchter ähnlich jenem vor der Theaterbühne, an dem sie die einzige und letzte Mahlzeit seit ihrer Gefangenschaft eingenommen hatte. Sie verharrte auf dem Boden sitzend, um sich zu orientieren. Jeder Knochen sandte Schmerzsignale. Sie hatte den nächsten Escape-Room hinter der Pforte erreicht. An der linken Seite des Raumes lagerte ein schlapper Zementsack. Ein Mauersims gegenüber, analog zu dem Raum im Hades. Auf dem Sims stand eine Wasserflasche, das Wasser glitzerte im fahlen Licht. Einen größeren Anreiz hätte man ihr kaum bieten können, sich zu bewegen, der unerträgliche Durst war noch immer präsent. Mühsam erhob sie sich, stolperte auf den Mauersims zu. Gierig stürzte sie die halbe Flasche herunter, dabei lehnte sie sich an den Sims. Einige Minuten verharrte sie so, bis etwas ihre Aufmerksamkeit erregte. Im Halbschatten hinter dem Mauervorsprung lag etwas auf dem Boden halb unter einer Decke. Ein Mensch, ein junger Mann. Keine Puppe, wie sie mit einem Blick erfasste, denn die bewegten sich üblicherweise nicht. Sie kniete neben ihm nieder, rüttelte an seinem Arm.

»Hallo? Wer bist du? Hörst du mich?«

Ein Stöhnen, schließlich schlug er die Augen auf, rappelte sich hoch und hielt sich seinen Kopf. »Ich heiße Linus. O Gott, mein Schädel«, krächzte er.

Delia ließ sich an seiner Seite auf den Boden sinken. Das Wasser hatte sie belebt, langsam kehrte etwas Kraft zurück, und dass sie nicht mehr auf sich allein gestellt war, brachte ihr Blut zusätzlich in Wallung.

»Der Linus aus *CLAVIS*? Ich erinnere mich an die witzigen Chats mit dir! Willkommen hinter der Pforte, ich bin schon einige Tage hier eingekerkert.« Sie hielt inne, presste eine Hand auf ihre Stirn. Es fiel ihr nicht leicht, sich zu konzentrieren. Nach einer Weile fügte sie hinzu: »Ohne nennenswerte Verpflegung, ohne Aussicht, jemals aus diesem Verlies herauszufinden.« Der Anfang war gemacht, immer flüssiger sprudelte es nun aus ihr heraus: »Die ganze Scheiße mit der Pforte ist eine Falle. An diesem Ort gibt es keine Aufgaben, die sich kraft unserer Intelligenz lösen lassen. Hier will uns jemand planvoll eliminieren. Da, trink erst einmal!« Sie hielt ihm die Wasserflasche hin und er trank einen großen Schluck. »Nebenan liegen ein paar leblose Pappkameraden. Woman-without-a-face, eine erstickte Rapunzel und ein Schuss-Toter.« Sie deutete mit dem Daumen auf die Wand, durch die sie aus dem Hades herausgekrochen war.

Linus schien schlagartig wach zu werden, sie sah förmlich, wie seine Synapsen zu glühen begannen. »Du bist Delia Hoffmann, stimmt's? Und da drüben lagern drei Leichendummys

356

aus Silikon, solche, wie wir sie aus dem Fernsehen kennen. Ich fürchte, das sieht nicht gut aus für uns.«

»So ist es. Beides. Mein Vorname und deine Bewertung der Situation. Aber …« Sie sah ihn intensiv an. »Woher weißt du meinen Nachnamen?«

Er erwiderte ihren Blick, während er sein Haar über dem rechten Ohr zwirbelte.

»Das sieht nicht gut aus für uns«, wiederholte er und nahm noch einen großen Schluck aus der Wasserflasche. »Jemand hat dich als vermisst gemeldet. Außerdem … Allerdings ist das eine längere Geschichte.« Er gab ihr die Flasche zurück und schweigend hingen sie ihren Gedanken nach.

»Wie sah deine Einladung für den Eintritt durch die Pforte aus?«, nahm Linus das Gespräch nach einer Weile wieder auf.

»Ich wurde am 11. März zu der Einweihung eines Escape-Rooms namens *Galerie CLAVIS* in der Hafencity eingeladen. Es war geil! Eine Mottoparty, eine Welt der Illusionen, Menschen stiegen aus Gemälden, sprachen rückwärts, in jedem Moment ein neuer irrer Thrill! Doch plötzlich kam ein schwarz gekleideter Typ, der mich zwang, die Veranstaltung zu verlassen. Tja, und ab da ging es straight bergab. Er hat mich betäubt und aufgewacht bin ich schließlich hier in diesem Dreckshaus. Ich kommuniziere mit dem Irren über eine Reiseschreibmaschine. Beinahe bin ich in eine tödliche Falle, in ein elektrisches Spinnennetz geraten, und das Trinkwasser im Badezimmer scheint von Drogen oder Salz kontaminiert. Dann stieg ich auf Anraten der Schreibmaschine durch eine sargähnliche Kiste in den Hades und fand die grässlichen Figuren nebenan.«

Sie hielt inne in dem Vortrag, als ihr bewusst wurde, wie verrückt das alles klang. *Hoffentlich hält er mich nicht für komplett durchgeknallt*, dachte sie. Aber Linus fokussierte sich auf etwas anderes.

»Am 11. März? Das ist vier Tage her.«

Vier Tage also stecke ich in diesem verfluchten Dreckshaus fest.

Sie schlug mit einer Hand eine Ameise tot, die zwischen ihr und Linus an einer Mauerfuge entlangkrabbelte. »Und Scheißameisen gibt's hier auch en masse. Ich hasse die Biester!« Sie schlug nach drei weiteren Exemplaren.

»Ameisen? Pharaoameisen?« Linus schien alarmiert, betrachtete eingehend einen der Kadaver.

»Was weiß ich? Ameisen halt.«

»Halt dich von den Viechern fern, die können gefährliche Keime übertragen. Meine Mutter wird uns finden«, meinte er übergangslos. »Lukas und ich haben unsere Spielschritte dokumentiert.«

Delia sah ihn an. Sie überlegte, ob seine Gesellschaft einen Gewinn bedeutete oder ob sie einem Irren mit ausgewachsenem Ödipuskomplex gegenübersaß. Laut sagte sie: »Deine Mami in allen Ehren, aber ich wüsste nicht, wie die uns jetzt helfen könnte, und was, zum Teufel, hat das mit den fucking Ameisen hier zu tun?« Sie presste einen Daumen auf eine Ameise, die allerdings unbeschadet von der Attacke ihren Weg fortsetzte, als Delia den Daumen wieder anhob.

»Nun, meine Mutter ist Kriminalhauptkommissarin bei der Hamburger Mordkommission. Sie ermittelt über verschwundene *CLAVIS*-Spieler. Wir sind nicht die Ersten, die es hinter die Pforte geschafft haben. Eine Spielerin hat sie vor uns erreicht und nun ist sie tot. Ermordet. Dich hat meine Mutter auch schon auf dem Schirm. Denn diese künstlichen Leichenvorboten …« Sein Blick wanderte zur Wand, hinter der die Dummys in ihren Regalen lagen. Abrupt hielt er im Satz inne, spitzte die Ohren.

»Wieso Vorboten? Was ist mit den Dingern?«

»Nix, erzähl ich dir später. Hörst du das?«

Delia hob den Kopf zur Decke. Etwas über ihnen knirschte. »Schritte, ich höre Schritte. Da oben ist jemand.«

Sie lauschten einen Moment mit angehaltenem Atem, doch das Knirschen wiederholte sich nicht. Schließlich sagte Linus: »Wir schauen uns die Pappkameraden nebenan einmal genauer an. Ich könnte mir vorstellen, dass dort ein Hinweis versteckt ist. Allein deshalb, weil es Überwindung kostet, sich mit dem Abbild des Todes auseinanderzusetzen.«

Delia zog sich am Mauersims hoch, streckte die Rückenmuskulatur.

»Okay, dann nehmen wir die Dinger jetzt schön gründlich unter die Lupe.«

71

Matthias und Astrid erreichten gleichzeitig Carmens Büro. »Du zuerst!«, sagte Astrid, als sie vor Carmens Schreibtisch stoppten. Matthias sieht katastrophal aus, dachte Carmen. Er strich sich das Haar aus der Stirn, Schweiß glänzte auf der Haut.

»Die Techniker sind noch dabei, das Handy von Lukas und seine Dokumentationen zu untersuchen. Doch dank seiner Hilfe und weil sie das Passwort wussten, konnten sie schnell tiefer in das Spiel eindringen. Eines steht fest: Die virtuelle Einladung, die einer der beiden von *CLAVIS* unter dem Passwort *hero23* bekommen hat, vermutlich Linus, ist eine U-Bahn-Fahrkarte vom Hamburger Verkehrsverbund. Die Starthaltestelle ist mit einem Stationscode verschlüsselt, aber das herauszukriegen war ein Klacks. Es ist JG.«

»Jungfernstieg«, flüsterte Carmen.

Matthias ließ die Schultern sinken und nickte. »Jungfernstieg, HHA-Tarifzone 000, gekauft am gestrigen Tag.«

Astrid räusperte sich und schob Matthias ein Stück zur Seite.

»Ich habe auch etwas: Jasmin Mehlfort ist von ihrem Dienst beurlaubt worden wegen irgendwelcher Unregelmäßigkeiten im wissenschaftlichen Betrieb. Die Anzeige ging vor einiger

Zeit über die Kontaktseite bei dem der Universität angegliederten Institut ein. Die Vorwürfe waren schwerwiegend und die Leitung hat entschieden, sie bis zur vollständigen Klärung des Sachverhalts zu beurlauben. Nach heutigem Stand wird Professorin Mehlfort vollkommen rehabilitiert werden, weil sich die Beweisunterlagen als manipuliert herausstellten und die Anschuldigungen damit haltlos wurden.« Sie zog einen Zettel aus der Hosentasche. »Wollt ihr wissen, wer die Anzeige bei der Institutsleitung lanciert hat?«

Wäre schon interessant, dachte Carmen. Obwohl ihr der Name sicher nichts sagen würde, außer es wäre Pierre ten Have.

Astrid faltete das Zettelchen auseinander. »Eine Sarah Röckendorf hat Jasmin Mehlfort den unfreiwilligen Urlaub beschert.«

Etwas in Carmens Kopf begann zu summen. Sarah Röckendorf.

Die Kollegin sprach bereits weiter. »Diese Sarah Röckendorf ist, wie sich herausgestellt hat, keine Unbekannte. Ich habe den Namen in unseren Computer eingegeben und, siehe da, sie ruft regelmäßig den Notruf der Kollegen an und nervt die mit abstrusen Geschichten. Sie meldet sich immer mit den gleichen drei Eingangssätzen, mit denen sie sich vorstellt und spricht wie ein Sprachcomputer. Insgesamt zehn Telefonanrufe sind allein über die letzten Wochen verzeichnet. Kostprobe gefällig?«

Sie wartete die Antwort nicht ab, zitierte aus dem Kopf: »Zum Beispiel der Anruf vom 14. März. ›Ich bin Sarah Röckendorf. Ich bin neunundzwanzig Jahre, neun Monate und achtzehn Tage alt. Man hat bei mir als Kind eine posttraumatische Störung mit wiederkehrenden psychotischen Schüben diagnostiziert. Mein toter Nachbar, der Taucher, hat ein Paket mit Perücken, Spritzen und krebskranken Händen vom Treppenabsatz in sein Haus geholt. Letzte Nacht in der Zeit zwischen halb eins und halb drei Uhr morgens. In der Nacht ist auch mein schönster Skalar gestorben.‹«

»Klingt nicht wirklich gesund«, befand Matthias.

Astrid nickte. »Obendrein altersmäßig stehen geblieben bei neunundzwanzig Jahren, neun Monaten und achtzehn Tagen. Tja, die Fähigkeit hätte ich ebenfalls gern. Jedoch liefert sie ihre Diagnose netterweise gleich mit: ›wiederkehrende psychotische Schübe‹. Das immerhin tut nicht jeder Geistesgestörte, der Aufmerksamkeit beim Notruf sucht.«

»Gut, unsere Kollegen sind nicht darauf eingestiegen. Doch die Institutsleitung scheint sie zumindest so ernst genommen zu haben, dass sie Professor Mehlfort aufgrund ihrer Hinweise beurlaubt hat«, sagte Carmen.

Das ist merkwürdig!

Ein breites Grinsen zog über Astrids Gesicht, als sie Carmen ansah: »Du überlegst, dass das komisch ist, oder? Aber ich habe noch einen Knaller für euch. Sie haben ihr deshalb Glauben geschenkt, weil sie …«

»… die Schwester, Cousine oder Mutter von Jasmin Mehlfort ist«, ergänzte Carmen den Satz. Es konnte nur so sein, es musste sich um jemanden handeln, der sich durch eine enge Beziehung zu der Mehlfort legitimierte.

»Die Schwester von Jasmin Mehlfort ist! Äh, kannst du hellsehen?« Astrid ließ sich auf einen Stuhl plumpsen.

»Ich lerne es gerade«, antwortete Carmen. »Egal, was wir bei diesem Fall anpacken, immer landen wir bei der Mehlfort oder bei *CLAVIS.*«

Sarah Röckendorf. Plötzlich wusste Carmen, warum der Name schon vor Astrids Verwandtschaftseröffnung etwas in ihr zum Klingen gebracht hatte. Sie sprang auf, riss ihre Jacke vom Stuhl, durchkramte die Schreibtischschublade und fand einen vertrockneten Müsliriegel, den sie in Teile brach und je ein Stück den Kollegen anbot. Astrid und Matthias winkten ab.

»Na guuut.« Sie dehnte das Wort genüsslich und biss geräuschvoll ab. »Wenn keiner von euch will, dann werde ich eben allein satt. Matthias, wir fahren ins Uniklinikum nach Eppendorf. Sag Mailin, sie möge uns bei Frau Dr. Amal Amiri in der Neurologie anmelden.«

72

»Bevor wir uns um die Kameraden nebenan kümmern, sollten wir diesen Raum untersuchen.« Delia blickte sich um und
stand auf. »Du bist hier hereingebracht worden, also muss es
eine Tür geben.« Linus folgte ihr. In einer Mauernische wurden
sie fündig: Eine massive hölzerne Tür mit einer Kette, an der ein
mächtiges Eisenschloss vor einem Riegel hing. »Verschlossen.
Logisch.« Delia drückte die geschwungene Klinke herab.

»Aber von innen!«, wandte Linus ein und wies auf das
Schloss an der Kette.

»Von innen«, wiederholte Delia. »Dann gibt es noch einen
Ausgang.«

»Oder das Schloss soll uns von etwas ablenken.« Linus
machte sich an den Türangeln zu schaffen. »Siehst du, die
wahren Schlösser sind diese hier.« Er tippte auf die Scharniere:
zwei oben, eines in der Mitte und zwei unten. Jedes von
ihnen verfügte beim genauen Hinsehen über ein klitzekleines
Schlüsselloch.

»Das vereinfacht unsere Lage nicht wesentlich, denn statt
einem müssen wir wohl fünf Schlüssel suchen.« Sie nickten
einander zu. »Also los! Schauen wir einmal nebenan bei unseren
steifen Freunden nach.«

Sie zwangen sich nacheinander durch den Durchlass in dem unteren Regalfach.

»Mit welchem wollen wir anfangen?« Delia wies auf die Holzregale.

»Mhm, Schuss- und Säuretod sind recht eindeutig. Demnach nehmen wir die Erstickte, da gibt's mehr zu forschen.«

Delia nickte grimmig. Gemeinsam hoben sie den Dummy aus dem Regalbrett und legten ihn auf dem Fußboden ab. Die Gesichtshaut und besonders die Lippen schimmerten bläulich violett. »Zyanose. Blaufärbung des Gesichts durch Sauerstoffmangel.«

Linus schob den Blusenkragen zurück. »Oh!«, kam es einen Moment später erfreut. »Sieh nur!«

Delia hatte sich neben ihm im Schneidersitz niedergelassen und rutschte ein Stück näher an ihn heran. »Sieht so aus, als ob uns jemand die Arbeit erleichtern möchte.«

Linus knöpfte die Bluse auf und legte einen vernähten Y-Schnitt frei. »Fachmännisch gemacht. Ganz genauso habe ich das bei Obduktionen gelernt, sogar der Kreuzstich mit dem starken Faden scheint original zu sein, äußerst echt. Die Lady war bestimmt für einen Kinofilm mit einer ausführlichen Szene in der Rechtsmedizin vorgesehen.« Delia beobachtete, wie er die Verknotung aufzog und den Bindfaden löste. Doch der Y-Schnitt stellte sich als künstlicher Gummiwulst heraus, sie würden keinen Blick in das Innenleben werfen können. »Schade. Da es am Hals keine Strangulationsmale gibt, ist sie vielleicht einer Aspiration erlegen.«

»Einer was?« Delia sah ihm gebannt zu.

»Sie hat sich verschluckt. Ein Gegenstand ist in ihrer Luftröhre gelandet, und wenn der nicht schnell wieder herausbefördert wird, stirbt der Mensch.«

»Kein schöner Tod, wie ich vermute. Glücklicherweise ist die da ja nur eine Puppe.« Nebenbei hatte Delia sich erhoben und begann die Kleidung der Frau-ohne-Gesicht zu untersuchen. »Nichts, alle Taschen leer.«

»Kein schöner Tod. An der Uni hat sich eine Kommilitonin einmal an ihrer Zahnkrone verschluckt. Zum Glück kannte der Dozent den Heimlich-Handgriff und der Zahn flog wieder raus.«

»Genial. Sollte ich jemals das Tageslicht wiedersehen, verspreche ich dir, den Heimlich-Griff zu erlernen.« Sie reckte sich zum obersten Regal. »Beim Säureopfer gibt's keine Hinweise, keine Schlüssel.«

»War der Eins-sechser. Backenzahn oben rechts, ganz schöner Oschie. Den hustest du allein nicht so einfach wieder hoch.«

Delia hatte sich wiederum neben ihm niedergelassen, knetete ihre Fußknöchel. Ihr fiel etwas ein. »Du hast vorhin von Leichenvorboten gesprochen – was meintest du damit?« Sie stieß ihm in die Seite.

»Äh ja. Die Vorboten. Das ist jetzt keine schöne Geschichte. Hiermit scheint der Täter eine Spur seiner geplanten Verbrechen in die Zukunft legen zu wollen. Bei Nala hat er es so gemacht: erst ihre Attrappe mit durchgeschnittener Kehle auf dem See, dann die echte Leiche am gleichen Ort. Wie es aussieht, sind wir beide als nächste Opfer ausersehen ...«

Delia lauschte mit wachsendem Entsetzen seiner Schilderung. Als er innehielt, fasste sie zusammen: »Unsere Avatare verschwinden nach Eintritt durch die Pforte und zeitgleich hat deine Mutter diese«, sie wies mit lapidarer Handbewegung auf die Erstickte, »grotesken Todesvorboten gefunden. Meinen mit Merkmalen einer Ertrunkenen und mit der Einladung in die *Galerie CLAVIS* in der Jackentasche.«

Linus nickte und zupfte an seinem Ohrläppchen. »Sie warnte mich, ich solle U-Bahn-Schächte meiden. Der Kollege meiner Mutter rief mich kurz darauf aus einem U-Bahn-Schacht an mit der Bitte, ich möge Mam beruhigen. Sie hätten dort etwas Seltsames entdeckt, das sie mit mir in Zusammenhang bringen. Daraufhin dauerte es nicht lange und ich erhielt die Einladung hinter die Pforte. Eine U-Bahn-Fahrkarte.«

»O Gott. Wie ging's weiter?«

»Eine virtuelle Karte zunächst. Wenig später klingelte es an der Haustür. Es war zu vorgerückter Stunde und ich dachte, es wäre meine Mutter, die ihren Schlüssel vergessen hätte.«

»Sie war es nicht. Ich schätze, dafür lag die echte Fahrkarte aus Papier vor der Tür. Du hast sie aufgehoben. Was passierte dann?«

»Ich habe sie aufgenommen, das stimmt. Sie umgedreht. Es stand etwas auf der Rückseite … Aber ab dem Moment fehlt mir jede Erinnerung. Als Nächstes kam ich hier zu mir.«

73

Es war nicht das erste Mal, dass Carmen und Matthias im Zuge ihrer Ermittlungen mit Ärzten im Universitätskrankenhaus Eppendorf zu tun hatten. Immer wieder kam das vor, weil verletzte Zeugen oder Täter zu befragen waren. Erst kürzlich hatten sie einen schrecklichen Mordfall bearbeitet, in dem die Mediziner einen mutmaßlich Verdächtigen ins künstliche Koma versetzt hatten, was seine Vernehmung naturgemäß vereitelte. Auch in jenem Fall war eine junge Frau ermordet worden und eine zweite verschollen. »Weißt du noch? Das letzte Mal …«, begann Carmen. Sie stapften durch verharschten Schnee, während sie sich in dem Gewirr der einzelnen kleinen Backsteinnebengebäude zu orientieren versuchten.

»Na klar, du hast von Professor-weiß-den-Namen-nicht-mehr verlangt, dass er unseren Verdächtigen ganz pronto wieder aufwecken soll. Der könne später weiterpennen, wenn wir die verschwundene Alina Rombach gefunden haben, hast du ihm an den Kopf geschmissen.«

»Da lang«, wies Carmen den Weg, dabei nickte sie grimmig. »Professor Doktor Hennsen hieß der Professor-weiß-den-Namen-nicht-mehr und er hat den Typen *nicht* geweckt.« Wofür es allerdings medizinisch manifestierte Gründe in Form einer intrakraniellen Drucksteigerung durch Einblutungen ins Gehirn – zu Deutsch: Hirnquetschung – gegeben hatte, wie sie im Nachhinein für sich zugeben musste.

Sie erreichten die Aufnahme und traten sich auf einer Fußmatte die Stiefel ab. Der Fahrstuhl sirrte in den vierten Stock und sie entdeckten das Ärztezimmer gegenüber den Lastenaufzügen am Ende des Ganges. Frau Dr. Amiri öffnete die Tür nach dem ersten Klopfen und sie fanden sich in einem kleinen, jedoch gemütlichen Büro wieder.

»Wow!«, sagte Carmen. »Was für eine fantastische Zeichnung! Ich mag Zebras. Kann man den Druck irgendwo kaufen?«

Dr. Amiri legte ihren Kittel ab. »Nein, es ist kein Kunstdruck. Es ist ein Original von meiner Nichte. Aber Respekt!«, fügte sie auf das Bildnis weisend hinzu. »Sie gehören zu den weniger als zwei Prozent der Betrachter, die zuerst das Zebra und nicht das Klavier sehen. Das spricht für einen ausgesprochen kreativen und wendigen Geist.«

Carmen sandte ein huldvolles Queen-Elisabeth-Winken an Matthias und ließ sich majestätisch auf dem dargebotenen Polstersessel nieder.

»Es ist gut, dass Sie jetzt kommen«, sagte Dr. Amiri, die einen weiteren Sessel für Matthias herbeizog. »In zwei Stunden hätten Sie mich nicht mehr angetroffen. Ich fliege heute Abend nach Nairobi.« Freude leuchtete aus dem Gesicht der Ärztin. »Dort schule ich für knapp eine Woche ein junges Ärzteteam. Alles Locals, die sich um Gewaltopfer kümmern.«

»Oh, wir werden Sie nicht lange aufhalten. Wir kommen wegen Ihrer E-Mail zur Patientin Sarah Röckendorf. Sie ist aus verschiedenen Umständen für unsere Ermittlungen in einem Mordfall interessant geworden. Können wir mit ihr sprechen?«

Dr. Amiri nahm sich Zeit für die Antwort. »Es tut mir leid, ich kann Sie aus medizinischen Gründen nicht zu ihr lassen.

Wir haben ihr ein starkes Beruhigungsmittel verabreicht. Aber vielleicht bin ich trotzdem in der Lage, Ihnen zu helfen. Ich habe von dem mutmaßlichen Mord an Nala Averhoff und dem Verschwinden eines weiteren potenziellen Opfers in der Zeitung gelesen und seither die Berichterstattung verfolgt.«

Carmen dachte an die Titelzeile von heute Morgen und zog unbehaglich die Schultern hoch. Die Ärztin stellte eine Wasserflasche, drei Gläser und eine Silberschale mit Keksen auf den Tisch.

»Nehmen Sie, es ist pure Nervennahrung. Gebacken nach einem Geheimrezept von meiner Großmutter mit Nüssen und Datteln.« Das Gebäck schmeckte köstlich und Carmen nahm gleich noch zwei. Eine Weile war nur das Knacken der Kekskrümel im Raum zu hören, während Carmen kaute. Sogleich hielt sie inne und versuchte geräuschloser zu kauen. Frau Dr. Amiri lächelte. »Also zu Sarah Röckendorf. Sie wurde gestern Nacht eingeliefert und halluzinierte stark. Jedenfalls dachten wir das zunächst. Inzwischen habe ich mich näher mit ihr befasst und ältere Krankenakten aus dem Archiv angefordert. Sie wurde uns nämlich bereits als Kind mit Auffälligkeiten vorgestellt. Damals studierte ich selbst noch in Teheran, aber eine Kollegin hat recht interessante Aufzeichnungen erstellt.« Carmen entging nicht der sehnsüchtige Blick der Ärztin bei der Nennung Teherans, begleitet von einem Griff nach einem Nuss-Dattel-Keks. »Hier, sehen Sie.« Dr. Amiri schlug eine Akte an einer markierten Stelle auf und drehte sie so hin, dass Carmen und Matthias lesen konnten:

Aufgrund eines Hinweises aus der Grundschule stellte die Mutter Barbara Röckendorf uns ihre sechsjährige Tochter Sarah vor, die einen mindestens verstörten, wenn nicht traumatisierten Eindruck machte. Im Verlauf der Untersuchungen

verweigerte das Kind zu sprechen. Zunehmend
erschwerte die Mutter weitere Explorationen.
Ein halbes Jahr später wurde die Behandlung
der Tochter auf ihren Wunsch hin abgebrochen.
(Einem Kollegen in der Ausbildung kam eher
die Mutter behandlungsbedürftig vor, die Züge
von Narzissmus aufwies und in unserem Beisein
manipulativ auf die Tochter einwirkte).

Dieser Satz war nachträglich mit einem Kugelschreiber
doppelt durchgestrichen worden.

Dem Kollegen gelang es, in einer Spielsituation
mit einem Puppenhaus in Kontakt mit Sarah R.
zu kommen. Immer wieder ließ sie die Puppen
irgendwelche Treppen herabstürzen.

Hier endete die kurze Notiz. Die Information über die
Mutter klang eine Weile in Carmen nach. Analoge Akten hatten durchaus Vorteile. Wäre dieser Vermerk in einen Computer
eingegeben worden, hätte man die Bemerkung des Kollegen in
der Ausbildung auf Nimmerwiedersehen gelöscht.

Dr. Amiri erhob sich, ging zu einem Schreibtisch und
reichte Carmen einen roten Hefter. »Das ist die sogenannte
SOS-Mappe der heutigen Sarah Röckendorf. Ihre Schwester
hat sie mir mit der Bitte übergeben, Sarahs innere Dämonen zu
vertreiben. Eine Kellertreppenszene mit einem Sturz finden Sie
weiter hinten. Die Kinderzeichnung wurde offensichtlich erst
kürzlich von einer Schicht Deckweiß befreit. Es befinden sich
noch frische Krümel in der Falz.«

Carmen blätterte durch die Seiten und eine Gänsehaut
überkam sie. Auch ohne Studium der Psychologie erkannte sie,

dass sich mit dieser Mappe eine instabile Seele verzweifelt um Ankerpunkte in der Wirklichkeit bemühte.

»Was hat Ihnen Sarahs Schwester noch gesagt?«

Die Kekse waren alle, aber Dr. Amiri hatte Carmens Blick bemerkt, trat an ein Sideboard mit einer silbernen gehämmerten Dose. Sie schüttelte das Gebäck in die Schale und antwortete: »Sarahs Schwester scheint sich seit dem Tod der Mutter um Sarahs Angelegenheiten zu kümmern. Auf mich machte es den Eindruck, dass sie es aus Pflichtbewusstsein tut, im besten Fall hat sie ein ambivalentes Verhältnis zu ihr. Sie erwähnte, dass Sarah Personen sieht, die nicht existieren, vorzugsweise auf dem Grundstück eines toten Nachbarn. Ich denke, dass sie Sarah für komplett verrückt hält.«

»Sie hingegen tun das nicht?«, ließ sich nun Matthias vernehmen.

»Ich bin nicht sicher. Wissen Sie, Sarah lebt ohne Kontakte vollkommen allein, nur ihre Schwester besucht sie in regelmäßigen Abständen. Diese sagt, Sarah hätte seit Jahren ihr Haus nicht verlassen. Aber das stimmt nicht. Sehen Sie hier.« Sie legte ein DIN-A4-Blatt auf den Tisch. »Das ist der Grund, und Sie werden sich vermutlich die ganze Zeit schon fragen, warum ich Sie wegen Sarah Röckendorf kontaktierte.«

Es handelte sich um das Protokoll des Erste-Hilfe-Teams, das Sarah in die Universitätsklinik gebracht hatte. Dr. Amiri hatte mit einem Textmarker die Stelle markiert, auf die es ihr ankam:

Die Patientin wirkte beim Erwachen aus der Ohnmacht im Krankenwagen äußerst beunruhigt. Sie sagte immer wieder: »Sie müssen ihr helfen, sie ist eingesperrt! Bei dem toten Nachbarn. Ich habe ihre Hand an der Scheibe gesehen! Ich habe von außen meine Hand dagegengelegt!«

Dr. Amiri öffnete einen Schrank und kehrte mit einer Plastiktüte an den Tisch zurück. Sie zog ein Paar hausbacken wirkende Winterstiefel hervor. »Das sind Sarahs Stiefel. Da sehen Sie frische Laub- und Erdanhaftungen im Profil. Sarah hat ihr Zuhause nach der Ohnmacht auf einer Krankenhaustrage liegend in diesen Schuhen verlassen. Sie muss vorher irgendwo unterwegs gewesen sein. Es könnte etwas dran sein an dem, was sie dem Rettungsteam erzählt hat.«

74

»Versuch dich zu erinnern, was auf der Rückseite der U-Bahn-Fahrkarte stand!« Delia schüttelte ihn.

Linus hob die Schultern. »Tut mir leid, ist total getilgt.«

»Standen da Zahlen, standen da Buchstaben? Viel passt doch auf so einen kleinen Zettel nicht drauf. Vielleicht Symbole?«

Sie hatten die drei Attrappen gründlich durchsucht, aber nichts gefunden. Delia nahm den Schreibmaschinenbuchstaben »G« zwischen Daumen und Mittelfinger und ließ ihn rotieren. Durch das rasend schnelle Drehen wirkte der Buchstabenstiel wie ein Schlüssel. Elektrisiert blickte sie auf ihre Hand. »Die Schreibmaschine! Da finden wir die fünf Schlüssel Mithilfe einer der Buchstaben konnte ich den ersten Raum, die Galerie, verlassen. Der Nächste hat den Holzsarg zu Hades geöffnet«, murmelte sie.

Linus war bereits aufgesprungen. »Wo ist sie?«

Delia wies mit dem Daumen zu einer Leiter. »Die Stufen hoch, durch den Sarg, dann linker Hand vor der Bühne auf einem der Stühle.«

Nach weniger als zwei Minuten war Linus zurück und stellte die Maschine vor sie beide hin. »Nun brauchen wir nur sämtliche Buchstaben auszuhaken und einen nach dem anderen in den Scharnieren der Tür auszuprobieren.«

»Zu einfach«, wandte Delia ein. »Außerdem, guck mal, es gibt eine neue Nachricht.« Sie zog den Bogen von der Walze und reichte ihn Linus. Unter dem Wort HADES! stand durch das Fehlen der Buchstaben »N« und »G« ein holpriger Text:

Drei Di e sollt ihr über mich wisse :
Mei Vater ist tot.
Er hieß 9ßY;B
Mei ame ist ?,)yb
Das möchte ich vo euch erfahre :
Wie heiße ich?
Ihr habt ur ei e Versuch.

»O mein Gott! Vielleicht heißt das Arschloch Rumpelstilzchen? Was soll das?«, ächzte Delia und stieß Linus an. »Du bist ganz blass geworden.«

»Ich erinnere mich wieder. Genau diese beiden Zeichencodes standen auf der Rückseite der Fahrkarte.«

»Ich hab's doch gesagt, es geht bei dem ganzen Riesenscheißdreck nicht um Intelligenz, sondern nur darum, uns zu verhöhnen und zu töten.«

Linus begann die Metallstifte mit den Buchstaben aus der Maschine auszuklinken und legte sie auf den Boden vor die Füße.

Delia wandte sich ab. »Ich habe schon wieder Durst, mein Hirn trocknet ein. Ich kann langsam kaum noch denken. Wenn uns nicht bald etwas einfällt …«

Linus unterbrach sie, zog sie mit einem Arm näher an sich heran. Sie schnupperte an seinem Shirt, er roch gut, und augenblicklich fühlte sie sich nicht mehr ganz so kläglich.

»Ich glaube, ich habe eine Idee«, begann er. »Wir haben zehn verschiedene Schriftzeichen, aber schau, es sind nur diese fünf Buchstabenstifte betroffen. Weil die Belegung jeweils doppelt ist: Am einfachsten sieht man das am großen und kleinen ›Yy‹ und ›Bb‹. Bei den anderen Zeichen ist es ebenso. Sie liegen ebenfalls auf einem Stift. Die ›9‹ und die Klammer, das Fragezeichen und das Eszett.«

»Prima. Aber kennst du jemanden, der *Neun-Eszett-großYpsilon-Simikolon-großBe* oder *Fragezeichen-Komma-Klammer-zu-kleinYpislon-kleinBe* heißt? Heutzutage mag ja vieles möglich sein, vielleicht kann man Kinder so nennen. Doch denk dran: Es ist die Rede von seinem Vater, der muss also mindestens keine Ahnung wie alt sein!«

»Diese fünf Metallstifte sind nicht unsere gesuchten Schlüssel, das ist klar. Es sind Platzhalter. Avatare!«

Sie dachte einen Moment nach. »Du meinst, der Vater hat einen Namen mit fünf Buchstaben. Wenn man die in der Zeichenreihung der irren Schreibmaschine liest, die sie für den Sohn angibt, erhalten wir einen zweiten ganz normalen Namen, wie er in einem Reisepass stehen könnte?«

»Exakt. So wie Anna und Nana oder Nala und Alan, Nora und Aron, Anja und Jana. Nur, dass wir zwei männliche Vornamen mit fünf Buchstaben suchen.«

75

Schweigend verließen sie das Gebäude. Ein Krankentransport rauschte mit Blaulicht auf das Gelände und hielt vor der Notaufnahme. Sämtliche Autotüren wurden gleichzeitig aufgerissen, ein Arzt und zwei Rettungssanitäter sprangen heraus. Aus dem Gebäudeeingang rannten weitere Sanitäter auf die rückwärtigen Türen zu und zogen eine Krankenliege mit einem Körper unter einer Sauerstoffmaske heraus. Ein Kind. Carmen wandte sich ab und warf Matthias den Autoschlüssel zu. Wenige Minuten später tippte sie die Anschrift von Sarah Röckendorf in das Navi ein. Während Matthias den Anweisungen der Computerstimme folgte, recherchierte Carmen im Handy Daten über die beiden Nachbarhäuser der Adresse. An einer Kreuzung ließ sie das Telefon sinken und stieß ein schrilles Triumphgeheul aus, sodass Matthias beinahe einen Fahrradfahrer von der Straße gewischt hätte.

»Matthias, da ist sie! Wir haben endlich eine Verbindung! Weißt du, wer das Nachbarhaus rechts neben dem von Sarah Röckendorf besaß?«

Matthias sandte mit einer Hand ein Entschuldigungszeichen an den wutschnaubenden Radfahrer und schüttelte den Kopf. »Nein, Carmen, leider kann ich nicht hellsehen.«

»Macht nichts. Dafür hast du mich, plus die famose Technik hier.« Sie zeigte auf ihr Telefon. »Pass auf. Das Haus hat dem Puppenkaiser gehört und exakt dort war auch sein Gewerbe eingetragen!«

Es dauerte einen Moment, bis der Groschen bei Matthias fiel.

»Ach nee. Der Dummyhersteller mit seiner Dollhouse GmbH? Unsere buchstäblich tote Spur?«

Seine Kollegin hatte sich bereits wieder in ihr Handy vertieft, nickte ununterbrochen. »Genau der. Schade nur, dass der so mausetot ist. Wichtiger wäre für uns herauszufinden, wem das Anwesen heute gehört. Dazu finde ich aber nichts.«

»Oder wer sich Zutritt zu dem Haus und dort eventuell noch gelagerten Leichenattrappen beschaffen kann.« Carmen steckte das Telefon in die Tasche. »Ja, wer kümmert sich um die Bude?«

Carmen steckte das Telefon in die Tasche.

»Ja, wer kümmert sich um die Bude?«

76

Manchmal ist einem selbst nicht klar, warum man etwas Bestimmtes tut. Und oft stellt man hinterher fest, dass es in irgendeiner Weise in den Verlauf eines Ereignisses eingegriffen hat. Jasmin Mehlfort nahm die Hände vom Lenkrad und blickte an der nässeglänzenden Fassade des Hauses empor, vor dem sie eingeparkt hatte. Sie hätte nicht sagen können, weshalb sie hier war, ihr Autopilot schien sie hierhergeführt zu haben. Nun, wo sie schon einmal da war, konnte sie Pierre auch einen Besuch abstatten. Sie schloss ihr Auto und betrat das Treppenhaus. Auf ihr Klingeln an seiner Wohnungstür reagierte niemand. Sie überlegte, ob sie ihren Schlüssel benutzen sollte, den sie noch immer besaß. Und tja, schließlich waren sie sich doch wieder recht nahegekommen, sodass er ihr Eindringen nicht als Grenzüberschreitung deuten dürfte. Sie kramte in der Handtasche und entriegelte die Tür. Das Erste, was sie wahrnahm, war ein widerlich süßlicher Geruch.

»Pierre?«, fragte sie in den Flur. »Pierre?«

Keine Antwort.

Sie lief den Gang entlang. Dort stand der Karton einer Bogenstehleuchte *Lucida*, gefüllt mit hellgrünen Schaumchips, von denen einige über den Boden verteilt lagen. Sie trat sie zur

Seite. Dann öffnete sie die Tür zu seinem Schlafzimmer. Es war dunkel, das Bett ungemacht und leer.

»Pierre?«, rief sie noch einmal.

Im Wohnzimmer standen zwei Weingläser auf dem Couchtisch, eines mit Lippenstiftrand. Die Flasche, ein südafrikanischer Chenin Blanc, war umgefallen und unter den Tisch gerollt. Da gehörte das Lippenstiftrandglas ebenfalls hin, befand sie. Mit den Fingerspitzen schnippte sie es von der Tischplatte. Eines weiteren Beweises, den sie in Form eines angesagten Puder-Make-ups entdeckte, wie es momentan unter den Studentinnen der Universität verwendet wurde, hätte es nicht mehr bedurft. Jasmin fühlte die Wärme vom Hals prickelnd in ihr Gesicht steigen. Sie warf die Puderdose gegen die Wand, an der der Deckel mit dem Spiegel zersprang, wodurch der hellbraune Inhalt auf den hellen Boden darunter rieselte.

Dieses promiskuitive Schwein! Schon wieder!! Wer war es diesmal?

Sie zwang sich zur Ruhe und setzte sich an Pierres Schreibtisch. Die aufgeschlagene Seite in seinem Block zeigte skizzenhafte Notizen über einen Vortrag, den er über seine beknackten Ameisen zu halten gedachte. Sie riss den Bogen in klitzekleine Fetzchen und verteilte die Schnipsel auf dem Boden. Eine Weile dachte sie nach, welche Botschaft sie ihm hinterlassen könne, doch dann beschloss sie, dass subtile Originalität an Pierre ten Have verschwendet wäre. Außerdem hatte sie eine bessere Idee. Pierre bewahrte seine Passwortliste zwischen zwei zerfledderten Schreibauflagen auf der Schreibtischfläche auf. Sie schob die Auflagen auseinander. Mit spitzen Fingern zog sie das mit Kaffeeflecken bekleckerte Objekt hervor. Das Verzeichnis umfasste über dreißig Passwörter, die alle ähnlich, jedoch nicht gleich waren.

Sehr gut. Er würde eine ganze Weile brauchen, sie allesamt zu ändern! Die Liste steckte sie in die Jackentasche.

Sie schrieb auf die leere Seite seines Schreibblocks:

Fucking Pierre!

Sie hielt inne. Mhm, das traf zwar genau den Punkt, aber es ging höflicher. Sie strich die Anrede nachlässig durch, sodass sie gut lesbar blieb, und schrieb darunter:

Dear fucking Pierre,

hol Schrödinger ab. Umgehend.

Je flotter du bist, desto weniger lang kann ich mich mithilfe deiner Passwörter auf deinen Accounts vergnügen, also …

Leider fiel ihr das französische Wort für zack, zack nicht ein, und da sie auf Englisch begonnen hatte, fügte sie hinzu:

… hurry up :-)

Seinen Wohnungsschlüssel ließ sie im Flur in eine gläserne Vase auf dem Sideboard plumpsen. Ein Tritt gegen den offenen Karton verteilte ein Kilo Schaumchips über den Korridor. Im Spiegel gegenüber sah sie ihr böses Lächeln. Sie wusste, wie kindisch sie sich benahm, und genoss es.

Was nun?, dachte sie einige Minuten später, als sie den Motor startete.

Ich könnte nach Hause fahren und Schrödingers Fressutensilien, sein Scheißhaus und seine Schlafdecke zusammenpacken …

Sie packte sich an den Kopf.

Großartige Idee! Am besten bügelst du Pierre noch seine Hemden, die er gleich ebenfalls mitnehmen kann? Auf keinen Fall fährst du jetzt nach Hause!

Jasmin fädelte sich in den Verkehr ein und bemerkte, dass sie automatisch den Weg zu ihrer Schwester eingeschlagen hatte.

Auch gut.

Sie würde bei Sarah ein paar Sachen fürs Krankenhaus zusammenpacken. Die heiligen Skalare füttern und versuchen, es in der Wohnung etwas heimeliger und ordentlicher zu gestalten für Sarahs Rückkehr. Der Gedanke entspannte ihre Nerven, zweimal hielt sie unterwegs an Zebrastreifen, um Fußgänger über die Straße zu lassen. Als sie in die Sackgasse des ehemaligen Elternhauses einbog, wurde sie von einer dunklen Limousine überholt, die kurz darauf direkt vor ihr zum Stehen kam.

Fantastisch! Die beiden fehlen mir zu meiner guten Grundstimmung gerade noch.

Grimmig beobachtete sie, wie sich Carmen Kollinger und ihr Adlatus Matthias Zastrow aus den Autositzen schälten. Langsam löste sie den Sicherheitsgurt und stieg ebenfalls aus.

»Schön, Sie schon wieder zu sehen. Was darf ich diesmal für Sie tun?«

77

Also, hier kann niemand seine Hand gegen irgendeine Scheibe gelegt haben, dachte Carmen, als sie vor der verlassenen Villa neben dem Röckendorf-Haus standen. Sämtliche Fenster im Erdgeschoss waren mit massiven Brettern vernagelt und die oberen Fensteröffnungen durch Fensterläden verbarrikadiert. Ihre Hoffnung schwand, dass sie in dieser Bruchbude mehr finden würden als mumifizierte Fledermäuse und Abfall von Junkie-Partys.

Betont langsam wandte sie sich um und stellte sich so vor Professor Mehlfort, dass jener das Licht ins Gesicht fiel, das eine fahle Sonne aus diffusen Wolkenschichten verbreitete.

Schlecht sieht sie aus. Extrem erledigt, als ob sie alle Kräfte bräuchte, um Reste ihrer Contenance zu wahren.

»Wir kommen soeben aus dem UKE von Frau Dr. Amiri.« Sie ließ den Satz beim Gegenüber in Ruhe einsickern. Und wirklich veränderte sich Jasmins Gesicht.

»Sie waren bei meiner Schwester?«

Matthias machte Carmen pantomimische Zeichen, dass er sich auf dem Gelände der Nachbarruine umsehen und sie anrufen würde, falls er etwas Ungewöhnliches fand.

»Okay«, sagte Carmen in seine Richtung, wandte sich sofort wieder Jasmin Mehlfort zu. »Leider konnten wir sie nicht sprechen, der Besuch war dennoch aufschlussreich. Wir interessieren uns für das Haus hier.« Sie wies mit dem Daumen hinter sich. Das Gartentor quietschte steinerweichend, als Matthias es aufdrückte. »Wissen Sie, wem es derzeit gehört?«

Jasmin hob die Achseln. »Ich habe nicht den Hauch einer Idee. Der Besitzer ist seit Jahrzehnten tot. Vermutlich wird es Erben geben oder Käufer?«

»Vermutlich. Meistens ist es so«, sagte Carmen zuckersüß. »Sie oder besser gesagt Ihre Schwester, Sie haben nicht zufällig einen Schlüssel für das Anwesen?«

Jasmin zog den Schal, der ihr locker auf den Schultern lag, enger um den Hals. »Komisch, dass Sie das fragen. Ja, ich glaube, Sarah hat einen Schlüssel. Kommen Sie!«

Carmen folgte Jasmin die Auffahrt zum Haus hinauf.

Jasmin schloss die Haustür auf und ließ Carmen eintreten. Im stickigen Hausflur sah sie sich um. Ihr war, als ob sie in eine Zeitschleife getreten wäre. Abgesehen von einigen Kleidungsstücken an der Garderobe fand sie sich dreißig oder vierzig Jahre zurückversetzt. Lampen, die derartig *pasada de moda* waren, dass sie schon wieder hippe Trends setzen könnten. Textiltapete zierte sämtliche Wände im Vestibül, so etwas hatte Carmen zuletzt in den Achtzigerjahren gesehen.

»Ich weiß«, sagte Jasmin über die Schulter zurück, »aber meine Schwester braucht es genau so. Nur keine Veränderungen, dann käme sie komplett aus dem Tritt.«

Carmen warf einen Blick in das Wohnzimmer, wo Jasmin soeben den Deckel eines riesigen Aquariums beiseiteschob und mit einem Catcher einen handtellergroßen toten Fisch herausangelte. Sie ging an Carmen vorbei in die Küche, öffnete einen Tretmülleimer und ließ den toten Fisch verschwinden. »Sarah hat dieses Haus seit Jahren nicht verlassen. Aber als ich sie das letzte Mal besuchte, kam sie von draußen. Sie stand dort in der Tür, ungefähr da, wo Sie jetzt stehen, und fiel in Ohnmacht, bevor sie irgendetwas erklären konnte. Dabei ließ sie einen Gegenstand fallen.«

Jasmin wühlte auf dem Küchentisch herum und kramte einen Schlüssel hervor. »Vielleicht gehört er zu der Villa oder einem Schuppen da drüben. Ich weiß es nicht, ich habe es nicht überprüft.«

Carmen war an den Tisch herangetreten. Sie überlegte, wie sie das nächste Thema anschneiden sollte. Schließlich entschied sie sich für den direkten Weg. »Es geht um die beruflichen Schwierigkeiten am Institut, die zu Ihrer Beurlaubung geführt haben. Nun, wir haben den Hinweis erhalten, dass Ihre Schwester dahintersteckte. Sie soll belastendes Material über die Kontaktseite an die Institutsleitung geschickt haben.«

Jasmin brach in wieherndes Gelächter aus, trotzdem klang ihr Lachen zum ersten Mal echt.

»Machen Sie Witze? Niemals! Hier gibt es nicht einmal Internet im Haus! Glauben Sie, meine Schwester könnte einen E-Mail-Account auch nur anlegen? Und wie, bitte schön, sollte sie an kompromittierendes Material gekommen sein?« Wieder lachte sie. »Da hat Sie jemand verarscht. Bitte verschwinden Sie jetzt, ich habe zu tun. Wenn Sie den Schlüssel nicht mehr brauchen, legen Sie ihn unter die Fußmatte, okay?«

Carmen verspürte keine Lust, sich rauswerfen zu lassen. Grundsätzlich bestimmte sie Art und Zeitpunkt ihres Abgangs am liebsten selbst. Außerdem fiel ihr etwas ein.

»Einen kleinen Moment noch. Lebte der Besitzer der Nachbarvilla eigentlich seinerzeit allein?«

Jasmin ließ das Geschirrtuch sinken, mit dem sie begonnen hatte, die Front des Kühlschranks zu polieren. Wieder lachte sie meckernd. »Nein. Der ganze Kasten da drüben ist seit seiner Grundsteinlegung von Ameisen verseucht. Aber Sie meinen wahrscheinlich eine Familie? Es gab eine Frau und ein Kind. Eines Tages kam es zum Streit zwischen denen und uns, also den Kaisers und meinen Eltern. Seitdem durften Sarah und ich nicht mehr rüber.«

Carmen wartete. Irgendetwas würde noch kommen, das spürte sie.

»Aber wir waren noch einmal drüben. Wir Kinder haben zusammen heimlich einen Film geschaut. Ich erinnere mich nicht genau an den Titel, es ging um einen zwanghaften Buchstabenfreak, der außerdem rückwärts sprechen konnte.«

»*Er heißt Hieronymus*«, sagte Carmen.

Jasmin blickte sie zum allerersten Mal mit ehrlichem Interesse an. »Woher wissen Sie das? Haben Sie übersinnliche Fähigkeiten?«

»Nein, ich glaube nicht. Nur fange ich an, die Zusammenhänge in diesem morbiden Spiel zu erkennen. Wie hieß das Kind? War es ein Junge oder ein Mädchen?«

»Ein Junge. Seinen Namen weiß ich nicht mehr. Sarah meinte, dass der Vater den Sohn quälte. Keine Ahnung, ob das stimmt, Sarah hatte immer schon viel Fantasie. Ich habe es auch nicht verfolgt, ich bin einige Jahre älter als Sarah und der Nachbarsjunge. Außerdem zog ich bei der Trennung unserer Eltern mit unserem Vater weg. Aber warten Sie. Es gibt ein Foto.«

Jasmin trocknete sich die Hände ab und ging ins Wohnzimmer. Sie stand eine Weile vor der Wand, die dem Aquarium gegenüberstand, und wählte einen Bilderrahmen aus. Sie pustete Staub von dem Glas, wischte mit dem Stoff ihres Pullovers am Ellbogen nach. »Hier«, sie reichte Carmen das vergilbte Bild. »Da sind die Nachbarn: der Vater und sein Chamäleon. So habe ich den Sohn genannt. Wie ein typisches Chamäleon assimilierte er sich unsichtbar in der Umgebung. Seit dem Filmabend hatte er eine Besessenheit für mich entwickelt. Er folgte mir. Ständig. Lautlos und unerkennbar.«

»Ich mochte ihn nicht«, fügte sie nach einem Moment des Schweigens hinzu. »Aber«, und nun lachte sie, »obwohl ich ihn nie wirklich beachtet habe, hat mein Unterbewusstsein ihm eine Statistenrolle in meinem Buch gegeben.«

Eine Statistenrolle, überlegte Carmen. Ein jämmerliches Chamäleon, das sich täglich rot ärgern lassen muss. Das konnte ihm nicht gefallen haben. Ihm, der Jasmin Mehlfort bewunderte, sie verfolgte und nach ihrer Anerkennung lechzte.

Das Licht im Raum war inzwischen dämmrig und Carmen stellte sich näher an das beleuchtete Aquarium, um die Gesichter auf dem Bild erkennen zu können. Zwei Personen auf einer Hollywoodschaukel. Der Vater, Klaus Kaiser: ein Dutzendgesicht mit gepflegtem Vollbart. Breit grinsend, das Kind an sich pressend. Der Sohn mit einem gezwungenen Lächeln.

Junge, nun lach doch mal!

Den kenne ich, dachte Carmen sofort. Der ist mir im Verlaufe dieser Ermittlungen über den Weg gelaufen. Nur, dass er jetzt mindestens zwanzig Jahre älter ist.

Sie drehte die Aufnahme hin und her. Plötzlich streifte sie eine Ahnung. Das Lächeln von Ohr zu Ohr. Sie öffnete den Bilderrahmen, entnahm das Bild, drückte der verdutzten Jasmin den Rahmen in die Hand.

»Ich muss sofort los, danke, Sie haben mir sehr geholfen!«

Wir verschwenden hier unsere Zeit, dachte Carmen einen Moment später, als sie vor der Nachbarvilla stand. Dieses Haus ist tot. Niemals könnte wer auch immer in so einer Ruine das analoge Escape-Room-Spiel *CLAVIS* fortsetzen. An diesem trostlosen Ort gab es nicht einmal ein funktionierendes Netz, wie sie mit einem Blick auf ihr Handy feststellte. Inzwischen hatte die Dämmerung das letzte fahle Sonnenlicht verdrängt.

»Matthias?« Sie kämpfte sich durch dorniges Gestrüpp. »Hallo, Matthias! Mann, wo bist du?« Sie tippte die Kurzwahl für sein Telefon an. Nur ein Netzbalken, hoffentlich kam überhaupt eine Telefonverbindung zustande. Ungeduldig lauschte sie in den

Apparat, bis sich endlich die Verbindung aufbaute, dabei stolperte sie weiter und drückte Zweige von ausladendem Buschwerk zur Seite. »The person you are calling is temporarily not available.«

Das musste ein Irrtum sein. Hatte sie die falsche Kurzwahl gedrückt? Sie probierte es noch einmal, setzte diesmal zudem die Brille auf und suchte nach einer Stelle, an der sie mehr als einen Netzbalken fände. Nein, sie hatte die richtige Nummer gewählt und mehr als einen Balken gab es nicht, sogar der flackerte nun bedenklich.

»The person you are calling is temporarily …«

Vielleicht war ihr Kollege zum Auto zurückgegangen? Auf dem moos- und nässeglatten Gartenweg zum Tor wäre sie beinahe ausgerutscht, so eilig hatte sie es, nachzusehen. Der Wagen stand am Straßenrand, wie sie ihn vor kaum einer Viertelstunde zurückgelassen hatten.

Mist, was hatte das zu bedeuten?

Ein ungutes Gefühl meldete sich in ihrer Magengegend. Auf Matthias konnte sie sich ebenso wie auf Linus zu hundert Prozent verlassen. Nachdenklich kehrte sie zum Haus zurück und umrundete es, rief weiterhin seinen Namen. Schließlich stand sie vor der Haustür. Eine Katzenklappe schepperte im Wind, sie kratzte über die dreckstarrende Fußmatte. War Matthias irgendwie in die Villa gelangt? Nur, warum hatte er sie nicht benachrichtigt? Ihre Finger umschlossen das kühle Metall des Schlüssels in der Jackentasche. Ein Knall ließ sie zusammenfahren. Sie hätte nicht zu sagen vermocht, aus welcher Richtung sie das Geräusch wahrgenommen hatte. Sie spitzte die Ohren und lauschte. Ein Schaben, ganz leise, wie aus einer fernen Tiefe. Aber eines war sicher, es kam aus dem Haus. Carmen zog den Schlüssel aus der Tasche und steckte ihn ins Schloss.

78

Sie hatten eine Weile in dumpfem Brüten verbracht. Delia dröhnte der Schädel. Die Strapazen der letzten Tage forderten ihren Tribut. Linus hatte sich neben sie gesetzt und ihren Kopf an seine Schulter gezogen. Zwischen seinen Beinen sortierte er die Buchstabenstiele immer wieder um. Seine Bewegungen beruhigten Delia und sie glitt in einen wohligen Dämmerzustand, in dem ihr zunehmend alles egal wurde.

»Ich hab's!«

Ihr Kopf rutschte von seiner Schulter.

»Delia, wach auf – ich hab's!«

Sie öffnete die Augen. Linus war so weiß wie die Wand hinter ihm. »Ich hab's, aber das ist bestenfalls eine mittelmäßig gute Botschaft. Denn wenn ich recht habe, dann hätten wir ein Problem. Da kommt niemand von der Polizei drauf. Nicht einmal meine Mutter.« Er zog fünf Buchstaben aus dem Gewirr zwischen seinen Knien. »Pass auf: Der Vater heißt Klaus. Aus den fünf Buchstaben lässt sich ein weiterer Männername bilden. Komm, wir öffnen die Tür!«

Ihr Gehirn summte, wollte ihr jedoch keinen Namen reichen, es schien vollkommen absorbiert von der Aufgabe, elementare Lebensfunktionen aufrechtzuerhalten. Linus half ihr auf die Beine, legte einen Arm um ihre Hüfte, schob sie durch das Regalfach und schleppte sie zu der Tür mit den fünf Scharnierbeschlägen. Sie konnte nicht erkennen, mit welchen Buchstaben er begann, aber der Dritte war ein »K«. Delia beobachtete fasziniert, wie er die Stifte in die Scharniere steckte, wie sich sämtliche Stiele drehen ließen und die Mechanismen aufschnappten. »Der Vater heißt Klaus und der Sohn …«, setzte Linus an, doch Delias Gehirn war wieder angesprungen.

Sie benötigte nicht einmal den Zeichencode. Von allein sprangen die Buchstaben an ihre alternativen Positionen, sodass sie ergänzte: »Lukas.«

Als Linus das »s« ganz unten in das Scharnier schob, legte sie ihm die Hand auf den Arm. »Jetzt geht es um hopp oder topp, oder?«

Linus umfasste ihr Gesicht. »Ja, es geht um Leben oder Tod. Ich kenne Lukas, ich dachte es jedenfalls. Er ist überproportional intelligent und ein Spielfreak.«

Der letzte Schließmechanismus klickte auf. Die Tür öffnete sich. Dunkelheit. Am Ende des Raums gab es eine Lichtquelle, die ein bläulich fahles Licht aussandte. Davor zeichnete sich die Silhouette eines Menschen ab, das Gesicht lag im Schatten.

»Da seid ihr ja«, sagte eine Stimme.

Delia war einen Schritt näher herangetreten, sah aber nach wie vor nur einen menschlichen Umriss. Jedoch die Sprachmelodie erkannte sie augenblicklich. Das war der Typ, der in der Galerie rückwärts gesprochen und sie am Ende des Abends gekidnappt hatte.

»Schön, euch zu sehen. Willkommen in der Endstation. Leider geht uns die Zeit aus, daher müssen wir etwas umdisponieren«, fügte der Mann nach einem Moment hinzu.

»Lukas, lass uns gehen, stell dich«, vernahm sie Linus' Stimme neben sich. »Noch ist hier nichts passiert. Delia und

390

ich sind unversehrt. Wir sagen für dich aus. Ich bin doch dein Freund!«

Eine Weile blieb es ruhig, dann reagierte Lukas: »Wir sind niemals Kumpel gewesen. Ich habe keine Freunde.«

»Nein, das stimmt nicht, ich …«

»Verschone mich mit dem weinerlichen Geseier. Der Plan sah nie vor, dass ihr davonkommt. Im Gegenteil. Also, hört gut zu. Für dich, Delia …« Er trat nun aus dem Dunkel. Sie sah, dass er in einen hautengen schwarzen Anzug mit Kapuze gekleidet war. Sie sah sein bleiches, eiförmiges Gesicht. Sie registrierte ebenfalls den Elektroschocker in seiner Hand und bedeutete Linus mit einer Bewegung, ruhig zu bleiben. »Für dich hatte ich einen wunderbaren Ertrinkungstod vorgesehen. Mir war von Anfang an klar, dass du leider zu schlau bist, um in mein elektrisch aufgeladenes Spinnennetz zu fassen. Und … weil ich dich wirklich mag«, er trat zu ihr und strich ihr das Haar aus der schweißnassen Stirn, »hätte ich dir beim Ertrinkungstod die Wahl gelassen: ein Bad mit Gewichten um den Bauch in meinem Pool oder du machst es selbst: Wasserkoma. Ich weiß, dass du weißt, wie das geht!«

Er ging um sie herum. »Ich weiß darüber hinaus, dass du dich für Letzteres entschieden hättest. Ich hätte dir auch gern dabei zugesehen, so selbstbestimmt aus dem Leben zu scheiden. Aber über so viel Zeit verfügen wir bedauerlicherweise nicht mehr.«

Delia sammelte Spucke in ihrem Mund.

Lukas hatte sich Linus zugewandt. »Zu dir, mein Freund: Für dich hatte ich einen Genickbruch vorgesehen. Ganz saubere Geschichte. Oben auf dem Boden, da gibt es so wahnsinnig viel lockeres Gebälk, man stürzt und zack und weg.« Lukas hielt den Schocker an ein Stück Holz in seiner Hand, es zischte und roch verkokelt.

»Nur leider ist die Polizei doch schneller als gedacht. Den Zastrow habe ich soeben ausgeschaltet. Carmen werde ich ebenfalls aufhalten, aber falls es mir nicht gelingt, dann greift jetzt Plan B. Im Ergebnis ist es für euch beide allerdings egal.«

Delia entging nicht das Funkeln in Linus Augen, als der von der Schnelligkeit der Polizei hörte. Er unternahm einen weiteren Versuch, auf Lukas einzuwirken.

»Plan A oder B, lass uns über das C nachdenken. Das Offensichtliche führt selten zu einer bahnbrechenden neuen Idee. Wir könnten …«

»Hör gefälligst zu! Wenn ich die Alte nicht aufhalte, gibt es nur noch Plan B!«

Delia hatte genug Spucke gesammelt. Mit einem mutigen Schritt ging sie auf den seltsamen Mann in seinem kuriosen Anzug zu. Sie stieß Linus mit dem Ellbogen in die Seite.

»Let's roll«, zischte sie und spie Lukas in die Augen. Gleichzeitig kratzte sie ihm mit allen zehn Fingern über das Gesicht. Der hob den Arm, um Delia abzuwehren, zu perplex, um den Elektroschocker einzusetzen. Den Augenblick der Schrecksekunde nutzte Linus und trat ihm in den Schritt. Lukas heulte auf, sackte einen Moment zusammen, fasste sich jedoch schnell. Er packte Delia an den Haaren und drückte ihr die Elektroimpulswaffe an den Hals. Zu Linus gewandt zischte er: »Dies ist kein handelsübliches Gerät mit reduzierter Spannung. Glaub mir, sie ist sofort tot, wenn ich Lust verspüre, auf den Knopf hier zu drücken.«

Linus hob sogleich die Hände. »Bitte lass sie los!«

Lukas warf Delia wie eine Lumpenpuppe gegen die Wand, an der sie wimmernd herunterrutschte. Mit dem Elektroschocker ging er nah an Linus heran. »Ich werde jetzt Gas in den Keller einleiten. Es wirkt nach ungefähr zehn Minuten tödlich. Ihr werdet mich lieben dafür. Denn es ist ein gnädiger

Tod. Zunächst werdet ihr benommen, im Anschluss schlaft ihr selig ein. Eventuell wird euch ein wenig schlecht und ihr müsst kotzen.« Er grinste. »Wenn ich die Polizei nicht aufgehalten kriege, werde ich mich im allerletzten Moment zu euch legen. Für euch wird es dann bereits zu spät sein. Ihr werdet tot geborgen, ich überlebe knapp. Wie du weißt, bin ich Apnoetaucher. Ich kann minutenlang die Luft anhalten.« Er lächelte sein Ohr-zu-Ohr-Lächeln. »Die Polizei wird denken, dass wir alle drei Opfer von *CLAVIS* waren. Genial, oder?« Nebenbei sammelte er die Buchstabenstiele und das Papier der Schreibmaschine ein. »Macht euch bereit!«

Er verließ den Raum, die Tür schloss sich hinter ihm. Einen Moment später kehrte er zurück. »Mir kommt gerade eine weitere niedliche Idee.« Er regulierte etwas an einem Schieberegler an dem Elektroschocker, zog einen Ärmel hoch und hielt den Apparat gegen seinen Arm. Es zischte und roch nach verbranntem Haar. »So wirkt das Ganze noch überzeugender. Der aufopferungsvolle Lukas. Als er euch, besonders die schwache Delia, verteidigen wollte, erhielt er einen Stromschlag.« Er ging zu Delia, packte ihren Arm und verpasste ihr einen Stromstoß an der empfindlichen Unterseite des Unterarms, kurz oberhalb des Handgelenks. Sie biss sich auf die Zunge, kein Schmerzenslaut kam über ihre Lippen. Auf dem Weg zu Linus drehte er ab. »Nein, du nicht, du hast Delia ja nicht verteidigt!« Mit einem bösen Lachen öffnete er die Tür und verschwand.

Hatte sie diese Szene soeben halluziniert?

Delia versuchte, ihre Gedanken zu ordnen. Schmerz und die Rötung am Unterarm waren echt. Sie fasste nach Linus Hand, der fest zurückdrückte. Eine Weile blieb es totenstill im Raum.

»Wer um Himmels willen ist das?«, fragte Delia und wies mit letzter Kraft auf die geschlossene Tür.

Linus schüttelte den Kopf. »Das wüsste ich auch gern. Eine verlorene Seele namens Lukas.«

Etwas über ihnen fing an zu zischen. Gleichzeitig hoben sie den Blick zur Decke. An den Lüftungsschlitzen oberhalb der Tür begann sich Nebel zu bilden.

Delia schnupperte. Das Gas strömte ein. Geruchlos. Nach ihrer Einschätzung Kohlenmonoxid. Sie zweifelte keinen Moment daran, dass Lukas über die Fähigkeit verfügte, die todbringende Konzentration minutiös zu berechnen.

79

Die Abbruchvilla roch wie alle verlassenen Häuser. Verspakte Teppiche, Schimmel und nasser Putz. Es stank nach einer toxischen Feuchtigkeit, die nicht nur Möbel und Mauern, sondern jedes Sauerstoffatom in dieser in sich abgeschlossenen Welt verpestet hatte. Carmen schnupperte, als sie die Tür aufdrückte, und zog ihren Schal vor die Nase. Sie trat in den Flur. Im Haus von Sarah Röckendorf nebenan hatte sie bereits an eine Zeitschleife gedacht, doch dieses Interieur katapultierte sie noch weiter in die Vergangenheit zurück. Kaskaden diverser Schichten stockfleckiger Sechzigerjahre-Tapeten hingen von den Wänden. Sie betrat einen Raum, der vor mehreren Jahrzehnten die Kernzelle dieses Kosmos, nämlich das Wohnzimmer dargestellt hatte. Nun lagen Trümmer und Steinbrocken auf dem Fußboden. Ein alter Röhrenfernseher auf einem Dreifuß neben einer vor Jahrzehnten vertrockneten Zimmerlinde, ein umgerissenes Bücherregal, die Bücher wie verendete Vögel aufgeschlagen auf dem Boden. Sie zog sich in das Treppenhaus zurück, die zerborstene Holztreppe in die oberen Geschosse gähnte sie an wie ein Gebiss, dem mehrere Zähne fehlten. »Matthias?«, rief sie in die höheren Sphären, wo ihre Stimme dumpf und ohne Antwort verklang. Sie zog das Handy aus der Tasche, wählte erneut die Kurzwahl, doch hier im Haus gab es nicht einmal einen Netzbalken.

»Scheiße!«, sagte sie und das Wort hallte nach. Beinahe hätte sie das Geräusch überhört. Das Schaben, das sie schon draußen vor der Tür registriert hatte. Es kam von links. Eine Holztür, die nur an einer Angel hing, öffnete ihr den Weg in eine geräumige Kochstube mit Veranda. Die Küche allein maß an die zwanzig Quadratmeter. Der Geruch nach Heizungsfarbe oder einer vor Kurzem gelaufenen Heizung biss ihr in die Nase. Sie trat zu dem Heizrippenkörper riesigen Ausmaßes unter dem Fenster, doch er war eiskalt. Plastiktüten, Einwegverpackungen und verbeulte Bierdosen bildeten ein buntes Durcheinander auf dem großflächigen Esstisch in der Mitte des Raums. Carmen nahm die Überbleibsel einer Keksverpackung in die Hand. Drei Schokokekse lagen zerbröselt in geriffelten Plastikkammern. Sie wendete die Verpackung, zog die Brille hervor. Das Ablaufdatum der Kekse lag erst vier Tage zurück. Ebenso wie bei einer Packung Farmersalat und einem Rest Burgunderschinken in geöffneter Vakuumverpackung.

Ich bin richtig hier. Goldrichtig. Hinter der Pforte.

Von der Küche gingen drei Türen ab. Das schabende Geräusch kam von links. Carmen legte ihr Ohr an das Holz der ersten Tür linker Hand.

»Matthias?«, flüsterte sie und kam sich augenblicklich dämlich dabei vor. Eine Herde Elefanten hätte ihre Ankunft in diesem Haus nicht zuverlässiger ankündigen können.

Mit der Faust klopfte sie an die Tür. »Matthias!«

Das Schaben verstärkte sich. Sie vernahm ein unterdrücktes Geräusch, das wie ein Stöhnen klang. Die Klinke ließ sich herabdrücken, die Tür war jedoch verschlossen. Sie ließ ihren Blick durch den Raum schweifen. Da! Auf dem Fußboden vor einer der anderen beiden Türen lag ein Schlüssel. Früher, so kannte sie es aus dem Haus ihrer Oma Lucia, hatte man oft an den

Schlössern gespart. Das bedeutete, dass man mit einem einzigen Schlüssel sämtliche Zimmertüren in einer Etage öffnen konnte. So hatte Carmen ihre ältere Schwester ärgern können, wenn die sich zu stundenlangen Verschönerungsorgien im Bad eingeschlossen hatte. Genauso war es auch hier. Der Schlüssel passte, leicht ließ er sich drehen. Sie zog ihn ab und steckte ihn ein. Vor ihr öffnete sich ein schmaler, muffig stinkender Gang, der zu einer Treppe in den Keller führte. Kurz hielt sie inne. Eigentlich müsste sie einen Ort mit Netzverbindung suchen oder zum Auto zurücklaufen und über Funk Verstärkung anfordern. Aber das würde wertvolle Zeit kosten. Es zählte jede Minute.

»Matthias?«

»Carmen?«, klang es schwach zurück. »Endlich!«

Sie tastete nach ihrer Waffe im Schulterholster und schob letzte Bedenken zur Seite. Die Treppenstufen waren feucht und glitschig, wenige flache Stufen nur. Wie ein Zwischenstockwerk, von dem wiederum drei Türen abzweigten. Matthias lehnte mit dem Rücken an der mittleren.

»Die Haustür stand offen. Ich habe mich kurz im Erdgeschoss umgesehen, im Wohnzimmer und in der Küche. Plötzlich bekam ich einen Stoß ins Kreuz, ich bin die Treppe heruntergestürzt, war wohl eine Weile ohnmächtig, und seitdem sitze ich hier. Anrufen konnte ich dich nicht. Das ist keine Ausrede, null Komma null Netz in diesem Kasten.« Er hielt sein Telefon hoch und grinste schief.

»Ich weiß, ich habe ebenfalls versucht, dich zu erreichen.«

Sie half dem Kollegen auf die Füße. Gemeinsam klopften sie Staub von seiner Kleidung.

Endlich stand Matthias wieder fest auf den Beinen. Im selben Moment knallte eine Tür zu. Augenblicklich standen sie im Stockdunkeln. Geräuschvoll wurde über ihnen ein Schlüssel gedreht.

»Verdammt, ich traue mich zu wetten, dass wir einge-schlossen sind. Und dass der Schlüssel von außen steckt. Sodass uns meiner hier auch nichts nützt.« Sie zog ihn aus der Tasche und hielt ihn hoch, was in der Dunkelheit witzlos war, wie ihr sogleich bewusst wurde.

»Eingeschlossen sind«, wiederholte Matthias. »Mit zwei hochmodernen Telefonen, dennoch ohne Verbindung zur Außenwelt. Und zwecks Steigerung der Dramaturgie weiß kein Mensch, wo wir uns befinden.«

»Doch!«, beruhigte Carmen. »Die Mehlfort! Allerdings hat sie gesagt, wenn wir fertig sind, sollen wir den Haustürschlüssel unter die Fußmatte legen. Weiß der Henker, wann sie nach-sieht, ob er da ist.« Carmen überlegte einen Moment, bevor sie fortfuhr: »Irgendwann wird man uns vermissen. Matthias, denk nach: Astrid wird minutiös unseren Weg nachverfolgen. Als Erstes zur Dr. Amiri ins UKE. Durch die Ärztin wird sie auf die Röckendorf kommen, auf dieses Haus direkt daneben, auf den Puppenkaiser und so weiter, und so weiter.«

Mit der linken Hand kratzte Matthias über seinen Dreitagebart. Er nickte. »Klingt verdammt beruhigend. Mit dem klitzekleinen Schönheitsfehler im vorgestellten Ablauf des Szenarios, dass Dr. Amiri sich in diesen Minuten auf dem Weg nach Nairobi befinden dürfte.«

80

»Es wirkt schneller als gedacht. Ich bin sterbensmüde und mir ist kalt. Die Kohlenmonoxidmoleküle blockieren die Fähigkeit der Hämoglobine, im Blut Sauerstoff aufzunehmen und durch den Körper zu transportieren. So ist es doch, oder?«

Linus strich ihr das Haar aus der Stirn und nickte.

»So ist es. Wir werden innerlich ersticken. Komm her, du zitterst ja.«

Delia kuschelte sich in seinen Arm, lauschte dem harten Herzschlag unter seinem T-Shirt. Wie viele Male würde es noch schlagen? Sie bemerkte, dass er sie näher an sich zog und die Kälte in ihren Knochen schwand. »Ich wäre schon zweimal fast gestorben«, murmelte sie. »Einmal durch ein Wasserkoma, wie Lukas das vorhin beschrieben hat. Ich wog damals nur knapp über vierunddreißig Kilogramm, davon bestanden mehr als vier Kilo aus Wasser, allein in meinem Verdauungstrakt. Das zweite Mal wurde ich auf dem Fahrrad von einem Auto erfasst, der Typ hat mich einfach liegen lassen. Auf der B75. Beide Male war ich mutterseelenallein. Jetzt sterbe ich wenigstens nicht ganz einsam.«

»Ich bin auch schon einmal fast gestorben. Als Kind, ich hatte Leukämie.«

Sie spürte seinen Atem in ihrem Haar.

»Linus?«

Er antwortete nicht.

»Linus?«, fragte sie alarmiert.

»Pst. Hörst du das?«, flüsterte er kaum hörbar.

Delia konzentrierte sich mit aller Kraft auf ihr Gehör. Wirklich, es waren leise Schritte zu hören. Die Tür knarrte.

»Er kommt zurück«, raunte Linus in ihr Ohr. »Das bedeutet, die Polizei muss in der Nähe sein, sonst bräuchte es seinen Plan B nicht. Halte noch ein wenig durch.«

Sie bemühte sich um eine flache Atmung. Linus' Herzschlag veränderte sich, ein Beben durchlief seinen Körper.

»Linus?«

Doch er antwortete nicht mehr. In der Minute, als sie die Bedeutung erfasste, versank auch ihr Bewusstsein in tiefster Schwärze.

81

»Was?! Lukas? Der Freund von Linus?«, fragte Matthias.

»Genau der«, bestätigte Carmen und leuchtete mit ihrem Handy die Umgebung ab. »Er bewundert seit frühester Kindheit Jasmin Mehlfort. Sie hat mir berichtet, dass sie in grauer Vorzeitzeit zusammen den *Hieronymus*-Film gesehen haben. Der Typ, der seine Lebensmittel nach Verfallsdaten einkauft. Und Lukas kennt sich gut in *CLAVIS* aus. Über das Spiel hat er sich an Nala, Delia und Linus herangemacht. Er selbst ist die Verbindung zwischen der Mehlfort und dem Spiel. Außerdem hat sein Vater in diesem Haus Leichendummys hergestellt. Scheint so, als ob noch einige übrig waren, und mit denen hat er seine perverse Schnitzeljagd inszeniert. Lukas' ›Hilfe‹, als er uns sein Handy gab, sollte uns im Gegenteil in die Irre führen, vor allem von ihm selbst ablenken.«

»Verdammt. Das Ganze ist von langer Hand geplant gewesen. Jede Kleinigkeit. Der Hinweis auf das Buch von der Mehlfort, die Nachrichten unter der Fake-Identität Kowalla an ihren Krimiblog, alles. O mein Gott.«

»Genau.«

Sie machte sich an einer der drei Türen zu schaffen. »Aber einen Fauxpas hat er doch begangen. Blöder Fehler! Typisch für die Hightech-Generation von heute, wo das komplette Leben über komplizierte Technik gesteuert wird. Die bedenken die Sparsamkeit ihrer Großeltern nicht. Guckst du: Der Schlüssel, mit dem ich hier herunterkam, passt auch zu dieser Tür!« Möglichst geräuschlos drehte sie den Schlüssel im Schloss, der Mechanismus reagierte geschmeidig, als ob er vor Kurzem geölt worden wäre. Sie drückte die Tür auf. »Voilà, Monsieur. Nach Ihnen.«

Sie fanden sich auf einem Betonpodest wieder, von dem wiederum einige Treppenstufen ein halbes Stockwerk herabführten. Die Stufen waren rutschig und Carmen hörte, dass irgendwo das Wasser einer defekten Leitung auf etwas Metallisches tropfte. Ein schmaler Gang führte um eine Kurve. Ruckartig blieben sie stehen.

»Hörst du das Zischen? Es kommt von da!«

Matthias leuchtete nach rechts. »Eine gelbe Gasflasche. Gelb bedeutet giftig und/oder ätzend. Vorsicht! Das Ventil ist halb aufgedreht. Siehst du den Gummischlauch?«

Carmen war bereits zwei Schritte weiter. »Hier ist eine Tür und der Schlauch führt oberhalb durch die Lüftungsschlitze. O Gott, lass uns nicht zu spät kommen.« Plötzlich überzog eine eisige Kälte ihre Haut. Mit der einen Hand zog sie ihre Waffe, die andere legte sie auf die Türklinke. Unverschlossen. Seltsam.

Als sie die Tür öffneten, wusste sie, warum. Es war nicht nötig, die Tür abzuschließen. Denn sie war nur von außen zu öffnen. Der Hausbesitzer hatte innen auf eine Klinke verzichtet. Matthias zog seinen Schal über die Nase, drängte sie zur Seite, leuchtete in den Raum. Direkt vor ihm lag jemand, doch er stieg nach einem kurzen Blick über den Körper hinweg.

Lukas.

Das kann nicht sein! Wieso ist er ebenfalls Opfer?!

An einer Wand dahinter lehnten zwei menschliche Gestalten Arm in Arm.

»Linus, Delia – kommt schon, wacht auf!« Carmen sah, wie Matthias zu ihnen rannte, sich vor sie kniete. Sie wollte ihm folgen, aber er wehrte sie ab. »Carmen, dreh das Gas ab und organisiere Hilfe!«

Sie wandte sich um. Wie ferngesteuert lief sie in den Flur zurück, riss erst den Schlauch vom Hahn, dann drehte sie mit klammen Fingern das Ventil zu. Daneben sank sie zu Boden.

»Los, kommt schon! Wacht auf!« Sie hörte, wie Matthias ihrem Sohn und Delia mit der flachen Hand ins Gesicht klatschte, war dennoch unfähig, sich zu bewegen.

Das kann ich nicht. Ich kann jetzt nicht Linus sterben sehen. Einen Krankenwagen, wir brauchen einen Krankenwagen!

Sie rappelte sich hoch, stützte sich an der Mauer ab, und irgendwie schaffte sie es, den Kellergang entlangzulaufen. Sie rüttelte an Türen. Eine gab nach, sie tastete sich mithilfe des schwächer werdenden Lichts ihres Handys einen nächsten Gang entlang. Längst hatte sie die Orientierung in dem Kellerlabyrinth verloren. Schließlich eine Treppe. Sie führte in eine Waschküche. Uralte Waschzuber standen auf Holztischen. Bestimmt ist der Ausgang zum Garten nicht weit. Früher wurde Wäsche fast ausschließlich draußen getrocknet, dachte Carmen. Da, eine kleine Tür mit einem blinden Fenster. Sie warf sich dagegen. Das Scharnier ächzte. Sie sah sich um, entdeckte einen Spaten in der Ecke.

Das ist die Rettung!

Einen Moment später atmete sie frische Luft, drückte die Tür auf. Die Welt hier kam ihr fremd vor, es war, als ob sie nach einem langen Tauchgang an die Oberfläche emporschwebte. Geräusche blubberten in ihr Ohr, der Wind wehte ihr das Haar ins Gesicht und roch nach Schnee. Das Handy zitterte in ihrer Hand, als sie die erstbeste Kurzwahl wählte. Es war die von Astrid.

»Endlich«, hörte sie deren Stimme, die sich zu überschlagen schien. »Seid ihr okay? Wir haben die letzte Funkzelle geortet, in der eure Handys angemeldet waren.«

»Einen Krankenwagen, bitte schickt einen Notarztwagen zu der Adresse von Sarah Röckendorf. Nein, daneben. Im Haus nebenan haben wir Linus und Delia gefunden. Und noch jemanden.« Sie drückte auf die rote Taste und ließ sich am Gartentor herabrutschen.

Es dauerte kaum fünf Minuten, das Blaulicht mehrerer Einsatzfahrzeuge erhellte die Szenerie, Menschen in weißer Kleidung mit orangefarbenen Warnwesten rannten an ihr vorbei ins Haus. Schließlich stand sie auf und folgte einem Rettungssanitäter die Stufen in den Keller hinab.

»Gott sei Dank! Sie sind wieder da!«, hörte sie eine Frau rufen. »Beeilung, Beeilung! Die beiden sind kritisch.« Sie vernahm erneut Befehle, deren medizinischen Sinn sie nicht erfasste.

»Achtung!«, brüllte eine männliche Stimme. »Er driftet aufs Neue weg! Puls nur noch bei vierzig, Sauerstoffsättigung sinkt weiter.«

Koffer wurden aufgerissen, Kanülen in bleiche Arme geschoben. Sie wusste nicht, wie viel Zeit vergangen war in dem seltsamen Vakuum, das sie einhüllte. Irgendwann schoben Sanitäter, begleitet von einem Notarzt, erst Delia, dann Linus auf einer Krankenliege an ihr vorbei. Im Kellerraum kümmerte sich das restliche medizinische Team um Lukas. Sie rannte neben Linus her. Das wächserne Gesicht auf dem weißen Laken, die Sauerstoffmaske. Wie vor etlichen Jahren, als sie schon einmal Tag und Nacht um sein Leben gebangt hatte. Tränen brannten in ihren Augen. Sie schrie seinen Namen. Jemand riss sie am Arm zurück. Matthias.

»Lass die Ärzte ihre Arbeit tun, die kennen sich aus damit.«

82

Der Krankenhausflur hätte aus einem Filmset für eine Vorabendkrimiserie mit niedrigstem Ausstattungsbudget entnommen sein können. Fahlgrüne Wände, zitronengelbe Plastiksitzschalen, die leicht zu reinigen waren, aber unbequem am oberen Rand in den Rücken drückten. Desinfektionsspender und ein Wagen mit stillem Wasser und einer Teekanne, die faden Geruch von Hagebuttentee verströmte. Darüber das unvermeidliche flackernde Licht aus Leuchtstoffröhren hinter verbogenen Drahtgittern, die kurz davor schienen, ihr Leben auszuhauchen. Matthias hatte Carmen aus einem Getränkeautomaten an den Fahrstühlen die dritte Dose Cola geholt. Ihr Magen revoltierte allmählich gegen die zuckerhaltige Brühe und das Koffein ließ den Nerv unter ihrem Auge zucken. Sie sah auf ihr Telefon. Gregor hatte mehrere Male versucht, sie zu erreichen, doch ihr fehlte die Kraft, ihn zurückzurufen. So tippte sie eine kurze Nachricht: *Ich melde mich in einer Stunde bei dir.* Dann würde sie mehr wissen über das Schicksal ihres Sohnes.

Eine Tür am Ende des Korridors schwang auf und eine Ärztin erschien. Zielstrebig ging sie auf Carmen und Matthias zu. Sie stellte sich als Dr. Friederike Fratz vor. Die Frau mochte um die fünfzig sein, harte Falten lagen um den Mund, das

Haar hatte die Farbe eines ausgewaschenen Kieselsteins. Die Haut auch, dachte Carmen einen Moment später. Schnörkellos begann die Medizinerin ihren Vortrag.

»Linus und Delia mussten wir auf die Intensivstation verlegen, sie haben erhebliche Vergiftungen erlitten. Die heutige Nacht wird entscheiden, ob sie durchkommen oder nicht – und ob sie Folgeschäden davontragen. Sorry, aber das ist die nackte, ungeschminkte Wahrheit.« Sie fummelte an einem roten Plastikohrring in Form einer Erdbeere, der so gar nicht zu ihrem puristischen Stil passte. »Meine private Einschätzung: Sie sind stark und werden es schaffen. Der dritte Kandidat«, sie nahm die Hand vom Ohrclip, als sie Carmens Tunnelblick bemerkte, »Lukas ist okay. Er ist ansprechbar, liegt in einem Überwachungsraum, aber wir werden ihn in den nächsten ein, zwei Stunden auf die Normalstation verlegen. Nur für eine Nacht zur Sicherheit. Er hat deutlich weniger von dem Kohlenmonoxid eingeatmet und er war sehr erfreut zu hören, dass Delia und Linus es ebenfalls überlebt haben. Das hat ihn regelrecht elektrisiert!«

»Ich möchte zu ihm«, sagte Carmen.

»Es tut mir leid, wir können Sie momentan nicht zu Ihrem Sohn lassen. Sie helfen ihm mehr, wenn Sie ihn in Ruhe lassen.«

»Das weiß ich«, entfuhr es Carmen barscher als beabsichtigt. »Ich meine nicht Linus, ich will zu Lukas!«

Dr. Fratz suchte in der Kitteltasche nach ihrem Telefon. Mit spitzem Zeigefinger tippte sie eine Nummer ein, hielt es ans Ohr, wobei sie vorher den Erdbeerclip entfernte. Es klingelte am anderen Ende, es meldete sich jemand. Redete in atemloser Geschwindigkeit auf sie ein.

Irgendetwas stimmt nicht, dachte Carmen, der kein Zucken im Mienenspiel der Ärztin entging.

Diese sagte: »Verstehe, ich melde mich wieder.« Sie unterbrach das Gespräch, ließ das Telefon in die Tasche zurückgleiten.

»Ich hätte es Ihnen gern ermöglicht, aber leider geht es nicht. Lukas ist weg.«

»Weg?«, brüllten Carmen und Matthias wie aus einem Mund.

»Abgehauen«, bestätigte die Ärztin und klippte mit ausdruckslosem Gesicht die Erdbeere an ihr Ohr.

Carmen riss Matthias am Ärmel zu sich herum. »Los, komm, ich weiß, wo wir ihn finden!«

»Mehlfort?«

»Logisch, es ging die ganze verdammte Zeit immer nur um sie. Sie ist es, mit der er seine finale Rechnung offen hat.«

83

Ihre Wohnungstür stand sperrangelweit offen. Sie streifte die Winterstiefel von den Füßen und schlüpfte in dicke Socken, die auf dem Sideboard im Winter allzeit bereitlagen. Schrödinger war fort. Nicht entwischt, sondern *ausgezogen*. Denn auch sein Scheißhaus und Pierres Hemd aus dem Bad fehlten, wie sie bei einem raschen Blick durch die Wohnung feststellte.

Flott, flott. Dabei habe ich noch keine Zeit gehabt, mich auf seinen Accounts zu vergnügen. Doch wer sagte, dass er inzwischen sämtliche Passwörter geändert hätte?

Ihren Wohnungsschlüssel hatte er in einer Ziervase auf dem Flur versenkt.

Plumpe Retourkutsche. Oder alle machten es so, weil es der naheliegendste Tritt ans Schienbein war.

Aber gut, Hauptsache, die Fronten geklärt und der Kater endlich weg. Weniger toll war es, dass Pierre die Wohnungstür einfach hatte offen stehen lassen. Und etwas seltsam fand sie auch, dass Pierre die Zeit gefunden hatte, eine Rose in die Ziervase zu stecken. Immerhin trug dieses Exemplar sämtliche charakterisierende Merkmale einer Rose: Blätter, Blüten und Dornen, nicht so wie die amputierten Vorgängerinnen der letzten Tage.

Na schön. Weg damit.

Jasmin nahm die Vase, fischte den Schlüssel aus dem trüben Wasser und ging in die Küche. Sie bemerkte es, bevor sie es sah: an der knisternden Atmosphäre im Raum, an der Aura in der Luft, in der ein weiterer Mensch seinen Abdruck hinterließ.

»Da bist du ja endlich!«, sagte eine Stimme. Jemand saß am Fenster, hatte die Beine lässig übereinandergeschlagen, das Gesicht im Schatten.

Die Stimme klang verändert, dennoch ahnte Jasmin sofort, wen sie vor sich hatte.

»Der kleine Scheißer von nebenan. Das Chamäleon.«

»Der Name hat mir nie gefallen.« Die dunkel gekleidete Gestalt trat ihr entgegen und spuckte ihr vor die Füße, gleichzeitig schloss er mit einer geschmeidigen Bewegung die Tür hinter ihr.

»Obwohl, Chamäleons sind nützliche Tiere, anpassungsfähig, organisiert, sie können mit ihrer Wahnsinnszunge eine Beute über große Distanzen zur Strecke bringen.« Er ließ seine Zunge vor- und zurückschnellen.

Jasmin fühlte einen Würgereiz.

»Aber du, Jasmin, hast nicht das gemeint, als du mich so nanntest. Im Gegenteil, du meintest es herablassend. Der Nachbarsjunge – ein Reptil unterster Ordnung, herumkrabbelnd im Laub vor deinen Füßen.«

Er trat ihr wie zufällig im Vorbeigehen auf die Zehen. Jasmin unterdrückte einen Schmerzenslaut, biss sich auf die Unterlippe, sie musste ihn erst einmal reden lassen und er war noch nicht fertig, das spürte sie. Solange er redete, könnte sie einen Fluchtplan entwerfen.

»Nimm Platz, dann können wir uns gemütlich unterhalten«, forderte er sie auf, und als sie sich nicht setzte, schubste er sie brutal auf einen Stuhl. Jasmin beschloss, Ruhe zu bewahren, sondierte in den Augenwinkeln ihre Möglichkeiten.

»Erinnerst du dich an den magischen Abend, als wir zusammen mit deiner verrückten Schwester den Film *Er heißt Hieronymus* gesehen haben? Die bekloppte Sarah ist eingeschlafen, aber wir waren gebannt. Du und ich. Es entstand ein unauflösbares Band zwischen dir und mir.«

O Gott, was redete der da! Unauflösbares Band! Eine widerliche Schmeißfliege warst du damals! Ständig hinter mir her. Ich kotze gleich!

Jasmin hob die Hand vor den Mund.

Auf der Fensterbank stand eine Wasserkaraffe, wenn sie die erreichen könnte … Aber er war dem Blick gefolgt und schob sie aus ihrem Gesichtsfeld.

»Du zogst dann weg. Ich habe dich nie vergessen. Als später *Die Falle* veröffentlicht wurde, wusste ich, dass du mir damit eine Botschaft sendest, dass du meinen Genius erkannt hast. Das Buch, ganz allein für mich! Selbstverständlich intelligent codiert von dir, du wähltest eine Metapher: das Genie, das seine Morde wie zufällige Unglücksfälle aussehen lasst.« Er lachte. »Und wie originell, dass du den Hauptprotagonisten ›Nennen-wir-ihn-Klaus‹ genannt hast! Klaus, so hieß mein Vater. Mein Name besteht aus den gleichen Buchstaben. Da konnte wirklich niemand außer uns beiden draufkommen!«

Du liebe Zeit, der ist ja vollkommen wahnsinnig! Bestenfalls als Chamäleon hast du meinem Buch als Vorlage gedient, dachte Jasmin. Sie tastete hinter ihrem Rücken in die Hosentasche, aber einmal mehr hatte sie ihr Handy in der Armaturenschale ihres Wagens vergessen.

Sein Blick veränderte sich, spießte sie auf. Er blieb direkt vor ihr stehen. Ihre Lungen platzten beinahe vor Anstrengung, nicht einzuatmen, denn sein saurer Körpergeruch ließ sie würgen.

»Nur«, sagte er mit plötzlich leiernder Stimme, die sie an früher erinnerte, »nur, das war gar nicht so, stimmt's? Du hast, inspiriert von dem Film, zwar das Buch geschrieben, aber es geschah nicht für mich.«

Er strich sich einige klebrige Haare aus der Stirn, seine Mundwinkel sanken herab. Es wirkte, als ob er gleich in Tränen ausbrechen würde. »Denn du hast mich all die Jahre ignoriert. Meine Arbeiten, die ich dir an der Uni in Kopie geschickt habe, um in den Genuss deiner Förderung zu kommen. All die Rosen, die ich dir vor die Tür gelegt habe.«

Mein Gott, wovon redet dieser Irre? Um ihn ignorieren zu können, hätte ich ihn überhaupt erst einmal bemerken müssen!

Sie war nicht sicher, ob sie den Gedanken gedacht oder ausgesprochen hatte. Offensichtlich hatte sie ihn leider geäußert. Denn er zog mit flinken Fingern Kabelbinder aus seinem engen schwarzen Anzug, hielt sie dicht vor ihre Augen. Mit einem Satz schnellte sie hoch. Aber darauf war er gefasst. Mit einer Kopfnuss schickte er sie auf die Sitzfläche zurück. Ihr Kopf dröhnte und beide Handgelenke wurden mit geschickten Bewegungen an die Stuhllehnen fixiert.

»Weißt du, ich begann einen Plan zu schmieden: die Perfektion von deinem Buch *Die Falle*. Genau wie ›Nennen-wir-ihn-Klaus‹ würde ich Morde an Hochbegabten begehen, die wie unglückliche Zufälle wirkten. Und exakt wie dein Klaus würde ich am Ende davonkommen. Nun mussten nur noch zwei spannende Ingredienzien dazugemischt werden. Einmal die Polizei, das würde Salz in die Suppe streuen, dass ich mich parallel mit der berühmten Carmen Kollinger würde duellieren können! Ihre Visitenkarte platziert am Leichenfundort hat ausgereicht, plus eine anonyme Nachricht – und schon war sie im Geschäft.«

Er lachte inmitten seiner beglückenden Vergangenheitsbetrachtung. »Überhaupt, die lustige Idee mit den Leichendummys hat sie obendrein in der ganzen Stadt zum Gespött gemacht.« Wieder gönnte er sich einen Moment des

Behagens, indem er mit der flachen Hand über seinen Bauch streichelte. »Aber noch viel wichtiger warst natürlich du!«

Er brachte sein Gesicht nah an ihres. »Du solltest ebenfalls mitspielen. Und ich wusste, wo ich dich kriege: an deiner legendären Eitelkeit.«

Die Affenfalle.

K Punkt Kowalla, auf den sie reingefallen war, um ihren Blog zu füttern.

»Ja, Kowalla«, sagte er, als ob er Gedanken lesen könnte. »Aber vorher habe ich als Sarah Röckendorf dafür gesorgt, dass du vom Universitätsinstitut beurlaubt wurdest. Ich wollte nicht, dass du während unseres Spielchens abgelenkt wärest.«

Im Augenwinkel nahm sie wahr, dass er eine kleine Phiole aus einer Hosentasche zog und sie ihr vor die Augen hielt. Zu dicht, als dass sie die Aufschrift hätte erkennen können.

»Dass die Deppen im Institut nicht schneller dahinterkamen, dass die kompromittierenden Unterlagen Fake waren – köstlich!« Er zog das Fläschchen zurück, strich zärtlich über das Etikett. »Wie fandest du meine Idee, Nala durch eine Pharaoameise in den Tod zu schicken? Inspiriert von deiner Ameisenpharaonin auf Seite einundachtzig. Eigentlich eine Hommage an dich! Du musst zugeben, das ist genial!« Sein Gesicht verdunkelte sich, bevor er fortfuhr: »Nala und Delia. Deine Protegés. So tief unter meinem Niveau! Tss, tss. Du verstehst, dass mir das nicht gefallen hat, dass sie wegmussten. Ich habe sie überwacht, dank Social Media ist es keine Herausforderung. Nala und ihre Ameisenphobie, Delia und ihre Magersucht. Außerdem ein Kinderspiel, an der Uni an Delias Wohnungsschlüssel zu kommen. Ich habe ihr sogar eines Nachts, als sie schlief, Haare abgeschnitten!«

Meine Güte, was für ein Abgrund offenbarte sich hier. Wie krank!

Aber er war noch immer nicht fertig. »Ich begann, dich zu hassen. Du warst schuld! Deine Überheblichkeit, die Arroganz! Glücklicherweise lässt sich die Situation heute heilen: Ich habe ein Mittel, die Aufgeblasenheit auf ewig aus deinem Gesicht zu tilgen!«

Nun erkannte sie die Buchstaben auf der Flasche:

HCl

Er drehte den metallischen Verschluss und der Metallring knirschte, bevor er aufsprang. Jasmin begann im selben Moment zu schreien, denn sie erfasste sofort, was die drei Lettern bedeuteten: *Chlorwasserstoffsäure.* Allgemein bekannt unter dem Begriff Salzsäure.

»Nein!«, schrie sie und zerrte an den Fesseln, die bereits das Fleisch an den Handgelenken aufschnitten. Doch ihr Gegenüber drehte den Verschluss von der Flasche, legte ihn auf den Tisch. Sein Antlitz hatte sich komplett verändert. Eine in Hass erstarrte Maske.

»Du weißt natürlich, was passiert, wenn ich dir diese Dosis ins Gesicht und auf die Schleimhäute bringe? Die benetzte Haut wird Koagulationsnekrosen bilden, die Zelleiweiße gerinnen. Das wird ziemlich schmerzen. Wie bei einer Verbrennung wird das Gewebe einfach wegbrutzeln.«

Er stellte das geöffnete Fläschchen auf den Tisch.

Jasmin schloss die Augen, ihr Herz begann vor Panik zu stolpern.

Nein, so darf das alles nicht enden!

Und dann geschahen zwei Dinge gleichzeitig: ein Knall und ein Blitz.

84

Zehn Tage später, Montag, 25. März

Aufgeklärt! Hamburger Polizei übertrifft sich selbst!

Carmen Kollinger und ihr Team klären Mordfall an Nala Averhoff auf und vereiteln drei weitere Mordversuche. Lesen Sie die ausführliche Dokumentation eines ungewöhnlichen Falls auf Seite zwei.

Das Bild, das Bernd Morgenstern von Carmen als Illustration seines Sensationsartikels ausgewählt hatte, zeigte Carmen schlecht gelaunt mit einem Pappbecher Kaffee in der Hand vor einem Zelt der Spusi, wie sie versuchte, den Fotografen abzuwehren.

Sie blätterte auf die nächste Seite:

Die Polizei arbeitet derzeit mit Hochdruck daran, der Staatsanwaltschaft Beweise zu liefern, dass der mutmaßliche Täter, Lukas K. (27), den Mord an Nala A. zu verantworten hat. Gleichzeitig jedoch konnten die Hauptkommissare Kollinger und Zastrow weitere potenzielle Opfer retten: die seit Tagen verschwundene Delia H., den ebenfalls vermissten Linus K. sowie die prominente Professorin Jasmin Mehlfort, die sich zuletzt gleichfalls in der Gewalt des Täters befand.

Bei der Auswahl des Fotos von der Mehlfort war Morgenstern gnädiger vorgegangen. Es zeigte Jasmin bei einer Wohltätigkeitsgala in glitzerndem Kleid und mit Segelbräune im Gesicht.

Carmen klappte die Zeitung zu, die vermutlich seit Tagen auf dem Besprechungstisch lag, mehrere Kaffeeflecken und Kritzeleien zierten ihren Rand. Eine kleine Meldung auf der Rückseite ließ sie innehalten, sie überflog die Überschrift und die ersten drei Zeilen.

Ehemaliger Oberstudienrat (Harald T., 62) festgenommen in der Berner Au wegen wiederholter sexueller Belästigung von jungen Joggerinnen.

Wunderbar, dachte Carmen. *Hoffentlich kommt der in den Knast. Dann können die Mädels wieder gefahrlos joggen und er kann dort in aller Ruhe seine Wissenslücken über Schiller füllen!*

Allmählich füllte sich der Raum. Die Brüder Lott nahmen nebeneinander Platz, schoben ihre Brillen auf die Stirn. Astrid und Claudius rückten die Stühle zurecht. Sören Lambeck blieb an der Stirnseite stehen und stützte sich mit einem Bein an der Wand ab. Als Letzter erschien Matthias. Carmen trat zu ihm ans Whiteboard und begann zu sprechen.

»Was ihr schon wisst: Lukas Kaiser. Wir haben ihn in der Wohnung von Jasmin Mehlfort überwältigen können. Das Überraschungsmoment war auf unserer Seite. Leider hat er im allerletzten Moment Jasmin mit Salzsäure verletzt.«

Sie unterbrach ihren Vortrag, denn Mailin betrat den Raum mit einem Stapel Fotokopien unter dem Arm. Sie ließ sich lautlos neben der Tür auf einen Stuhl sinken und tackerte Unterlagen zusammen.

»Gestern und vorgestern habe ich mich ausführlich mit Jasmin Mehlfort und Sarah Röckendorf unterhalten. Das war sehr aufschlussreich, und wenn man beides zusammenfügt, ergibt es das Bild eines monströsen Plans, der weit in die Vergangenheit reicht.«

Alle sahen sie an.

»Sarah Röckendorf hat sich in den letzten Tagen an eine Beobachtung erinnert. Lukas wurde von seinem Vater immer wieder in einen Keller gesperrt. Und zwar in den Keller, in dem der die Leichenattrappen für die Filmstudios herstellte.«

»Das arme Kind«, entfuhr es Mailin, deren Kopf sich sofort wieder auf ihre Unterlagen senkte, als sie alle Augen auf sich gerichtet sah. »Das ist doch entsetzlich. Kann ein Kind erfassen, dass das keine echten Leichen sind?«, fügte sie hinzu.

»Sarah Röckendorf hat das immer wieder, gekauert in eine Kellerkasematte, beobachtet. Und eines Tages wurde sie Zeugin, wie Lukas sich gegen den Vater wehrte. Lukas spannte einen Draht über die Treppe, der Vater stürzte und brach sich das Genick.«

Astrid meldete sich zu Wort. »Wir haben den Fall Klaus Kaiser recherchiert. Tatsächlich ist er bei einem Treppensturz in seinem Haus ums Leben gekommen. Man ging von einem Unfall aus. Es spricht viel dafür, dass Sarahs Beobachtung stimmt.«

Alle Blicke richteten sich auf den Mufflon. »Niemals werden wir das heute noch nachweisen können, zumal er seit seiner Festnahme kein Wort mehr mit uns spricht.«

Claudius kippelte mit dem Stuhl nach vorn und sprang ihm zur Seite. »Abgesehen davon, dass Lukas im Kindesalter nicht strafmündig war.«

»Okay, aber es hilft uns, seine Psyche zu verstehen. Ein gequältes Kind, das eine Obsession für die ältere Nachbarstochter

Jasmin entwickelt. Sich in die irre Theorie versteigt, dass jene ein Buch als Zeichen eines unauflösbaren Bandes für ihn schrieb. Irgendwann erkennt er, dass er ihr vollkommen schnurzpiepegal ist.«

»Ab da wird er gefährlich. Er ist überdurchschnittlich intelligent, er studiert Informatik, später Medizin.«

Astrid griff wieder ein. »Wir wissen mittlerweile, dass er sein Praktikum während des Informatikstudiums bei Schickedanz absolvierte. Wir wissen nun ebenfalls, dass er bei der Entwicklung von CLAVIS maßgeblich beteiligt war und auch heute noch Programmierprojekte für Schickedanz übernimmt. Er verfügte also jederzeit über die Möglichkeit, partiell in Spielverläufe einzugreifen. Lukas schmiedete einen perfiden Plan: ein krankes Konglomerat aus The Game, Hieronymus und Die Falle. Er bedient sich aus den Werken, mischt Elemente aus ihnen in seinen Plan. Das Escape-Room-Spiel will er auf das Leben derjenigen ausweiten, die ihn demütigen oder die er als intellektuelle Konkurrenz wahrnimmt. Er beginnt im Darknet das Spiel fortzuspinnen, was aufgrund seines Insiderwissens kein Problem darstellt. Es gelingt ihm zudem, eine geheimnisvolle Legende um das Spiel zu stricken. Dass Schickedanz von der Fortführung des Spiels im Darknet wusste, halte ich für unwahrscheinlich. Aber zumindest tut er nichts gegen die Gerüchte, denn sie beleben sein Geschäft. Lukas kann also ungehindert weitermachen. Er verteilt Links unter den Studenten, die total angefixt auf das Spiel reagieren. Auch seine Erzfeindinnen Nala und Delia, beide springen darauf an. Er kann sein Glück kaum fassen. Gleichzeitig verfolgt er den Plan, analog zu Jasmins Buch die an ihnen geplanten Morde so aussehen zu lassen, dass man sie ihm nicht nachweisen kann.«

»Er lockt also Nala und Delia über CLAVIS in Die Falle, in sein altes Elternhaus, welch schöne Symbolik«, befand

Dr. Sebastian Lott, der Psychologe, während er seine noch geschlossene Coladose in Richtung Carmen schob. »Ganz nebenbei bearbeitet er dabei sein Kindheitstrauma, er verteilt die Leichenattrappen, die ihm als Kind so viel Angst eingejagt haben, als Todesboten in der Stadt.«

Sein Bruder rückte ebenfalls die Brille zurecht. »Er tötet Nala mithilfe einer seltenen Bakterienart, die er über Pharaoameisen übertragen lässt. Wir waren die letzten Tage nicht untätig und haben das Labor ermittelt, von dem Lukas die Bakterien erhielt.«

Er schob einen Bericht über den Tisch. »Der Antrag ist natürlich gefälscht, aber die Angestellte, die ihn bearbeitet hat, kann sich an den Antragsteller erinnern. Junger Mann, blondes spärliches Haar, Lächeln von Ohr zu Ohr. Ihr könnt da ja mal mit 'nem Foto vorbeischlendern.«

Wir nageln ihn fest, dachte Carmen, als sie durch die weiteren Unterlagen blätterte. Ihr Team hatte den Shop ermittelt, in dem die Glasaugen und Perücken bestellt und vorab bezahlt wurden. Vor allem gab es die detaillierten Aussagen von Linus und Delia über die Situation mit dem Gas im letzten Escape-Room und wie Lukas versucht hatte, sich als einzig überlebendes Opfer zu inszenieren. Das Netz zog sich enger um ihn zusammen. Gegen ihren Willen musste sie zugeben, von dem Detailreichtum seines Plans beeindruckt zu sein. Die ferngesteuerte Schreibmaschine, die auch im *Hieronymus* eine Rolle gespielt hatte, und die Idee, den Bushaltestellendummy mit den abgelaufenen Lebensmitteln auszustatten. Wie geschickt er obendrein seinen Kontakt nach seinem IT-Praktikum zu Schickedanz und damit zu *CLAVIS* beibehielt, indem er immer wieder Programmieraufträge übernahm. Das ermöglichte ihm, Delia auf die Gästeliste zur Einweihung des neuen Escape-Rooms *Galerie CLAVIS* zu setzen und sich selbst unter die Gäste zu mischen, um sie zu entführen. Und so weiter, und so weiter: das Gemälde mit dem strauchelnden Mann auf der Kellertreppe im ersten Verlies. Die Übernahme des Covermotivs von *Die Falle* für das Spinnennetz, das er in seinem Escape-House unter Strom gesetzt hatte, um Delia zu ermorden …

All die subtil aufeinander abgestimmten Einzelheiten, die man erst begriff, wenn man ihn und seine Motivation verstand!

85

Dienstag, 26. März

Die Vorbereitungen hatte sie abgeschlossen. Acht knallbunte Plastikförmchen mit Vanillepudding standen im Kühlschrank in einer Reihe zum Abkühlen und die Orangensoße blubberte im Topf. Carmen hatte den großen Nudeltopf bereitgestellt, Knoblauch gehackt und eine Flasche guten kretischen Olivenöls sowie selbst getrocknete Kräuter aus den Tiefen der Speisekammer gezaubert. *Spaghetti aglio e olio* stellte das einzige Gericht dar, das sie unfallfrei kochen konnte. Sie musste nur aufpassen, dass die Nudeln nicht matschig wurden oder der Knofi anbrannte. Zum Glück verfügte sie über jahrelange Erfahrung bei der Zubereitung, weil es zu ihrem doppelten Glück das Lieblingsgericht ihres Sohnes war. Jetzt müsste sie nur noch den Merlot entkorken und dann könnten die Gäste kommen. Der erste steckte bereits seine Nase in die Küche. Linus. Er schlang den Arm um sie und drückte ihr einen Kuss ins Haar.

»Mam, es duftet wunderbar.« Er warf einen Blick in den Kühlschrank. »Wo hast du die alten Plastikförmchen wiedergefunden? Sind das wirklich die von damals? Die, bei denen, wenn man die Form stürzt, oben auf dem Pudding Sonne, Mond und Sterne zu sehen sind?«

Carmen nickte. Normalerweise servierte sie seine Lieblingsnachspeise praktischerweise in einer Glasschüssel. Heute jedoch war kein normaler Tag und so war sie im Keller auf die Suche nach den Reliquien aus Linus' Kindheit gegangen.

»Das hier habe ich ganz vergessen, es kam am Vormittag mit einem Kurierservice.« Er zog eine Papprolle hinter der Tür hervor. Im gleichen Augenblick klingelte es an der Wohnungstür und einen Moment später standen Matthias und Feodora in der Küche.

Nach dem Essen räumten Matthias und Linus das Geschirr in den Geschirrspüler.

»Hat Sarah wirklich einen Taucher im Garten nebenan gesehen, der einem Clown die Haare schneidet, oder war das ein Trugbild?«, fragte Feodora und hob ihr Wasserglas.

»Nun, das werden wir wohl nie erfahren. Die Spurensicherung hat die Haarsträhne untersucht, die Sarah auf der Hollywoodschaukel gefunden hat. Es handelt sich um künstliches Haar. Die Spusi hat herausgefunden, dass es dem Nala-Dummy abgeschnitten wurde. Wahrscheinlich, um die asymmetrische Frisur des echten Opfers nachzustellen. Ob und warum er das bei der Gartenschaukel getan hat oder ob Sarah das Haareschneiden durch sein Fenster beobachtet hat und er die Strähne später dorthin legte – keine Ahnung«, antwortete Carmen und schenkte Linus und sich Merlot nach, denn Matthias trank aus Solidarität mit Feodora ebenfalls Wasser.

»Es wäre schließlich nicht das einzige sonderbare Verhalten, das er in letzter Zeit an den Tag gelegt hat«, meinte Linus.

»In der Tat. Fakt ist, dass Sarah wirklich einen Mann sah, der Ähnlichkeit mit einem Taucher hatte. Den komischen engen, schwarzen Anzug mit Kapuze, den auch Delia bei dem Typen beschrieb, der sie gekidnappt hatte, konnten wir bei ihm im Haus sicherstellen.« Carmen holte die Pudding-Förmchen aus dem Kühlschrank, goss die Orangensoße in eine Sauciere. »Was ich absolut gruselig finde, ist, dass Lukas hier mit uns an diesem Tisch gesessen hat, wie massiv er uns manipuliert hat. Und wir haben nichts bemerkt. Er saß die ganze Zeit direkt vor unserer Nase!«

Es klingelte an der Wohnungstür und Linus sprang auf. Eine halbe Minute später betrat hinter einem strahlenden Linus Gregor die Küche. Er begrüßte Carmen, warf seinen Schal auf eine Stuhllehne und ließ sich auf einen Stuhl sinken.

»Ist noch eine Portion Pudding mit Orangensoße übrig?«

Carmen betrachtete ihren Mann und fing ein Augenzwinkern auf, dass Vater und Sohn wechselten. Wie ähnlich sich die beiden sehen! Und schön, dass er da ist, dachte sie und ihr wurde bewusst, wie sehr sie sich nach Gregor sehnte. Dass er sie ebenso wie Matthias regelmäßig erdete, aber vor allem vermisste sie seine liebevolle Gelassenheit.

Matthias und Feodora sammelten ihre Sachen zusammen, auch Linus machte Anstalten zu gehen, murmelte etwas von einer späteren Verabredung.

Plötzlich saßen sie allein in der Küche. Carmen hantierte mit der Papprolle, die der Kurier gebracht hatte, während Gregor genüsslich seinen Pudding verspeiste.

Sie zog einen großen aufgerollten Bogen Papier aus der Rolle und las einen kurzen Begleittext:

Liebe Frau Kollinger,
ich habe mit Zoé über Ihren Besuch gesprochen
und dass Sie als eine der Allerwenigsten sofort ihr
Zebra erkannten. Außerdem berichtete ich ihr

von dem schwierigen Fall, den Sie gelöst haben.
Zoé antwortete: »Die Frau sieht mehr!«
Das denke ich auch und gratuliere Ihnen zu dem
Ermittlungserfolg. Ich habe auf Zoés Wunsch
einen Kunstdruck für Sie erstellen lassen.
Herzliche Grüße
Amal Amiri und Zoé

Sie entrollte das Bild, Gregor schob die Pudding-Schale von sich.

»Wie immer große Klasse, dein Pudding, und die Soße erst. Oh, welch ein originelles Gemälde! Wer hat denn dieses mystische Zebra gezeichnet?«

»Ein außergewöhnliches Mädchen«, antwortete Carmen und sah Gregor in die Augen. »Aber viel wichtiger ist etwas anderes: Dieses besondere Kind beweist gerade auf recht ungewöhnliche Weise, dass wir beide, du und ich, wunderbar zusammenpassen!«

86

Sarah blickte auf das Nachbarhaus und fühlte eine tiefe Ruhe. Kein Clown, kein Taucher, alle Gespenster gebannt. Da stand einfach nur ein verrottendes Haus mit einer eigenen, zugegebenermaßen schlimmen Geschichte.

Die rote Mappe hatte sie auf die Abdeckung des Aquariums gelegt, nachdem Jasmin mit dem Catcher zwei kieloben treibende Skalare aus dem Aquarium gefischt hatte. Sarah hörte, wie sie den Tretmechanismus des Mülleimers in der Küche bediente. Als Jasmin ins Wohnzimmer zurückkehrte und nach dem Fischfutter auf der Fensterbank griff, legte Sarah ihr die Hand auf den Arm.

»Komm, lass. Die Skalare sind alle tot. Sie mochten hier nicht mehr sein.« Wie nebenbei stieß ihr Ellenbogen gegen die Abdeckung und die Mappe rutschte ins Bassin. Emotionslos sah sie zu, wie das Papier auffächerte und Tinte und Tusche das Wasser grau einfärbten. Lust überkam sie, den Wandkalender mit den goldenen Sternchen gleich hinterherzuschicken.

»Und ich bin auch fertig hier.«

In der Küche brühte sie zwei Becher grünen Tee auf, die Lieblingssorte von Jasmin. Die Packung Rooibos-Vanille warf sie in den Mülleimer. Es gab keinen Grund mehr, Jasmin damit zu ärgern.

»Wie geht es deinem Ohr?« Sie betrachtete das breite Mullpaket, das Jasmin über ihrem linken Ohr trug.

»Dank meiner dicken Haarpracht hat die Säure nur den oberen Rand der Ohrmuschel getroffen, als Lukas mit dem Fläschchen nach mir warf. Die Haare wachsen wieder. Stell dir vor, die Polizei hat in dem Escape-Haus nebenan eine Leichenattrappe mit rot-grauen Locken ohne Gesicht gefunden. Schätze, die war für mich vorgesehen.«

Sie tunkte den Teebeutel in ihrem Becher auf und ab. »Ich freue mich, dass du hier ausziehen willst. Manchmal muss man loslassen, damit etwas Neues beginnen kann. Du hast in den letzten Tagen eine erstaunliche Entwicklung durchgemacht. Ich hatte ein ausführliches Gespräch mit der Hauptkommissarin Kollinger. Letztlich wurde der Fall durch dich gelöst.«

Ich weiß, dachte Sarah. Denn auch sie hatte lange mit Carmen Kollinger gesprochen und bewahrte deren Sätze wie ein kostbares Juwel in einer Kammer ihres Herzens: »Was für eine schicksalsträchtige Ereigniskette! Wären Sie nicht zu dem Nachbarhaus hinübergegangen, hätten Sie nicht Delia dort durch die Kellerfensterscheibe entdeckt. Wären Sie davon nicht so geschockt gewesen, nicht im Krankenhaus bei Dr. Amiri gelandet, die Ihre Beobachtungen nicht als Halluzinationen abtat, sondern ernst nahm und uns informierte – ehrlich, wir wären Lukas vielleicht nicht rechtzeitig auf die Spur gekommen.«

Sarah stand auf, nahm eine Zitrone aus dem Obstkörbchen und schnitt sie durch. Jasmin drückte beinahe den ganzen Saft der einen Hälfte in ihren Tee. Sie hatte mittlerweile das Thema gewechselt, sprach davon, die Arbeit am Institut wieder aufzunehmen. Es war warm und behaglich in der Küche, Sarah lauschte dem Strom der Worte aus Jasmins Mund. Plötzlich horchte sie auf, holte den letzten Satz zurück, den ihre Schwester geäußert hatte. Sie würde den Krimiblog aufgeben? Gerade jetzt, wo sie einen echten Krimi erlebt hatten?

»Vielleicht könntest du stattdessen wieder ein Buch schreiben?«

Tatsächlich schien Jasmin den Vorschlag zu erwägen, denn sie erwiderte: »Ehrlich gesagt habe ich darüber nachgedacht. Wenn mir nur ein Anfang einfallen würde.«

Sarah sprang auf, kramte in einer Schublade nach Papier und Stiften.

»Du könntest mit dem Täter in der Kindheit beginnen. Einem Kind, das eingesperrt wird und Angst hat zu sterben.«

»Oh, das ist gut. Ich improvisiere einmal.« Jasmin stand auf, ging in der Küche auf und ab, hob beim Sprechen die Arme. Ihre melodiöse Stimme erfüllte den Raum.

»Das Kind hüpfte neben seinem Vater her. Der gelbe Smiley-Rucksack auf seinem Rücken hopste im selben Rhythmus auf und ab. Das Kind hatte gerötete Wangen, ein eisiger Nordostwind blies ihm das Haar aus dem Gesicht. Es legte den Kopf in den Nacken in Erwartung einer Antwort. ›Wenn du den Schlüssel nicht findest?‹, wiederholte der Vater die Frage und strich über seinen Stoppelbart. Er blieb stehen, dachte eine Weile nach. ›Gewissermaßen. Ja. Ich denke, das ist so. Dann wirst du sterben.‹«

DANKSAGUNG

(UND EIN PAAR WORTE AUS DEM KRIMI-NÄHKÄSTCHEN)

Wieder begann es mit einer vagen Idee. Ich las von einem spannenden Escape-House-Event; die Teilnehmergruppe war grandios gescheitert. Einer der Mitspieler wurde zitiert: »Es klingt verrückt, aber ich hatte das Gefühl, als ob es das Spiel selbst war, das uns nicht entkommen lassen wollte.«

So keimte die erste Idee zu »Verschlossen« und dem intelligenten Spiel CLAVIS.

Parallel zu diesem Kerngedanken entstand die Figur Sarah. Eine sonderbare Person, die sich nach der verdrängten Beobachtung eines Mordes während ihrer Kindheit in sich verkapselt und von der Welt zurückgezogen hat. Ihr einziger Lebensinhalt ist die Observation der verfallenen Nachbarvilla, in der nun seltsame Dinge vorgehen und von der sie tief im Innersten ahnt, dass sie mit dem eigenen Trauma verflochten ist.

Ehrlich gesagt, gingen mir Sarahs Kapitel am leichtesten von der Hand. Manchmal konnte ich nicht so schnell tippen, wie diese die toten Skalare aus ihrem Monsteraquarium fischte. Aber ich wollte, dass Sarah sich aus ihrem inneren Käfig befreit. Wie ihr wisst, schafft sie es und trägt am Ende sogar zur Aufklärung des Mordfalls bei.

Ja, und noch etwas möchte ich zur Entstehung von »Verschlossen« erzählen:

Das Kind im Prolog/Epilog geht auf eine wahre Begebenheit zurück. Ich sah es an der Hand eines älteren Geschwisters vollkommen apathisch am Hamburger Hauptbahnhof aus einem Flüchtlingszug aussteigen. Der gelbe Smiley-Rucksack auf seinem Rücken setzte einen derartigen Kontrast zur dramatischen Lebenssituation des Kindes, dass ich das Bild nicht vergessen konnte – und so fand es den Weg in meine Geschichte.

Nun zu all denen, die bei der Entstehung des Buches geholfen haben. Zunächst Dank an meine Agentur Keil & Keil, vor allem Sabine Langohr, die allzeit für mich da ist. Ebenso meinem Lektor Fabian Knecht bei Amazon Publishing, der mir bei der Entwicklung des Plots jede Freiheit ließ, stets auf freundliche und professionelle Weise den Schreibprozess begleitete.

Vielen Dank an Kanut Kirches in Köln für das einfühlsame Entwicklungslektorat, an Dr. Rainer Schöttle, der im Stil- und Feinlektorat manche Bezüge besser herausarbeitete, und an Manuela Tiller im Korrektorat. Danke an bürosüd in München für die originelle Covergestaltung.

Erwähnen möchte ich auch Anna Glissmann aus dem Autoren-Team bei Amazon Publishing, die das hervorragende Marketing mitorganisiert hat.

Ohne meine engagierte Testleserschar hätten die Lektorate deutlich mehr Arbeit mit mir gehabt. Ihr hattet Tag und Nacht ein offenes Ohr für mich, habt viele Fragen gestellt, manchmal unerbittlich, und so wurden die Figuren weiter geschärft und Szenen pointierter zugeschnitten.

Danke also Katrin, Daniela, Moni und Michael. Das war großes Kino, was ihr jeweils tagelang (teilweise in euren Urlauben) geleistet habt.

Ein riesiges Dankeschön sende ich euch, meinen Leserinnen und Lesern! Für die Bereitschaft, euch auf Carmen und ihr Ermittlerteam, auf Sarah, Jasmin und Delia einzulassen. Nur so können sie in unser aller Fantasie lebendig sein.

Nika Michaelis

Folge der Autorin auf Amazon

Wenn dir dieses Buch gefallen hat, folge Nika Michaelis auf Amazon. Dann erhältst du eine Benachrichtigung, wenn die Autorin ihr nächstes Buch veröffentlicht. Um der Autorin zu folgen, gehe bitte folgendermaßen vor:

Desktop:

1) Suche auf Amazon.de oder in der Amazon App nach dem Namen der Autorin.
2) Klicke auf den Namen der Autorin, um auf die Autorenseite zu gelangen.
3) Klicke auf den »Folgen«-Button.

Smartphone und Tablet:

1) Suche auf Amazon.de oder in der Amazon App nach dem Namen der Autorin.
2) Klicke auf einen Titel der Autorin.
3) Klicke auf den Namen der Autorin, um auf die Autorenseite zu gelangen.
4) Klicke auf den »Folgen«-Button.

Kindle eReader und Kindle App:

Wenn du dieses Buch auf einem Kindle eReader oder in der Kindle App liest, wird dir automatisch angeboten, der Autorin zu folgen, nachdem du die letzte Seite des Buches gelesen hast.

Druck:
CPI Druckdienstleistungen GmbH
im Auftrag der
Zeitfracht GmbH
Ein Unternehmen der Zeitfracht - Gruppe
Ferdinand-Jühlke-Str. 7
99095 Erfurt